2024中国年选系列

2024年
中国散文精选

中国作协创研部　选编

长江出版传媒　｜　长江文艺出版社

图书在版编目（CIP）数据

2024 年中国散文精选 / 中国作协创研部选编.

武汉：长江文艺出版社，2025.1. --（2024 中国年选系列）. -- ISBN 978-7-5702-3870-5

Ⅰ. I267

中国国家版本馆 CIP 数据核字第 2024SU5604 号

2024 年中国散文精选

2024 NIAN ZHONGGUO SANWEN JINGXUAN

责任编辑：张　贝　王乃竹　　　　责任校对：程华清

封面设计：胡冰倩　　　　　　　　责任印制：邱　莉　丁　涛

出版：长江出版传媒　长江文艺出版社

地址：武汉市雄楚大街 268 号　　　邮编：430070

发行：长江文艺出版社

http://www.cjlap.com

印刷：湖北恒泰印务有限公司

开本：680 毫米×980 毫米　　　1/16　　　印张：18.5

版次：2025 年 1 月第 1 版　　　　　2025 年 1 月第 1 次印刷

字数：290 千字

定价：36.00 元

编选说明

　　每个年度，文坛上都有数以千万计的各类体裁的新作涌现，云蒸霞蔚，气象万千。它们之中不乏熠熠生辉的精品，然而，时间的波涛不息，倘若不能及时筛选，并通过书籍的形式将其固定下来，这些作品是很容易被新的创作所覆盖和湮没的。观诸现今的出版界，除了长篇小说热之外，专题性的、流派性的选本倒也不少，但这种年度性的关于某一文体的庄重的选本，则甚为罕见。也许这与它的市场效益不太丰厚有关。长江文艺出版社出于繁荣和发展文学事业的目的，不计经济上一时之得失，与我部合作，由我部负责编选，由他们负责出版，向社会、向广大读者隆重推出这一套选本，此举实属难能可贵。

　　这套丛书的选本包括：中篇小说选、短篇小说选、报告文学选、散文选、诗歌选和随笔选六种。每年一套，准备长期坚持下去。

　　我们的编辑方针是，力求选出该年度最有代表性的作品，力求选出精品和力作，力求能够反映该年度某个文体领域最主要的创作流派、题材热点、艺术形式上的微妙变化。同时，我们坚持风格、手法、形式、语言的充分多样化，注重作品的创新价值，注重满足广大读者的阅读期待，多选雅俗共赏的佳作。

　　我们认为，优良的文学选本对创作的示范、引导、推动作用是非常重要的，对读者的潜移默化作用也是十分突出的。除了示范、引导价值，它还具有文学史价值、资料文献价值、培育新人的价值，等等。我们不会忘记许多著名选本对文学发展所起到的巨大作用，我们也希望这套选本能够发挥它应有的作用。

这套书由中国作家协会创作研究部编选，具体的分工是：

中篇小说卷由何向阳、聂梦同志负责；

短篇小说卷由贺嘉钰、贾寒冰同志负责；

报告文学卷由李朝全同志负责；

散文卷由王清辉同志负责；

诗歌卷由李壮同志负责；

随笔卷由纳杨、刘诗宇同志负责。

中国作协创研部

☑ 经典鉴赏
☑ 作家往事
☑ 文学发展
☑ 随心书摘
扫码查看

目录

草木归其泽

遇 见

燃烧的书页

流水不争先

南 帆

一

"流水不争先",怎么觉得这句话有些虚伪?"不争"要么是无能,要么在冒傻气。不是进入竞争社会了吗?对了,这里得让我稍稍想一下——我要说的关键词是"竞争"还是"竞赛"?似乎有些混淆。算了,别像老学究那般迂腐地字斟句酌,每一个概念都附带长长的注释,放松一点,聊天而已,求大同而存小异。"竞争"的主题与形式广泛多样,"竞赛"具有相对严谨的规则与评判标准,就这么大致区分一下吧。例外当然不可避免,譬如"军备竞赛",军备"竞争"准确一些吧?核弹头、无人机、坦克与左轮枪、AK 冲锋枪、手榴弹不可能进入同一个赛场。但是,通用语言就是"军备竞赛",Armsrace 的 race 的确是竞赛的意思,二者都可能涉及,这么说没毛病吧?

"竞争"这个词早就从经济学那儿批发过来,哪一个领域都在用。张公司与李公司存在竞争,甲国与乙国存在竞争,文秘科的一个岗位存在竞争,猴王或者狮子王的霸主地位也存在竞争。竞争使这个世界充满了生机,兔起鹘落,龙吟虎啸,森林之中繁茂的树木愈来愈挺拔,奔窜的野兽肌肉愈来愈发达。如果竞争消失,这个世界寂静得可怕。深山的一面斜坡搁着七十三块大大小小的石头,没有哪一块石头试图利用竞争改变自己的位置。数百年过去了,一千年过去了,所有的石头仍在原处,只有太阳投下的影子每一日从西边缓缓移到东边,毫无意思。人类离开森林而形成车水马龙的社会,竞争很快转向了智力与情商。发达的科学技术以及巨额利润多半是智力的产品，但是，"暖人"的情商却常常让智力俯首称臣。谁能完全说清竞争之中相生相克的奥秘？

"竞赛"开始将一部分竞争纳入规定的形式，提出一些公认的衡量标准吧，譬如距离的长短，速度的快慢，力量的强弱，如此等等。有了这些衡量标准，"我赢了"这句胜利宣言就不会产生什么疑义。奥运会项目设立的原则是：世界范围的普遍运动；有益于健康；统一的竞赛章程与规则。最后这一点是竞赛的重要标志。当然，最好不要用无聊的较劲填充"我赢了"这句庄严的表述。张三的鞋子比李四大一码或者王五早晨比赵六多打三个喷嚏，庆贺这种胜利有些可笑。一个拥有五百万粉丝的明星自鸣得意，那些没有人翻朋友圈的家伙就不要争长论短了吧，可是，生活在五百万双眼睛里真的很快乐吗？这也是一个问题。如今许多人渐渐被"我赢了"这个表述迷住了，反正怎么也得赢，不赢就是委屈了自己。那就赢吧。打口水仗的时候，一个简单的策略常常奏效：对方表示想比试胳膊的气力，可以宣称他的身材太矮；对方开始寻找身材的数据，立即嘲笑他的服装款式；对方固执地辩解服装问题，马上数落他的口才不行；对方回家猛练口才，通知他竞赛项目已经改为视力测试。多转几个弯把对方的脑子绕晕，然后迅雷不及掩耳地抛出一个问题：三岁的时候，我胳膊的气力肯定超过你，不信回家问一问你妈。不讲武德的时候，赢一场有何难哉？

有些复杂的竞争似乎不宜转换为竞赛。更高的官衔始终是许多人的向往，彼此之间的竞争不可避免；但是，官场竞争不会演变为竞赛项目。官员们的胜出或者落败涉及太多因素，找不到统一的竞赛规则。知识分子有时炫耀自己的渊博，但是，书本的阅读量也不会成为竞赛项目。阅读十本书的人多半比阅读两本书的人更有见识，然而，阅读了五百本书的人未必比阅读四百本书的人更明智，单纯的阅读量堆积显示不出胜负的意义。"学问深时意气平"，学问多一点恰恰明白，阅读不是跑道上的胜负竞赛。当然，许多人总是尽量将竞争塞入竞赛的形式，"我赢了"就是登上一个又一个待遇和声望堆砌的台阶。人生如此，夫复何求？华山论剑，武林至尊，金庸老先生的虚构居然迷住那么多人。没有人计较"论剑"的代价是赌命，多数人无限崇拜"至尊"，不在乎淅淅沥沥的鲜血渗透在武侠小说的每一页。有机会拔得头筹，横冲直撞得罪一些人又有什么关系？许多竞赛项目隐藏了嗜血的古老欲望，古老的丛林法则在人类的无意识和身体器官内部烙下不褪的印记。乒乓球或者羽毛球的技术工艺远比足球细腻，但是，过多的技术工艺令人讨厌。强壮身体的野蛮冲撞从来没有从足球竞赛的魅力之中消除。游泳池或者滑雪场四周保持文质彬彬的气氛，拳击台旁边的观众才会不可遏止地燃烧起来。硕大的拳头"砰砰"击打在赤裸的肉体上，这种对决多么激动人心；周围发出海啸一般的疯狂呼喊，即使那些服饰优雅的女人也会在忘我的咆哮之中花容失色。相对于各种烈性竞赛，那些高深的项目太安静了，无法调动胸腔内部沸腾的热血，譬如围棋，或者斯诺克。一个数学家力压群雄率先证明一个定理，除了"哇"一声表示尊敬的赞叹，我们还能对那些数学符号与数学公式的较量说得出什么？

另一些竞赛项目的魅力隐藏于烟火气息之中。老张是体育频道的铁杆观众，不愿意放过任何体育赛事节目。他目光炯炯地坐在沙发上，时常按捺不住冲进电视机替那个不争气的球员投篮或者补上临门一脚的愿望。可是，老张的真正乐趣是每天傍晚与隔壁的老王下象棋。"将军！"一个活生生的老对手脸上浮出无奈的尴尬神色，老张内心的胜利感几乎溢出了喉咙。烟火气息是家常的，温情脉脉，只有火眼金睛才能迅速洞察厨房或者厕所之间隐藏的竞赛形式，譬如那个年轻的美国女人简·麦戈尼格尔，她被《商业周刊》誉为"十大最重要创新人士之一"，并且担任公司的游戏研发总监。麦戈尼格尔设计的一款游戏《家务战争》成功地迷住了丈夫。她巧妙地将家务设计为游戏，清除厕所的污渍或者打扫浴室会在游戏的虚拟空间获得更高的分数。据说她时常抢不到分值高的游戏项目，以至于不得不考虑把马桶刷藏到丈夫找不到的地方。人们的好胜心是多么容易被撩拨起来，麦戈尼格尔的经验是，只要改一个合适的名称就会有人抢着做家务。给家里那只顽皮的牧羊犬洗澡称为"从乱蓬蓬的毛发里拯救狗女士"，洗衣服是"施魔法召唤出干净衣服"，虚拟的分数很快会让人上头。麦戈尼格尔表示，她时常在《家务战争》的游戏之中输给丈夫，哪怕她是设计师。究竟谁是输家？

还有一个竞赛项目三天两头就会在夫妻之间举行一次，我说的是争吵。夫妻争吵的本质并不是明辨是非，而是看谁夺得最后一句话。这是竞赛项目久久持续的秘密。妻子发出抱怨之后，丈夫无论如何要回复一句；丈夫回复之后，妻子肯定不能就此住嘴。争吵的内容琐碎无聊，双方的信息重复芜杂，可是，马拉松式的话语循环无止无休。抢夺最后一句话的原因追溯至一个默认的衡量标准：最后一句通常是留给结论的。结论由课堂的教授或者法庭的法官郑重宣布，定性之后不再更改。哪一个妻子或者丈夫愿意出让为争吵做定性结论的权利？"卒章显志"，双方都及时记起了语文老师教导的作文法则，你结尾之后我还得再结尾。抢夺最后一句话制造的持久延宕是夫妻争吵绵长不绝的原因，这个伟大的生活发现来自罗兰·巴特。对的，就是那个法兰西学院院士，著名的符号学家罗兰·巴特。

竞赛尽量将竞争改变成公平的游戏。尽管如此，胜者不仅收获敬佩，而且遭受嫉妒。道德栅栏很难阻挡嫉妒这种小情绪的侵扰，那些号称"大心脏"的家伙也是如此，区别仅仅在于是否公开表述。嫉妒可以表述为滔滔宏论；可以是一台戏，例如莎士比亚的《奥赛罗》；也可以只是"哼"的一声。"哼"的涵义存在重要区别：或者表明那个家伙赢得的目标不足为奇，或者表明赢得目标的那个家伙不足为奇。前者的潜台词是，自己加一把劲就能赶上去；多数人"哼"的是后者——巴不得将获胜的对手拉下领奖台。培根曾经指出，真正的嫉妒对象就在附近，伸一伸手仿佛就能揪住他的衣襟，"怎么轮到他而不是我"，嫉妒产生的仇恨内容充实，对象清晰，多半是熟人。副科长嫉妒的是科长，而不是联合国秘书长。不要把嫉妒与羡慕混为一谈。很难说嫉妒是正能量还是负能量，勉励自己与打击别人常常一纸之隔。

许多专业评论员已经聚集在众多著名而且规范的竞赛项目周围，体育馆内部人为的形式和仪式划出了他们的活动空间。我宁可迈着小碎步穿行于亲切的烟火气息之间，聊一会儿几乎所有人都可能遭遇的竞赛项目，这些竞赛项目仅仅制造若干卑微的世俗胜负。我不会冒失地提到孔子、朱熹、王阳明或者柏拉图、笛卡尔、康德这些思想家的观点，以免无意之间贬低了他们的思想高度。

二

肯定听说过"颜值"这个词吧，"明明可以靠颜值吃饭，偏偏要靠才华"，网络上流行的金句啊。是的，以前称为"漂亮"，俗不可耐的一个形容词；也有人表述为"美貌"，文艺腔十足。"颜值"的"值"字用得好，"漂亮"或者"美貌"是可以计量的。计算机是现今最伟大的机器，已经进入精算时代了嘛。

绝大多数人对于颜值具有清晰的认知，谁是美人几乎没有争议。黄口小儿已经知道哪一个阿姨漂亮。无论披金戴银还是衣衫褴褛，气宇轩昂还是神色惊慌，美人胚子就是美人胚子，这一点不会变。不同的种族存在评判的误差，相同的文化圈拥有公认的一致标准，要不怎么会有选美活动？尽管有一些文化知识的考量，但是，颜值肯定是选美的"金标准"。当然，选美太正规了，没有必要如此费心，坊间的颜值竞赛随时随地自发举行，"班花""校花"，以及什么花总是在第一时间诞生。

因此，这件事情有些奇怪：如何制定以及由谁颁布公认的颜值标准？"失之毫厘，谬以千里"，眉眼的形状及其排列哪怕有极其细微的改变，颜值的指数也会产生剧烈的波动。但是，没有哪一部教科书列出相对精确的计量公式。如此大规模的颜值鉴定缺乏权威的理论指导，大众认可的结论又如此一致，这算不算一个奇迹？事实证明，借助语言描述相貌之美极其困难，那些称之为语言大师的作家也无法胜任。宋玉的《登徒子好色赋》中的一段十分有名："东家之子，增之一分则太长，减之一分则太短；著粉则太白，施朱则太赤；眉如翠羽，肌如白雪；腰如束素，齿如含贝；嫣然一笑，惑阳城，迷下蔡。"事实上，"眉如翠羽，肌如白雪"等描写相当乏味，远不如"增之一分"或者"减之一分"的迂回形容有效。两汉乐府之中的《陌上桑》也是如此："……头上倭堕髻，耳中明月珠。缃绮为下裙，紫绮为上襦。行者见罗敷，下担捋髭须。少年见罗敷，脱帽著帩头。耕者忘其犁，锄者忘其锄。来归相怨怒，但坐观罗敷。"如果不说一说围观群众的痴迷神态，诗人简直无法证明罗敷的颜值。相对于相貌之美的精妙，作家库存的形容词太笨拙了。有趣的是，贬抑某些人物颜值的时候，作家立即机灵起来，得心应手，出神入化，想一想鲁迅笔下那个如同细脚伶仃圆规的"豆腐西施"或者脑门上癞疮疤发亮的阿Q就明白了。

颜值如此重要，可是，个人的自我塑造空间极其狭小。天生丽质是无可非议的硬通货，爹妈给的好眉眼任何时候都可以自豪晾晒在阳光底下。没办法，不漂亮不行啊，网络上称之为"凡尔赛"。但是，正如计算机开始弥补智力的缺陷，整容学科开始强势介入颜值指数。各种新型的填充材料，手术，化妆品，当然需要高额的费用。这严重干扰了颜值竞赛的公平程度，天生丽质的生物学优势再度被贫富悬殊的势利社会征服。有钱人居然轻而易举将眉眼改造得更为漂亮，那些付不出这一笔费用的人只好扒出她们——偶尔也"他们"——整容之前的照片证明，事实上咱们彼此彼此。算了吧，哪怕封存所有老照片，生出的孩子也会泄露你们颜值的生物级别。颜值竞赛不公带来的愤懑再度遮蔽了那个深刻的理论问题：为什么美容师推荐的眉眼形状就是颜值的标准？单眼皮的眯眯眼或者一对招风耳又有什么错？如果支付美容师的费用不成问题，全世界女人的肖像会不会成为统一的标准像？

颜值就是为四面八方钦慕的目光而存在——男性的或者女性的。性别话题来了。舞会上两对年轻的漂亮男女迎面相向，男性的目光先落到另一对的女性身上，女性的目光也是先落在另一对的女性身上。前者来自性占有意识，后者来自性竞争意识。不论这种解释如何，性魅力开始从颜值之中分离出来。"性感"这个概念与颜值存在微妙的差别。"性感"指的是什么？一种体态，一种眼神，甚至一种暧昧不明的气息？"性感"关注的范围似乎比颜值小，可以形容"性感"的腰肢或者"性感"的下巴，但是，如此两个身体部位不堪承受颜值的全部涵义。稚童还谈不上性感的时候，老迈之躯渐渐不谈性感的时候，颜值的意义始终没有消失。二者的指向一致吗？颜值最高的人并不是最性感的人。有时，一些奇特的相貌或者躯体可能意外地产生强烈的性感，网络上用"重口味"形容这种现象。还是不要举例吧，你懂的。某些范围内，性感的竞争远远超过了颜值的竞争。人为地制造性感比增添颜值容易，一些人擅长在某些部位下功夫，嘴唇，眼影与眼神，装束以及暴露的程度，如此等等。男性当然也有自己的性感指标：络腮胡子，健壮的胳膊，八块腹肌，高大的身材与男人气概。性感竞争要有分寸，过了界限就让人觉得放荡。还是要有一些气质才镇得住。

对了，我提到"气质"这个词。这也是颜值的组成部分，比"性感"更多了文化气息。气质要讲文化啊。说一个人有气质，很高的评价。不是确认读了多少本书，是否有教授的头衔，而是指这个人的言谈、举止、装束乃至步态是否优雅得体，许多人甚至愈老愈有气质。这来自文化的陶冶。忘了是哪一个名人说过，一个人四十岁之后就要为自己的相貌负责。负责什么？四十岁开始祛除各种外在的浮嚣，到了形成气质的年龄。必须承认，颜值高的人较为容易形成气质。为什么？自信啊——周围比较多的关注、呵护与好感，不知不觉产生了自信。颜值高的人也很容易被宠坏，自信过了头，那叫自以为是吧？

　　颜值高又有多少意义？这句话似乎对女人说的——似乎仅仅是一个性别关注的主题。女人照着镜子描眉画眼的时候，男人正在关注整个世界。女权主义严厉批判这种观点，哲学家甚至语重心长地劝诫女人警觉地与颜值保持距离。然而，这是一个不可否认的事实：那么多女人一辈子兢兢业业地维持自己的颜值，为什么？很少人追问，不言而喻吧，嫁一个好人家？太俗气了，尽管许多女人的确如此，一副好眉眼待价而沽，换得后半辈子衣食无虞。当然可以看到许多事业极为成功的女人，志向高远，聪慧而深邃，巾帼不让须眉。姣好容颜往往昙花一现，事业才能蒸蒸日上。然而，如果条件允许，她们是否愿意拿自己的成功事业换取一副好眉眼？真是锥心之问啊，还是不要勉强作答吧。众目睽睽之下展现自己不凡的颜值——知道这种理想既渺小又庸俗，但是无法真正摆脱。那些著名电影节走红地毯不过是一个拙劣的游戏，然而，这个游戏投合了多少女人深藏于心的一个象征性原型？那么多目光和闪光灯，争奇斗艳的盛装，如花似玉的容貌，想一想都觉得心潮澎湃。没有红地毯，走一走公司的走廊也行啊。感谢互联网打开了另一个通道，自己的照片终于可以在朋友圈走两步。真的没有取悦异性的意思，早过了那个年龄段，就是想展示自己的容貌；还有那么几套咬着牙出手买下的服装，挂在衣橱里不见天日，那又有什么必要花钱？当然，抛出的照片是要修一修，Photoshop 软件简称 PS，修饰一个人照片之中的容颜难道不是电子技术最为正当的用途吗？不要随便批评别人虚伪吧，只不过你们追求的是另一些装饰物罢了。你说呢？

三

　　我知道，你是想让我说一说钱。我们的口袋里都有几文小钱，足够支付中午的一顿快餐，但是，几文小钱就不要与竞赛扯到一起吧。将钱作为竞赛项目是那一批富豪们的事情。2023 年富豪榜的第一名拥有 2110 亿美元；第二名才是那个举世闻名的埃隆·马斯克，1800 亿美元。我们真的了解 2110 亿与 1800 亿之间的差距吗？不，我们了解的是第一与第二的差距。投入竞赛形式，我们的智商好像只能掌握个位数，例如足球的胜负多半以个位数计算，排球赛或者篮球赛胜负的比分升到两位数，多么费神啊。

我们这些人的钱通常与购物联系在一起。水电费，伙食费，房租，房贷，孩子的补习费，诸多费用结清之后，能不能额外买一件时装？换一部手机呢？野心大一点想到了汽车，当然必须把车位租金和加油保养考虑在内。钱就是用于消费。不想消费的时候就成为富人了。想要的都有了，无物可买，越有钱越没法花钱。经济学家说过，这并非一件好事。富人不消费，穷人没岗位。那些富人无精打采地说，还有什么商品能让人眼睛一亮？前一些日子网络报道，上海有一批人排队竞购价格千万的豪宅。拿出这种玩意儿才能让富人激动片刻，消费领域竞赛的胜负一目了然，不必翻出银行存折核对数目，富人和我们不在同一个跑道上。超市打折的时候，我们相遇在收款机前面的长长队列之中，那就没有必要计较名次了——反正都在后面那个人头攒动的方阵之中，快一步或者慢一步无所谓。

基本消费完成之后，大部分钱存入银行。这时的钱摆脱了实物而演变为抽象数字，仿佛跳到另一个领域，完全不同的游戏规则开始了。数字之间的加加减减，必要时画几条起伏的辅助曲线。一张纸上的事情。抽象数字的比拼无可争议，可以精确到小数点。但是，银行里存的钱并不是在叠罗汉——看一看哪一个人名下的钱堆得更高。银行从事的事业是投资，提供资金或者说资本，"资本"现在是一个中性词了。投资是一个耀眼的事业，经济学家摩拳擦掌地出场了。一个经济学家私下对我说，钱的最好用途是通过投资变出更多的钱，趁早借一些钱投身于投资的洪流。傻瓜才把现金揣在口袋里，好像随时要出发买房子似的。我突然记起一个可笑的例子。据说萨特常常在口袋里藏一大卷钞票，对付一千法郎的账单，他会一下子从口袋里摸出十万法郎。哲学家长年累月徘徊于玄虚的概念思辨，口袋里必须有扎扎实实的一大卷钞票保证安全感。这个存在主义者似乎不想考虑投资的事。

银行将大众的存款汇聚起来，投资到某些前景广阔的行业，获取丰厚的回报。储户当然跟着获益，利息就是他们分到的红利。这么说有些让人不爽，那么一点儿利息就打发了？不要抱怨，银行家会笑容可掬地解释说，利息是一个平均数，所有人都享受到了；相对地说，银行投资存在很大风险，谁能保证所有的行业始终挣钱？作为投资者，银行不得不承担一些行业的亏损。我不再继续唠叨这些常识了——我想说的是，投资才是真正竞赛的开始。A 行业还是 B 行业，专业知识、市场评估、未来前景预判能力的竞赛。赢得盆满钵满，还是大败亏输？报表上的数据剧烈起伏，惊心动魄啊。不相信的话，可以转到证券市场逛一逛。买股票是投资的另一个竞赛场。无数人看着那些数据发出惊呼或者哀叹，同时附加各种祈祷和咒骂：红的，满堂红！或者，怎么又是一片绿？"绿"字甚至成了不能说的忌讳，比绿头巾还要可恶。当然，这种竞赛看不见哪些是规范的跑道。一些大鳄不知游弋在哪里，大口大口地吞噬小鱼小虾；有时他们也会突然挨一刀，血染股市。某日早晨，新闻报道有人跳楼，不知道是不是哪一条大鳄流干了血，干枯的躯壳再也无法表演咸鱼翻身。他的报表上曾经拥有很多很多的钱，现在报表上拥有一堆负数。当然，还是一张纸上的事情。他来不及买什么，也来不及卖什么，一条命已经没有了。输了没有实物的数字竞赛也是要命的。

摆脱实物的数字竞赛是现代社会很酷的一个符号游戏。古老的语言符号始于命名世界，"树""石头""阳光""水"逐一实有所指。表述诸如"道""宇宙""绝对""物自体"等虚拟观念的时候，符号已经可以抛开描述的对象自动孵化。透过窗户看到远方的一座山峰，可以一句话描述，也可以一千句话描述。世界由若干实物组成，符号构成实物之上的另一个空间，必要的时候可以自行繁衍。这些问题由符号哲学考虑，我就没有必要多嘴了。我想说的是，无论如何必须承认，货币是最为伟大的符号发明。十元与百元的纸币无非那么薄薄的一张，可是，印上不同的数字，后者的空间立即扩大十倍。符号就像点铁成金的魔杖，是不是？银行账本上的数字肯定有自己的生命，形成激烈的数字竞赛。一些数字左右逢源，人丁兴旺；另一些数字很快打起来，互相兼并。银行家如同殷勤的饲养员精心喂养不同笼子里的数字，尽量制造各种联姻关系，缩短数字的繁殖周期。"金融产品"的名义之下，各种报表之间的数字竞赛如火如荼。这种竞赛延续很长的时间才会告一段落，尘埃落定就是钱与实物相互认领的时刻。就像一个人惊愕发现自己的故乡已经无声无息地蒸发，许多数字突然找不到应有的实物。这时的数字难堪地演变为不可思议的巨额债务，目前一些垮塌的房地产企业正在发生这种故事。必须承认，这种竞赛比体育馆里的项目复杂得多，也隐蔽得多。

我知道这种想象很不专业，或许还存在一些逻辑混乱或者偷换概念？算了吧，我懒得多操心。我被竞赛背后的一个原始问题缠住了：赢那么多钱干什么？另一个对比必须进入视野——钱可以千百倍地增加，寿命不过尔尔。一个长命百岁的人一辈子消耗多少财富？算一算吧，这个数目并不大，没有必要积累积累再积累。这么说来萨特是对的，钱的意义无非维持"存在"。长命百岁的生活条件获得基本保证之后，多出来的钱最好还是投入令人快乐的事情。各种竞赛之中，游泳竞赛或者足球竞赛肯定比钱的竞赛有趣。我丝毫没有轻视银行家专业精神的意思，他们是以钱为业的人，韩信点兵，多多益善，那是另一回事。我当然清楚，世界上还有许许多多的人根本无法获得生活条件的基本保障；同时，世界上还有许许多多的钱恰恰用于毁灭生活条件的基本保障，譬如军火生产，但是，允许我暂不置喙诸如此类复杂的问题吧，我仅仅表述一个简单的观点：没有人敢于蔑视钱的意义，但是，不要因为夸张的竞赛形式无限夸大钱的意义，以至于我们再也想不起别的事情了。没有钱的人张嘴谈钱，真是勉为其难。卑之无甚高论，抱歉抱歉！

四

轮到我说了？好吧，谈一谈竞赛，一个极为奇怪，推敲起来又矛盾重重的竞赛。猜不到吧？是不是太具体了？我说的是喝酒。酒桌之上，一个人的酒量大小是不得了的事。入口之物，只有酒可以正式一较短长。冰镇可口可乐的意义纯粹是解渴，所以嘛，可口可乐就是几元钱一罐，茅台一瓶价格多少？有比较就有鉴别嘛。吃几个肉包或者吃得下多少辣椒只能算等而下之的赛事，存而不论吧。

酒量超人可以享有崇高的声望。这是一个万众瞩目的项目，重要性似乎仅次于智力的较量或者道德品行的高低。通常各种才艺的意义不可能与酒量相提并论。多有意思啊，酒量又造就了一个崭露头角的机会。职务晋升、年终奖金、住房面积、到过哪些国家旅行、儿子在哪一位钢琴大师门下培训，这些话题一无所长，还可以在酒局之中发出自己的声音，胜人一筹。酒量竞赛是大事，别拿一些雕虫小技打岔。一个人宣称自己一斤白酒的酒量时，另一些人就不要拿奥数竞赛的名次或者当过篮球队前锋说事了，太低档了，没什么可比的。一种观点冒失地认为，酒量的大小取决于基因，涉及肝里的什么酶。瞎扯，如此说来喝多喝少岂不是由基因决定的？这么认识问题怎么行，缺乏思想高度啊。

如此重要的竞赛通常不允许缺席。可以大大方方地拒绝一个牌局，周围的哥们也没有理由鄙视不打排球或者不跑马拉松的人。可是，不参加喝酒竞赛就不正常了。一桌人乐呵呵谦让着入座，每个人面前的玻璃壶里注入高度白酒。主人开始表情庄重地发表祝酒词，这时一个人突然惊慌地表示没有酒量，不是奇耻大辱又是什么？这与人格的缺陷差不多了吧。说什么？太太有意见？先喝起来，明天再去离婚！

但是，作为竞赛项目，喝酒实在缺乏技术含量。所以，有"酒胆""酒品"之说，没有"酒技"这个词。一仰脖子，"咕咚"一口，一口闷，感情深，如此而已。有时只能浅浅抿一口，那多半是礼仪性动作或者竞赛之前的热身，不成为话题。一种传说认为，舌苔比较容易吸收酒精，许多人径直将酒倒入喉咙，据说可以慢一点醉。我见过两个哥们各自手握一瓶啤酒，啤酒倒在酒瓶的小小瓶盖里，一瓶盖一瓶盖地喝。一瓶盖的酒倒不进喉咙，只能留在舌苔上，这么喝才能显出真正的高低。我见过最有技术含量的酒量竞赛莫过于此。

酒量竞赛之中的攻守逻辑似乎有些混乱。先干为敬！主人一仰脖子主动喝了一杯。这不是自损三千吗？随后的策略似乎又开始攻守逆转。主人放出话来围堵对手，胁迫对手喝一杯就是拿下一局。这时喝一杯转向了惩罚的意味。迟到者自罚三杯，猜拳之中也是输家喝酒。有竞赛就会有作弊，喝酒也是如此，譬如乘乱悄悄将白酒换成白水。但是，这种作弊不如考试偷看卷子或者剽窃别人作品那么可耻，而是有些捉弄人开玩笑的意味。毕竟是无足轻重的游戏，一笑而已。当然，鸡鸣狗盗，壮夫不为，那些资深酒徒不玩这一手。哪一个武功盖世的大侠依靠暗器或者在别人的饭菜里下毒而取胜？

谁说是无足轻重的游戏？酒桌上的较量既可能涉及团队的集体荣誉，也可能涉及个人声望。无论设宴还是赴宴，公司老总身边带了几个喝酒不眨眼的高手就很有面子。杯盘狼藉之际清点互相放倒了几个，这与战场上清点俘虏一样严肃。一两个可能要及时送医院挂水，那也是与战场上负伤一样光荣。个人单刀赴会，醉倒情有可原，退却罪不容赦。大雪纷飞的冬日，一个人返回故地看望当年的老友，中午喝得酩酊大醉，躺在炕上昏然睡去。一觉醒来天色已昏，雪依然在下，酒桌周围已然换了一批陌生的面孔。那就坐上来再喝，酒桌上哪里有陌生与熟悉之分？能否叫得出名字并不重要。他再度醉醺醺地与一位酒友对垒。最后一杯实在喝不下去，扯开自己的衣服领口直接灌进去，一股冰凉的液体从胸口流向腹部。对方也是一个大度的人，哈哈一笑认了这个账。

酒局的胜负如此重要，干脆成人之美。应邀入席，一杯落肚，即刻宣布"吾醉也"，拱手相让酒桌冠军的荣誉，这算不算做了一件好事？呸，这种人会被一脚从酒桌上踹出去，从此再也不会收到喝酒的邀请。酒桌的默契是，所有人都明白这是一个游戏，这儿的成绩不会像足球竞赛或者篮球竞赛那样获得隆重记录，甚至铭刻在奖杯之上。然而，所有人都觉得这才是真正的龙争虎斗，以命相搏。哪一个戳穿这个游戏，他就是最不受欢迎的人。

不是无足轻重的游戏，那是什么？艰巨的工作啊，完全胜任的人并不多。无论能力还是品格，只有那么几个人才能跟随公司的老总坐上酒席。自从鸿门宴以来，赴宴再也不能想象为单纯的口腹之乐，而是机锋频出，甚至刀光剑影。他们或者她们必须在关键时刻挺身而出，不露声色地接过逼近老总嘴唇的酒杯一饮而尽，并且重新斟上一杯彬彬有礼地回敬对方。绝大部分酒桌气氛祥和，如果再没有酒量的竞赛就太无聊了。为什么说是工作？有一些项目的最后冲刺完成在酒桌之上。设计师、工程师与会计师提供了所有数据，但是，老总与老总还没有在酒桌上碰过杯，事情仍然在未定之际。碰杯之后放开量喝一局，然后开始称兄道弟，这就是见真情了。宝马赠英雄，一个项目算什么？不知不觉就拍板了。当然，没有拍板也不算白喝，老总认为这是正常损耗。

为什么如此重视一个人的酒量？那么多典故作证呢。怎么喝酒表现出怎么做人呀，历史上那么多英雄人物都是在酒后做下一番大事的。"古来圣贤皆寂寞，惟有饮者留其名"，樊哙、张飞、鲁智深、李逵、武松，提到这些名字就会让人热血翻涌。关云长当然喝酒，只不过他是砍了华雄的脑袋之后跳下赤兔马从容喝一杯，大将风度。宋江这种谨小慎微的家伙，几杯下肚居然也豪气横生，浔阳楼墙壁上题了反诗，从此开启梁山泊之旅。文豪也喝酒呀，李白斗酒诗百篇，一壶浊酒，文思泉涌，张旭或者怀素酒后的草书龙飞凤舞。微醺是不是也很好？据说王羲之的《兰亭序》是微醺之际的杰作，清醒之后又写了许多遍，总是不如这一幅。酒后吐真言，咱们这些凡夫俗子一喝酒就真诚了。当然，许多人也因为贪恋杯中之物失德，失控，失忆，失业。谁失业了？孙悟空呀。孙悟空偷喝了王母娘娘的酒，发酒疯大闹天宫，然后被二郎神追杀，众菩萨一起把他拿下。否则，就算弼马温只是股级干部，体制内身份那么容易要得到吗？反正孙悟空长生不老，日后熬出一个什么职位谁说得清？唉，伤心往事不提也罢。

是的是的，当然要骂一骂酗酒买醉。许多贬义的概念术语或者难听的形容，三天两头就会辗转于太太们的口吻之间，有时甚至要爆粗口：醉鬼，又是烂醉！你还记得家门，别回来了！再喝，总有一天喝死你！如此等等。这些话语与酒桌上豪迈之辞如此不同，的确又一脉相承。算了，别跟她们计较。汽车飞驰而过，总是要排出一些难闻的尾气，是不是？

喝酒被说成艰巨的工作，这不是强词夺理吗？真的，酒桌之间就是盛行强词夺理。酒量竞赛的一个附属项目是劝酒说辞竞赛。劝酒从来不是简单粗暴，索然无味，而是雄辩地论证一个几乎不可能的主题：我们这些举着酒杯敬酒的人从来不会提出什么非分的请求，我们只是谦虚地说出一些天下通行的规则；按照这些规则，您不喝下这一杯实在说不过去。围绕这个主题，辈分的高低，籍贯的远近，祖先之间子虚乌有的联系，代替同学的同学问候或者兄弟的生死情谊乃至初次见面、请多关照，所有的素材都得用上。轻嗔薄怒，佯狂装癫，诚恳动人，死皮赖脸，激将示弱，以身作则，各种风格异彩纷呈。反正就是劝你喝了这一杯，这一杯之后还有下一杯。劝酒的时候，许多人仿佛突然巧舌如簧或者义正词严，不喝一杯还真是有些挠头。他们天生如此雄辩，还是多年奔走于诸多酒局历练出来的口才？这就不得而知了。

五

我还没有在哪一部古代典籍之中查出"流水不争先"这一句话。听到这一句话是因为日本的一个著名棋士高川格。高川格棋盘上的风格从容不迫，自然流畅，而不是咄咄逼人，摆出一副提着刀随时想砍人的架势。"流水不争先"，水到渠成，不疾不徐，顺势而为，该是你的就得让它自然落入怀中。许多与高川格争棋的对手觉得无法发力，如同击打在一大团棉花之上。不要觉得这种风格好欺侮，高川格的战绩骄人。他曾获得本因坊——日本棋战最高赛事之一——的九连霸。"流水不争先"还是要争胜的，他的招法可以谓之"不争之争"，心胸再大一些可以谓之"大赢无争"。无论如何，争胜是一个棋士不可放弃的目标。"胜固欣然，败亦可喜"，这只能是旁观者无关痛痒的说辞。这一句诗出自苏东坡的《观棋》。苏东坡自称"素不解棋"，他在庐山五老峰一带独自闲逛的时候，偶尔听得到附近有棋子落在棋盘上的声响。他的心目中，棋局的胜负之数不过点缀了眼前的古松流水。事实上，《观棋》之中的另一句才是苏东坡的情趣所在："空钩意钓，岂在鲂鲤。"垂钓只是好玩，鱼钩上不放鱼饵，谁还想真的钓到什么鱼不成？

世事纷扰，居大不易，如今还有多少地方存得下苏东坡的情趣？一碗饭伸出十双手来，不争怎么行？不是嘴里含着金汤匙出生，"躺平"的时候天上不会掉馅饼。财富总量限定之后，张三多拿了李四就得少拿。竞赛无时不在发生。口袋里多了几文钱就急不可耐地炫富，也是因为内心紧张。炫富多少有些像夜行人吹口哨为自己壮胆，同时还含有警告的意味：我已经是人生赢家，你们不要再试图靠近我。经济学的确津津乐道"竞争"，经济学失效的时候就举行战争。战争不去抢一些金银财宝，玩命还有什么意义？所以，繁体的"戰"字还不如简体字的形象。《说文》仅仅将繁体的"戰"解说为"斗也。"简体字"战"的偏旁"占"不仅形声，同时表示"占领"的意味。"战"就是扛一柄"戈"去占有，占有土地或者占有财富。我的是我的，你的也是我的，不服就打，弱小者的特征即是头破血流和一无所有。奇怪的是，恰恰是许多弱小者信奉"不服就打"的逻辑，只有"战"才是"争"的基础语言。当然，也有一些人干脆转开眼睛，绕过是非之地，引用佛家或者禅宗安慰自己：色即是空，什么都是浮云，是非成败转头空，何必执念？然而，想得明白不一定做得到，鸳鸯蝴蝶的花花世界总是轻而易举地淹没了青灯古佛、面壁修行的那个角落。神仙尚且忍不住思凡，何况本来就是世俗子弟。

幸而还有另一个角落甩开了这种逻辑。回头再想一想苏东坡这个有趣的人物吧，苏东坡并非始终一副好脾气。由于不同的政治主张，他不惜冒犯身为宰相的王安石。然而，苏东坡与黄庭坚情谊笃厚。黄庭坚的书法时常出现伸长或蜷曲的笔画，苏东坡取笑为"几如树梢挂蛇"，黄庭坚反唇相讥说，苏东坡那种扁平而倾斜的字体犹如"石压蛤蟆"。二人拊掌大乐。

他们都十分自信，不再额外需要一个胜利者的形象给自己打气。苏、黄、米、蔡为宋代书法四大家，无论是心仪苏、黄还是钟情米、蔡，没有必要分出冠军、亚军从而扬此抑彼。文学或者艺术拥有足够的空间，所有的美学风格都找得到自己的座位。许多人总是想导演"华山论剑"的情节，文学史也不例外。譬如，李白或者杜甫孰高孰低？当然存在一流诗人与三流诗人之别，但是，李白、杜甫或者王维、白居易、李商隐这些诗人就没有必要列出位次了吧。列出第一名至第十名，接下来是不是要宣布按照惯例取前三名？我的心目中，删除上述任何一个名字都是无法承受的损失。想起"美学"这个词，我们不会认为文学或者艺术正在从事某种令人咬牙切齿的竞赛。牡丹、玫瑰或者梅花、菊花从来没有考虑争夺什么名次，而是以竭力绽放生命的形式回应栖身的那个季节。

当然，作家或者艺术家并不是生活在真空的一群谦谦君子，他们之间的恩怨情仇多着呢。譬如，由于各种原因与鲁迅打过笔仗的人就不是一个很小的数目。重要的是，恩怨情仇并没有影响他们的美学才华。加缪与萨特相互说过许多好话和坏话，可是，他们先后成为诺贝尔文学奖得主。另一些性情耿介的作家甚至直接挥动老拳，那个写出了《百年孤独》的加西亚·马尔克斯就挨了巴尔加斯·略萨的一记重拳，鼻子当场喷出鲜血，左眼红肿，一时处于半昏迷状态。他们曾经是挚友。一种传言认为，略萨与妻子出现了矛盾，马尔克斯在太太的怂恿之下出面充当一个说客，试图劝说略萨妻子离婚算了。他们肯定没有征求略萨的意见。于是，墨西哥一家电影院的门口，盛怒的略萨一拳打在说客的脸上。有趣的是，打架也没有妨碍二人斩获诺贝尔文学奖。他们1976年打架，马尔克斯1982年获得诺贝尔文学奖，略萨2010年也如愿以偿。马尔克斯祝贺略萨的留言是："如今我们都一样了。"这句话有点意思。打架是私人事务，可以在电影院门口处理；诺贝尔文学奖的领奖台是为美学才华而设立，私人事务的对立并不影响美学才华的相互认可。身为作家的时候，攀爬的是文学经典的高度，而不是与身边另一个有名有姓的作家竞赛。

从颜值、钱、酒量到别的什么，我既没有征服对手的兴趣，更没有赢得竞赛的本事。因此，发现文学或者艺术这个角落很重要。二十世纪八十年代初期从一所大学毕业，未来的生活展示了多种可能，然而，我义无反顾地躲入这个角落，再也不考虑撤出。这么多年过去了，我仍然为自己的坚定而庆幸。我得解释一下：之所以意识到这个角落可以摆脱竞赛的跑道，并不是哪一个大理论家高头讲章的教诲，而是当年偶尔读到一个诗人写下的几句话："我突然想明白了在文学艺术中并不存在着世界锦标赛。假如真有什么世界纪录的话，也不是具体数字，能让你紧握双拳，两眼盯着它一寸寸接近。"这几句话来自舒婷1986年的一篇文章《不要玩熟我们手中的鸟》。舒婷当然不知道，这几句话曾经触动我。与她相识多年，似乎从未一本正经地谈什么文学，更没有言及彼此的作品。记得她近四十年前的旧文，是因为不时浮出一种模糊的感觉：这个观点现今或许还会给不少人带来启示。

（原载于《收获》2023年第5期）

走　神

王跃文

　　我自小失眠，去医院看病，医生不解，问：怎么睡不着觉呢？小小年纪就想人事了？医生笑得鬼气，我不懂他说的是什么。多年后，方知医生讲的人事是大人才做的事。

　　中年开始，我失眠越发厉害。有人教我数羊催眠，我却数着数着就走神了。我家乡极少养羊，记得生产队只分过一次羊肉。我有位当兵复员的远房堂哥，提着分到手的羊肉，说：我在部队上，一个礼拜吃一顿羊肉。村子往东南三十里有个军用机场，我家屋顶上空常有战斗机飞过。每听到飞机的轰隆响声，我堂哥就抬头望望，说：我在部队上，一个礼拜坐一趟飞机。村上人没有人讲"礼拜"，讲的是"星期"；村上人不讲"顿"，讲的是"餐"；村上人也不讲"趟"，讲的是"回"。因为堂哥讲"礼拜""顿"和"趟"，又因为他时常吃羊肉坐飞机，我对堂哥越来越崇拜。但是，有一回见堂哥腋下夹着扁担啪啪啪啪做射击状，我就开始怀疑他讲过的话了。我年年观看村上民兵训练，知道枪托是要抵在肩胛处，而不是夹在腋下的。后来，我又听说堂哥在部队是炊事兵，只怕没摸过几回枪。

　　村上凡红白喜事，白案红案都有现成班底，堂哥慢慢成了专管蒸甑子饭的大师傅。我料定堂哥在部队是煮饭的，更加相信他过去说过的好多话都是吹牛了。听说谁家死人了，堂哥在家就不再吃饭，留着肚子去吃大席。红喜事是事先定日子的，堂哥只要听到信了，早三日就不正经吃饭，一天到晚笑眯眯下地做事，盼着早到黄道吉日，敞开肚皮去吃几日饱足饭。红白喜事办完了，主家得办席答谢帮忙的人，此俗喊作"洗厨"。堂哥每逢吃洗厨席必喝得大醉，回家便哭他夭折的长女小京。我始终搞不明白，他满地打滚哭小京，可他后来生的女儿也叫小京。也许，堂哥是很爱这个"京"字的。

多年后，我在县城里工作，有一回听说堂哥生病住院了，赶紧跑去医院看望。我先去医生那里询问堂哥病情，得知他患的是胃癌，晚期了。我坐在堂哥病床边，嘱咐他安心养病。堂哥瘦得皮包骨，笑嘻嘻地露着黑黄的牙，说：老弟，我怎么可能得癌症呢？我三坨都还没长大，我怎么可能得癌症呢？三坨是堂哥最小的儿子，堂哥不甘心儿子未成人，自己就先得恶病去了。又一日，我再去医院看堂哥，见他痛得跪地哭号：我三坨还没长大啊！等我三坨抬亲了我再死啊！我原本数着羊的，却想到早已死去多年的堂哥了。

数羊未能安眠，有人说枕边放本无聊书，翻几页就打哈欠了。世间无聊之事还嫌少吗，何必还去读无聊之书呢？我试着闭上眼睛背书，料想这比数羊兴许更能安神。我少时凭童子功背过些东西，哪怕日久淡忘，只稍做温习，仍能背诵。我默诵屈原的《涉江》，刚背出首句"余幼好此奇服兮，年既老而不衰"，就又走神想着穿衣服的故事了。

自小娘就要我爱整洁，我的衣服总是干干净净。娘说，笑烂不笑补，笑脏不笑旧。衣服穿破了，只要补得整齐，穿着也不丢脸。衣服旧了，只要洗得干干净净，穿出去也好看。小时候，我的衣肘上、膝盖头上和屁股上打补丁是常事。从我记事起，奶奶已老，眼睛又不光亮，不再下地干活儿了。她在家弄茶饭、养六畜、纺纱线。纺车放在茶堂屋，织布床机放在中堂屋。纺纱是奶奶的事，妈妈只管织布。奶奶眼睛起雾了，她凭感觉也能把纱纺得又细又匀。妈妈大多是夜里织布，白天抽空也要织布。吃过早饭，或吃过中饭，妈妈都要坐到床机前去飞几梭子。听到生产队队长吹响出工的哨子，妈妈边抬头望望门外赶工的社员，边飞快地穿梭织布。每回都等到不能再挨了，妈妈才起身扛上锄头，或担上笤箕，飞跑着往田里赶。

布织得足够了，妈妈选个好晴日，邀上几家打伙儿染布。平日煮猪潲的大锅用作染锅，染料热腾腾的香气从灶屋飘出来，妈妈和邻家婶嫂们笑着喊着，瓦檐上的麻雀叫得格外欢快。新染出来的黑土布在日光下泛蓝，村上人喊它作毛蓝。棉农面料是毛蓝布，夹衣和裤子也用毛蓝布做，衬衣则用素白土布或花土布缝制。妈妈善织一种飞机花，花样是直直的机身和平展的两翼，像极了当时电影里常见的老式战斗机。选飞机花布做成衬衣，很有样子。那时，小孩子的衣服通常缝得长大，今年穿了明年后年长高了还能穿。我每回穿新衣服，挽卷好过长的衣袖，都要平伸双臂比比，看两袖是否卷得长短整齐。妈妈见着都会笑，说我开始爱漂亮了。大姐年轻时做过裁缝，她给我缝过一件单夹衣，毛蓝布面子，飞机花里子。衣的袖子照例做得长过五指，我穿着时须卷上三寸长的边。多年后我见艺人穿长衫登台，袖口露几寸白边，很有派头。哪晓得，我少年时便是这般派头了。

敝乡有俗话：吃饭穿衣，不碍朝廷。老百姓吃饭穿衣都是自己的事，但并非自古如此。明朝皇帝就很爱管老百姓穿衣戴帽，朱元璋令士、农、工、商四民各穿各的衣服，从衣服面料到款式颜色，或衣或裳、或裙或裾、袖口大小，都有严格规定。比如，士人可着广袖，头上束绦带；武士袖口最窄，大小仅能出拳……老百姓也有不听话的时候，但不听话就会有麻烦。明思宗朱由检有一回出宫，窥见居然有布衣百姓穿着皮鞋过市。这还了得！朱由检马上令锦衣卫密捕胆敢穿皮鞋的平头百姓。天高皇帝远的地方，百姓穿衣更不怎么听朝廷的。有个京官回家省亲，见城里读书人穿红着绿，遂套改前人作剥体诗痛陈此事："昨日入城市，归来泪满襟。身着女装者，尽是读书人。"读书人的奇装异服，竟令正经官员如此惊骇！清朝皇帝们管百姓衣着也很操心，每年立夏官府会发布换帽告示，敦促老百姓把暖帽换成凉帽；寒露同样要发布换帽告示，敦促老百姓把凉帽换成暖帽。朝廷关心的恐怕并非百姓冷暖，只因看着子民们衣帽整齐划一，皇帝们心里才踏实。普希金时代的俄国，有贵族提议命全国农奴统一制服。因为居然有农奴见了贵族不行礼，贵族们单从衣着上又不能辨认谁是农奴。贵族们不能容忍农奴不讲规矩。但是，这个提议被沙皇否决了。沙皇担心，一旦全国农奴统一制服，农奴们就会知道自己的同胞原来如此之多，他们的势力原来很强大。

数羊、背书、冥想，都没有安神催眠之效，我就常常走神千古之外，或是万里之遥。我有时会把失眠走神的胡乱思绪记录下来，形成并不怎么讲章法的短小篇什。

（原载于《芙蓉》2024 年第 1 期）

燃烧的书页

耿占春

燃烧的书页

我带着一本喜欢的书出门，旅行尚未结束，一本书的能量已被我迅速耗尽。它沉寂了。再次翻开书页，如同撩拨燃烧过的灰烬。已经掌握的认知毫无用处，我必须时刻处在某种活跃着的饥饿的意识状态。

很少有一本书，能够永远燃烧而不耗尽其能量。

论写作

当我写下的文字过于侧重所谓现实一端时，就必须偏离它，最大的偏离与摆动才能产生接触它的撞击力。接近现实不是为了被它压垮，而是胜过它。不能仅仅凭借勇气反对一些东西。如同我必须叙述一种现实就必须逐字逐句以修辞方式修改它，必须远远地偏离它直到深入语言的一端。如此才能应对现实的极端性。必须偏离自己时代的偏见与社会的陋俗。如果我在自己的时代能够发现一个"家园"，如果能够感受到某种类似于幸福的意识，那就是如此发生着的一种写作。

地貌的魅力

窗外天色已暗，记忆突然涌现一片光，看见抵达温宿奇木园之前的那片缓缓倾斜的戈壁，一条河，一条小溪流过浩瀚的戈壁。雪水来自天边云层中时隐时现的托木尔峰。一瞬间的精神地理。那不就是我的少年吗？贫瘠、荒凉、倾斜。在精神的荒漠中一线源泉却不曾枯竭。而什么是我童年的雪峰？那寒冷的源泉呢？

寻找一个事物的隐喻而非直接说出一个孤立的事物，意味着直觉到它的关联项。这个相关项往往存在于事物的另一个层面。

情　绪

情绪是一种同时性的力量，比如愤怒，它的涌来会阻塞冷静从容的思想与线性逻辑表达。但没有情绪的思想是虚弱的。对情绪的控制是使之适当地倾泻与坠落，像一条瀑布那样，它裹挟着思想之流——同时轰鸣地流动——才能产生能量。从倾向于无言或呼喊的情绪到语言精准的表达就带来了话语的巨大落差。

我在混淆情感与思想吗？我在混淆现实性与可能性吗？或者在混淆经验和对经验的修辞学表达吗？任何这样的混淆都会让人付出代价，就像在两座悬崖之间的行动。我必须加剧这种混淆：这是唯一的希望。因为纯粹的现实是不存在的。

宁　静

事物的意义之被领会隐藏于多种器官的感知，隐藏于秘密一般的感知形态。我们无法为自身增加某种感知功能，或扩展我们的声呐与视觉光谱，但语言提供了使感知产生分化或使之精微化的途径。微言即是深入这些途径的方式。专注而宁静，是精微感知得以发生的环境。所有的话语都应是在宁静中被感知到的事物本身。话语不应在喧哗中说出，论证激起的是喧哗。诗歌唤醒的是致远其心智的宁静，一切精微的奥秘都只能在宁静中渐显渐著。

美。　宇宙论

一切美都带来精神解放：一切观念禁令与桎梏的松绑。美使自我意识消散于神秘未知领域。美携带着宇宙论的渐次扩展的意义。在另一极，具有宇宙论和解放感的超验性经验则是死亡。

死亡。神秘。

美是宇宙论的秘密，死则是生命的神秘法则。因为死，生命则可能变得神秘。也许这就是一个人期许自身"要在老年的岁月里变得神秘"之前提，没有什么比这个更浪漫。因为他日渐接近最终的神秘，因为他必须具备新的勇气。

时——间

我离开书桌一天，只几百里路，然而吃饭、闲谈使当下的无序与昨天的静思恍若隔世。无数精微的感知像真正的旅程和事件一样刻写了另一时间的模板。

话　语

有了宗教和神话，人就能谈论死亡，叙述那件事情，也能谈论不存在的事物。许多承诺已经终结，许多不幸也在不幸中结束。如今没有神话的担保，为了不撒谎，就只得对死亡和永恒之类的事物闭嘴。然而，难道不正因此事情更处在接近真实的地方？没有了宗教话语的酩酊大醉，不是可以在更接近它的地方平静地劳作、呼吸？

片刻。片言

暮色弥漫，深入湖水，远山正在变蓝。

世界独自神秘，无人领会。无论怎样致力于社会制度的理性形式，都不应清除星空的神秘性，以及此刻的神秘：远山还在变蓝。在智识的表达之外，依然需要复活或创生语言中的音乐质素。有人在相互注视着。在世界的神秘里。

论片段

我只能忍受片段：片段表达了一个直觉的瞬间。无论是领会还是感知，都已在瞬间完成。片段意味着最简洁的瞬间完整性。因此，这句话的意思是：只能接纳并钟情于瞬间。

结构意味着虚构。最好的结构意味着诸多片段的完美织体。而每一个局部也都是一个织体。

避雷针

这个意象看似简单，在那些最高的建筑物上如一根光秃秃的天线。它的能量与意象不相称：把巨大的毁灭性的能量导入自身，雷电只在夜空划下它巨大能量的意象。还有一些其他的避免灾难、监控或疏导能量的安全装置。热力系统普遍使用的安全阀，电路系统中的保险丝，技术简单、代价很小，却也是对毁灭性能量或意外压力的一种吸纳与释放。民众对神灵的信仰，各种各样的宗教信仰在某种程度上类似于避雷针，不仅在心理意象上指向高空，而且吸收着个人与社会中巨大的精神能量。也许，本是不满、不平、不幸，是苦难与痛苦，是眼泪和悲伤，这些是一个社会淤积的无名而令人恐惧的能力，但都从一个世俗领域导入了天空平静的信仰。有人的笔墨言论像投枪匕首，但对整个社会系统来说，主要是减弱社会心理或社会伦理压力的气阀。整个文化系统如同保险丝，总是充满故障，保险丝是一段对较大冲击力或不稳定的能量表现得最为脆弱的导体，但它用自身的故障保证了更大系统的调适与运行。写作之于个人不是一种避雷针的设计吗？一个人将难以承受的心理能量和精神负担导入语言、修辞和某种文体，写作和语言聚集了一个人所有的负面经验所产生的能量，使之转化为文学的、诗的、美学的东西，转化为雷电般的语言意象，但依然能够视为避雷针。当一个人热爱语言的时候，他/她该是多么的安全啊。我们不能消除能量，但能够并且也需要转化或升华能量。

但安检人员常常幻想彻底消除所有能量。拔掉避雷针，关闭安全气阀，拆掉总是出故障的保险丝，忽略总是测不准的测震仪，对各种能量采用更大的压力装置。以至于人们总感觉，不稳定不安全是这些人制造的。或许说关闭了全部安全装置不符合实情，甚至还要糟，这的确对能量及欲望的低级宣泄留下了出口，却对能量的升华系统采用了更大的压力。这么说吧，对这个系统来说，你可以满足于低级宣泄，满足于暗中的交易，但不能寻求正义感。虽说"总该有人走向雷电"——打住，我讨厌说教下去。

善意地使用语言

语言是最普遍的杀伤性武器。一些谈话之后，我时常觉得意识上伤痕累累，即使是自己的看法占了上风的时候。就最好的友人之间而言，意见的分歧——这肯定不是什么公共决策，我们没有这能耐，只是思想认识——没有善意与友谊重要。即使对方目前所持明显错误的意见，或仅仅是与自己不同的意见，但意见与观点总会变化，变化总是很快。而情感上的伤害、语言刺伤对方的自尊，却很难修复。情感上的分裂不如意见的分歧那样容易遗忘或易于修复。可是，一旦进入话语，尤其是写作，我常常受到修辞与雄辩的蛊惑，语言与心中的善意相比总是来得过于锋利了。

不同的逻辑

一篇论文有其意识的逻辑，读起来顺与不顺、好与不好，我们的理解力都与这个意识的逻辑有关。一首诗、一篇随笔有时也会处在感觉逻辑的支配之下。从字面意义上看文字、思路跳来跳去，如果只从意识的逻辑阅读，诗歌美妙的织体立刻就散落了，似乎在东弹一个音符，西弹一个音符，全不流贯，不知它们何以被安置在一起。这种阅读要求全神贯注，它细密的织体诸多的交叉小径容易让人迷路。有人没有这种感觉，他阅读的文字则有如天书。对他而言，一个世界的门永远关闭着。有些论文则处在意识与感觉的逻辑交错支配之下，不是因为别的，只是因为意识的感觉特性被找到了，只有这样的论文才配被写出，但它极其挑剔自己的读者。

身　体

他走动着，喝茶，看书，可是依然觉得身体的核心部分没有醒来。他喝咖啡，为了刺激沉睡的东西。他感觉一点也不了解自己的身体。他知道的只是如果身体全部醒来，它们就会把波动的光投进大脑，那里就会洋溢着清晨一样的语言。他写下的话语就是光。而现在，他处在自身的暗影里发呆。

梦

醒来怔怔地看着赫塞小说封底的一张老照片，那是一个小镇子，低矮结实的祖祖辈辈的老屋，狭窄的时间流而不逝的胡同，铺设着灰色砖块的道路，一切因为伦理的严谨而显得安静、质朴、洁净。那里居住着生活，簇拥着生活的天伦之乐。恍惚间，我想，如果工业革命是一场梦呢？如果我醒来之后，发现一切时尚都消失了，而走近的是这个村落的一排老屋呢？

脸

我没有想到一个人的脸真的可以如此不同。我先前没有细心观察过，没有觉察。我只在《哈扎尔词典》里看见帕维奇这样描写：哈扎尔公主阿捷赫有几张不同的脸。我当时还有些奇怪，可是在见到你之后，是真的认识之后，才发现你的脸如此变幻不定。在你沉静的时候，在你不受打扰的时候，你是你自己，那是一张安静的孩子式的脸，甚至沉思时也有些孩子气，我是说带着一种单纯的表情，即使在沉思的样子里也是这样。而你受到他人惊扰时——我不知道为什么所有的人出现都会打扰到你——我是指打扰了你的脸，使你立即不再是纯粹的自己，你拿出善意的、刻意的、准备好的表情，告诉对方，告诉在座的人们，你知道他们在。你没有忽略任何人。这是你的善意，也好似你的弱小的方式。可是，你自己的那种美、安详、恬静消失了，在一张礼貌的面孔后面。

一个时代性的细节

有许多迹象表明，文体的地位与相应的尊严在改变。小说作为叙事文体的主要地位开始衰落，电视剧继承了小说的叙事功能，但远没有得到小说曾经获得的文化尊严。小说从道听途说之流上升，开始成为诗歌一样的文体上的贵族。电视剧带着暴发户一般的走红与浅薄，在被人不屑时收购了讲故事的权利。一些怀着野心的作家把小说当作一种百科全书来写，反正小说已不顾及大众，小说越来越像天书也不打紧。虚构的想象的图像被直观的图像夺去了，文字反而成为小说的剩余价值。那么，为什么小说不像一些此前已经成熟、衰落的文体的总和呢？——比如诗、戏剧、哲学、随笔，甚至是日记——恰恰是这样，蕴含着写作的可能性。同样的理由，札记为什么不该像没有了那么多故事与图像的小说呢？人的内心活动——随着一个日益扩大的知识阶层的出现——为什么不可以越来越充满思想性呢？为什么一定是悲剧故事、传奇或喜剧故事呢？思想自身的细节、意识自身的活动，难道不可以像过去小说中男男女女的故事一样可以被讲述？——此刻，显然，我的写作又回到了这些札记本身。

接　受

预感到一种内心的变化，或许实情是对变化早已发生之后的觉察：当我感到某种悲伤时，思想就被激活了；当一个我感到愤怒时，另一个我开始更平静地思考了。愤怒与悲伤不再是摧毁思想的东西。或者说，二者之间的间距越来越小了。处在某种特别不利的位置的个人或社会生活的某个时刻，都是思想的一个独特的观察点，它应该创造出一个新视野。应该避免使历史社会中的任何一代人成为纯粹的牺牲品，应该避免为了某种想象的未来使之成为过渡性的生活。于个人来说也是如此：这就是悲伤与愤怒会成就思想生活而非毁灭思想的缘由。应该是加缪说过：幸福是一种义务。

遗 忘

我因为遗忘了某一瞬间的思想，而竭力回忆它的时候意识到：我能否回忆起前日在西湖时闪过的一个明亮新鲜的意识，取决于我是否能够重复那样一种瞬间明了的感受。或许，遗忘的是一个独特的比喻。一瞬间的感受建构了一个不甚明晰的比喻，然后尘世的言谈使之蒙上了微尘。多日了，我还在猜想：那个被遗忘的片刻闪耀与湖水有关吗？与细雨有关吗？与波动或倾斜有关吗？不知它连接着什么样的瞬间状态。与此同时，极轻极细微的尘埃每日每时都在思想和记忆上飘落。

有时我怀着这样的期待：如果那感受/思想是重要的，它就还会重复闪现。然而，一个独特的比喻难以再现。

疑似热爱音乐

一个人为他的孩子买了一架钢琴。但我知道他希望自己的孩子将来是一个拥有权力和财富的人，成为他梦想的延续。如果他的期望成为现实，这架钢琴从现在开始就是一个中产阶层的装饰品。或许在他眼里，跟汽车的附加功能差不多，钢琴属于某种优雅的符号。谁都崇拜莫扎特、贝多芬，可谁都不愿意过那种折磨人的生活，而他们的音乐就植根其间。或许，一万台钢琴里面会有一架钢琴颠覆他们父母身上的正统意识。也许最终，音乐会反对权力。

多余的

你几乎每天都在写。多余的思想，过剩的言辞。多余和过剩的结果如果不是平淡无奇，就是渐渐变得神秘。就像过多的树，过盛的水，过多的空间。谁说不是盈余造就了更好的品质？人的身上如果只有最必需的，那人就变成了一种生产工具，成为纯粹工具性的存在物。幸而，人的感知、情感、认知、想象、语言，都充满盈余，以至于看似有点多余了。这些多余的部分生成了生活中的意义领域。

风景之外

明天，我又要去那里。一次次到喀什噶尔、帕米尔、塔什干。可我只是在最表面的地方滑过它，那些旅游景点我已毫无兴趣，沿途风景也失去了最初的感性、熟悉、陌生。你和那里任何一个人都没有真实的交流，一次次，你还是希望从风俗画的裂缝中看见它风景之外的神情。哪怕它正憎恨地盯着你。

阿帕克霍加麻扎

我知道我来过这个地方，而且感觉熟悉，然后就失去了视觉上的敏锐性，甚至失去了观看的兴趣。熟悉会导致视而不见，然而声音有自身的品质，这个声音令人信赖。不管她说了什么，不管她隐藏或回避了什么，都应该相信这样一种声音。这个异族人身上有一种特殊的真诚，她的声音印证着她目光里呈现的东西。

时代和社会的约束有时会成为平庸者一个自我开脱的借口。但这个借口对于诗人、对于思想者来说就是一个关于自我的谎言。

释 梦

噩梦的地形图是一座老宅，度过了少年时期的宅院时常成为发生各种梦的地理，叫人疑心这些梦只是家宅地貌的各种变形记。少年时期的旧宅院早已成为无意识活动的地质结构，有意识的思维以何种变形记参照了这个微型的地理空间？

喀什噶尔的密封性

再次翻看一本早已读过的书，即使遗忘了内容，不记得细节，也如同重临一个从前到过的地方，没有了第一次的惊异和陌生事物带来的激动。很少的书具有密封性，很少的地方具有其密封性。而写作是一种相反愿望的产物：既打开又希冀密封性，为了重读的可能性。

美和神圣的事物总是保持着一点密封性。它吸引着看和重临。最愉快的写作就是享有一点点这样的文字的密封性。

竭盘陀国

我再次来到这个千年前的石头城，玄奘曾经从这里——葱岭——经瓦罕走廊到达阿富汗再进入印度。他经过这里时大约也要像我办理边境证一样办理关卡通牒，他的脚步开拓了文明史，他的脚印是历史的踪迹。而我第三次来到这里依然是一个含义飘忽的举动，我的脚步是一些影子。它既非为了经商盈利也不是为了什么信念或隐秘的真理。我的脚印只是一些复制性的行为，没有任何原创意义的仿制行为。我站在石头城的废墟之中，犹如早已错过了一些事物，错过了所有真实的事件。我只是为了看见阳光下的石头城，为了看见传说中的事物。我的现在时和此地的过去时并不产生任何真实的关联，我和这个地方的现在也未发生这种联系。这是一份多余的看见。旅行，或者说旅游业就是为了复制成为程式化的"看"。在接近旅游的旅行中，真实的热情遭遇着看的方式的反讽。

意义的流布

当一个人能够把物质世界的品质与精神的细致感受融为一体时，意义就莫名地涌现了。那被认为不存在的、或曾经如此贫乏的意义，流溢在目光所及的一切事物的表面。你或者具备这种力量或者与之无缘。一个地方，一本书，有时具有这样的能力：意义流布在你的周围，它美妙地混淆着心与物、词与物的界限。

其尼瓦格

夜晚的其尼瓦格，站在这个平房的长廊里，走下几级台阶的时候，似乎接触到了近一个世纪前这座房屋女主人凯瑟琳的脚印。夜深人静，惶然听闻她的孩子的笑声。斯文赫定，斯坦因，都曾经是其尼瓦格的客人。在来喀什噶尔之前，我对这座经书般的城市最深入的了解是通过这个女人的喀什噶尔回忆录。她一生中最美好的岁月属于其尼瓦格，属于喀什噶尔。她美善的心性至今使这个被荒废的中国花园弥漫着回忆的忧伤气息。

塔什库尔干

你是仁慈的，容纳了我的临时存在，且让我参与到你的现实之中。我迈着缓慢的步子走在一条东西街上，街头的一端是雪山，另一端是初冬枯黄的阿拉尔草滩。有着悠久生活根基的塔吉克人走在自己的路上，我则是你的现实中移动着的一个影子，我是塔吉克县非现实性的一部分，比傍晚的炊烟投下的影子还飘忽，还难以捉摸。不论我来还是离开，既不增加也不减少任何一丝现实性。没有迎来什么，也不会告别什么。无亲无故。一个纯属多余的举动——却被我不可思议地重复了三次。

从一家餐馆出来走到石头城下，抬头看的时候，黝黑的天空上星星越来越密：这个举动是真实的。高原上的星空是与幽暗的灵魂永远息息相关的现实。

梦的地理

午后将醒未醒之际发现我站着的地方似乎是一片菜地。我似乎在劳动中歇息。水车、水渠中水流声传来，我下意识地拖延了一小会儿，不让自己醒来，以便把这个地方看清：闻到它的意义，有如闻到芫荽与芹菜的味道。此刻，梦是这样一个地方：少年时的一片菜地和一个走向暮年的午后时分。我似乎蛮有把握地醒来。现在，当我记录的时候，才发现什么也没有理解。世界上有一些事物就像梦，它拒绝理解。

音　乐

阅读和理解活动永远包含着一种参照。你同意或不赞同一种叙述、一种判断不只是参照文本自身的语境，还有对你自身的现实感的参照。一个文本已经潜在地参照着它的世界，没有想象的"零度"。那些似乎是最陌生的东西也参照着一种对于经验的理解。那些新异的表述或符号似乎是关于某种现实风格一致的变形，它通过这一富有新意的符号过程将事物中纷繁和分散的含义集聚在知觉活动之中，集聚在一种知觉过程中。它是被知觉的世界、被思考的世界的一种呈现，没有借助某种语言或符号的一致的变形，思想与感觉的某些层面就始终处于被囚禁的状态。

抽象地认知与表述世界的能力不在于不理睬经验世界，而在于对经验世界采用一种"一致的变形"进行描述的那种符号化的能力。就像音乐那样。

塔什库尔干（2）

如果我在塔什库尔干的存在不属于日常化的事物，那就是一个偶遇，一个"奇迹"。塔什库尔干的"总体存在"预设了偶然的事物。而没有偶然的事物，这个总体存在就不是它所是。我的到来不是纯然无意义：没有偶然事物，它的总体存在就不完整。它的总体性由偶然存在物加以扩展，由偶遇来完成。我不需要变成石头城上的一块石子那样属于塔什库尔干。在这个意义上，我属于它，属于它的非稳定性的一面或非封闭性的一面。现在我以这样的想法试图克服走在帕米尔宾馆街道上的那种完全置身于它之外的感受。我要跻身于它的现实性之中：我不需要脱离自身成为他者，通过看，如今通过记忆，使它成为"我"自身的一部分。

无标题

世界的每一片段都展现着无穷的形象，都会对某种注视和询问作出回应、震动与共鸣。世界的形象与我们自身的存在交织在一起，对它的呈现将变成对世界及存在意义的一种解释方式。我们轻轻地询问，世界轻轻地回答：在它的瞬间形象中，在语义之外。

糖　纸

他想起童年时偶尔吃到一块糖时所感受到的整个生活之甜。糖纸也多日舍不得扔，在夹进旧语文课本之前，还会时时闻闻糖纸上绵软的味道。糖纸的纹样纠正着整个生活世界的粗糙，它几乎就是一个生活理应如此的幻想符号。

不可言传

神学上的不可言说是一个永久悬置的问题；诗学上的不可言传意味着什么呢？一首诗的不可言传指向一个什么样的秘密？神学与诗学的秘密如果有一个共通之处，那就是它们的话语都指向认知的边界。或许，诗学的秘密产生于话语的自我缠绕。诗学与玄学的"不可言传"的传统是另一种形式的，即没有神学的宗教。关于"道"与诗的不可言传，设定了一个自相缠绕的秘密，它也体现为一种张力：词与物、词语与意义、事物与意义之间永恒的紧张。

或许，诗就像美的现象自身一样，美是显现着的秘密，成为不可言传的根源。

开封郊区

回到开封郊区，每天面对它，心中产生了想描写窗外"景色"的愿望，写写房顶上的吊车，炮弹壳似的白色搅拌机，围着一层护网的脚手架，写写建造了一半的安置小区旁边几棵光秃秃的小树，乱草地上一群吃草的羊，飘在荒芜草地和稀疏麦地里白色和红色的塑料袋，新增的变压器和矗立的水泥电杆，新安装的路灯和垃圾堆，"突突"响起的手扶拖拉机和整个世界的混乱。但写至此刻，你才知道唤醒描写愿望的是对显现在这一切之中的另一种隐秘的支配力：即使没有雪，没有一个像样的生活世界，冬天依旧是冬天，携带着它肆虐的寒风和平静的力量，穿过这混乱的一切，赋予其秩序。变得抽象的自然、千疮百孔的自然依旧还是服从冬天的秩序。这几乎就是关于它最后的极其可怜的观念。

在一个清晨最早的时辰，在建筑工地旁边的一片稀疏杂乱的麦田里，依然笼罩着一层薄薄的晨雾。自然在一点残余的空地上残留了一小会儿。你知道失去了一种生活，你再也不能在云雾笼罩着荷塘的时辰醒来。

事物中的呼喊

他想起，在西域，无论置身于寺院内、绿洲上，还是废墟中，他似乎都能听到一种意义的颤动，一种在语言之前萌生的意义的悸动，在维吾尔人庭院的廊柱下，在额尔齐斯河的五彩滩，在葡萄转向成熟的指针间，那里总是有一种渴望，一种隐约浮现的内心觉醒，预示着某种期待的沉寂和喧响，似乎一切都在等待一种新的意义，一种从古老的世代觉醒过来的信心，甚至是一个神。然而一切期待与渴望又密封着，被封存在建造寺院的石头内，或颤动在古木苍苍的根系中，仿佛所有的事物都包含着一种呼喊。然而从那个夏日之后，当再到这些地方的时候，他似乎再也听不见事物的呼喊了。

后　街

一个城市的主街道是提供给观赏者的，后街是生活空间，然而常常是后街更具有看的价值，时间的缓慢推移赋予了后街意外的观看价值。

喀什噶尔

在高出街道地面的高坡上，喀什噶尔老城错落有致的房屋如同远处的喀喇昆仑层峦叠嶂的一个辉映，十一世纪喀拉汗王朝时期的城墙一角还在，不规则的过街楼，熔进了下午阳光的生土墙体，迷宫一样交错的胡同，踏出坑洼的方形砖与菱形砖，修补重叠的黄泥房屋、栽种着无花果和石榴的狭小而安静的院落，室内风格的奢侈华丽，这一切由于它度过的岁月而富有美感，成为值得瞩目的事物。街角的孩子、妇女和老人，仿佛老城三种风格迥异的灵魂。这些智者和圣人一般的面貌似乎已存在了几百年。

我怀着并不明朗的动机一遍遍地描绘我喜欢的事物。描述你喜欢的事物似乎是最秘密的拥有它的方式。

想象域

只有想象中的幸福才是无尽的，事实上人总是难以忍受长一点的幸福。似乎一整天的幸福足以使人平庸无奇。奇怪的是人竟能忍受长时间的痛苦，一个人想象的幸福生活似乎要比实际愿意享受的幸福深刻许多。

理解生活的方式

一个写诗的人在想法来临时有如一个孩子刚学了一些新词，事实上都是新词，一些半生不熟的词，和一些根本还不认识的词，却急于知道一句话的意义，急于用它说出自己还不清楚的意义。他在思索他的生活的时候也常常处在这样的状态。

这些，比一切词语都已被废弃要好，比一切事物的意义都已空洞要好。

语言的音乐

现在已是夜晚，白天的写作已让我深觉疲劳。分析使人疲惫，分析、说教、论辩，都不是（对语言的）爱。心里渴望文字变成音乐，就像对语言的赎罪：原谅我把你当作工具，而不是作为快乐的源泉。尤其在白天写下了批判性或嘲讽性文字之后，多想沉默，在一段即兴写下的音乐般的文字中，渐渐陷入有意味的沉默，我和语言一起沉入夜的黑暗。哪怕只一小会儿，一两个乐句，话语中半展开的一个乐思。这是我为自己预留的作为写作者自我赎罪的秘密仪式。

时　间

不知为什么，连时间都失去了自己的品质和内涵。他想起少年起夜时的月亮，冬天的雪地。在这段被抽空内涵的天黑之前的时间，他想着少年时代的傍晚——光线发生着人能够感知的愉快而叫人惆怅的变化。傍晚到向晚，是一个缓慢而充满细节的过程。显示着时间的细节、时间的品质。连午后这样有点光秃秃的时间也充满氛围的悬疑，和它诡秘的明暗度。如今似乎连光线和黑暗都被污染了。

再也没有漫长的黄昏——灯，瞬间就一齐亮了。

（原载于《雨花》2024 年第 3 期）

小毛桃

周晓枫

第一天

门口一直喂着的流浪猫和我之间产生了裂痕。严格地说，是二橘对我产生了信任危机。它认为，遭到了我的抢劫。

二橘是绝育之后放归的，在经历了疼痛和绝望之后，它对人类充满警惕，是猫群里最为谨慎的那只。开始，无论什么样的罐头和猫条诱惑，二橘对我都刻意保持距离。是连续数年的投喂，二橘看到其他猫伴对我撒娇卖萌，看到它们被摸头揉肚却毫发无损，才终于靠到离我很近却维持一臂之外的距离。二橘将信将疑，对我逐渐信赖，尚未丧失提防。二橘开始像其他猫一样，向我眨眼或喵叫来表示问候；在它刚睡醒，或者我放置食物的动作比较大的情况下，二橘还向我象征性地哈气，来表示敌意。

直到这个早晨，二橘怀疑我长期的伪善，瞬间暴露破绽。当事情发生时，它难以置信地死盯着我，犹豫之后，它几乎带着烦躁和恼恨，离家出走般，从我的小花园一跃而出。

我很少起这么早，晚夏的清晨带着些许凉意。我是被几只猫争执吵闹的叫声唤醒的。这些猫生活在我家附近，分为几个小小的派系，之间的关系时好时坏。住得离我最近的女邻居是爱猫人士，家中已经收养了多达两位数的流浪猫，因此美名远播，常常就有人把幼猫、病猫和弃猫送上门来。她无力应收尽收，就把送到医院做了绝育和治病痊愈的猫放归。这些猫咪并不远离，它们就在附近活动，相当于散养的家猫。

我出差频繁，在家又玩物丧志——几次经历都证明，我并不适合养宠。我溺爱，且毫无节制和理性，整日与动物玩耍，几乎丧失写作习惯。一旦某个小可爱离开，我又被击垮，元气大伤，甚至短时间内生无可恋。我养不好宠物，无论在食物和药物上怎么注意和努力，就连五光十色的金鱼到我手里，没几天就气息奄奄，抢救无效。对这些近在咫尺的流浪猫，我一视同仁，不敢收养其中任何一只。我喜欢小动物，也愿意分担邻居的经济压力，每天早晚我都放好猫粮和饮用水。如果说，邻居约等于养母，我就相当于远亲。每天都有猫孩子在我家附近，等着就餐。

流浪猫就像它们脚底肉垫那样，行动无声。偶尔因为打斗，发出狞厉的啸叫。但这个早晨，它们骚动得异常，和平日的动静不一样。奇怪，我得去查看一下。

二橘频繁探出前爪，拨弄着什么。另外一只猫蹲伏，专注旁观。在它们的前方，一个很小很小的跳动影子，正试图隐入草丛。二橘的注意力集中在猎物身上，所以它被突然"从天而降"的我吓了一跳。二橘不习惯离我如此迫近，它迟疑之后，被迫放弃自己的猎物，仓促离开。那团扑闪的影子，在草叶间穿行不远，就被我捉住了。

一只小麻雀。

它的羽毛勉强覆盖，略显潦草，但它有精神气儿，甚至是一种近乎骨气的东西，眼睛晶亮，闪烁光芒。我想当场放飞，又觉得麻雀太小了，只能扑腾几下，似乎还在试羽阶段。我想把它送到医生那里看看，看看它有没有什么外伤；假如有了外伤，也许我喂食两天，它就能生活自理，回归自然了？

我曾有过成功案例，大学养过一只灰喜鹊的幼雏。喂养数天之后，它振翅从窗台上飞走，回到对面接应的亲鸟之中。可我也有过失败……也是路遇一只掉落的小麻雀。那是午餐时间，校园里稠密的脚步来往穿梭。小麻雀置身险境，缺乏起飞的能力。当时鸟类保护常识并未普及，不过我也知道，尽量不去碰触幼雏为好，鸟妈妈也许就在附近徘徊。张望一番，亲鸟并未近在咫尺；如果它在，是否有拼死一搏的勇气，从人群中救护自己的孩子？同学们好奇地围拢过来，也许绝无歹意，可是出于热爱的玩耍，也会减少幼鸟成功返巢的机会。我决定暂时把小家伙捡起来带离，等用餐高峰过后，趁着午休人少或夜深人静，再放归树下，等待亲鸟的认领。

刚进宿舍，一没留神，小麻雀找机会钻入床底。那里杂物多，我们找了好久，都没有发现它藏匿的身影。下午还有课，我把床底封挡起来，等老师点名之后的课间，再跑回来营救它。哪想到，等我返回宿舍，仅仅隔了一个多小时，小麻雀已僵死在墙角。

是不是自己挪动物品时无意碰伤了它？还是以它的幼龄，上午的掉落和下午的幽闭，这么长时间的禁食足以毙命？我内疚，留下阴影，我始终记得小麻雀裹着灰尘团块的尸体。

时隔三十多年，又遇到类似情形。

这只从猫口救下的小麻雀，我希望一切对它来说，不过虚惊一场，从此劫后余生，重返自由。经过宠物医生检查，只要它并无大碍，我就尽快放飞。深知麻雀不像其他小兽，甚至不像其他小鸟，如果不是从光裸的幼雏开始养起，它很难在人类的豢养下成活。天下的麻雀，在人类眼里看起来都一样；可能它看人类也一样，甚至看猎食者也一样。从猫爪到我的手里，也许在它看来，就是从一个小妖怪转移到一个大妖怪的手里。我语气轻柔地对它说："小家伙，别怕，你不必认识我，你以后和自己的同类好好相处就行啦。"把麻雀装在牛奶盒子里，轻若无物，走路时轻微晃动，我都感觉不到它的存在。

因为有前车之鉴，我希望它在我这里停留的时间越短越好，所以几乎立即带它前往动物医院。路上，我有了主意，给它起名叫"猫逃儿"。虽然加了儿化音，"猫逃儿"叫起来特别顺耳，就像天生属于它的名字——可名字里既有天敌，又有亡命天涯的感觉，我又觉得不吉利。嗯，改成谐音"毛桃"。毛桃，是我童话里的角色，而且是一只猫的名字——用到小麻雀身上，正好以毒攻毒。有了这个名字，我再看它，小毛桃给我一种似曾相识的错觉。

可惜来得太早，宠物医院两个小时以后才开门。徘徊得无趣，我决定先去看望父母。

医生出身的妈妈一直强烈反对我接触动物，听说牛奶箱里装的是麻雀，她紧蹙眉头。我合拢掌心，轻握着小毛桃，让它出来见见面。妈妈说："你这么攥着，它不热吗？"是啊，夏天，加上它的一身羽毛，还有我的体温。刚刚略为松动手指，小毛桃就趁机挣脱我的控制，展现了它的飞行魔法……短途而速降，然后在几秒钟之内它就消失在空气里。

我们小心翼翼搬动沙发和按摩椅，也犯愁地看着阳台的花盆和杂物，小麻雀到底在哪儿啊？这一幕似曾相识，我心头一紧，往事的阴影涌现，我怕重蹈覆辙。

妈妈用手机找到麻雀的鸣音，播放出来，希望小毛桃听到同类的呼唤能有所回应。长时间停顿，没有反馈。妈妈因方法无效而遗憾，她疑惑地问："这只小鸟会不会听力有问题，会不会耳聋？"我为小毛桃辩护："人家还小，还没学会说话呢。再说，谁知道手机里麻雀叫的是什么内容？也许在聊家长里短，也许是相互争夺地盘的挑衅，抑或是儿童不宜的热烈求偶。总之小毛桃不感兴趣，所以才始终没有露面。"我一边说，一边为它的无声无息而不安。

家里几个人一起找，终于从暖气片下发现了小毛桃的身影。被发现之后，它试图逃脱，但被我用毛巾裹住。为了避免再次发生意外，我立即从网上查询附近距离近又评分高的动物医院，祈求小毛桃没有大碍。它可以尽快自由，我也可以尽快摆脱自己的压力和责任。

赶到医院，这家主治猫狗。虽然麻雀平凡，但属于异宠，他们不管诊治。说是异宠也不为过，因为少有人拿麻雀当宠物。没有鹦鹉那样艳丽的色泽，以及鹩哥那样出色的语言天赋，也没有文鸟那样娇羞温柔的好脾气——麻雀是离人类生活最近的鸟，却是最不好亲近的。除非从裸雏开始养，否则难以驯服。成年麻雀的性子刚烈，被俘宁愿绝食赴死。鲸鱼是会自杀的动物，我们因此猜测，鲸具有极其丰富的情感世界。如果以此为标准，麻雀也不那么简单，它在人类面前抱有一种莫名却格外坚定的气节。

来这家求医被拒，我再度返回早晨尚未开门的医院，那里有我熟悉并信任的异宠医生。徐医生接诊，先给小毛桃称重。太小了，它刚刚 11 克，比人类灵魂稍重一点。小毛桃缩着翅膀站在那儿，似乎没有外伤，但仔细检查，徐医生发现它右腿根部，受损的皮下气肿明显，像是泡泡糖刚刚吹起的囊泡。这种内伤可能重，也可能轻，不能判断出来，也无法预测能否自行愈合，徐医生说只能静养观察。

我追问："那像这样的小鸟，需要恢复多久才能放归？"

徐医生回答："一个月。"

那么长时间！小毛桃开始可以扑腾了，我以为养两天就可以呢。问题是，我二十多天以后就要出差，难以找到可以接替照顾的人。犯愁，也不能住院。徐医生只给开了一小袋营养粉，这让我心怀隐忧……好像医生隐约判断，它活不到吃满一袋营养粉的时候。徐医生说，最好它主动进食；如果不行，就用注射器辅助喂食。

小毛桃的喙，看起来小巧而光洁，前端半透明，就像指甲刀剪下来的一小片。它不吃不喝，紧闭嘴巴。我们无法沟通，小毛桃拒绝开口。细小的喙未曾褪尽残黄，除了偶尔叫几声，小毛桃没有任何表达。它的叫声明显无关食物和水源，和我更没有任何关系。我不知道这是它在呼唤同类，是对自然的怀念，还是庆幸自己从杀戮里逃亡；它是给自己打气加油，还是叹息于莫测的未来。

我有个漂亮的宠物外带箱，浅蓝色的胶囊型，亚克力材质布满透气孔。一侧可以整体开合，另一侧有着非常大的弧形圆窗。小毛桃蹲在那里，向外看，就像进入太空的宇航员——大概很少有麻雀来到这么远、这么陌生、这么奇怪的地方。人类的卧室，对于麻雀来说，不就是外太空吗？

临睡前，我看到令人喜悦的场景：小毛桃开始梳理自己，有条不紊——只要顾及自我形象和尊严，大概象征某种活下去的希望。小毛桃晚安，愿你在宇航员的舱室入梦，让它载着你完成夜晚中的继续飞行。

第二天

天亮了，请宇航员小毛桃出舱。

白天，我把小毛桃换到鸟笼里。严格地说，这个铁丝笼子不是鸟笼，是我逝去的黑尾土拨鼠宝宝左左和右右用过的鼠笼。我怕太空舱亚克力材质的光滑表面，使小毛桃不能锻炼爪子的握力，才把它移出有透明盖子的宠物箱。我想，宠物的"宠"字，是宝盖下面一个龙——这意味着，哪怕是条龙，被盖住都会减弱功力，变成被征服之物；何况，一只小小的麻雀。还是让小毛桃到没有顶盖的笼子里吧，至少通风，像在自由的空气里。

由于并非专用鸟笼，我事先进行了小小的改造：掰开一次性筷子，给小毛桃做了两根栖木。搬家时，我怕小毛桃害怕，把它轻轻蜷在掌心，遮住外界光线，以一个成人的体温包裹一只雏鸟的体温。与体量相比，小毛桃的心跳未免太明显了，我的无名指肚感觉到持续的脉冲。

小毛桃轻盈，但站上去筷子不稳，变成了袖珍滚木，它容易跌落。我用几根橡皮筋捆绑，筷子才得以固定。我又用口罩加工成一张小小吊床，上下边线捏合一下，就对观察者的视线形成阻挡，小毛桃在其中可以小憩。在微型栖木和袖珍鸟巢之间，或动或静，让小毛桃能够有所选择。

　　小毛桃喜欢躲在口罩里，那里有哪怕是伪造的安全感。疫情期间，囤积的口罩有了新用途，我把许多彩色口罩变成小毛桃的彩虹小屋。数个小时就要更换口罩，这是小毛桃需要的频率，因为这位小朋友失禁是常事。我对家务毫无兴趣，自己的屋子乱七八糟，偏偏对小毛桃的口罩小屋有突然的洁癖。我希望它能在干燥又干净的环境里好好养伤。

　　但小毛桃自己，一点都不脏。因为它绝食，我试图用指尖力量撬开它的嘴强行喂饭，不小心把食物蹭到它的颊腮。我去取湿纸巾，回来时，它脸上已经没有糊状物，我不知道它是怎么把自己收拾干净的。真是一只自爱又争气的小鸟。我闻了闻，小毛桃身上有种刚刚过期的面包那种香味儿。

　　愁人的是，小毛桃对各种食物都视若无睹，对我的劝说也置若罔闻。我忍不住叹气："小毛桃，你为什么不吃东西啊？你的仇人是猫，又不是我。"

　　说曹操，曹操到。

　　小毛桃的仇人二橘回来了，它若无其事地躺在外墙的窄边上，袒腹小眠。它好像全然忘记昨天早晨自己的猎物遭到抢劫的事情。二橘的状态，反而比平时更松弛。我赶紧跑出去，拿着猫咪们热衷的猫条作为道歉。

　　二橘从不争抢。流浪猫为了美食向我靠拢示好，这种事，二橘不参与——不知是出于谦让的美德，还是胆怯的习惯，或者是二橘对人类加工的食物没有夸张的热情。但这次，二橘近到抵达我的指端位置而没有撤离，而且埋头猛吃，甚至没有在意我的表情和动作。

　　这时，另外两只少年猫也靠上来。其中一只奶牛猫原本温和，后来失踪一个多月的期间不知经历了什么，再回来性情暴烈，领地意识极强。这只奶牛猫拿自己当猫王，吃饭必拔头筹。奇怪，这回二橘见到奶牛猫也不退让，二橘似乎明白，猫条就是专门针对它的物质赔偿，只有它享用起来理所应当，别的猫根本不应染指。奶牛猫趴伏在旁边，二橘毫不避让，这种突然的理直气壮让奶牛猫蒙了，两者之间没有引发往常那样的争端。倒是剩下那只少年猫，以为自己能够分得一杯羹，刚刚靠近，二橘一阵表示愤怒的哈气，还抬起意欲动武的前爪，当场逼退对方。二橘一定知道，这份美餐，是我在弥补盗窃猎物的罪过；也许它全部收下，才能代表对我的原谅。

无视周围三三两两的流浪猫盘踞，吃干抹净的二橘眯起眼睛，舔舔爪子准备睡了……猎手的懒惰，近乎美德。

我返回去照顾小毛桃。在高度有限的笼子里，它像钢琴上起伏的手指那样，在木条上小幅地起起落落。我拿着各种食物试探，感觉它对黄瓜丝犹豫一下，我立即备受鼓舞。长时间拿着一根黄瓜细丝，极细的丝，宽度像剪指甲剪掉的那个宽度。可小毛桃刻意回避，小小的喙朝向各个方向，精确躲开黄瓜丝形成的隐形半径。我的右臂因长时间僵持，连累得倾斜的右腿都有些疼，但小毛桃虽闪避，却并未跳离横竿，这让我抱存一丝希望。

我把黄瓜、苹果等果蔬卡在铁丝上，自己藏在衣帽间偷窥。我默数，到100，看小毛桃在这之前，会不会趁着没人偷偷啄上一口。

小毛桃飞动的频率明显提高，和刚才那种练习式的飞翔不同，这像是那种有什么心事的飞：比惊飞慢，比试飞快。它在各个角落起降，像是果蔬会发射电波在干扰着它。有几次，小毛桃在黄瓜和苹果前面有所停顿。我预感激动人心的时刻即将到来，它若能自己采食，我将如释重负。我猜它在食欲和气节之间进行挣扎，我甚至猜它气恼我会提供这样的选择与考验。成功的时刻近在咫尺，我在满怀期待地倒数……

然而，数字过了100，它没有。我只是听到频繁扑翅的声音，中间，它叫了一声，然后一如既往。一定是我数得太快了。不算，我重来。我放慢到儿童学习数学的程度，一步一个脚印地慢慢计数。一只小小麻雀，它耗不过我的。

对峙，到了终点的200，它没有妥协。

因为失败，我增加到第三个100，情不自禁地加快语速，心想：事不过三、心诚则灵。

可惜就成功率而言，多是事与愿违。我数过了300下，它起落不到100次……黄瓜在缓慢地失去水分，苹果在不动声色地氧化。小毛桃依然扑腾着翅膀，上下徘徊，但并未触碰食物。它回避着，像暗恋者回避与意中人对视那样。小毛桃像出气般，执拗地啄着笼子上的铁丝，像是恼恨于自己受到的食物诱惑，以及此时陷入的困境；它的恼怒，不仅是被囚那么简单，像还包含未来威胁到它的屈从。哎呀，我怎么才能让小毛桃明白，这不是它的妥协和屈从，只是请它接受一份来自人类的善意……并且，这更像是对我的安慰和鼓励呢？

把它抱在手里按摩的时候，开始我分不出它是欢迎、紧张还是反感——我的指端轻抚它略微凹陷的脑门，小毛桃紧闭双眼。我后来判断出，它渐趋享乐，因为它的翅膀一点都不扑闪，甚至没有利用我预留给它扑闪的空间。

徐医生说要静养，不去干扰，可我还是急于想和它建立信任。这种忍不住的喜爱，有时和我缺乏耐心、易于焦虑的性格有关。我这一整天都无法集中注意力，心思全在小毛桃身上——我随时准备照顾它，而它好像并不需要我的样子。

晚上，我怕外面冷，重新让小毛桃回到它的太空舱。它睡了，样子很可爱，和天鹅一样地把头扭过去埋起来。哈，这样一夜下来，它也不会落枕吗？我着迷地看着小毛桃可爱的睡相，祈祷它能活到健康的明天。我也终于体验到全职妈妈的感受了——等孩子睡了，我才能在电脑上干点活儿。

第三天

我早晨六点醒来的时候它醒着……小毛桃活着，这对我来说就是鼓励，我欢欣雀跃地爬起来。

因为小毛桃拒食，昨天我就下手了，今天接着冲营养粉。调成糊状，吸入小号针筒，前端接上一段最小号头皮针的软管。所谓头皮针，是在头皮上进行静脉输液所用，经常用在小孩身上；因为他们的手部血管不如头皮上的好找。看起来，和手腕输液的针相似。去掉头皮针的针头，我只保留一段短短又细细、透明又柔软的导管。经过徐医生的位置测量，导管的长度要恰到好处。这样可以通过小毛桃的口腔，把食物直接推入它的胃囊。

用针筒注射期间，小毛桃的态度很奇怪。它既急迫吞咽，又急欲拒绝，我不理解它的态度，不知道应该接着喂食，还是应该暂停手里的动作。在一个瞬间，我感到了它的犹豫和痛苦，但我还是毫不犹豫地让它忍受痛苦，去接受这份被动的食物。

把小毛桃放回笼子。它看起来疲惫衰弱，睁开眼睛都吃力。是不是我喂食的时候，糊住了它的眼睛？我用微湿的纸巾，帮它洗了把脸，还有下巴颏。这时才发现，它的肛门被自己的屎尿糊住了，这样进食只会增加仓储压力。我把小毛桃清理干净，但它有所对抗，皮下那个气肿，呈现出更大泡泡糖那样惊人的空腔，皮薄得吹弹可破。

在网上查了查，说可用消毒后的针，刺破放气。我不敢操作，还是开车去找徐医生。徐医生休息，用微信联系之后，他推荐了其他两家医院。我继续前往，而两家的异宠医生一个病假，一个休假，都不上班。

小毛桃在宠物箱里，跟随着我转运。有时听到外面麻雀的叫声，我发现它的身体一下一下无声抖动，和叫声的节奏严丝合缝，就像那些声音是受到它的遥控。等外面的麻雀叫声停了，小毛桃也不再颤动。半个小时以后回到家，小毛桃突然热切回应了窗外大麻雀的叫声……也许，大麻雀就是丢失了自己孩子的双亲。

可我无法把小毛桃归还给它们。杀手，还在外面游荡。

二橘每天都来，频率胜于以往，它就躺在那个窄窄的围栏上，眼睛眯着，像是假寐——这是最佳角度，正好可以看到小毛桃在外飘窗的笼子里蹦跳。二橘还认得出自己险些得手的胜利品吗，还是仅仅把小毛桃想象为下一顿可能的野餐？二橘非常有耐心地躺了整个下午，看小毛桃，就像看到它的点心正在烘焙之中。

我去给二橘喂了一个罐头和几片猫薄荷小饼干，觉得这也是自己的毛孩子。不错，是出自二橘的猎杀，我照顾小毛桃，就像知道孩子闯祸就极欲弥补的家长。可对二橘，我既不忍心也没有道理惩罚，这就是猫科动物的本能。

在猫和小鸟之间，怎么选，都是错。

流浪猫寿命短，活不了几岁，熬过一冬都算幸运者。因为在万物冻结成冰的北方，不仅觅食困难，流浪猫也难以获得饮用水的保障。各种意外，随时发生。我家门前的常住民，换了一拨又一拨，在寒冷萧瑟的冬天，白猫灰秃秃的，黑猫灰秃秃的，橘猫和玳瑁猫斑杂的毛色上，也是肉眼可见尘土。绝育后，它们终生不会再有自己的爱侣和后代，活得孤单、短暂而颠沛流离。我想善待这些小可怜儿，我想提供一点力所能及的帮助。有时，某只猫因为想去探险，或因为没有抢到零食而自尊心受挫，就离家出走，浪迹天涯去了；当我看到它再次出现，重逢如遇节日。我希望这些流浪猫就在附近，养生养老，颐养天年。

然而，喂得流浪猫长寿，鸟就倒霉。这些身手敏捷的猎手，耐心观察，跃跃欲试，看不清是怎么弹跳攀爬，它们就已置身凌空的树枝之间。流浪猫的行动时有失败，但我也会看到成果。它们抓小区溪水里的金鱼，也抓比花生大不了多少的幼鼠。有一次，有人看到它们捉了一只不知哪里来的鸡仔，奋力追赶，猫还是带着战利品跑了。我曾在放猫粮的碗盘里，发现过半个带着残根的翅膀，太不完整，我判断不出是哪种小鸟。

我很喜欢窗外的那些喜鹊、斑鸠、戴胜、煤山雀、白鹡鸰和白头鹎，还有那些结实得像个小拳头的麻雀。其中一些鸟类偏爱猫粮口味，等流浪猫吃饱离开后，赶过来享用它们的剩饭。除了体格健硕的喜鹊单枪匹马，其他多是组团前来。轮流站岗和用餐，以躲避伏击，躲避流浪猫炯炯的目光、杀伐的利齿和指钩。我放置猫粮的位置，既方便于猫，也便于鸟类取食和避险——视野相对开阔，流浪猫即使借着植物的掩护，闪击也常常扑空。其实，我在树上专门挂了喂鸟器，造型一个是金属编丝的猫头，一个是田园木屋。我希望鸟兽分开取食，就不必虚惊一场或空欢喜一场。然而，鸟儿对专属喂食器畏惧，我把鸟粮换成猫粮，它们也不靠近那两个奇怪装置，宁可在猫口下冒险。

我不知道，对流浪猫喂食充足，还是给予有限哪个更好。如果食物充足，它们是否就在饱足的睡眠里，减少狩猎的概率？但这意味着，它们更在延年益寿的安稳里，享有更多的伏击机会。如果控制给食，这些流浪猫是否为了果腹需要，恢复更多的野性，开始更为频繁的杀戮？这让人犯愁和困惑，而无论我怎么做，每年都会有幼鸟成为牺牲品。

劫后余生的小毛桃，愿你享有漫长的余生，愿你享有美味的早餐、安全的睡眠。每当被强制喂食，针筒里的营养粉注入胃囊，吃饱的小毛桃会立即犯困，几乎秒睡。不过，它睡不了一会儿，就从笼子里的口罩吊床里蹦出来——我就知道，该换新床罩、铺新床单了。我发现，小毛桃特别喜欢尿床，但它绝不喜欢尿过的床；只要弄脏，它会立即离开现场。

小毛桃还是没有开始自主进食。我不看它，转移视线，假装在做我自己的事情。我在餐盘里放了一点点煮过的小米、一点点掰开的蛋黄、一点点切碎的苹果和菜叶，我在犹豫，是否去花鸟市场，给它弄几条虫子？不，这是一种吓退我的想法。除了用针筒强行灌胃，还有什么办法能让小毛桃吃东西呢？偶尔听到鸟喙轻轻啄击的声音，等我看向它的时候，才发现是自己的幻听，因为小毛桃在口罩里蛰伏，一动不动，连方向都没有转过。

"求求你啦，活下来。"我默默许愿，"我愿意为此少写一个绘本故事，行吗？"

童话般的小毛桃，不声不响。

第四天

有个会议我必须得参加。

小毛桃怎么办呢？把它独自放在家里，像把婴幼儿留在家里，我不放心，担心发生什么意外我不能及时救治。犹豫再三，我还是把小毛桃带到了单位。

我小心翼翼，就像拿着一只易碎的小古董。从不觉得是自己在惠及于它，相反，我担心自己失手。我的小脑好像有点失调，动作的平衡和协调能力很差，手也特别笨，转身就碰倒瓶子，拿个水杯也洒得哪儿都是水。我审慎地使用自己的握力，生怕小毛桃因为惊恐肿起更大的气泡。

我很像一个善人……其实不。我，乃至我们这代人都背负着麻雀家族的血仇。

多年前，麻雀几遭灭族，它们被算作"四害"，到处是瞄准的气枪和弹弓，是铺张的网，是敲击着不允许它们降落休息的锣，是庆祝它们落难的鞭炮。我的父辈们多有对麻雀的杀戮史，这甚至被列入学校教育的内容，是每个学生必须完成的任务。虽然麻雀小巧，但依然嫌清点它们的尸体麻烦，所以在统计数字时，只要求看到一对小腿。我父母那代的学生们不仅积极响应杀戮，还会冷静地切下它们的小腿，这样便于携带和计数——拉开火柴盒，里面是比火柴梗还细的，又像火柴梗那样摞在一起的麻雀小腿。

在我的童年，在那个蛋白质匮乏的年代，我吃过最香的食物，恰恰是麻雀。

我记得，那是一个扁扁的方纸盒，打开盖子，内部空间像九宫格那样被分成更小的方形，整齐排列，每个格子里，是已经收拾得极为干净的食材。没错，整盒麻雀，不过看不出麻雀的样子，因为没有羽毛和内脏。它们光裸着小小的肉身，可以直接下锅。

那时很少见到这样的半成品，这是专门用于出口的食物，所以被客人当作礼品送给爸爸。围聚餐桌，等待。金黄色的热油翻滚，密集的气泡不断破碎，把肉味儿扩散到空气当中。我对着这一小坨刚出锅的肉块吹气，热度还烫，我就迫不及待地咬下去……蛋白质和油脂混合的充盈香气，在我的嘴里久久不散，就这样回荡在味蕾之上、回忆之中。

很长时间里，鸟里的麻雀，就像昆虫里的蚂蚱那样让人无动于衷。它们频繁出现在夜市的摊位中，被成串穿在竹签上，被滚油浸透，在笊篱上沥干，被撒上椒盐和辣椒粉……死后遭受酷刑，这让它们变得美味。不错，我曾经了解它们的味道，获得过杀手才能拥有的奖赏。

对麻雀的伤害，已经绵延几代。从祖辈到父辈，也包括我所谓天真无邪的童年，都曾热衷诱捕麻雀。爸爸用过门板，妈妈用过笸箩，我用过脸盆……下面撒上粮食，等麻雀一来，立即牵拉拴在立棍上的绳子，把麻雀扣在下面。

记得有一年冬天，我冻得脸僵手麻，可雪地里的麻雀警惕性很高，它们在周围蹦蹦跳跳，就是不落圈套。只有一只麻雀，在危险的边缘试探，偷食一口，马上跳闪开来，去喂食一只稍小的麻雀。我惊讶，为什么冰天雪地里会有小麻雀？它本应在冬天来临之前就已成熟。虽然样貌近于成年，但嗷嗷待哺的姿态，表明它尚未独立谋生。正是为了这只推迟发育的小鸟，大麻雀才在食物匮乏的饥饿冬天，铤而走险。小麻雀或许因为听话，或许因为自私，它不越雷池一步，不断乞食，但它绝不靠近陷阱，甚至远离陷阱的阴影。

无论是大麻雀的技巧性取食，还是小麻雀的心理性回避，麻雀都表现出一种平衡的能力。在东北，麻雀还有另外的名字。为什么叫它家雀，为什么叫它家贼？贼，说的是它的精明。麻雀是离人类生活最近的鸟，但它对人类始终警惕，甚至保持着高度抵抗。别的鸟受伤，可能在人类的救治下重获新生；而成年麻雀养不活，它们常常绝食而亡。如果强制喂食，它们甚至会因气绝立即死去。麻雀生活在人类的屋檐下，即使吃着人类掉落的食物残渣，依然肯拿性命拼死捍卫自由。

我并不指望小毛桃和我建立某种童话般的情谊。不，它不必。小毛桃根本不必成为古老故事里结草衔环的动物，也不必像抖音视频里会撒娇卖萌的动物。只要活下去，我们可以愉快地相忘江湖。我和自己讨价还价，已经修改了心里的秘密协议："小毛桃，只要你能够活下来，我愿意少写一个作品。不仅是短篇童话，就是中篇我也愿意。"我承认，自己屈服了。

与有事来找我的师弟聊起这个话题，他疑惑："你宁愿少写一本童话书，为什么，不能是多写一本童话呢？"

奇怪，我从来没这么想过。大约多写一本书，从兴趣到名利，都是遂我所愿，而没有付出代价之感。我曾经因为忘了个句子而追悔不已；现在多写一本书、少写一本书的，好像看得不像以前那么重了。我认定自己得牺牲点什么，才能让心愿实现。不错，我特别希望小毛桃活下来，然后与我一拍两散，从此相忘江湖……这几乎成为我的执念。我担心，我不愿重蹈覆辙，我怕大学时候的阴影再次追上我。

到了单位，小毛桃精神抖擞。它似乎想吃，但自己不张嘴。我随身携带针筒，安装最细的透明胶皮管，把流食直接推进它的胃囊。小家伙食欲旺盛，它激烈吞咽，像是要把那根导流的管子也吞进去。难道，小家伙要主动进食了吗？我迅速跑到食堂，要了几缕新鲜牛肉，撕成最细的牛肉条，从形态上代替肉虫子。可，小毛桃不吃。

我想它每天都蜷在小空间，憋屈，还不如在会议室里活动活动。这里没有什么犄角旮旯，便于寻找，希望它可以舒展一下。小毛桃腿上的气泡更大了，我为此忧心忡忡，希望它增加一点运动量来帮助消除，也希望它理解我愿给它自由，从而心里减压。每当参会的同事来看，它在屋角，在窗帘下……我像找到捉迷藏的小朋友那样介绍小毛桃。事后证明，这是错误的决定，应该让小毛桃安静休养，而不是频繁靠近陌生的庞然大物。我当时不知道，一味在自己所谓的爱意和虚荣中，让小毛桃遭受不安与刺激。我晚上开车离开单位，小毛桃坐在副驾驶的位置，它身上的气泡更明显了。

我查网络，说这种情况麻雀常见，拿消毒后的缝衣针扎一下就可。可我下不去手，不敢。同事帮我电话咨询，兽医说保守为好，让它自己吸收，否则更麻烦。我边开车，边在每个等红灯的间隙偷瞄……希望它的生命不要亮起红灯，小毛桃啊，希望你有一天不是跟我回家，而是回到自己的家。

当晚，对于小鸟来说，小毛桃睡得有些沉。这是晚夏，但前半夜闷热，后半夜温度下降，近于黎明，我估计不到28摄氏度。保温，对幼鸟来说非常重要。我把小毛桃从口罩里捧出来，它的身体几近静止那样微微一动。它的身体有些微凉，正是夏日清晨那种体感的微凉。过了一会儿，我的指头才传来小毛桃的微热，鸟类那种轻微低烧的体温。

嗯，以后过夜要加棉织物——口罩太单薄了，它还没有足以包裹自己的丰沛羽毛。

第五天

"别看我们长得不怎么样，可我们拾掇自己，得花好几个钟头呢。"我笑眯眯地看着早晨梳妆的小毛桃，一边鼓励它，一边心里的压力更沉了。

因为它伸出脖子时，显得毛羽稀疏。原来羽量远比现在多，基本全覆盖，也还算致密；而现在，小毛桃在梳理自己的时候，露出毛根中间的肉红色，有些部位稀疏得像插秧一样，尤其脖颈，在它扭动时看得特别明显。小毛桃的精神气很足，它的眼睛比半个挖耳勺还小，但精芒四射。它就这么神气活现，站在晨光里，一丝不苟地梳理自己。尽管，腹部的气泡，已经大到翅膀不能合拢；尽管，它的右腿已经从外八字变成完全斜向，甚至支撑困难；尽管，它的翅膀后面，也鼓起大拇指甲盖那么大的气泡。

野生动物非常擅长掩饰伤痛，也许并非是人类所歌颂的坚强，而更靠近求生本能——因为受伤或残疾，会被猎杀者从群体里拣选出来，成为最早的牺牲品。小毛桃涉世未深，但它似乎深谙此道，气泡已经阻碍身体平衡，但它显得无关痛痒。我们开始建立一种脆弱的信任，小毛桃似乎开始明白，我动作粗鲁的灌食，目的只是想让它活下去；它虽然不主动进食，但当我用针筒推喂时，它开始有一种热情的回应，甚至可以说它食欲旺盛。我把徐医生给我的营养粉调得更稠，几乎到了针筒难以吸入的程度。

我想让它吃得饱饱的，然后去找徐医生处理它的气泡，我自己不敢动手。

徐医生握住小毛桃观察，我惊讶地发现，小毛桃的气泡肉眼可见地当场膨胀，以致它的一条腿斜到不能站立的程度。没有什么比这更能说明惊恐带来的恶果。但现在，已没有退路。

徐医生按住小毛桃，其他两个助手协助操作，把头皮针埋进小毛桃膨起的气囊里，快速抽取气体。气泡消失了，一共没用几秒钟。爆掉的气球会瘪而松弛，但小毛桃的气泡破了，轻度褶皱的薄皮紧紧缩附在小腿上，透出下面少得可怜的血肉……那是青紫色的，介乎瘀伤和冻疮之间的颜色。仿佛刚才不是在抽取气泡，而是抽取脂肪，它瘦小到不可思议，彻底丧失虚张声势的能力，它甚至没有体力架起翅膀。

因为爱和珍惜，我们在错误的道路上滑行得更远。其实只要简单刺破就行，气体慢慢逸出，能让小毛桃慢慢适应。数人联合操作，大动干戈，埋下隐患。但徐医生并非蓄意过度治疗，他很爱动物，只是很少临诊麻雀。我太想让小毛桃快点好，结果求助医生之后，相当于合力把它推下深渊……我很快就目睹了自己制造的灾难。

带着小毛桃离开医院，我要在一家书店短暂停留，师弟要补拍几个视频镜头。之后，我才能带小毛桃回家休养。

车程很短，等到了书店，我震惊地发现，小毛桃身上的气泡再次鼓胀，并且更大，几近撑破。问题是，它拉稀、毛羽零乱，这通常是麻雀将死的迹象。我模仿徐医生操作的方法，自己按住小毛桃，让师弟用针筒向外抽气。师弟临时上阵，着急，抽得极快，让我惊叫起来。直到这时，我忽然反应过来自己的致命错误。多人配合，针筒辅助抽空气体，这样不仅使小毛桃应激惊恐，更让它胸内压和腹压发生骤变。我没有用缝衣针刺破，而是以多余且有害的手段，让小毛桃稍微一动，身上的气泡就再度充盈并肿大。是我，制造了它的痛苦，它的不归路。

给徐医生打电话，关机。在网上紧急查询，寻找解决的可能。我多么希望有那么一个类似于人类 ICU 的地方，我幻想小毛桃能在哪怕麻醉昏迷的不反抗状态中被救治……我可以立即开车前往，只要小毛桃还有一线生机。然而，北京的异宠医生远没有想象中的能量。我打了无数个电话，才好不容易找到两位，希望随即破灭，他们都拒绝收治。

我一边流泪，语无伦次地继续打电话，无望地陈述着小毛桃的病情，一边眼看着它的气泡越来越大，却无能为力。我不能让它动，一动会加剧气泡膨胀的速度；还要坚持保温，小毛桃的体能和热量都在急速流失。所以我用一张纸巾包裹着小毛桃，用掌心握住，以维护它静止的体态和恒常的体温……我就像捏着一枚不能离手的炸弹，怕它一挣扎，它的命，会随着身上充溢起来的气泡那样爆掉。

我是非常想保护它的。保护动物，不意味着我是个素食者，我根本不能回避等级，人类活着的一生要杀戮无数动物，无论是年少夭折还是长寿者，背后都是无数动物的骨骸。同样，是无数动物的死在养育我。我反对的，只是虐杀。此时，我是如此喜欢这个几天前还陌生的小家伙，而我此时的一切，形同虐杀。延缓几天的生命，我让它受尽饥饿、疼痛、孤独和恐惧，我让它以各种方式反复接触死亡，把它像一块石头那样在地上揉搓和磨砺。

求助无援，我难以平复情绪按计划录制视频，从书店开车回家。我用左手轻贴在防晒衣的侧兜，挡住汽车空调吹出的冷风。原来我也喜欢把它放在这里，但现在，包裹着纸巾的小毛桃在里面，我却感觉不到它的体积和热量。它在我的衣兜里如若无物，仿佛没有身体，只有一对翅膀；甚至连翅膀也没有，就像兜里只多了一角纸巾。从我见到它的第一天，我就穿这件防晒外衣。有时候，我担心，小毛桃会死在我的兜里，担心这件所谓提供保护的衣服，会成为它的丧服。但我能感觉出，小毛桃格外依恋我掌心的暖意，只要停在那个区域，它就格外安静，安静得就像彻底消失了一样。

回家以后，我已不忍看它的样子。它是那么爱干净的小毛桃，那么爱梳妆的小毛桃，那么年幼的小毛桃，看上去却有一种晚景的凄凉，让人心疼得难以直视。我产生了不祥的预感，恨自己的无奈与无能。我担心这是最后一次喂食，小毛桃愣愣地看着我，像无力再分辨我的意图与善恶。它没有反抗，任由米糊挂在嘴边，我这才想起，小毛桃两天来都沉默，原本就有限的鸣叫完全停止，它的呼唤久未响起……是否，当它不再鸣叫，就是它彻底丧失希望的时候。

这天，有点闷热，温度是在28度以上——徐医生叮嘱过，这是小鸟需要维持的起码温度。前几夜，靠近黎明的时分，我会起床，给小毛桃加上保温层。是夜，热得反常。果然，到了晚上10点整，暴雨如注。

凉风会吹透小毛桃吧？我用浴巾把笼子外面围挡起来，剩下一面用于空气流通。我塞进一个织物软垫，垫起那个口罩吊床，这样能保证小毛桃腹部的暖意。我没有掀开上端对称捏合的口罩，与其说是不忍心打扰它的睡眠，不如说是我不敢看它的样子。隔着口罩，小毛桃动了两下。在大雨中，我强迫自己接着睡。

11点45分，我突然醒了。暴雨停歇，只剩淅淅沥沥的余声。

预感没错。

我曾以为，小毛桃会死在我防晒服的兜里，死在那个秘密的衣角。数天来，只要出门，我尽量不换衣服，就是为了能让它在熟悉的环境里，获得安全感，或者最后的归宿。但它没有。小毛桃离开这个世界的时候悄无声息，没有造成任何惊扰。它蜷缩在小小的口罩里，身体已经僵凉。一声都没有叫。它沉默而孤独，在夏末的暴雨之夜，走了。

小毛桃。最初它就很小，远小于老式血压计的气囊；它离开的时候，小得失真，根本不再是那个我当初捡拾的小毛桃。简直比几天前缩小得太多，像只蚂蚱，能装进火柴盒里。或许，它此时的重量，恰好是7克。

跟我想象中的姿势不一样。小毛桃不是蜷缩，而是仰头，喙像以45度角斜射的小箭头。它的前后腿分立，像运动员在起跑线前预备开始的那个姿势。它的姿势倔强高傲，是一只不屈服的小鸟。一直到最后都神气，它是一只神奇到令我尊重的小鸟。

雨后子夜，土地柔软。我埋葬小毛桃。

几只在附近游荡的猫，好奇观望。为了防止它们掏挖，我的园丁铲掘入更深的泥层。就让小毛桃像一枚树种，深埋根系旁边……愿它的小翅膀能像高处的树叶，重回枝头。

第六天

因为吃了加倍的安眠药才得以入睡，醒来时我头晕恶心。连续数日，白天中暑、晚上失眠，加上小毛桃离开，给我带来情感的起伏和不适。我没想到，自己会为小毛桃失控痛哭。岁数大了，反而更不经事，我体会到哭到最后，连脚趾都是虚弱的。

不断追悔，不断自责。我以为自己已经成熟到疲惫，我对流浪猫审慎使用我的爱，因为以我的年纪，汹涌而波动的情感已经不多。但我还是不能平静看待路过身边的小生命。我不断假设……时间倒流。

当初，如果我立即找到偏僻的公园放飞它呢？如果早一点放开小毛桃，它即使不能高飞，也许能在其他麻雀的帮助和指导下找到食物和水源。它的生命力在大自然环境中也许很快强悍，而不是在人类的豢养中被慢慢耗尽。当然，我会怀疑和遣责自己不负责任的遗弃，但也就不会目睹自己一次次无知、被迫而又愚蠢的残忍。

如果我不那么过度关注就好了。如果开会的时候，把小毛桃放在家里，它在安静和安全的状态下，是不是就能慢慢吸收气泡，是不是就能修复内伤？如果我更粗放地对待，不必反复寻医问药，数个人类兽医的控制只会使它应激；如果我让小毛桃独自静养，苏醒的免疫力是否会足以抵抗一切，像它的父母和同类那样，在野生环境中拥有惊人的自愈能力？我从来没有想到，找个鸟笼把它挂到树枝高处。假如在自然环境里，安心的小毛桃是否就能主动进食？假如猫的好奇心得到满足，食欲得不到满足的情况下，这些猫能否围拢我的阳台，而放过对小毛桃的觊觎和看守，那时亲鸟得以靠近哺喂？这样，成长之力是否很快灌满羽根，打开笼门，小毛桃就拥有笼子外面汹涌的自由？

我总是想让小毛桃停留在自己的视线里，以便随时照顾。假如我不是过度紧张，该开会就开会，让小毛桃在孤独所带来的安全感里，也许它会很快康复吧？小毛桃去过宠物医院、去过办公室、去过书店，常常坐在我的汽车里来来往往，这些我熟悉的场景，对小毛桃来说都是陌生而压迫性的环境，它随着我颠沛流离，不利养伤；就像频繁转运危重病人，一次次震荡那些尚未缝合的外伤。

如果我早一点醒悟就好了，我开始一直喂徐医生配制的营养粉，那应该是一种临时补充，而不应成为主粮。我恨自己无能，为什么不会抓虫子，甚至也不敢买虫子。我试过各种食物，小毛桃不吃，但我为什么没有换成猫粮试试？外面那么多鸟，不是觊觎猫粮吗？猫粮以动物蛋白为主，不是更接近于鸟妈妈给孩子提供的食物吗？如果给它一点猫粮呢，是不是也能供给营养？我不仅有猫粮，还有专门的成鸟食。可在小毛桃来了几天之后，我完全忘记自己的储备，专心而刻板，一味遵从医嘱。是不是，我所提供的热量根本就不够它康复的？

我是后来才想起，在网上能买到一种适合麻雀的幼鸟粮……然而，购买和到手的时候，已经太晚了。广受赞誉的雏雀鸟粮，看起来就像婴儿的奶粉罐。我缓慢阅读着配料表，包括大米、小米、玉米粉、蛋黄粉、牛肉、鱼肉、虾肉、五谷虫、蚕蛹、大豆蛋白粉、豌豆蛋白粉、酵母、绿豆、肠膜蛋白、卵磷脂、脂肪粉和螺旋藻，添加了益生菌、蛋氨酸、赖氨酸、维生素、叶酸、泛酸钙和多种矿物质。这罐鸟粮到达的上午，小毛桃已经用不到它了。金属罐装的易拉环上，没有我的指纹；那层薄铝皮的盖子平滑无痕，边缘未曾卷动。

　　我错失机会，做事详略不当，应该放手的时候过度控制，应该细致的时候又太过粗心。小毛桃的到来让我手忙脚乱，跟着心慌意乱，我缺乏足够的理性，我没有从它的需要角度出发。解药的速度不及毒药，我给予的保护不及我对它的伤害，对不起小毛桃的信任……我可能有无数次挽救的机会，但每一次，我都选择了错误的方向。我太喜欢小毛桃了，太渴望它活下来……爱和急切，都让人方寸大乱，酿成悲剧。我赌错了，用的是小毛桃的命。

　　盼望的奇迹，终究没有出现。

　　二橘和其他流浪猫又来了，等着早饭——我是它们的临时家长，却是个没有办法为这些毛孩子负责和买单的家长。我甚至参与了延续的伤害。对小毛桃，我这不算施救，从结果上看更像折磨。救，是能够给予全部的自由。我给予的算什么呢？像爱，更像一种不自量力的囚禁。如果说猫是一个利落的刽子手，那我就是一个迟缓的刽子手……我用我的爱和忙碌的照顾杀死了它。我太骄傲了，以为能回天有术，就像大自然对待每一个伤后自愈的生命那样。小毛桃或许需要一个更粗放的、更在物竞天择中无动于衷的人看护，而不是我。

　　对麻雀来说，自由比被宠爱更珍贵，所以被捕获的成年麻雀才会坚拒嗟来之食，才会有气绝而亡的集体自杀行为。所以，我不知道把它从猫爪下救出，接着只是给它带来一种新的剥夺与伤害。我怎么可能会以恩人自居？我在雨天落脚之前发现一只蜗牛，紧急刹住步伐退后……结果是，脚跟连续的破碎之声。我在躲避第一只蜗牛的时候，踩死了后面两只蜗牛。如果小毛桃活下来，重返翅膀下的自由，会给我一种劫后余生的喜悦；如果没有，我只是在致死的原因上，叠加伤害。

追悔无效。我知道，动物幼仔的存活率低，每一天都是动荡的考验，它们所有的努力都为了幸免于难，却往往成为淘汰率里的分母。小麻雀死去，这是常事，却让我异常难过。因为麻雀有被人类成功救助的例子，我在培训班上课时，一个学员讲起受伤的小麻雀飞到她怀里，已经成功救治一个月有余——小鸟和人类彼此友好。可惜，我没有增加这样幸运的例子。我有时叫小毛桃"宝宝"，而它或许拒绝成为人类的"宝宝"；小麻雀只肯做大麻雀的宝宝。它曾极尽生之渴望，努力去靠近离得越来越远的自由……或许，我正是那个挡在小毛桃和自由之间的障碍物。小毛桃，死于我的溺爱。

小毛桃的笼子和宇航舱已经拿开了，房间里那个位置是空的。可半夜醒来的瞬间，我第一个就会想到那个空位置。它待过的地方，空气在那里悬浮、聚集、凝固……那里有个隐形的小鸟雕塑。是的，我怀念小毛桃，乃至垫在防晒衣里的纸巾都舍不得扔，我甚至没有换下那件防晒服。我曾以为，这件衣服会成为小毛桃最后停止呼吸的地方，它没有。在小毛桃活着的最后时光，直到呼吸停止的最后一瞬，它没有给这个世界造成任何惊扰。

亲爱的小毛桃，它的存在，是否在这个世界留下过轻微的擦痕？即使此刻为它痛哭流涕，我也未必还会重温这种痛悔。我此生未必会梦到小毛桃，我们甚至不会在虚幻里重逢。短短几天，我们之间谈不上熟悉，它那些只有信任后才能展现的可爱没有来得及释放。随着夏季结束，我的防晒服会收纳起来，与此有关的，伴随着这个夏日轻如羽毛般的一切，也许很快毫无痕迹。记忆正和小毛桃的体重一起，逐渐变轻，直到消失。我们对亲人尚且如此，何况过路的一只小鸟。这就是我们活下来所谓的坚强，所谓的理性，所谓的无情。我们之所以在童年曾残忍，是因为孩子尚未建立情感和道德，杀伐无碍。及至壮年，我们唯有怜悯和悲悯，才能部分宽宥自身的罪恶。等我们衰老，重回麻木，是因为明白了时空浩荡，万物苍生，我们都是这个世界的麻雀。

……听，窗外那些麻雀晨起的啁啾，碎屑般密集，却因平凡而被我忽略。我猜得有十几只吧？麻雀的叫，常常发出单音符，有时高一声低一声，像是气力如此之短，只够叫出一两个音符，不足以凑成旋律，但就在那短促的鸣音里，反而有种简单而纯粹的欢快。在枝头跳跃，它们的脚，像小弹簧一样灵活，脸上生有对称的腮红——不是像小媒婆那样夸张的腮红，甚至不是红，更像两小团雀斑。麻雀们叽叽喳喳，蹦蹦跳跳。小毛桃，没有体验过一只成鸟的生活。每个生命，都需要打开命运的盲盒……小毛桃，不幸打开的是黑暗，然后它像小小的烛苗，跳动一下就熄灭了。

  其实我拉开窗帘的瞬间，在它已然消失的外飘窗附近，我又闻到了小毛桃的气息，那种刚刚过期的面包的香气，那是一只小鸟的奶味儿。若有若无的一缕，很快，消散于这个大到可畏的世界。

（原载于《万松浦》2024 年第 3 期）

上　岸

红　孩

　　我没有到过那个叫作上岸的村庄。在我心里，有无数个村庄，都叫作上岸。这就如同，你问我渡口在哪里，我不知道你要去哪里，怎么告诉你渡口的位置。

　　前些天，女儿约同学去京西门头沟。我说，天这么冷，难道要去看西山未化的雪景吗？我注意到，冰城哈尔滨如今已然成了热门旅游城市。我问女儿和她妈，是否也要去哈尔滨凑个热闹？她们说，没准备好，看看再说吧。我说，那不妨就在北京边上转转吧。

　　京西门头沟我去过几次，但都是搭朋友的车。我问女儿，你们怎么去，具体到什么地方？女儿说，我们坐地铁，要去的是个叫上岸的地方。听罢，我连忙上网查，发现上岸是一个村名，位于门头沟永定河旁的永定镇。这个村历史悠久，在明代叫上安村，到了清代，由于当地年年发大水，人们都扶老携幼到对岸去，后来就一直叫上岸。

　　上岸，多有意思的名字。自从这里通了地铁，每年高考、考研前后，总会有大批的学生前来打卡，希望能心想事成。我不想说孩子们迷信，就当成游戏，一次出行的借口吧。生活中，我们到任何一个地方，似乎都有某种目的，可是去了，也未必就真的要实现那个目的。

　　儿时，我住的村庄中有一条河，没有名字。遇到河水暴涨，也有五六十米宽。那样的日子，大人是不允许我们到河边玩的。可是，戏水是孩子的天性，我们便趁着大人不注意偷偷溜到河里去捕鱼捉虾，有胆大的还光着屁股到河中心游泳。我也曾游过几回，根本不懂得蛙泳、仰泳等专业泳姿，就是瞎扑腾。我和小伙伴也暗地里较过劲儿，比谁游的来回多，比谁的头扎进水里憋的时间长，还比谁捉的鱼虾多。给我记忆最深的想来最后怕的便是比谁爬柳树更高，然后喊上一句口号便扑通一声跳入水里。

就大多数孩子而言，这确实不是什么惊险的一幕。但对于我，却有过命悬一线的后怕。记得为了证明自己更英雄更伟大，我专门找了一棵高大的柳树，大约距水面有三米多高，准备好姿势，对着下面的伙伴们喊了一句口号，随之，大头朝下就栽了下去。本以为，我可以像别人那样以头部轻松入水，哪想到，我两眼一闭，跳下时竟是肚子平平地拍在水面上，霎时我感到肚子一阵疼痛，头也像被重重地捶了一下，瞬间失去了知觉。好在那地方离岸边不太远，我被几个伙伴连拉带拽地拖上岸，在太阳底下足足缓了七八分钟，才一点点醒过神来。从那以后，我再也不敢玩上树跳水的游戏了，甚至多年后看跳水比赛都心有余悸。

在村里，蹚过河水到对面，人们从来不说上岸去，也不会说到对岸去。我们常说的是上坡。这条无名河，1949 年前还是一条黄土大道，它东南方向终端是大运河北上终点通州张家湾漕运码头。它的西部终点则是北京城东端的广渠门。这样一说，你就会知道，在大运河漕运的年代，这条旱路是非常重要的补充。等到从通州到北京城区的公路、铁路正式开通后，漕运也就淡出了人们的视野。而我们村中央的黄土大道，因没有纳入正式的道路规划，就逐渐变成了排污泄洪的水道。岸，是相对于河流而言的。既然没有被确定是一条河流，哪里有资格用岸来形容她的身躯呢？想来这条无名河是卑微的，卑微到连个名字都没有。每当我想到艾青写的《大堰河，我的保姆》时，我就会想到家门前的那一条河，虽然至今不知怎么称呼她，可我却始终无法忘记她。

我对于岸的记忆是在 1973 年。那年冬天，父亲带着村里几十名精壮小伙子到百里外的温榆河修水利。他们响应国家号召，带着农用车具，举着红旗，要在燕山南侧的华北平原上进行一场热火朝天的大会战。按照指挥部的要求，每个村庄要负责一段几千米的河堤，也就是大坝的修整。首先，要把河里的污泥挖出来，然后把堤坝修整好，坡面既要有一定的斜度，岸上的大道也要有一定的宽度和硬度。整个工程下来，至少两个多月。这种生产会战在那个年代很普遍，连中央领导都要到十三陵水库参加劳动。我虽然没有参加过那样的会战，但在父亲那一代人的描述中，还是激动人心的。那是一场真正的抛弃小家、利国利民的行动。不得不说，当劳动干出了人生的境界，它的生产动力一定超出了生命本身！与其说那是革命思想的召唤，倒不如说是舍己为人，是人与大自然斗争的精神上岸！不幸的是，父亲在劳动中被坍塌的土方砸伤了腰，当他被村里的马车拉回家的时候，着实把母亲吓坏了。在那个缺医少药的年代，家里的男人腰出了问题，那可是天大的事。还好，我们村外不远处的广播电台里，住着一位非常有名的正骨大师——双桥老太太。父母平日和老太太多有来往。见我父亲腰被砸了，老太太耐心治疗，母亲则每天用药水涂抹三次，半月后，父亲便痊愈了。转眼，这件事已经过去五十年了，可在我心里一直难以忘却。我父亲那个时代的人，他们全都是上岸的人。

很显然，位于京西门头沟永定镇那个叫作上岸的村庄，在二十世纪六七十年代，也会连年兴修水利，也会有无数门头沟的乡亲们在永定河两岸会战。那些与父亲年龄相仿的年轻人，如今也该七八十岁了。他们也都属于上岸的人群。现在，我的女儿也要去上岸了，她们内心想的上岸和她的爷爷当年选择的上岸，性质不太一样。作为父亲，我当然希望女儿能够考研成功，那是她们步入成年后的第一次上岸。而我要告诉女儿的是，这个上岸，只是一种自我或者说是利己的上岸，那么未来呢？还有更高远更无限的上岸，我希望孩子能够更早领悟到：这个世界终究是众人的世界。

(原载于《北京日报》2024年2月20日)

有　鱼

胡竹峰

烛影摇红，墨光闪动。一支毛笔静静卧在砚台边，身着皂色直裾服的男子跪坐案头，轻轻执过笔管，凝神犹豫片刻，指腕腾挪，无一丝黏滞，只见那片浅色绢帛已是墨色淋漓，顷刻间，写成了一封信札。待字迹干透，令人取来信匣。信匣为枣木质地，一尺多长，呈鲤鱼形状，边沿髹朱漆，外髹黑漆，两侧还有彩绘云气纹。

古人以绢帛作书，装入木雕的鲤鱼腹内传给对方，因称鱼笺、鱼素，所谓鱼传尺素，汉乐府有说"客从远方来，遗我双鲤鱼……中有尺素书"。不知王羲之、王献之父子手书当日是否也如此呈奉。

鱼传尺素如曲水流觞，唐诗里有人说"长江不见鱼书至，为遣相思梦入秦""嵩云秦树久离居，双鲤迢迢一纸书""烹鲤无尺素，筌鱼劳寸心"。宋词也道："驿寄梅花，鱼传尺素，砌成此恨无重数。"鱼的意象有无尽风流情意，"此情不及歌杨柳，一尺鱼书万水中""鱼书欲寄何由达，水远山长处处同"。清人张潮《奚囊寸锦》中有《鱼书图》版画，作鲤鱼形，鳞片有字："交与客，居京师，会元旦，有丽思，占此日，是昌时。"

唐人木雕或铜铸鱼形信符，人称鱼符、鱼契、鱼书。《旧唐书》《舆服志》记载，说高祖改银兔符为银鱼符。取鱼之众，鲤强之兆也。李鲤同音，鲤强则李唐强。当时有律法，鲤鱼号赤鳏公，渔家捕获它也要放生，不得吃，卖者杖责六十。鱼符和虎符形制类似，剖为两半，双方各执一边，作为凭信。鱼符见过几枚，不及虎符有生气，倒是灯会里的鱼灯惹人心心念念。

鱼灯以竹片、竹条编出骨架鱼头、鱼身、鱼尾，然后糊绵纸，最后用彩笔描绘装饰。鱼灯彩绘鱼鳞，形式多样，嘴有双须。鱼灯大者，头上写有"王字"，两丈长，腹内可燃上百支蜡烛，需数人之力才能举起。小鱼灯不足一尺，盈盈一握，由小儿提游。鱼灯游到处，人放爆竹迎送，年长者从鱼灯内换得寿烛，得延年美意；新婚男女从鱼灯里换得子烛，祈一个早生贵子，多子多福。

有年春节去皖南，恰逢灯会，鱼灯烛光作白鳞银光闪闪。一盏刀形大扁灯在前开路，灯三面写有吉语"五谷丰登""风调雨顺""国泰民安""万事如意""平安吉祥"之类。后面是两头狮子，边走边舞，大锣大鼓伴奏，其后紧跟着花灯、鱼灯、五谷灯，五光十色，灿烂斑斓。士农工商摩肩接踵，车马人物满巷，灯火达旦。铜锣铿锵，鼓声点点。鱼灯最为活泼，鳞鳍闪烁，你来我往，或上蹿下跳，或左摆右摇，所到之处，鞭炮齐鸣。在巷子里站着，鱼灯烛油的气息飘来，映得那人眉眼如漆，姿容似玉。

友人欣喜，带回一盏鱼灯，两尺长，春节里一日日点染上色，不几日金光灿灿，点上蜡烛，染得两目生辉，又吉祥又热闹，瑞气盈盈，满室皆春。我也携得一顶鲤鱼灯，通体金色红色，点亮灯火，灼灼其华，一室灿烂。

鱼灯当然喜庆，腊月里，在廊檐下吊着油汪汪的鸡鸭鱼肉，也喜庆，像小时候的辰光。瓦屋下，几个妇人在腌制咸肉咸鱼，晒太阳的老翁在打盹，花猫跳上椅子，池塘里一条锦鲤跃出水面，激起白色的水花。三十年前的往事，历历在怀。

逢年过节每每多些怀旧，万事如意、富贵吉祥、抬头见喜的颂词都在意都喜欢，红纸黑字端端正正写了贴在家里，满室生辉，有墨香有吉光。故家几十年习俗，每逢春节，家里要挂连年有鱼年画，有古版新印。旧年木板恭敬的线条，反而显出粗犷的创意，看了舒服，虽作黑白色，入眼兀自感觉银鳞闪闪。记忆最深的年画上有一个肥硕男婴，手拿莲花，怀抱又大又壮的鲤鱼，给人欢庆，也或者是两条大鲤鱼，托起一个笑意吟吟的肥硕男婴。那个小小的自己站在年画下一年年仰望，偶尔墙上的年画也有天仙送子、连生贵子、加官进禄、步步莲生、松鹤延年、五子夺魁、刘海戏蟾……破旧的老屋仿佛也多了鲜气多了仙气。

南北年画不同，更偏爱北方年画。北方年画上的鱼格外肥厚有泽，虽没有南方年画鱼之秀气，却得了殷实。不再在意吟诗，越发喜欢殷实，年画纸上木刻印刷的鱼也追求肥美追求富贵。也并非一味取"家有余庆"的好兆头，更是"桃花流水鳜鱼肥"的人间生活：饱满，喜滋滋，其乐融融。

燕赵大地三鱼争月年画最好，一尺见方，三条大鲤鱼摆尾翻身跃出水面，去争瞻那一轮凌空高悬的皓然明月。三鱼共一首，争头也争月。月同跃，看似三鱼争月，实为三鱼争跃。民间传说，鲤鱼跃过龙门就能化龙飞升。道家所谓一生二，二生三，三生万物。三三无尽，无尽有余，三鱼争月实则万鱼争跃，元气沛然恢弘。作为衬底的"万顷波涛"更是声势浩浩，古风昭昭。

年画里是木刻的鱼，江南人家墙壁上，还见过一尾扎染之鱼。扎染又称绞缬，染色技法四缬之一，以纱、线、绳对织物进行扎、缝、缚、缀、夹后进行染色。那一尾鱼，晕色丰富，变化自然，先描稿，再用线缝，单线缝，双线缝，线扎后，以天然蓝靛染色。绞缬有玛瑙缬、鹿胎缬、鱼子缬，其名状大美，其名亦美。

世俗里，鱼被尊为吉祥富贵之物。武王伐纣，过黄河时，一条白鱼跳进船舱，众人说是吉兆。鱼鳞如铠甲，鱼腹多子如兵，古人把鱼当作军队的象征。孔门得子，国君鲁昭公送鲤鱼祝贺，孔子高兴，给儿子取名为鲤，字伯鱼。

有地方除夕时在秤钩挂条鱼，秤有鱼，剩有余。有人将活鲤鱼穿丝绳，贴红纸作为祭品，号称"元宝鱼"。渔村新妇出嫁，随手撒些银钱在地上，所谓鲤鱼撒子，子孙满堂。古人万事讲究阴阳，讲究相生相克，旧年人家，墙上悬挂有木鱼。鱼为水，水克火，悬鱼长者丈余，短者不足一尺，配有各类纹饰，意寓平安。

故乡人家春节里总会吃鱼，多是普通的草鱼、鲤鱼、鲢鱼、鲫鱼，不只是求味，更是求一个好兆头。鱼余谐音，连年有鱼，年年有余。旧年山里交通不便，一般人家难得鲜鱼，山民则做"面鱼"，聊且快意耳。面鱼是豆腐皮将糯米、肉末、豆腐、粉丝、红豆、生姜末与香蒜末裹成长条，放锅里炕至两面金黄或微焦时，切成方块状，仿鱼的形状盛入盘中。甜糯咸鲜，外皮脆香，内里绵软。

年画古，水墨更古。鱼极入画，鳜鱼尤甚。八大山人笔下的鳜鱼有余味，看久了，纸鱼幻化成罗汉。青年时看八大山人画鱼，以为怪，少见多怪。现在看八大山人画鱼，觉得呆，非木鸡之呆，而是醉鱼之呆。乡下农人在鱼塘撒下酒糟，鱼吃了，体态醺醺然三分醉意，不谙水性一般。

八大山人早年画鱼，如漏网之鱼，心有余悸。见过他太多的纸上游鱼，桀骜烦闷，郁郁寡欢。早年的鱼多白眼，鼓腹里装着牢骚与愤愤。晚年心绪安详，笔墨彻底放松了随意了，随意得近乎恣意。鱼，身肥尾灵。鸟，毛羽柔密，无所事事融融一团，吹吹风，看看天，发发呆。荷花或寥寥几瓣或含苞一束，水墨泅出张张如盖如伞的叶，荷枝荷秆横竖斜逸，疏离亭亭。猫慵懒放松，鼠灵气欢喜。

见过晚年八大山人的两尾鱼，一条是鳜鱼，一条像是草鱼之类，寥寥几笔，别无他物。一回回看那两条从晚明笔墨中游离而来的鱼，真是鱼水空明，淡淡然沁出了几分素意几分禅意。

鳜鱼或作桂鱼、桂花鱼，为讨口彩，也说是贵鱼。鳜鱼向来售价甚昂，古人赞其为龙肉为水豚。鳜鱼刺少，属蒜瓣肉，细嫩鲜美。夏天好钻在石缝里，像牛羊有肚能嚼，能吃小鱼。最著名的是翘嘴鳜，嘴像个大铁钩子似的翘起。李时珍说，古时有仙人常食鳜鱼，鳜鱼不能屈曲，硬挺如僵，如蹶也，故称鳜鱼。

宋人罗愿博学好古，仿《尔雅》作《尔雅翼》，释草、释木、释鸟、释兽、释畜六类。书上说鳜鱼重情义，倘若渔夫钓到一尾雄鳜，雌鱼在旁，定会舍身相救，一根铁钩能牵起好几条鱼。旧年的鱼情义如此，有人专作忠义传，赞叹它重义轻生，亡躯殉节，劲松方操，严霜比烈。鲁菜名品"鸳鸯鱼"，由白色鳜鱼及赤色红鱼清蒸烹成，咸香鲜嫩，红白分明，色彩诱人。此肴常作婚宴主菜，寓意夫妇恩爱不离。

常吃红烧鳜鱼、臭鳜鱼。有两回吃到炒鳜鱼片，色、香、味三绝，是清人《调鼎集》推崇的做法，以薄为贵。鱼片鲜美，滑嫩爽口，洁白如玉，宛似初雪覆苍苔，淡雅之至。《调鼎集》十年前就读过，菜式偶有沿袭前人处，多是一家之言，厨下技法胜过袁枚一筹，辞章却远不及《随园食单》灿烂，好在行文雅洁。作者姓名不存，据说是扬州盐商童岳荐。《扬州画舫录》中零星记有其人，说他善谋划，巧发奇中，精于盐业。或许亦老饕也，有美食癖，方才如此知味。

鳜鱼清炖也好，鱼汤软滑如融雪，料酒祛其腥而益其鲜，真是绝配。尺长的鱼，像八大山人当年画过的那一尾。鳜鱼厚皮紧肉，黄身有驳驳黑斑，恍如秋天桂花黄的暗影，有人索性称它花鲫鱼。

鳜鱼是美馔，四时皆有，三月最为肥美，所谓"桃花流水鳜鱼肥"。实在秋日也好，所谓"秋水鱼肥"。稻谷黄了，桂花开得满满一树，鳜鱼又肥又壮。鱼首重在鲜，其次则是肥，鲜肥相兼，才是上品。三月鱼大多只一鲜可取，宜清煮作汤；秋日鱼，又肥又鲜，做法不拘，煮之，煎之，蒸之，炒之，炖之，炸之俱可，风味迷离。

江南秋浦河中有好鳜鱼，秋浦花鳜，水好鱼美，南梁昭明太子喜欢吃秋浦河里的鳜鱼，故封那一方水土为"贵池"。在江南吃过几次秋浦河鳜鱼，红烧，放姜、葱、大蒜、青红椒、紫苏，并无秘法，火劲到了，入嘴绕舌三匝，有力透喉腹之美，不只一味是鲜，鱼味丰富，余味丰富，在舌尖"一唱三叹"。

苏帮菜有名品松鼠鳜鱼，恕我不恭敬，其格并不高。鳜鱼之美，在鲜在嫩，松鼠鳜鱼弃鱼之鲜而不用，可谓暴殄天物，失却了半壁江山。

在西安东走西顾，老城有味，不想吃饭，欲作游记。好久没有写过游记了，未曾出游，无从记起。偶为游客，还要追记，哪有那么多闲情？即便有闲情，还要谋篇布局，哪有那么多讲究？好久没有写过游记了，不光是懈怠，还有沮丧。读明清文士记游之作，袁中郎、王季重、李长蘅、张京元诸贤写得大好，让人不敢动笔。前辈说尽心中事，后人凭吊空牢骚。

醋椒鱼片端上来，香气扑鼻，暂且按下文章之心。

人道秀色可餐，岂料一方风物亦能入味。穿过鼓楼，老城墙边转个大圈子，去碑林附近游荡了一下午，肚子还是饱的。这是表面文章，实则昨晌吃了顿羊肉泡馍，太瓷实。尽管早上没吃饭，到中午胃里才感觉饥饿。醋椒鱼片已经上来了，不再胡思乱想。

醋椒和鱼搭配很好，醋能去腥气，椒能添香味，椒冲淡了醋的酸凉，醋分解了椒的辛辣。这道菜有匠心，连吃三口，还舍不得放下筷子。肥沃、湿润、火候恰到好处，调料不多不少，关键鱼片里还留下了三根长刺，不多不少，正是三根，这是厨师的刀功。三根刺像故意卖出破绽。恰到好处是一种功力，留有破绽却非大境界者莫能为也。一个破绽，可进可退。饮食中的破绽，则是余味，要想余味绕口，非藏有破绽不可。这道菜恰恰又放在青花瓷盘里，感觉有如艺术。

醋椒鱼片是北京菜，彼此却相遇在西安，仿佛当年杜甫江南逢李龟年。中国菜讲究太多，有时候，一道菜同一个人，时间不同，地点不同，味道也大相径庭。这道醋椒鱼片从北京城传到西京，味道不改。想象一条鱼顺着河流，东游西荡，跃出水面，然后游到厨房，划动着优美的弧线。比它身子更优美的是色泽，乳白质地隐现出细腻柔嫩的肌理。烹制的时候，厨师放了料酒和生抽，渗进鱼片乳白的质地里，装盘上桌时平添了茫茫雾气，更有种清香。

醋椒鱼片是汤菜，主料首选鳜鱼、草鱼。草鱼刺少，肥嫩，有民间富贵气。鳜鱼有官宦气，悠游园林。乡下人家喜欢养草鱼，在门前池塘游弋。草鱼肥硕，沛然丰衣足食意思。鳜鱼的鳞片近乎蟒袍宽幅，草鱼则一身布衣。水墨画家笔下的鳜鱼，嘴画得像个大铁钩子似的翘起，那是翘嘴鳜。

对朋友说，画上的鱼比餐盘的鱼更好。宣纸上的水墨鱼，倏忽一动，游至跟前，忽作人言："你撒谎！"

说中心事，不禁大吃一惊。

中年常茹素，荤腥不离鱼。体态充腴，食肉相还有；精神清癯，食肉心渐渐淡了。游鱼清逸，或许能冲淡时间岁月的浑浊，也说不定。在江南，一连几天食得好鱼，好大口福。杂鱼锅浑厚，汤白似乳，晶莹光润，浓而不腻。

江南食鱼月令：正月鲈鱼、二月刀鱼、三月鳜鱼、四月鲥鱼、五月白鱼、六月鳊鱼、七月鳗鱼、八月鲃鱼、九月鲫鱼、十月草鱼、十一月鲢鱼、十二月青鱼。

在江南吃过几次鲃鱼，其鱼大腹小口，体侧扁略呈圆筒形，体长三寸左右，手掌大小，细鳞、花背、白肚，肚身有小刺，身体胀大如球。鲃鱼肥，刀鱼则瘦，体薄如刀，所谓篾刀鱼也；细鳞白色，刺细软，为春馔中高品。

居家闲翻郑板桥集子，通俗可人，妙趣横生，说一般家常泼辣话，却不肯做熟语。其中家书很有惊喜，有痛快淋漓之态力，偶谈字法墨法，其中敬意昭昭，说终岁能不作一篇文章，不可有一字苟且一字松懈。顿时肃然。诗词也说心中事，"英雄何必读书史，直摅血性为文章"，一首墨竹画上的七绝大有天地：

> 扬州鲜笋趁鲥鱼，烂煮东风三月初。
> 分付厨人休斫尽，清光留此照摊书。

鲥鱼我没吃过，据说它性情急躁，起水易死，其鲜味在鱼鳞上。那鱼天性爱鳞，一旦沾上渔网，即恬然不动，以护其鳞也。深秋时节，鲥鱼随江流往下游去，最后游入大海，春末夏初，再洄游到长江产卵。

江南人喜欢白鱼。吃过几次，清蒸，两三斤重，看相颇佳，味道有些寡淡，不如河豚。江南人家好食河豚，正所谓不吃河豚，焉知鱼味？吃了河豚，百味皆无。苏东坡有名诗，礼赞桃花、鸭子、蒌蒿、苇芽、河豚。

宋人食俗，河豚用蒌蒿、苇芽、菘菜三物烹煮。有江南士人久闻河豚美名，奈何未能如愿，多年后写诗叹息："六十年来余一恨，不曾拼死吃河豚。"拼死云云，盖因河豚体内有毒，制不得法，夺人性命。

河豚体如圆筒，向后渐狭，细长一条尾巴，模样颇憨。河豚短嘴，口有齿。小眼小鳃，体表多刺，背呈灰褐色，腹部米白。体生气囊，可胀大成球状，浮出水面。在苏杭一带吃过数十次河豚，红烧欠佳，似不如羹汤。不知是制不得法还是河豚更适合炖汤，每每红烧河豚，滋味总是沉闷了一点。

所食之鱼，龙头鱼颇值一说。浙江人呼之为水潺、豆腐鱼，闽人又称其龙头鲓。那鱼通体一骨，少刺，肉身柔嫩，入口即化，味道并不算好，略略有些肥腻。

口腹大美，大美无言。去东北，有幸吃到松花江白鱼，异常肥美，可列塞外鱼鲜之上品，大者重几十斤，脊背多油。朋友说熏食更有妙味，酱油、料酒浸泡油炸，以樟木或松木熏制一番，风味清逸。

鲜物之美，丰腴又婉曲，有祥和气象。江鲜、海鲜、河鲜、湖鲜、塘鲜、渠鲜、溪鲜、池鲜，可谓八鲜过海，各有神通。

我乡多水，河流密布。鱼是日常口食，河、湖、塘、渠、溪、池里多的是鲫鱼、草鱼、鲢鱼、青鱼，用来红烧，各有风味。鲫鱼性属土，泥水里自在游弋，能补胃，乡下妇人生产后用它炖汤，以充发物。草鱼、鲢鱼易活，肥大至极，我见过身长近扁担的鱼，农人腌成咸鱼，晒在太阳地里，冒着油光。

正月吃不完的咸鱼，草绳系着挂楼阁椽子上。春天回潮，三四月间，照例要晒霉。晒得人昏昏欲睡，一株桃花开得正艳，树下挂着咸鱼，有个妇人拿瓦片剐锅底，不多时，地下圆圆一圈黑灰。邻居家搬来桌子，靠屋檐摆着，米饭装在小钵斗里，饭尖顶着一撮咸豆角，两根毛鱼，狼吞虎咽，旁若无人。毛鱼形似柴刀，身体略弯曲呈扁形。有年在湖边，水里游过几条鱼，友人说是毛鱼，那物脊背略呈青灰色，其余部分呈银白色，游速甚快，几个闪烁，就走远不见了。毛鱼又称湖鲚、刀鲚、毛草鱼、凤尾鱼，古称刨花鱼，传说是鲁班刨刀下的木花变幻而成。

旧年乡野贫寒，毛鱼味咸，且价格低廉，放铁锅里炒熟，极下饭，就三两条鱼，可吃下米饭一大碗。农家破旧的八仙桌上，下饭菜馔常有毛鱼干、咸豆角、腌萝卜，一见之下即精神不振，孩童动辄啼哭，少不得讨来一顿"毛栗子"。

鱼是性灵之物，不独性灵，还有风雅。但毛鱼例外，偶尔想起它，总会想起简陋农舍的穷苦岁月。很多年没吃过毛鱼了，鲫鱼、草鱼、鲢鱼、青鱼近年也所食无几，日常多见鲈鱼。鲈鱼两侧背缘常有黑色斑点，穿了一件花衣裳，又称为花鲈，肉质鲜嫩，适合清蒸或者炖汤。

鱼也未必都勾起口腹之欲，见到胭脂鱼的名字，心底暗暗叫好，有种艳丽，有些芬芳，宁可远观，不愿烹食。胭脂鱼幼时身形如山，形扁，背鳍高耸像一叶帆舟，故有一帆风顺的美誉。成年后的胭脂鱼躯干可达三尺有余，背部低平，黑色条带褪去，通体或红或黄褐，一条鲜红色纵带头尾贯穿全身。那日夕阳下垂，站在芦苇丛中，江风吹过，想象一条通体颜色像胭脂一般的鱼游在水里，映得波光泛红，是桃红，时隐时现像红霞笼月，游动飘忽似回风旋雪。

故乡多鱼，鲫鱼、草鱼、鲤鱼、鲢鱼可入正本，鲶鱼、鳜鱼、黑鱼、黄颡可入副本。黄颡扁头阔嘴，长四五寸，重二三两，即为大鱼也，腹下金黄，背上有不规整青黄黑斑，身尾俱似小鲇，其声如轧轧，鸭子声也近乎扎扎。家中曾喂养过两只麻鸭，进食时嘎嘎扎扎晃着身子。

黄颡无鳞，背鳍和胸鳍生有尖刺，出水后受惊易怒，嘴里发出"昂嗤昂嗤"之音，有地方叫它昂嗤鱼。黄颡刺缘有细密锯齿，硬刺赳赳挺立如斗士，如剑侠，如刀客，若不小心被刺到，极疼，有地方叫它昂刺鱼。

乡人称黄颡为黄辣丁，川人亦此称谓，皖南多称汪丫鱼、黄丫鱼，皖北称之为汪子、汪丫，还有诨名鮥丫，沪上称昂牛，江浙一代人多称昂刺、昂公、汪钉头，南昌人称黄丫头，东北人称嘎牙子，鲁人称吱呀鱼，湘人则唤作黄鸭叫，或许是因声得名。我喜欢昂刺的称谓，可能近年心性素然，低眉顺眼太久。人生要有一根刺。韩非子说龙可以驯养、游戏、骑乘，但它喉咙下端有一尺长倒鳞，人若触动，即被伤害。君主亦有逆鳞。我辈无逆鳞，有一根尖刺也是好的，可攻可守可退可让可进。

昂刺鱼肉质细嫩，极鲜，鲜中有道，道盛而不究术艺，故昂刺鱼做法简单，放油锅里煎一下，搁香葱、姜丝，煮熟即可。那汤浓似乳汁，弥漫唇齿，鱼肉也白亮像乳酪，细腻轻滑，只有脊椎骨上有刺，再无他物，入口心生惘然，不知身在何处。

在长沙念楼吃过昂刺鱼，制法如书上所云：不必加油，姜、盐自不可少，辣椒则多少随意；豆腐用清水漂过，再入沸水除去石膏的气味，滤干之后，切成小片，锅中大开片刻后加入，再略为翻动，鱼不是全在下，豆腐也不是全在上，汤将鱼和豆腐全部淹没，高出一二指许。

记忆里，冬日瓦罐煨昂刺鱼最好吃。有年在巢湖，吃到新出水的鲜鱼，铁锅炭炉，煮得咕嘟冒泡。对面人笑靥如花，二人共食，不独良辰美景还有美味。

昂刺鱼体形小，一锅可烧三五鱼。菜籽油打底，加葱花、姜片，八角、花椒随意，唯干辣椒不可少，再加酱油，添冷水，收住汤汁，即可出锅。那鱼油润饱满，食之，口感丰润，有厚味，如春风煦然。昂刺鱼极下饭，倘或是红烧的鱼汁，三碗米饭亦不多也。红烧昂刺鱼需整条才好，有人切块，实则大谬。旧年我有七绝专道此事：

> 油菜花黄春正好，青青杨柳也妖娆。
> 鱼汤浓汁好淘饭，昂刺红烧要整条。

生平食昂刺鱼数十次，高淳所产为其中名品也。去高淳，时候初夏，正是昂刺肥美季节，一连吃了好几顿，做法不同，煎煮烧蒸，各有其美，美美与共。鱼在饭桌上，肥嘟嘟、精神抖擞，欣然下箸，今时想起，犹自勾起馋涎。元人张翥曾隐居扬州，作诗言及昂刺鱼：

> 处处人烟有酒旗，楝花开后絮飞时。
> 一溪春水浮黄颊，满树暄风叫画眉。
> 入境渐闻人语好，看山不厌马行迟。
> 江蓠绿遍汀洲外，拟折芳馨寄所思。

诗名《浮山道中》，我总觉得所说乃金陵高淳事。高淳民间有言：昂刺烧蒿笋，吃了鲜秃顶。此鱼极妙，此语颇俏。

老派人请吃饭，最后一道菜是鱼，成全最后的圆满。现在不讲究，有回在饭店，凉菜还没上桌子，先端来一盘刀鱼。

以前"有余"，是余情未了，是岁月绵长，是希望，是憧憬，也是热情。现在"有余"，除了余下很多菜，余无足观。真浪费，真浪费，真浪费，真浪费，真浪费。连说五遍"真浪费"，是因为有人说就要浪费给我看看，不得不浪费点笔墨让她瞧瞧。

有年去香港，席终时，剩下小半盘红烧肉，被人装走了。起先诧异，然后尊敬，跟着心生惭愧了。一个人对食物应该心存感激与敬畏。对食物的态度，能看出一个人的层次，也决定了一个民族的层次。

刀鱼先上来，就谈谈刀鱼。孟子说："鱼，我所欲也；熊掌，亦我所欲也。二者不可得兼，舍鱼而取熊掌者也。"梁实秋文章中写过，有客送来七八只带毛的熊掌，毫不犹豫送人了。有些饮食，吃的是传奇，与味道无关。刀鱼差不多也快成传奇了，价格太高，成了奢物。想当年故乡水产市场，用细柳丝或新鲜竹丝穿就的刀鱼随处可见，不过鲫鱼价位。正所谓：二十年后稀为贵，从此刀鱼入侯门。

昨天的油炸刀鱼外面裹有薄薄的浆粉，外酥里嫩，谈不上喜欢。我向往的是镇江人的做法，以刀鱼煮至稀烂，用纱布滤去细刺，以做汤、下面，即谓"刀鱼面"。刀鱼面没吃过，吃过两次双皮刀鱼。

刀鱼肥厚鲜嫩，肉极细，口感有清气，家长里短的清气，仿佛江南殷实人家的小儿女。浊气太重成了粗笨丫头，清气淡了又好似蓬头稚子。

鲥鱼清贵，风姿绰约，鳜鱼气度风华，稍逊鲥鱼，清俊活泼有之，蕴藉不足。刀鱼、鲥鱼、鳜鱼，我都不迷，近来独恋鲤鱼。一尾鲤鱼龙腾虎跃跳出水面，生机勃勃，野趣勃勃。

酒以陈年最美，鱼要吃新。新，从而鲜，空虚如无人之境；隔夜死鱼，多了僵气，失了本来滋味。蒸炒烧煎酿炸不谈，炖煮最重水，清冽的泉水最好，水不可多，水多则鱼淡，水不可少，中途添水容易冲淡鲜味。

无肉令人瘦，无竹令人俗，无鱼呢？无鱼令人陋，浅陋粗陋愚陋，半月不食鱼，甚至觉得自己丑陋。近来口福不浅，食得几道好鱼：

定远池河梅鱼，色白如银，浆汁似奶，又名梅白鱼，肉嫩味鲜。在江南小村吃过另外一种梅鱼，外乡绝无，其物如神龙状，首尾难见，入梅雨季则有，出梅雨季则无。梅鱼不到寸长，无鳞无骨，通体褐色，晒干后微微透黄，仿佛梅雨天色。用梅鱼做汤，做蛋羹，软糯绵香，殊为一方好味。

含山封鳊鱼，光绪年间，老字号饭馆想起"鱼腹玄机、鳊鱼不扁"之妙，在鳊鱼腹内填封猪肉，鱼肉双鲜一百多年矣。

清炖鳙鱼，湖水砂锅久煨而成，滑嫩入喉如无物，汤极鲜，呈白色。

鱼在水中，飞鸟般自在。据说鱼有龙相，战国时有人乘鲤鱼而登仙，成仙之后，常骑着赤红的鲤鱼现身水上。陶弘景以鲤鱼为主为王，形既可爱，又能神变，乃至飞跃山湖。《神异经》说有种横公鱼，通红似鲤，白天在水中，夜晚则化为人，刀枪不入，不惧水煮，只有在锅里放乌梅，才能将其煮汤。

笔记传奇上说，每年三月冰化雪消，几千只黄河鲤鱼从百川汇集龙门，逆水往上蹦跳攀登，能上去的，就化为龙；跳不上去的，碰得额破鳃裂，败阵而归。鲤鱼跳过龙门，即有云雨相随，天降祥火烧去鱼尾，助其化龙。唐朝的烧尾宴即源流于此，士人登第或升官，同僚、朋友及亲友前来祝贺，主人要准备丰盛的酒馔和乐舞款待来宾，名为烧尾。

龙相久远，缥缈成了传说，脱俗相、出尘相、清逸相倒是了然。有一年在海上船行半个月，见过不少深海鱼，其头面与江河湖泊不同，也不像俗物。

童年在纸上见过几次大鱼，先是庄子笔下的北冥鱼，名为鲲，鱼之大，不知有几千里，化为鸟，是为鹏，背阔不知几千里，翼若垂天之云，奋起一飞，翅膀如天际流云。后来又见《玄中记》上大鱼，船行一日才过鱼头，七日方过鱼尾，生产时，碧海为之血红。这样的鱼并非全然物相，更近乎心性的大自在与大安详。

鱼虽是祥瑞之物，若反常时，则是鱼孽也。史家说群鱼逆水而上，此为民不从君，鱼属阴类，民之象，但凡鱼群逆流而上，民将逆行，不从君令。古人还说鱼离水，飞入道路，兵祸方始；水涸鱼飞，国亡人散之象。

晋武帝太康中，武库屋上发现两条鲤鱼。干宝以为武库兵府，鱼有鳞甲，亦兵类也。鱼为阴，屋上太阳，鱼见屋上，是至阴以兵革之祸见太阳也。此后朝廷不安，乃至八王之乱。魏齐王年间，又有二鱼集于武库屋上。王肃曰："鱼生于渊，而亢于屋，介鳞之物，失其所也。边将其殆有弃甲之变乎！"后来果然有兵乱事。有一回，梁武帝路过玄武湖，湖中鱼探出水面，翘首相望。武帝离开后，群鱼方才隐没入水。史官认为，将有兵家犯上之事，不多时，侯景之乱。

《新唐书》鱼孽事如传奇。开元年，安南都护府江中有大蛇，首尾横出两岸，一天就腐烂了，蛇骨一寸寸自行断裂。几天后，江鱼尽死，互相附着，江水臭不可闻。乾符年，汜水河鱼逆流上至垣曲、平陆界。元和十四年二月，昼，有鱼长尺余，坠于郓州市，良久乃死。光启年，扬州雨鱼。

《宋史》也录有鱼孽：政和时候一年夏天，有两条鱼落殿中省厅屋上。饶州打鱼的人得一红尾鲤鳞，其头异于常鱼。老人言其不祥，当年果然遭遇大水，皆鱼孽作怪也。鱼孽云云，姑妄听之，或许其中也有天道物理。

有年去洞庭湖，几户人家屋前晒了鱼，白花花的鱼干，在阳光下恍成一片银色。人走近，鱼腥气淹没了肉身，像冰凉的红茶灌入体内，气息浑浊，也有一些超脱。皮囊连着心肝脾胃肾肺，猛地沉下去，落入尘埃；皮囊连着心肝脾胃肾肺，倏地飘起来，飞上半空。

沉也是鱼，飞也是鱼。西施貌美，鱼见了羞愧得沉入水底。庄子笔下北冥之鲲鱼化而为鸟，水击三千里，扶摇而上九万里，怒而飞远，引得一代代人仰望向往。后世临渊羡鱼者只好做一个钓徒。有人钓的是朝堂之志，有人钓的是隐逸心事，有人钓的是一日三餐，或得鲤鱼，或得鲈鱼，或得刀鱼，或得鳜鱼，或得鲋鱼，还有白鱼、鳊鱼、鳗鱼、鲃鱼、鲫鱼、草鱼、鲢鱼、青鱼……

腊月天在皖南山居，路过张志和故里。有人在伐木，有人在营造，荒村萧瑟，烟树也萧瑟，哪里还寻得见词家韵味，只有树下那笑靥如花的人像一段《临江仙》。几棵千年古树，他们或许曾见过张志和的马鞍驴蹄。张志和一生起伏，几番蹉跎上下，终于了却宦意，带上僮婢，告别亲友，四处游历，最后来到湖州城西渔隐，自称烟波钓徒，和西塞山前的白鹭为伍，也和桃花流水鳜鱼为伍。

一代代多少人向往游鱼渔家，所谓神仙一曲渔家傲。渔家傲，傲的是王侯将相，傲的是尘世碌碌，斜风细雨不须归，独钓寒江雪。俗世久了，染得一心红尘，红尘喧嚣，面目也热闹起来。欲火太热，双眼里精光四射，甚至喷出火来，焚毁灵魂乃至肉身。人偶尔需要避世，内心有一阕《渔家傲》最好。王安石晚年罢相隐居，作过《渔家傲》词，下半阕尤好：

> 平岸小桥千嶂抱，柔蓝一水萦花草。茅屋数间窗窈窕，尘不到，时时自有春风扫。
> 午枕觉来闻语鸟，欹眠似听朝鸡早。忽忆故人今总老，贪梦好，茫然忘了邯郸道。

小桥流水被峰峦叠嶂环绕，青碧河水萦绕繁花翠草。几间茅屋，窗棂窈窕，纤污不到，时有春风拂扫。午睡醒来，满耳婉转鸟鸣，斜倚枕头，想起当年早朝的鸡鸣。忽然想起故人老去，今日贪恋闲适，茫茫然早就忘了从政建功的邯郸道。邯郸道上好风光，追名逐利熙攘攘。茫然好，忘了更好，从此身心驶入自然境，窗明几净，鸟语花香，从逐鹿的坡地退下来，追猎林间的兔子，从君伴到河畔，与鱼同乐，不亦快哉。

（原载于《长江文艺》2024 年第 3 期）

奔波（外一篇）

周荣池

一

在城市我不愿意听到和南角墩有关的信息。我和南角墩的人们有不同的困境。我没有办法帮助他们解决一些具体的问题，他们也无从理解我的困难。这会形成隔阂，甚至带来矛盾。人们总觉得读书人能解决很多问题。有一次，刚刚在会议上接受了社区去除野广告的任务，当晚家兄就来电话说，他因为贴水电工的小广告要受罚。电话中意思很明确：你是识字的，无论如何想个办法将这件事情给解决了。我认识熟悉此事的人，也知道做这样营生的人，多是从村庄来的兄弟姐妹们。他们来自不一样的村庄，但他们的困难是一样的，没有衣食无忧的人去做这样卑微的营生。后来这事情解决了，见到家兄，他并不在意地说："城里那一套都是对付穷人的，也没有什么了不起。"我并不是希望得到什么感谢，但对于其中的误解深为不安。他们不理解的是：其实我们都是在城市里奔波，工作体面一点的人也未必有任何优待。

很多时候，我觉得城乡之间就存在这样一种误解。在我生活的城市，城乡之间并没有完全的界限。事实上即便在一线大城市，城乡也并非完全割裂。乡村以一种更为深切的角色，介入与融合在城市之中。城市是离不开村庄的，许多实用的办法和情绪都来自乡土。很多时候，城市人生活在一种自欺欺人的情境里。人们刚刚擦净鞋上在村庄沾染的泥灰，一头扎进城市的灯红酒绿中，似乎就有些刻意地忘乎所以。从村庄里学来的酒量，在城市里以各种借口挥霍。其实，酒杯触碰之时心知肚明：抓住它们的手，大多是抓过镰刀的。酒过三巡一问起来，都是哪个村庄来的孩子，有时还是本村的故人。所以人们常常嗟叹，这个世界真是太小了。人们忘记了，其实我们都来自村庄，看似辽阔的世界本来就是一个万物生长的村庄。

一晚正翻闲书时，友人打电话来，似是十分迫切，唤我去某酒局。我婉拒之后，他似仍不甘心地说："这家的厨师是你老家人，南角墩的。"其时我十分惊讶，但也没有改变主意。这些年自己的圈子里，南角墩似乎成了我的标签。这个已经苍老得如父亲的村庄，越发地在纸上清晰起来。我并不总是赞美这个村庄，因为每个村庄一定有它的不尽如人意。但无论如何这些都是我的源头。我对南角墩也并非完全了如指掌。相对于我所在的第五生产队，这个村庄也像是一个城市。一个村庄也是有自己的界限的。有时候隔了一条田埂，人们的脸色和想法就大相径庭，这样的村庄才野意而丰赡。友人提到的那个姓刘的厨师，我大概能猜出他的生产队在"刘家拐子"，这是一处已经拆迁的聚落。南角墩虽然有河流以及行政区划作为界隔，事实上仍然主要是家族聚居。比如一组是"黎家库"，十组是"赵家库"，二组是"居家库"，四组是"吴家库"，五六组是"冯家库"，七组是刘姓杂着高姓的"刘家拐子"，在一处天然的河湾边。周姓是后来搬迁到的，穿插在"冯家库"之中。血亲关系的聚集非常紧密。他们在日后搬迁新居的时候，仍然大致选择集中居住。小区的某个单元里，可能住着原来一个生产队的居民。他们过去也并不完全团结和睦，但最终还是没能分割开来。

刘家拐子的人非常古怪，大概是因为地形暗示了他们对生活的认识。据说这里的人"人色"不好，常常出怪人，就连绰号都显得古怪。比如"大零蛋"的女人不学好，剃头的"大佬倌"喜欢吃劁猪的秽物，"黑鱼"有两个婆娘，等等。他们都在稍微高一点的墩子上，七零八落地住着。我似乎并没有和这位后生的交往。刘家拐子对我来说像是一部奇书。我道听途说地写过那里的故事，但很少去到那个地方。那里因为地势高耸，草木森森中有一股阴气。那里土地庙中菩萨的笑容似乎都很不一样。后来我想着去看看，但终于没有挖土机来得麻利，古怪的村庄就被清除了。

日后我还是拗不过友人的好意，去了一家在东城颇有些名气的"小高鱼馆"。他们那的高姓也很有意思，有个人叫作"高长宽"，是开商店的。

我上几何课拿着尺子的时候，就会想起这个人。我进门的时候努力想象这个后生的样子，可似乎都是陌生的面孔。见我进来便有人问吃什么菜。我有些慌张，好在友人从楼上下来，朝着厨房喊了一声："小高，你们南角墩的人来了。"后厨出来一个微胖的年轻人，脸上全是忙碌的汗水，见我时一愣，突然从嘴里爆发出两个字："哥哥！"我笑了笑，心里更加紧张，赶紧逃跑一样上了二楼包间里躲起来。

饭店的包间就像是一个个独立而封闭的生产队，关上门就各有自在的狂欢。那一晚生意特别繁忙，小高中途来敬了一次酒，依旧是喊着"哥哥"。我连忙让他自去忙厨房的事情，实在是内心受不了这一声热情的称呼。

二

刘家拐子的刘姓和高姓中我各有一个同学。高个子的叫高后飞，他有个弟弟，似乎总跟着他走。个子矮但长得敦实的叫刘荣峰，他是个话不多的人。我们在村小上学的时候，并不十分熟悉。他们的日子要富庶一点，我们生产队要困难得多。之前与这个生产队的来往都是因为高先生，高先生的父亲与我父亲交好，日子也都十分艰难，有些同病相怜的意思。高先生后来考学出去做了教师，父亲就把他作为我的榜样。初中毕业的时候，我们三个同学都拿到了高中录取通知书，且都在高先生所在的学校，那时候大概都是刻意要去投奔高先生的。三个人中，我的学习成绩最为一般，我们是一同去高中报到的，坐的是父亲约来的拖拉机。

我们在学校并没有什么交集。我后来出去读书，听说高后飞应征入伍，刘荣峰高考并不理想，家里也不愿意他再读书，就去务工了。我很奇怪为什么后来很多同学都会有交往，唯独在村里的两位就失去了联络。我再听说高后飞的消息，是父亲带信来让我去一家饭店吃饭，这家饭店正是高后飞开的。但我并不愿意吃这样的饭，自觉得突兀而不自在。我似乎还疑心他做厨师，能做出什么样的山珍海味来？这是我的狭隘。

后来我去小高的饭店吃过几次饭，才知道他和高后飞是本家的亲戚。每次我去吃饭，他都是给我安排几个家常菜——好像他那些珍贵的海鲜并不卖给村里人。他倒是说得很实在："本村本土的人，不要弄些洋盘。"我想不到一个南角墩的后生能说出这样的话来。我原来把他们当作南角墩人，是像自己卑微的心理一样，有些不自信的意味。其实，如果我不知道他是南角墩的孩子，这就是一家普通的饭店。在城市里无数的饭店后厨中，师傅们大多来自村庄，他们各有自己的南角墩。养活城市的，不就是这些换了行头的农家子弟？这让我深刻认识到自己的浅薄。我突然想去高后飞的饭店里吃几个菜，他肯定也是给我上几个诸如公鸡烧豆米的土菜，会一样觉得同村人不装样。倒是我读了几本书，突然觉得脚下轻飘了起来。我后来和父亲打听，他淡淡地告诉我：那饭店早就关门了。

我后来在一次回村时见到了刘荣峰。他站在村口等车，或者只是站着。见到我，他似乎有些紧张，从口袋中掏出烟来自己点上，有些木然地问我："你现在到底在哪里？听说你去了好多地方。"我不大好意思和他解释自己的工作，就用了像是同村出去的瓦木匠见面时那种俗套的说辞："只是到处穷混混。"他显然对我的回答非常不满意，猛吸着烟说："我并不要找你去借几文的。"

他这句话结束了我们的谈话。他依旧默默地站在那里，捏着那已经变形的烟壳。进城之后的我很害怕这样的场景。我在城市十多年，并不是不想见到故人。有时候街上见到一个似曾相识的面孔，会有一种莫名的喜悦。但我不敢相认，我怕他们不肯认当年那个满身灰尘的我。我当初也并非完全不想见小高和高后飞。但我害怕看见他们在城市里辛劳的样子。我们为了能在城市里有立锥之地，付出了太多代价，最大的代价就是讨好和追逐。我大概也浅薄地认为，没有读过几本书，难以有体面的生活。我害怕他们过得太好，会失去当时在村庄里朴实的样子；更怕他们在城里为了生活，露出狡诈的面容。事实上，他们各有自己的气力和本事。但面对繁华和欲望，他们的奔波显得无比艰辛。

我也后悔过自己并非完全出于本心的奔波。然而城市就像是一趟快车，挤上车后容不得掉头回望。刘荣峰本也可以读个书有更好的生活，可他的父母没有同意他继续读书。因此他变得抑郁，甚至一度发疯了。他的父母将他锁在家里，据说连婚事都无从解决。人到中年，感觉无从回家，才明白一早是自己巴望着离开的。回村再看看那些依旧固守在村庄的同伴，他们也有自己的艰难——但似乎又都是结婚生子，并没有十分的区别。我们见面了，都变得沉默寡言。我们在各自奔波的路上丢失了一个重要的身份：朴素而执着的农人。

这种事实逼得我们比陌生人还要隔膜。我们经常听说有人一夜暴富的消息，也经常见到致富的农民进城后傲娇的神情。这世上真有贫困的城市人，也有懒惰的农村人。农村其实有更多简单的机会，就像过去的人们说"有得忙，就有得喧"。城市冷漠起来，人们只有绝望地面对水泥地面和冰冷的规则。然而在一个村庄，只要两手有愿意付出的气力，大抵是有一条活路的。后来，被解放的土地有了更多的机遇。农人进城之后也并不输于城里人，一膀子力气比精明的眼神要实诚得多。城里人靠的是生活的差额，农村人仗着直来直去获得。我心疼那些无助的蛮力，更害怕他们学会了自以为熟练的精明。

我甚至觉得进城来奔波并不高明。

三

我在城里还有另外一名刘姓同学。他比我在城市的时间更要长。过去我们一起生活读书很长时间。他家一户刘姓在我们生产组，当时的情形也算乐观，我们从幼儿班开始就一路来去。他的父亲在农耕之余会去捕鱼，日子还是有滋有味的。可是不知道为什么，那时候的女人不如意起来，就要"请死"。男人们似乎并不在意这些情绪，总是不屑地说："大河又没有加盖子，你爬河去就是。"可是大河淹不死一心想死的人。也有人想悬梁自尽，但因为据说死后要做"吊死鬼"难看，所以也没有人敢。最后女人们想出一种很极端的方法：喝药水。那时候的农药都是剧毒的。经常听到有人喝药后被送到乡里卫生院用洗衣粉洗胃的消息。时间长了人们似乎对此也非常冷漠，好像对于这种没有结果的折腾显得厌倦。

当然也有人因此殒命的。小刘的母亲之前喝过药水，被发现了抢救过来，但最后一次没有了好运气。我深切地记得那天我们在教室里打闹着的时候，村里来人站在门口告诉他母亲走了。他没有收拾书本就被带了回去。我没有去参加他母亲的葬礼。我记得那个女人的样子。她平素装扮得非常清爽，总是把脸盆架上的一切打理得井井有条。我每次上学等他的时候，看到那种情形就会很羡慕。可是她突然就决意走了。

她的奶奶对此似乎非常不满意，后来经常在院子里跳着脚哭。这位老人的生活也并不如意，我总听见她在院子里和儿子争执。她有一门做"敲糖"的手艺。这是一种很黏牙的麦芽糖。她每次在锅里熬糖的时候都会引来儿子的埋怨。我站在锅边看着那糖的时候，她总是会说："等熬好了，回头给你分着吃。"可是当那糖熬好了做成圆饼的形状，撒上了一种白面一样的东西之后，她就绝口不提此事。我们等她，是因为要一路去另外一个村子的中心校。她抽着烟颠着小脚跟着我们走。我们总是喜欢抄近路，但她劝我们说："宁走大路一千，不走小路八百。"不知道这是什么道理。我并不怎么相信她的话，我觉得她和自己消瘦的身形一样精明。我也买过她的糖。她照样收下钱并不客气，然后用那两块磨得锃亮的铁片去敲打那麦芽糖给我。

那些被击碎的糖像时光的细屑一样难忘。初中毕业之后我们去了不同的学校，辗转多年我进城的时候，打听到了这位同学的消息。并不是为了什么情怀，而是为了一单和他有关的生意。我本是不大相信他能做出什么像样的设计，但他交出的结果令我欣喜。我当时还担心自己和他的同学关系要被人议论。一位同事的话让我沉思良久：那些写字楼里的白领们对着电脑有模有样，可是回到村庄，他们不都还是农民的孩子？

此后，我在城市的生活里牵出了很多同学。女儿出生在城里，她完全对村庄的生活无感。每次带她回到南角墩，讲述那些曾经的旧事，似乎并没有河边一条破旧的船来得惊奇。这种惊奇让我觉得，她与这个村庄再也没有关系。很多进城的人都把孩子与村庄的关系理得很清楚：从城里的家到村庄的老家之间隔着一辆汽车的距离。我曾经担心他们忘却村庄。他们在城市里也要学会奔波：上学、辅导班、同学的聚会、游乐场的玩耍、博物馆的游览，这是城市生存的必要技能。比起他们的学习能力，我们显得笨拙而胆怯。看看我写的那些书上的故事，她又会觉得很陌生地反问：你是一位乡土作者吗？这些反问让我忧心忡忡。然而在生活里，她又会这样总结：你的同学之中，最"有用"的是那位会修家电的周同学。

这位周同学我当年上学的时候并不熟悉。后来进城了因为家电的事情打扰过几次。他离开校园早，进城的时间也早。我知道他以自己精湛的手艺和精明的思路在城里过得很优裕。我请他做事，总不想少一分工钱，可他总是陌生地看着我说："我们都是村里来的，为什么这么见外？"一次请他帮忙在五楼装一台空调，主机到了楼下只见他一个人等着我。我摸了摸自己的肩膀看着他，问他为什么不请一个帮工来，他看了看我有些不屑地说："都是农村来的孩子，怎么变'修'了？自己扛一下的事情，还能像城里人骗你的钱？"我眼看他一个人将主机背上了五楼，自己也羞愧地将工具箱拎着走。那次我亲眼见他一个人在悬空的窗户边将外机装了起来。其间我接到了一个应酬的电话，很过意不去却无奈要中途出门。他看出了我的焦灼，掸了掸衣服的灰尘说："你在单位有事就自去忙吧，你们事情多可以理解。"我走的时候将钱放在了玄关的挑台上，留下他一个人忙碌。

在我应酬中觥筹交错的时候，他打来电话有些责问地说："钱我数了，多五百块钱，你什么意思——我只赚我应该赚的钱，你真是见外了。"是我真的见外了。后来提到此事，他总是笑着说："你们城里人的心眼子多，但是我们也不笨。"他告诉我去城里人家中干活的"秘诀"。他上门去会看"脸色"行事。进门时一脸客气的多是农村来的，端茶倒水的少不了。他一检查就会明白地说："电容坏了，加修理费要五十块。"那种进门就满脸嫌弃的多是老城区的人，这种人家进了门检查后，也不多说："两百块，不修的话我还很忙。"他说其实也值这个钱。这是一种很有趣的"狡猾"——我们其实都是这样在城市谋生的，是我们农村孩子们养活了斤斤计较的日常。

我们不需要太多相聚，只奔波在各自的路上，因为我们从未曾在村庄里分离。

（原载于《雨花》2024年第7期）

出发之地

襄阳的女儿

何向阳

夏天的时候到襄阳去，刚住进古城墙外的宾馆，就接到媒体电话下楼接受采访，年轻的记者问我："您第几次来襄阳？"刚放下行李的我听了一愣，真就是一个提醒。我想起上次，二十世纪九十年代末，准确地说是1998年，那时我还在河南省社会科学院工作，山东的几位学者与《作家报》主编魏绪玉老师一起，来河南碰面，我们再乘坐绿皮火车一路南下，到三峡去参加一个会议，路过这个城市，只待了不到一天时间。记得下午到时只够计划去看一个地方，我们选择去了古隆中，归来时已是黄昏，奔到古城门照一张合影。暮色沉沉加之细雨霏霏，大家的面目并不清晰，但彼时彼刻的心情却是晴朗的。

"第二次？"也不尽然。后来从三峡回来，印象中还是从这里转车北上。那次是真正的"路过"，好像哪里都没顾上去。"第三次？"也是有名无实。我突然想起来：那两次来，这座城市叫"襄樊"啊！大家抢着回答我："2010年就改回'襄阳'啦！"是啊，可见我2010年之后都没有来过，而从1998年的一来一回算起，我已和这座城市"阔别"了足足二十三年，再有两年，就赶上四分之一个世纪啦。这样想的时候，我不禁吃了一惊。哦，作为一个过了二十三年才与一座城市重逢的人，我又能向记者给出什么像样的"印象"呢？我开始怀疑自己，直到——

"您是何老师吧？"一个温婉的声音传过来。

怎么？难道在我二十三年的"怠慢"之下，在这里还有记得我的朋友吗？

我扭过头，看到一个温婉的女子，长长的头发绾起来，还有一双弯弯的黑黑的眼睛。那眼睛里始终有温和的笑意，还有深藏在笑意后的思考。

她原本一直在和一位与我同行的女作家说话，看得出她们是要好的朋友，应该见过不止一面。而我，搜索一下记忆，真的是第一次见她呢。

"我认识您，何老师。"她轻轻地说道。大约是看出了我的尴尬，她笑了下，又接着解释："我也是第一次见您。但您前几年生病时，我曾受一个朋友委托给您寄过些草药。"啊，我想起来了，一直都是与她的朋友联系。我记起来曾经有一个女子打电话给我要寄草药的地址——那应该就是面前的她吧！而我，在几年前就吃过这个女子给我配的草药啊！我该怎么说出我内心的感激！我一直是个不擅长表达自己情感的人，只能一把抓住她的手，那只曾在我生命的危急时刻向我慷慨伸出的救援的手。我还是第一次感受到它真实的温热。

时间，又一次认了输。纵然有二十三年的隔断，但我与襄阳的缘分，又岂是时间能够衡量的！

接下来的采风安排兵分三路，"一方面军"在团长带领下去老河口、谷城，"二方面军"奔赴枣阳、宜城，最后计划在南漳会合，而我选择留在襄阳古城，一是想看看阔别已久又经历了国家高速发展期的一座中部城市的变化，二是为了弥补一下二十三年前只在城门外留影而未能实际进城一探究竟的遗憾。也许，潜意识里还有和这位新认识的"老"朋友待在一起加深了解的愿望吧？

说来惭愧，我对襄阳的认知，只停留于二十三年前对于古城墙模糊而苍白的记忆，或者止于地图上的空间地理意义与经济交通意义上的襄阳，又或许还有三国文化史迹、历代文人诗词中的襄阳，对于今天的她我真的是一无所知。事后我意识到，在同行们纷纷奔赴周边市、县时，选择"留守"襄阳，于我个人而言，是绝对正确的。在有限的时间里，我跑遍了襄阳所辖的襄城、樊城、襄州三个城区，再加上随后与大家一起参观的鱼梁洲经济技术开发区、岘山、习家池、古隆中、米公祠等地，大致对襄阳的地理有了一个认识轮廓。

站在有"铁打的襄阳"之喻的古城墙上，面前是汉江，隔江的对岸就是樊城。陪着我的那位女孩说："樊城是我现在住的地方。"她一指："喏，我的家就在那片高楼里。"两相对照，的确，樊城的楼要更高一些，沿江挺立，而身后的襄阳区因属古城就没什么高楼，目测最高仅在六层左右。从文化保护的角度看，襄阳的整体规划花了心思。我在城楼上看风景，试图找到历次战争留下的遗迹，女孩却将手又一指："这个，再往那边，就是你昨天去过的鱼梁洲，那里不允许盖楼，也不允许房地产开发，因为它是襄阳的'肺'，所以只能绿化，种树。早上你若去那里跑步，听到的全是各式各样鸟叫的声音。"说这话时，她的语气中有掩饰不住的自豪。是啊，鱼梁洲，它那个更像一颗心形的所在，四面环水，汉江猗旎，市民们有那样一个休闲场所，真是再好不过了。

天有河汉，地有襄阳。望着汤汤的汉江水面，我想，这就是杜审言、宋之问、陈子昂、王维、孟浩然、岑参、李白、杜甫、白居易、韩愈、刘禹锡、李贺、贾岛、杜牧、皮日休们目光所及的地方，是他们的书写，使襄阳一时成为诗歌中的"高地"。在唐代，除了长安以外，很难再找到一座城市能够得到如此多的诗人的不倦歌咏。

这样走走停停，从城中的昭明台，到临水的瓮城，再到萧楚女讲过课的学校，又从樊城的码头、会馆到正待搬迁的襄阳博物馆，对于襄阳的认识时时都在更新。看着兴致勃勃地介绍着家乡的女孩子，我想起了前几天重返古隆中时，因熬夜写作着凉，手臂忽然麻木抬不起来，就是她扶着我坐下来。古隆中供游人歇息的竹椅，面对一片绿色的树林，她站在我背后，以一种缓急有序的手法在我后背揉了几下，奇迹一般，我的手臂当即就抬了起来。我感叹她的中医功力，她腼腆地笑了："这只是一时好转，回去后我给你用艾条灸一下，把里面的寒气排一排。"第二天中午，她果然带着艾条过来了，二十分钟，我的后背一下子暖和起来。手臂已能举到最高。"可以了！"她似乎比我更兴奋，弯弯的眼睛笑着，有些不好意思地从随身的包里拿出一本书。啊，这是她写的书，中国中医药出版社，是一部从《诗经》中寻找本草的书。我表达了我的惊喜，她依然不好意思地笑着，说："这里的晚上有时候安静到让人寂寞，不累的时候翻翻吧。"

从这一刻起，我才开始了对她真正的"阅读"。

"古人含蓄，不说爱，不说恨，也不说想念和忧伤，只是一个劲地说植物。"这是她书里的话。

"古人用最原始的方法让植物的宽厚、仁慈、坚韧和爱，滴水穿石般慢慢渗透进华夏儿女的骨子里。"这是她写下的感悟。

从阅读中得知，她出身中医世家，太爷爷悬壶济世，经营着大元药铺，却不收穷苦人家病人的费用。"高热发烧的，他大手一挥，指着江滩，

'挖三棵芦苇根，洗净熬水喝'；浑身发痒出风水疙瘩的，他又是大手一挥，指着江滩，'半斤浮萍煮上，边喝边洗'；牙痛尿急的，他还是大手一挥，指着江滩，'竹叶一把、荇菜三把'；产妇奶水不通的，他依然是大手一挥，'打三斤青背鲫鱼，加一把通草、三把无花果'……"他的慷慨，让"老太祖把牙根咬得嘎巴响：'这个浪子，把一条街都教成先生，让他喝西北风去！'"，真是令人莞尔，这个女孩子太会写了。

登鹿门山寻访孟浩然相关古迹后回到住地，窗外已是万家灯火。我坐下来，再次翻开女孩子的书，等从书中抬起头来，已是万籁俱寂的深夜。这次阅读让我忽略了时间的存在。那些可以疗治人类病痛的植物和围绕它们所展开的一段段人生记忆，带我走入了襄阳的细部。那里也是百姓日常的深处，一个个鲜活展开的生命，也如一株株我叫不上名字、认不出形状却也葳蕤茂盛了不止几千年的植物一样，坚忍而生机勃勃地挺立在我们看不到的地方。我们总是注目于一个城市的历史文化和曾经生活于斯的千百年前的名人，我们总是关注一座城市的宏大建制和属于这座城市的英雄——的确，他们都非常重要，他们是与今天的历史不可切断的一部分，而我们，是他们的精神的继承者，是他们文化意义上的传人——但是，是不是还有一个更重要的方面，被我们不自觉地忽略掉了？一座城市中，更多的细民，那些也许并没有留下具体的名姓，未来也不太可能被写进教科书中的人们，我们，也是他们血肉的延续，甚至，我们和他们，都不该用"我"与"他"这样的词语进行隔离性的表述。

生活，的确是一部大书，它有时会凭借一本也许是必然来到我们手中的小书，改变和修正我们对生活、对世界的认识。

第二天，这部书的著者来接我。我和她相对而坐，谈到那篇最打动我的题为《酸枣仁》的文章。那是一篇写她母亲的作品，文章最后写到为子女操劳了一生的母亲病逝，她一个人跑到母亲的墓前。那种子欲养而亲不待的悔恨与遗憾，让我心扉痛彻。我和她讲起了我的母亲，母亲去世后相似的经历，在我们的对话中不断深入，你一句我一句。说着说着，她竟流下了眼泪，而我也哽咽了。她说："我没想到您会读我的书！"此后我的心里一直盘桓着这句话，我想我一定要一直记住这句话。这无疑是一个提醒："我"与"我们"的心灵共同体的建立，不该只是一种止于纸上的理论或者概念。

我对暌违二十三年的襄阳充满了感激。

离开的前一天傍晚，我们相约去她说的汉江大桥沿岸的小巷面馆吃饭。一坐下来，她就开始兴奋地介绍："要吃襄阳的正宗牛肉面，就得到这种小馆子来！"木桌、条凳，门脸不大，但熙熙攘攘，座无虚席，有人慕名而来，更多的是吃碗面就回家的当地人。我们两人一人一海碗，就在我埋头于让我大汗淋漓的美食时，她却不见了，再抬头时，一枚卤鸡蛋缓缓落入了我的面汤之中。她说："这几天跑得辛苦，身体要补一下。"我埋下头，忍住就要流出的眼泪，不让她看见。"凯风自南，吹彼棘心。棘心夭夭，母氏劬劳。""棘"，说的就是酸枣树啊。我们都是已经失去了母亲的人，母亲在时，我们是有刺的孩子，有时倔强，有时顶撞，但我们从母亲那里学到的对人的关照，仍然会不由自主地自然流露出来，只这一点，就让我觉得母亲尚在人间。

回到北京，我马上在网店下单购买了她写的第一本书。坐下来，心静下来，我捧起她的这一本书，依然是一部关于植物的书。她弯弯的流转着笑意的眼睛，又出现在我眼前了。阅读她，只是一段情感的开始。我要怎样说出我的感谢呢？对这一位让我的心灵与身体同时得到治愈的——襄阳的女儿！

（原载于《散文》2024 年第 4 期）

山河示证

熊育群

一

癸卯年深秋，由南向北的一次远行，穿越鄂、豫两省，第二天暮霭重重之时，我从山西河津过黄河，在陕西韩城下高速。夜幕已降，微雨如雾，裹着夜色，眨眼间掩埋一切。次第亮起的灯火，愈来愈响的车轮摩擦声，陡生陌生又遥远的感觉。想起司马迁《史记》自序中说到"迁生龙门，耕牧河山之阳"，一种气息逼近，雨中的街巷溢出莫名的期待。

一夜小雨，古城阒寂。一早便驱车前往芝川镇。

空气冷浸又清新，银杏树金黄一色，城南的田地平整如砥。一条窄窄的芝水河，横过一座古石桥，硕大的石板被磨得肌肤一样光滑。一座小山猛现陡峭之崖，孤峰上耸峙的便是司马迁的献殿、寝宫。

原以为司马迁祠墓在黄河边上，举目四顾，一座高架桥横过，在东边小山后消失，这是过黄河的高速路，山那边才是黄河。

清早无人，独自登山，青砖和石头铺的路，中间凹陷，像一条浅沟。"高山仰止"牌坊立于半山，苍松翠柏止于路侧，石头的路拐向悬崖一侧，穿过牌坊。

再往上就是高高的梯级，一边攀登一边观瞻，太史公既亲近又遥远，此时与彼时某个瞬间融合，时间的停滞和猛烈的心跳，头上时空悬浮。

一千七百年前，西晋永嘉四年，太守殷济在此为司马迁立碑树桓，宋代有人塑司马迁坐像，元代敕修司马迁墓，清乾隆年立墓碑，这里只是一个司马迁的祭祀场所。蒙古包状的墓位于最高处，青砖裹砌，嵌有八卦砖雕。墓顶一株古柏，若巨掌撑天。我双手合十，绕墓三匝，胸中涌动的话皆成默念。黄河就在眼前，它出龙门后，变得浩浩荡荡，苍苍茫茫。"迁生龙门"含有多少自得。

去嵬东乡高门塬，一条弯曲狭窄的乡间小道背朝黄河西去，带来了黄土高坡地貌。赶集的农民把蔬菜、水果、打板栗的竹竿、猪羊肉、塑料制品、衣服摆了两里路长。一路询问，当地人确定，华池村所在地就是当年司马家的花园，徐村居住的同、冯两姓则是司马迁的后人。徐村汉太史遗祠，石碑刻有清嘉庆二十二年的碑文："史通因避莽乱，隐居嵩阳。徽为长门嫡孙，改姓同氏，返归故里，徙居徐村。"

正午的徐村，一片寂静。高墙窄巷，户户院墙，门楼出浅檐，门楣书"仁以聚之""细流不择""同归觉路""临池学书"等语，它与周围村庄并无二致。村中一口半圆形老池，围池的石板沉淀下岁月。一座座颓败的门楼不时出现，不知建于哪个朝代，有的院墙塌陷，有的一门独立，门楼都有精致的砖雕、石雕、木雕，高高的檐口，匾额上苍劲或飘逸的书法，充满人生的感悟，彰显着深厚的文化底蕴与从前富足安宁的生活。

汉太史遗祠大门匾额，进门写"入则俨见"，出门写"出则忾闻"，读了令人感伤。祠内塑有司马迁像，上供司马谈、司马迁牌位，下供冯姓世祖钊、同姓世祖茂的牌位。携司马迁遗骸率族人来徐村的正是冯钊和同茂，他们约定两姓互不通婚。

村后一个高坡，坡下写有"法王行宫"的石牌坊，矮得低头才能通过。漫长的时间里，黄泥浸上石柱、石鼓，石板石条间缝如裂隙。一条泥土小径欹斜而上，坡上一座孤坟，一间寝殿。寝殿两边对联为"真假真假真真假假分不清，错隐错隐错错隐错隐辨不明"，意思是祭祖是真，敬神为假，外人分不清真假；皇上错，太史错，因错而隐，这个错和隐谁能辨得明。墓碑是甲戌清明重立的，上写"汉太史公司马迁之墓"，落款"徐村同、冯后裔敬立"。我相信，这里离太史公之魂更近。

徐村每年清明节前一晚都要搭台唱戏。戏台就是司马迁墓旁敞开的寝殿，殿内墙上居中设神龛，墙下砌供台。长者带着穿礼服的村民，抬着香案祭品来到墓前，插上带金钱串的柳枝。这时，戏台上鼓乐齐鸣，演员在坟前化妆、换衣，开始登台唱戏。墓地上则鸣炮、敬香、跪烧纸钱，有人爬上坟头往下滚鸡蛋馍。

黎明时分，台上突然油灯全灭，鼓乐骤停，演员、乐器手跑下戏台，村民立即拆了台面，抬着香案，跟着演员向村东面的九郎庙狂奔。村民争先恐后，跑丢了东西也不捡。九郎庙戏台上，乐手们看到演员跑来了，立即吹起唢呐，敲起锣鼓，演员跑上台又唱起戏来。

　　天亮后，人人像过年一样，头插迎春花，吃沾福馍，到处欢声笑语。村里亲朋好友来了，小商小贩也来了。巷口搭起了柏枝牌楼，挂白纸黑字的对联，横幅用红绸黄字，写着"德垂后昆"。巷子里挂满彩灯，家家门口贴红对联，门上挂红纱灯。汉太史遗祠的祭祀仪式也正式开始了。大戏则分东台和西台，连唱三天对台戏。

　　这一习俗有两千年了。据传，当年族人唯恐朝廷降罪，将司马迁遗骸运回后悄悄安葬。清明祭祀时半夜三更以祭神的名义进行。一年清明，黎明时传来消息，京城来了钦差，直奔徐村而来。族人惊慌，有人急中生智，率领大家狂奔到九郎庙焚香祭神。"钦差"出现了，原来是司马迁的外孙杨恽，他奉母命来扫墓，并带来了喜讯：汉宣帝准允《太史公书》公之于世了。族人惊喜不已，敲锣打鼓，邀来亲友，一同庆贺。于是，徐村有了清明跑戏台子的习俗。

　　正午已过，天空阴郁，饥饿阵阵袭来。站在墓碑前，眼前的黄土坡地一坡一坡向着远方伸展，沟沟壑壑里的果园、村庄，时隐时现。寂静里，哀哭声传来，徐村人正在办丧事。我在荒芜的杂草和树木间喃喃独语。想着司马迁二十岁南游，他东采吴越，上会稽，探禹穴，又南吊屈宋荆楚，窥九嶷，浮于沅、湘。远行的足迹到了我的家乡岳阳屈原管理区，去年寒冬，寻觅着他吊屈的路线，我在汨罗江古河道找到了屈原的投江之地……

　　司马迁这一次出游，着重考察了两个人，那便是他敬仰的大禹和孔子。他忍辱含垢，究天人之际、通古今之变、成一家之言的气魄，分明有这两个人的影子，他们代表了司马迁的某种精神向度。

　　《史记》开篇写五帝之后，第一个写的人物便是大禹，司马迁有足够的信心把他当作现实中的人物来写。大禹名叫文命，他的父亲就是治水失败的鲧。夏朝在司马迁的笔下成为信史。中国最古老的治水篇章，从浓郁的神话色彩里进入了历史视野。大禹游移的形象像山一样稳固，一代代人无不以之为蓝本。

　　对禹凿龙门，《史记》载："道河积石，至于龙门。"似乎语焉不详。

一个在"禹凿龙门"传说里长大的人，吝啬得不肯多写一个字。

龙门，夏商时韩城便称为龙门。我曾站在华山云台峰朝它远眺。那个初夏的上午，前一夜还是雨声淅沥，雾锁华山。登山时天空渐渐晴朗，大地在几缕轻烟中如毯一样呈现于山下的一片空旷里。平展的土地，如远去的岁月，朦胧又清晰，远处升起一道幽蓝的山脉，那是山西西部的吕梁山，一条大河如银色飘带一般，从北向南而来，她就是黄河——中华民族的母亲河。在风陵渡，黄河转向东，奔腾到了中条山南麓。这座著名的山脉是夏代的铜矿，山南便是夏的中心统治区。

另一条河流由西向东，横划过关中盆地，在风陵渡与黄河汇合，这是著名的渭水，它可能是黄河远古河道。飘带最宽广的一个地方即是司马迁祠墓所在地韩城，对岸山西河津，也说是司马家族世代居住地。龙门就在这个闪着白玉一样光泽的地点上方。我久久注视着那个地方——阔大土地上的一个点，心里念着"西岳峥嵘何壮哉，黄河如丝天际来"，这是李白当年与好友元丹丘在云台峰所看到的情景，当年大禹治水就在这片土地上展开。

在云台峰转悠，平原上起了一层薄薄的蓝烟，眼前的黄河听不到它半点声息，也看不见它翻腾的波涛，只有凝固的一线岩石闪着银白之光，仿佛定格在时间之中，与退守到岁月深处的历史一样遥远。面对苍茫大地，一时情感难抑，我写了如下诗句：

> 石头抒写空中白银
> 决绝地离平原而去的
> 高度云朵似的漂浮
> 它们恒定坚硬裸露强力
> 大地的秘密在天空之上
> 如帝国的刀锋
> ……
> 大地之云仙界的大氅
> 在风的手掌中覆过人间暮鼓晨钟
> 龙门治水韩城史笔临潼歌舞骊山烽火
> 潼关铁骑灞桥折柳蓝田玉生烟……

如盐在海

一个黄金的时代

升起与崩坍如冰城堆雪

大禹治水的想象

渔阳鼙鼓的喑哑

霓裳羽衣曲的柔软

帝国锋芒上珠露跌落

……

二

　　龙门是黄河出晋陕峡谷的最后咽喉，龙门山与梁山相距极近，汛期河水暴涨时，水由北至西受西岩阻挡而折向东，又遭东面石壁拦截，浪叠数丈，"禹门三级浪，平地一声雷"（宋·汪洙《神童诗》）写的正是这一景象，数里之外就能听到黄河撞山断门的巨响。

　　"黄河西来决昆仑，咆哮万里触龙门"，黄河东流好像就是奔龙门而来的，一个"触"字是何等地急切。《禹贡》《汉书·沟洫志》《水经》都言之凿凿，大禹"导河积石，疏决梁山"。郦道元《水经注》写道："梁山北有龙门山，大禹所凿，通孟津河口，广八十步，岩际镌迹，遗功尚存。"

　　然而，龙门那些坚硬的岩石，壁立两岸，刀劈斧削，如铜墙铁壁，巍峨壮观，凿开龙门真是人力所为？《史记》的《夏本纪第二》只提到龙门，太史公是不是有我同样的顾虑？

　　来到龙门，季节已过寒露。沿着黄河东岸北行，这一带以前几乎村村建有大禹庙。河西渚北村每年古历三月二十二日，村民拿上香表贡品，敲锣打鼓把大禹庙的大禹像接回村，举行五天盛大的祭献和赛事。鲤鱼岛上陕西建的大禹庙与东岸山西建的大夏禹王庙隔河对峙，抗日战争时期被日军炸毁，眼前的鲤鱼岛，长排钢筋混凝土的房屋沿河而建，一艘客轮静静地停靠在码头。黄河上的风吹在身上，直灌胸口，不得不把衣领扣紧。

　　峡谷里的风声压过浪涛声，浩荡江水翻滚不息，隐忍着一股蛮力，浊黄的波浪下深藏蛟螭似的，它疲惫了、妥协了，上涌的水花虽然巨大，却有些乏力。

禹门口横过一座铁路桥，这里是峡谷结束的地方，两岸余脉靠拢，留下窄窄的江面。如果开凿这里，人力完全可为。

但是，龙门还在上游。山势越来越高，一路壁立的峭岩，如刀似斧。峡谷转过一道弯，经过大梯子崖宽阔的水面，东岸的山一个弯腰，逼近西边的高崖，仿佛不耐分隔，意欲团聚。一线窄门远远地出现了：两岸白石相对，在它们即将相拥的瞬间，一股神奇的力量让它们骤停。这股神力便来自大禹，相连的山被他带人生生地凿开了。

势能强大的水匐然而出，撕锦裂帛。巍峨的山峰和峡谷全是哗哗的声音，风一样吹拂，水一样淹没。龙门上又一座铁路桥跨过，一列货车呼啸而过。

民间传说，鲤鱼被冲出了豁口，无法溯流而上，便与大禹夫妇理论。大禹的妻子涂山氏说，能跃上此豁口者，便可化为飞龙，腾云上天。这便是"鲤鱼跃龙门"的来由。

走近龙门，两边悬崖相距不过几十米，工程远没有我想象的那么巨大。夏代，铜器已滥觞于黄河上游，进入了青铜时代，自然有开山的利器。岩石火烧水浇就可裂开，凿龙门人力完全可为。似乎释然，却心怀疑惑——我所见者还只是一种可能。

溯黄河北上，到壶口瀑布，再到荒凉空寂的吴堡石城，黄河两岸山山相连，几无间隙。两岸煤矿众多，运煤的货车排成长队。

在碛口古镇小憩，游黄河画廊，我有了新的发现。

黄河东岸的岩石经河水长年冲刷，形成了一片片如画的浮雕，石面凹凸有致，深浅不一，它们有的像书法，有的似鳄鱼、蛟龙、螃蟹、珊瑚、蜂巢、蘑菇，有的似流云，气象万千，画面抽象，令人遐思，只有大自然的鬼斧神工才有这般景致。

在往画廊的沿河公路上，头顶山坡上也出现了同样的自然的壁画。它们之间落差约二十米。这证明黄河水曾经达到了山上画廊的高度。那便是四千年前黄河的水位？

《吕氏春秋·爱类篇》有这样的描述："昔上古龙门未开，吕梁未发，河出孟门，大溢逆流，无有丘陵、沃衍、平原、高阜，尽皆灭之，名曰鸿水。"这是大禹凿通龙门之前，洪水泛滥的景象。

想象滔滔鸿水漫过头顶，涨到山上画廊的高度，山岩上如染的夕阳，皆在水波之上闪烁，水势之浩荡，吕梁山深沟巨壑被水所淹，波涛拍岸，条条峡谷蛟龙一样弯曲缠绕，一切"尽皆灭之"。大禹凿开了龙门，水位迅疾降落，直落到如今的位置。

千里吕梁山证明了禹凿龙门的真实性，大禹把他的伟业刻在了山河之上。

这是神一样的功绩！于是，人们世世代代当作神话一样相传。

三

六朝人在《拾遗记》里写大禹凿龙门变得很神奇了："禹凿龙关之山，亦谓之龙门，至一空岩，深数十里，幽暗不可复行，禹乃负火而进。有兽状如豕，衔夜明之珠，其光如烛。又有青犬，行吠于前。禹计可十里，迷于昼夜。既觉渐明，见向来豕犬，变为人形，皆著玄衣。又见一神，蛇身人面。禹因与语，神即示禹八卦之图，列于金版之上。又有八神侍侧。禹曰：'华胥生圣子，是汝耶？'答曰：'华胥是九河神女，以生余也。'乃探玉简授禹，长一尺二寸，以合十二时之数，使量度天地。禹即执持此简，以平定水土。蛇身之神，即羲皇也。"

距龙门不远的确有个禹王洞，传说是当年大禹治水的指挥所和民工栖身地，可容纳千人，龙门开凿后，施工工具被置于洞内。禹门口东禹庙后面有一个石龛，"有石龛窿然若大屋"，内有悬泉，现在叫鸽子庵，也是当年民工的住地。龙门上游五公里处有个石门，这里是黄河最狭窄的峡谷，石门西侧有一条错开河，大禹最初在此向西疏凿河道，发现方向错了，便及时改正。

《拾遗记》把禹凿龙门当作神话来写，古人的浪漫创作手法，跟原始的巫鬼文化与信仰有关。幸亏有了这些散发着神秘气息的古老文字，我们能够找到一些真实的细节，譬如《国语·鲁语下》中有："昔禹致群神于会稽之山，防风氏后至，禹杀而戮之，其骨节专车。"这跟今天出土的"良渚文化"相互印证。

古越部落酋长防风氏，想独霸一方，自称越人各部落之长，不听禹的命令。禹在苗山大会上当众命令将他处死，并曝尸三天。各地诸侯、方伯深知夏王朝的威力和禹的神圣，再不敢冒犯禹王。那些没有参加朝见禹王的氏族部落听说此事，也纷纷向夏王朝进贡称臣。

杀那些怠慢自己的诸侯，以树立权威，保证政令通畅，一个建立如此威望并开启一个王朝的人，这样做是符合逻辑的。

防风氏就来自今日出土的"良渚文化"之地杭州，莫干山下，考古发现了四五千年前建立的区域性国家并筑起宏大水利系统的一个王朝。那是江南的河流富春江、钱塘江孕育的文明，良渚的玉文化登峰造极，文明发达程度不输任何地区。防风氏到绍兴会稽山隔着一条钱塘江，距离很近。他也许是傲慢故意来迟，也许是被洪水所阻。但大禹就在防风氏家门口斩杀他，足见他的气魄与力量。

大禹选择绍兴作为自己的安葬地，他对"良渚文化"也是偏爱的。杀防风氏，是否有因偏爱而生的复杂情感？

又如《吴越春秋·越王无余外传》中有：

> 禹三十未娶，行到涂山，恐时之暮，失其度制。乃辞云："吾娶也，必有应矣。"乃有白狐九尾，造于禹。禹曰："白者吾之服也，其九尾者，王之证也。"于是，涂山之歌曰："绥绥白狐，九尾痝痝。我家嘉夷，来宾为王。成家成室，我造彼昌。"天人之际，于兹则行。明矣哉！禹因娶涂山女，谓之女娇。

这则传说虽有鬼神之气，但却合于信史。大禹娶涂山之女确有其事，如何娶的，在各种传说版本中情形也大致相同。如《吕氏春秋·音初篇》有："禹行功，见涂山之女。禹未之遇而巡省南土。涂山氏之女乃令其妾候禹于涂山之阳。女乃作歌，歌曰：'候人兮猗！'实始作为南音。"又如："禹娶涂山氏女，不以私害公，自辛至甲四日，复往治水。"（《楚辞·天问》洪兴祖补注引《吕氏春秋》）

大禹连恋爱的时间也没有。家庭生活呢，也不正常，"三过家门而不入"成了中华民族的名言，顾大家舍小家，代表了克己奉公的高尚精神。大禹百折不挠、任劳任怨的非凡品质，成为中华优秀传统文化的精髓。

大禹这样做也许有他的苦衷，父亲受命治理洪水，因治水不力，被杀于羽郊。父亲的死对他是个无形的压力，他只有以命相搏才能保全性命。但一个这样的英雄人物，他在中国历史的源头，文化的源头，成为榜样，对中华民族伦理道德、品格、潜意识、文化等，有着巨大的影响，它成了中华民族精神的重要组成部分。

四千年过去了，我们对于一个人的评价居然一成不变，奴隶社会的标准还用于后工业社会的现代人。人类观念的改变是不是真的有我们想象的那么巨大？

大禹的家庭生活广为人知，并成为一个悲剧："禹治鸿水，通轘辕山，化为熊。谓涂山氏曰：'欲饷，闻鼓声乃来。'禹跳石，误中鼓，涂山氏往，见禹方作熊，惭而去。至嵩高山下，化为石，方生启。禹曰：'归我子！'石破北方而启生。"（《汉书·武帝纪》颜师古注引《淮南子》）

这里鸿水可能就是龙门泛滥出来的水，为尽快开挖轘辕山，大禹化作熊，以掌刨挖。为节省吃饭的时间，他与涂山氏商量，她送饭上山，以击鼓为号。没想到，有一天，一块石头掉下击中了鼓，还没到吃饭时间，涂山氏听到鼓声就送饭上山了，她看到自己的丈夫是一头熊，吓得往山下跑。大禹见涂山氏吓成这样，慌忙去追赶，涂山氏更加慌乱了，变作了一块巨石。大禹对着石头急切地喊："还我儿子，还我儿子。"涂山氏已身怀六甲，只见巨石裂开一道缝，禹的儿子启从石中诞生。

禹因治水又失去了自己心爱的女人。

这传奇又寓含真实的故事，是汉民族的历史，是中华民族对英雄的定义、想象和书写。它直接影响了我们今天对于英雄的认识、理解和写作。

季节悄然入冬，万里天空孤云几朵，黄河奔腾不息。

在河两岸交替而行，不时有摆卖红枣、苹果的小贩，硕大的枣子令人垂涎。河面时高时低，滩声时大时小。东面的吕梁山与西边的黄土高原山脉连绵，它们有着同样的地貌，赤褐色的山体，叠压的岩层，稀疏的树木，山峰一座座排列齐整。

不论是奔走的白天，还是停息后的夜晚，河水在太阳与月亮的光照下，哗哗流淌。逝者如斯，它就是岁月，是生命的源头，是民族的秘史，每一条波浪里都闪耀着神秘之光。作为过客，昼夜痴望，要读懂它却何其难矣！

（原载于《收获》2024年第2期）

葫芦河边

郭文斌

　　每次回家，当车子从葫芦河大坝上开过，我就会想到我的童年。

　　小时候，我和川娃喜欢趴在玉米秆搭成的房子里，看着永远不知疲倦的葫芦河水，心想，这些水是怎么来的呢，怎么就流个不停呢，它不累吗，哪儿是它的眼，哪儿是它的手，哪儿是它的脚呢？它这么匆忙地赶路，是要流向何方呢？又是要去寻找什么呢？

　　川娃家的玉米地就在河边，被无边无际的苜蓿地包围着。玉米收成后，我们两人就用玉米秆在河边搭房子，再在里面横放两捆玉米，就是我们的炕。自己搭的房子有一种特别的美，玉米秆散发着太阳的香味，也散发着葫芦河水的气息。父亲说，玉米从一粒种子长成人那么高，除了吃阳光、吃地气、吃肥料，还喝河水。

　　逢到旱年，这河水就更显得金贵。看着一河边的人，挑水浇田，川娃就会得意地说："还是我爷爷有眼光，把院子打在河边。"我反驳："可是逢到发大水，也危险啊！"只见川娃眼里的光芒一下子蔫了："是啊……"有一年，河水涨起来，就淹到他家炕头，把一窝鸡全卷走了，他娘哇哇地哭了两三天呢！

　　后来，要打坝了，这片玉米地也要没了。眼看着一条活泼可爱的河里多出来一个大坝，熟悉的景象不再，让人心里有种说不出来的惆怅。

　　大坝打成那天，村里人敲锣打鼓地欢庆，川娃爹却蹲在坝面上，望着玉米地出神。我看到他的眼里噙着泪水。但川娃的好事来了，他爹拿出补偿款，请公社里最著名的裁缝给他缝了一身新衣服，可把我眼馋坏了。

　　一晃许多年过去了。今年回家，儿子嚷着要到坝里划船，我们一家就租了一条小船，在坝里游览。当船行至川娃家玉米地的水面上时，我跟儿子说，这下面，有你爹和川娃伯伯的童年哩!

我给儿子讲自己童年的故事。

记得河坝修成后，我常和川娃在晚饭后到玉米屋，趴在玉米捆上。暮色中的河水有种说不出的神秘，对岸人家的灯光映在河水里，星星点点。蛙声像过队伍一样，一阵比一阵起劲儿。青蛙一定知道我和川娃正竖起耳朵听，才那么带劲儿地演唱。

这是秋天。

夏天的时候，我和川娃最喜欢烧玉米吃。一垄垄地找，一株株地看，找那些快成熟的玉米，烧着吃。寻个地埂，挖个灶，把玉米放在上面烧得半生不熟，饕餮一通，然后哈哈大笑，因为我们吃得满嘴满脸都是黑，变成了黑包公。

春天，最难忘的是在河边割苜蓿。盼着盼着，苜蓿从地面探出绿色的小脑袋，我们就开始拿刀子割了，割满一篮子，回去让娘给我们炒上一小碟。那个香啊，真能把人香晕!

苜蓿既带来了春天的消息，也带来了春天的恩泽。在那个缺衣少食的年代，能够吃到一碗香喷喷的苜蓿，真的是一种难以形容的享受。但苜蓿不能多吃，吃多了胀肚，往往一夜辗转难眠。

终于有一天，苜蓿老得不能吃了，我们就割来喂牛。喂牛的时候也要操心，不能让牛吃多。

有那么几天，一河滩的蓝色苜蓿花开放了，给葫芦河穿上一身蓝花裙子。蜜蜂像彩云一样覆在上面，如金的阳光经它们的翅膀折射到我和川娃的眼睛里，让我俩觉得这世界是如此甜蜜，如此光彩照人。

川娃要折一个玉米秆咀嚼，玉米秆里的汁子就像蜂蜜水一样甜。每年收玉米时，我们都会美美地咀嚼一通。但是这个季节不能，我抓住川娃的手，说："这玉米秆折了，它身上的玉米棒不就死了吗?"川娃恳求道："就折一个。"我说："一个也不行，这是伤天害理的事情。"川娃一听，缩回了伸出的手。

川娃家种玉米时，爹带了我去帮忙。往地垄里点种子时，爹说，你看这种子多神奇，一粒下土，就能长出一株玉米。一个玉米棒儿上，又结着那么多玉米，少说也有二三百粒吧。一株玉米秆上，结四个玉米棒儿，就是一千粒。一粒种子，一下子变成一千粒，神奇吧，种一得千，这就是天理。再说，只有种子，没有地力，它也长不成，没有阳光，它也长不成，没有雨水、河水，它也长不成。一粒种子，要变成一千粒种子，里面包含着多少天赐的缘分呀！

经爹这么一说，手里的玉米种子一下子神奇起来。再往犁沟里点时，我就多了一份感动和珍惜。

在玉米屋里玩够了，就开始"渡江"。这是我与川娃常玩的一个游戏，因为那时候，我们都特别喜欢《渡江侦察记》这部电影，都崇拜李连长。于是我们俩交换着扮演李连长。只不过，在我与川娃的游戏里，枪是玉米秆做的，帽子是柳枝做的。

"首长，赶快打信号，红色，三发！"

随着声声"炮响"，我与川娃的"渡江"开始了！

江面上全是"船只"，那是我和川娃用玉米秆扎的……

如今，随着将台堡红军长征会师纪念碑在葫芦河东岸落成，随着"文学之乡"落户宁夏西吉，故乡的河越来越出名了。近几年，每逢夏天，我就在这里组织"文学之乡"夏令营，一次次给孩子们讲述当年的故事，常常会把我的泪水讲下来。

夏令营里，我们也让孩子们挖锅锅灶烧土豆、烧玉米，也让孩子们在河边住帐篷、看星空、听鸟鸣、观日出、赏月色，体验乡村安静和深沉的夜色。孩子们的兴致也非常高。

小船靠岸，妻儿去爬山了，漫山遍野的杏花正在怒放。我坐在山坡上，望着葫芦河，再次想起了《渡江侦察记》的台词：

"四姐，我们要走了，我相信，用不了多长时间，我们就会再见面的。"李连长说。

"不管时间长短，我一定会等你的。"四姐说。

一晃五十多年，我坐在故乡的山坡上，李连长和四姐的影像再次浮现在眼前，我的鼻腔陡然一酸。五十多年，这条葫芦河，一直不停地流着。岸边的父老乡亲，大半已经归去；孙子辈们，像庄稼一样一茬一茬长起来，他们再也不用像我和川娃那样，为衣食所困，也不用像我和川娃那样，要小心地提着鞋，蹚过葫芦河，跑几十里路看一场电影。

但我并不羡慕他们，那曾是属于我们那代人的日子，是我们的生活，是我们的课堂，是我们的童年……

（原载于《人民日报》2024 年 5 月 22 日）

2008：记忆与转折

刘大先

> 过去有三代人，由三代的神管着。
>
> 第一代神所管的人有现代人的九倍高，牙齿有九个手指宽，脚有九拃长。
>
> 那代地壳是木头做的。
>
> 地火上去，地壳烧毁，天翻地覆，那一代人都死光了。
>
> 第二代神所管的人有现代人的三倍高，牙齿有三指宽，脚有三拃长。
>
> 那代地壳是铁做的。
>
> 铁生锈，地壳稳不住，天翻地覆，那一代人也都死了。
>
> 第三代，神是东巴协日，他所管的人就如现代人那样高，牙齿是一指宽，脚如现代人的一拃长。
>
> 这时地壳是石头做的。
>
> 这样地壳稳住，人类也就生存下来了。
>
> ——羌族古歌《尼萨》

人类学家王明珂在《寻羌》一书的开头提到在松潘大尔边沟听老人唱羌族古歌《尼萨》的情形，那时候是二〇〇八年十二月，波及四边的汶川大地震刚过去半年，与灾区重建并行的是对羌族文化的抢救工作。《尼萨》讲的是开天辟地的过程，前两代人都在地壳的翻覆中毁灭，到了第三代才稳定下来。口头文学中还提到地壳稳定之后，地下有一头牛，只要它动一动，还是会发生地震。天神东巴协日用绳子将牛绑起来，但是忘了捆耳朵，牛耳朵晃动的时候，还是会发生地震。这大约是生活在这片土地上的人们在历代的血泪教训中所积累的经验，面对无常的大地，他们也无可奈何，所以留下了一个不确定的尾声。经验与预言凝聚在一起，成为古老智慧的总结。

无论如何，生活总会继续，人们不可能因为一个不可测的未来而踌躇不前。作为命运的组成部分，无常遭际被当作平常之事而坦然接受，它构成了四川西北部从阿坝到绵阳、广元，从汶川到北川、青川这一带的坚韧的情感结构。

十几年了，几乎有一代人的时间过去了，对于受创惨重的北川而言，如今的时代主题不再是抢救与自救，而是如何在重新建起的新家园上繁衍生息、富足强盛。

二〇二二年孟夏的平常一天。上午我在北川县政府召集了一个小型会议，审阅本县参加"中华颂"全国小戏小品曲艺大赛的参赛作品，是一个用四川清音的形式讲述乡村振兴和生态搬迁的故事，涉及灾后重建与移民，以及在新时代以来的脱贫攻坚。漫长的细节讨论会颇令人疲倦，午饭后，我回到宿舍准备休息一会儿。刚躺下就感觉沙发在晃，我知道是地震。

到北川挂职，我经历了好几次类似的摇晃后，对此种司空见惯的情形，早已失去了一开始的紧张感，就继续躺着假寐。但是，这一次明显比较严重，接着又是几次明显的晃动，门边的饮水机和立式空调机平移着滑行了一下，发出咯吱的声音。我忍不住爬起来从窗户朝外面望，正午阳光里，楼下没有人，只有知了凄厉的叫声，仿佛送别最后的夏日光阴。我返回沙发躺倒，几分钟后又来了一次余震，我再也懒得动了。我的房间在六楼，如果是大地震，跑下去无疑是来不及的，这栋楼是二〇〇八年地震后建的，可以抗八级地震。

本地人对小型地震习以为常，大多数时候漫不经心，浑若未闻。早在我第一次遇到这种情况的时候，就有人开玩笑地对我说："不用担心，小震不用跑，大震跑不了。"屡见不鲜后，那就该喝茶喝茶，该上班上班。这是在长久的连番折磨后形成的心理保护机制，说是麻木也可以，说是豁达也讲得通。

很快网上传来信息，九月五日十二点五十二分，甘孜州泸定县发生六点八级地震。

泸定与阿坝州汶川、绵阳市北川、雅安市芦山、都江堰市等地，几乎处于一条从东北向西南的直线上，这条直线的附近有三条断裂带——龙门山断裂带、鲜水河断裂带和安宁河断裂带，地震是寻常现象。

到北川之后，我增加了一个新鲜经验：时不时手机会收到世界各地的地震消息，国内的自不必说，远至拉丁美洲甚至大洋洲有地震，都会发来消息。这是北川应急管理局的日常操作，其他地方我不确知有无类似的举措，在本地是常态化的。

两天后，北川县干部和群众聚在县委门口为泸定、石棉灾区捐款。完全是干部带头，民众自发的举动。虽然北川的人均收入谈不上宽裕，但捐款显得理所当然。这是北川人心照不宣的感恩心理——二〇〇八年汶川大地震中，本地受到了来自世界各地的爱心援助，从不曾忘怀。他们感受过关爱，掌心的温暖还在，有能力的情况下，会第一时间想着去回馈他人。

这是爱的传递。

关于北川，人们知道多少呢？它是地处川西偏僻山区的一个平常地方，类似的县级行政区划（包括旗、区）在全国目前至少有两千八百多个。如果不去专门查询，多数人也许只是影影绰绰地听过它的名字，并不了解其内在的肌理。在更广泛的大众层面，它唯一可以标示的特征是在二〇〇三年被划定为全国唯一的羌族自治县，二〇〇八年地震的时候老县城曾经遭受灭顶之灾。

从地图上看，北川位于四川省绵阳市的西北部，北部连着平武县，西南部、西北部接着阿坝藏族羌族自治州的茂县和松潘县。地质学上将其归为扬子准地台与松潘—甘孜地槽褶皱的结合部，换个更易理解的说法，就是四川盆地向青藏高原的过渡地带，常有地层褶皱与断裂活动。

在没有永安、安昌等几块从安州区（原先的安县）划过来的平地之前，老北川全境大部分都是峰峦起伏、沟壑纵横的山脉，大致以白什乡为界，西边属岷山山脉，东边属龙门山脉。

山水纵横，风土奇崛，汉羌藏回多民族聚居，北川称得上极富特色。水道丰富，且依山势而走，形成许多激流险滩，境内依循地利建造了许多小水电站。这一点在云贵川的山区是普遍现象，其中四川的水电居于全国之首。我是有一次去成都参加水电站安全生产专题培训才了解这一点，可见平常观光式的旅游，无法真的进入一个地方的内部。北川像任何一个小地方一样，有其复杂而丰富的内在，外来者走马观花，并不了然。我花了大概一年的时间才把这些地理情况弄清楚。

一般人对北川的印象可能更多来自汶川大地震，在那之后，它的曝光度才明显增加。因为经常出现在中央媒体的新闻中，对于很多普通人而言，北川的知名度甚至堪比它的上级行政单位绵阳市。

二〇〇八年五月十二日震惊中外的汶川大地震，是一桩分水岭式的事件。它在老北川与新北川之间清晰地画上了一条断裂式的界线，成为创伤性的集体记忆，镌刻在人们的心中。对于当地人而言，更是渗入在后来的日常生活之中，某种程度上甚至改变了北川人为人处世的态度和情感方式。即便过去很多年，人们在交谈的时候仍然会不经意间谈及亲历或耳闻的人与事的细节。我想，哪怕再过许多年，当那些亲历者老去、故去，"5·12"大地震还是会被人们记起，它已经成为地方乃至中国历史与记忆的组成部分，就像一九三三年八月二十五日发生在隔壁茂县的叠溪地震，在后来衍生出形色各异关于"叠溪海子"的故事与传说。

历史变成故事，故事又转变成传说和神话，这是真实事件在时间长河中流转所发生的常态。但是，十几年的风霜雨雪还不足以湮没事实的痕迹。我踏上新北川的土地，听到最多的就是关于地震中的种种悲怆而动人的故事。灾难带来巨大的损失和伤痛，北川却也一次一次地在废墟中崛起，不屈不挠地如同凤凰涅槃一样获得新生。

刚到北川不久的一个冬日的凄风冷雨中，我经过属于曲山镇的北川老县城遗址，它完全成了一片废墟。房屋东倒西歪，道路破碎扭曲，可想而知发生地震时候的惨烈情形。四野无人，车子在巍峨的山间沿着湔江行驶，路依山而建，盘旋起伏，斗折蛇行。很多地方可以看到比汽车还大的碎石落在路边，都是山上在雨中滑落的，为了防止它们继续滚动，石头上勒上了巨大的铁索网，铆定在地面上。

在那个时刻，我忽然理解了为什么"危"有"高"的含义，危冠、危樯、危楼……"危"的古字形象就是人在山崖上。老县城两岸夹峙的高山，就是"危"山，它们过于巨大而临近，发生地震的话，山间的人、车、桥梁与树木、道路与建筑，都无处可躲。汶川大地震十几年后，这里又经过数次余震、洪水和泥石流，虽然总体的形势还在，地表已有了很大变化。即便今日，驱车行驶在修缮一新的道路上，仍然可以感觉到两侧耸立的山岩所带来的压迫感。

废墟上空空荡荡，只留下倾圮毁坏的建筑，矗立在显得荒凉的碎石滩上，房屋断折的茬口如同空洞的深渊，那是无声的诉说，显示出天地的不仁。当时的惨痛难以尽述，北川中学则最令人记忆深刻，学校就在山脚下，在山体推移中遭到了摧毁性的打击，许多遗体实际上无法挖掘出来。后来的余震、暴雨和泥石流，使得老县城一楼以下全部被掩埋了，遇难者同山阿融为了一体，他们短暂的生命重新成为大地的组成部分。

穿过老县城的路原是通往平武和九寨沟的必经之道，我第一次去的时候是冬季，又在疫情期间，很少遇到车辆。清早的雾气笼罩，枯水期的江对岸山上草木泛出枯黄，山岚蒸腾，远望已经看不出灾难的迹象，只余一片莽莽苍苍。大自然以其无与伦比的伟力将一切慢慢遮盖，人们却顽强地要记住这一切，将这一片废墟改造为一个祭奠、缅怀与警示的处所。这里面有一种直面痛苦的坦荡，一种时刻警醒的提示，一种渺小中的倔强。

如今来新北川的人，一般都会到老县城遗址去看一下，十几年的风吹日晒雨淋，中间又经历了余震、泥石流、滑坡、洪水的数次侵袭、冲刷、蚀刻、掩埋，当年被震垮的楼宇底层几乎已经全部被泥沙埋藏了。二〇二〇年八月十五日的洪水更是淹到了地表一楼以上，洪水退后，露在外面的断壁残垣依然让人触目惊心。我数次到这里，尽管已经很熟悉，但每一次内心都会受到很大震撼，不由自主地生出感动，为生命力的顽强，为人性在危急关头所迸发出来的光芒。那是对心灵的净化，对情感的陶冶，也是对人类精神的感喟。后来，只要有朋友来北川，我总是会带他们到这片遗址走一走，体会这块土地的苦难、坚忍和生生不息的顽强。

同一种创伤，伤害的地方与程度是不一样的。日子向前，生活还要继续，遗忘是自我防御机制的一种，很多北川人现在已经不怎么愿意去追忆当年的细节，而将那些痛苦隐藏在内心深处。从碎片中创造出新的完整的自我，虽然是一个艰难的历程，却也是必然的选择。

也有那种难以走出心理困境的人，在老北川中学遗址上立了一块牌子，上面是一位失去孩子的母亲写的信。那个悲伤的母亲每年都会写一封，逢到清明和五月十二日那天都会来看望。她不是祭拜，而是寻找，她的手机号一直没有换过，因为当初她孩子的遗体没有找到，她心中坚信他应该还在。这个执念支撑了她十几年。随着时日的流逝，也许重回旧地寻找的结果已经不再重要，她的行为已经成为一种仪式，一种另类的凭吊。有时候，可能人们都需要靠这样的精神寄托来挺过人生中的黑暗时刻。

　　就像那杆至今屹立在遗址上的红旗。它原先立于老北川中学操场中间，山体滑坡下来，整个学校被山石泥土往前推了十几米，教学楼和一应建筑悉数被掩盖，那杆红旗却奇迹般地依然树立在那里，成为一种关于信念和勇气的象征。

　　我数次带友人到地震遗址祭奠，有时候阴雨绵绵，有时候艳阳高照，可能过去的惨痛过于激烈，以至于即便在那些阳光明媚的时刻，劫后重生的草木葳蕤茂盛，空气中的湿气依然散发出凄楚的况味。

　　到地震纪念馆，可以看到对"5·12"地震的详细记录，完整而充分地体现了"一方有难八方支援"的情义。可以说，新北川的建立与国家的统一规划，山东的对口援助分不开。二○○八年五月二十四日，山东省对口支援北川羌族自治县建设前线指挥部在北川成立，对口支援建设工作全面展开，板房建设正式开工。到当年年底，距离新县城十八公里的擂鼓镇猫儿石村在废墟上神奇般地重现，成为地震后最早建成的羌族寨子，新寨取名"吉娜"，是羌族传说中最美丽女神的名字，六十九户居民顺利搬入新居。同时，产业园区发展总规划洽谈会召开。由山东援建的北川—山东工业园总体规划已获国务院批复，位于新县城西侧的工业园规划占地二平方公里。一个月后，淄博市援建北川的第一个异地重建场镇——香泉乡场镇工程竣工并交付使用……

　　如今走在新北川的街头，看到林立的楼宇，宽阔的道路，整洁的绿荫与绕城而过的河流，绝不会想到早先曾经是田地与荒野。整个县城的建筑规划风格既充满现代工艺美学的简洁明了，又富于羌族传统文化的特色，政府机构办公区的各单位建筑外观都是羌式石垒的形制，色调统一为褐黄，与青山绿树碧水形成有机补充。居民社区也有相应的设计，尔玛小区面积最大，包含了好几个子社区，门口立有羌式石寨门，禹龙小区同样包含禹福苑、禹和苑、禹祥苑等子社区。这是新北川最大的两个小区，主导的元素是禹羌文化。后来新开发的盛业楼盘，都没有这两个有特色。

经过灾后重建，基础设施得到堪称彻底的改善，人们在焕发出新的生机与气象的土地上重整旗鼓。北川本地人很快从震惊与悲痛中走出来，投入了新生活的建设之中。当年援建的许多山东人留在了本地安家，我认识的人中就有政府的公务员和经商的生意人，他们融入本地，口音和外貌都同本乡本土人没有太大差异。由北京到北川、从山东到绵阳的联系，一直延续到如今。

二〇二三年一月十八日的清晨，天气颇为寒冷，逐级向上前往半山腰石椅村的石阶上蒙上一层细细的薄霜。山寨门两旁的桂花树上系满了红色的丝带，宽的是羌红，窄的是吉祥带，在山风中猎猎作响。很多人还在睡梦中的时候，文化广场已经聚集了许多穿戴整齐的村民，初冬的寒意似乎阻挡不住他们的热情。他们的面孔洋溢着兴奋和期待，他们在等待着一个对他们而言无比重要的时刻。

十一时二十五分许，当习近平总书记与石椅羌寨的视频连线接通的那一刻，人们自发奉上了热烈的掌声。在聆听村民代表汇报后，总书记称赞："新时代的乡村振兴，要把特色农产品和乡村旅游搞好，你们是一个很好的样子"，并且勉励大家"一起迈向共同富裕，生活越过越红火"。

石椅羌寨位于新县城北面的曲山镇，距离新县城大约三十公里，过去是以种植业为主的普通山村羌寨，二〇〇九年之前，这个文化广场还只是一块平淡无奇的坡地。如今成为新时代乡村振兴、农旅结合的样板之一，是中国少数民族特色村寨、全国"一村一品"示范村、全国文明村，每年约有二十万游客来到这里随羌歌起舞。农业以枇杷、桐子李、苔子茶等特产为主，旅游特色则在羌年、祭山会、领歌节为代表的羌族文化上。

前不久偶尔在旅途中的飞机电视上看到《山水间的家》一集，就是撒贝宁、陈数和李敬泽在石椅羌寨拍的。他们正赶上枇杷收获的季节，还参加了"坝坝会"（山民面对面的议事会）和萨朗舞。离开一年，再看到一些熟悉的面孔，倍感亲切，其中有一位就是母大爷。

石椅寨的文化恢复，母大爷功不可没。母大爷叫母广元，是都贯乡人，出生于一九四二年，从小就热爱传统文化，长期致力于挖掘、收集、整理羌族民间文学，二〇〇八年被认定为四川省级非物质文化遗产代表性项目"羌年"的代表性传承人。二〇〇九年参与组建了"石椅羌寨旅游有限公司"。但凡见过母大爷的人都不会意识到这是一位耄耋之年的老人，他身形高大，精力充沛，出口成章，幽默风趣。第一次见面时，他就妙语连珠地跟我介绍了石椅村的来历——寨后山腰上有一块凹进去的平台之地，坐落着两张天然形成的并排石头椅子。那两张石椅在特大地震中也没有受到损坏，因而被视为可以带来福气，坐上去可以让有情人终成眷属，求子的夫妻会得偿所愿，甚至面临考试的孩子也会被护佑。这些显然是附会出来的，但在经历了生死之后的村寨里，它们寄托了美好的祝愿和慰藉。

石椅寨的山门对外竖立着一副对联："天赐石椅羌寨，神造火盆仙山"，对内的则是"祝福酒歌唱响尔玛奔放豪情，欢乐沙朗跳出羌山粗犷神韵"。"尔玛"是羌人的自称，在古籍中记载为"冉駹"，"沙朗/萨朗"则是羌族的集体舞蹈，类似于藏族的锅庄。喝了迎门酒——一种本地玉米酿制的土酒，进入山门后便是文化广场了。沿着广场往山上走，是村部和各家各户的住宅。

我常常想，二〇〇八年不仅仅对于北川是关键的转折点，同时也是中国形象与中国故事发生巨大转型的一年。这一年的四月，奥运圣火传递遭到阻挠，中华儿女和海外学子自发迸发出的爱国激情，显现了新一代年轻人平视世界、团结凝聚的崭新风貌。同时，一些不友好的外国政府的所作所为，也撕下了他们的伪善面纱，暴露出狰狞和丑陋的嘴脸，这一切反倒促成了新的认识论的诞生；五月汶川大地震后的救灾与重建，见证了中国政府如臂使指的高效率组织与动员能力、人民军队的奉献精神、广大民众的众志成城，则让中华民族获得了空前的凝聚力与影响力；八月北京奥运会的举办，则全面地展示了一个和平崛起的中国的实力、大气与包容。无论中外，二〇〇八年都可以说是进入二十一世纪后，标志性的转折一年。

老北川和新北川就是在这一年发生了根本性的变迁，它背负着惨痛记忆，重装上阵。我记得三个月后的北京奥运会上，火炬接力的口号是"点燃激情、传递梦想"。人们在那个全球瞩目的场合，希望用一种全民的激情与梦想，洗刷伤痛，开启一个新的未来。三年后的二〇一一年二月一日，北川人在新落成的禹王桥头举行了开城仪式，北川新县城正式诞生。

开城仪式的主题就是"开启永昌之城，点燃幸福之火"——接续的就是自奥运以来的"点燃"和"传递"的精神。

从二〇二二年十一月开始，我用了大约半年时间，断断续续把北川下辖的十九个乡镇都走访了一遍，大山之中道路崎岖，景物迥然，乡风差异，民情有别，这是新的北川。古老的山川经历灾难后依然故我，它们在亿万年的时间中可能经历过无数次类似的情形，依然留下了一个生态和谐、环境优美的所在，此间的人民繁衍壮大，锻造出与先辈截然不同的生活。他们早先放羊、播种、采拾果实，后辈们则在谋求新的出路，开采矿石、制造飞机、发展文旅、升级产业。他们在谋求一个"更好的样子"，这一切都是生活。

我踏在北川的土地上，走过蜿蜒曲折的峭壁，跨过溪涧中奔腾的流水和静默的碎石，看到山坡上蓬勃的树木和蓊郁的花草，目睹民众平静而坚强地在沟壑谷地间劳作，深深地折服于蕴藏在人民中的顽强伟力。他们在世代生息的家园上无怨无悔，敞开心胸，接纳命运的一切赐予与剥夺，接受生活的所有馈赠与伤害，辛勤务实地工作，踔厉黾勉地奋斗，从未丧失创造美好愿景的信念。这些景物人事，让我一次一次地重新理解了，为什么"再大的困难也难不倒英雄的中国人民"。其背后隐藏着中华民族历久弥新、旧邦新命的秘密。

羌族民间叙事诗中，天神阿巴木比塔的女儿木姐珠与人间的男儿斗安珠相爱，遭到木比塔的重重阻挠。木姐珠和斗安珠经过三重考验，翻过喀尔克别山。木比塔举剑将界山劈为两半，从此人神之间被隔离开来。失去了天神的庇护，两个人并没有气馁，而是通过自己的劳作，亲手创造幸福。

最终，他们迎来遍野的麦浪，累累的青稞，成群的禽畜与醇厚的美酒。斗安珠敲起羊皮鼓，木姐珠伴歌舞翩跹，唱起酒歌庆祝丰收，享受劳动带来的甜香。在那歌声中寄托着自豪与自信：人间更比天上好，我们的信心倍增添；创造幸福靠双手，前进还须攀高山！

（原载于《长江文艺》2024 年第 1 期）

出发之地

包　倬（彝族）

　　我出生在这里。这个事实像看定的婚期，不可更改。弱水三千，只取一瓢饮；天大地大，我只能以一个弹丸之地作故乡。

　　这地方叫阿尼卡，地图上有。在西南方，如果你不懂一个地名是什么意思，那就猜它是来源于某种少数民族语言。阿尼卡，正是彝语"我要"之意。我要，是人面对天地万物最原始的表达。我们的一生都走在"我要"的路上。向天空要日月星辰，向群山要飞禽走兽，向土地要粮食蔬菜、孩子和马匹。

　　阿尼卡，一个被森林包围的村庄，绿色波涛的中心。地上长着玉米、土豆、红薯、花生、烟草，林间藏着杜仲、黄连、金银花、何首乌和接骨木。乔木是华山松和水冬瓜，而灌木庞杂，我们几乎叫不出名字。人与兽，世代为邻，但并非井水不犯河水。想想吧，那些斜挂在火塘边土墙上的猎枪，如果长时间不用，枪管会生锈；还有，那些牛背上的馋嘴小孩，如果条件允许，他们能够吃下一头活牛；对于野猪来说，地里的庄稼比野草美味；而圈里的母鸡，是狐狸的最爱。

　　大人们像一只只土拨鼠，手脚不停地向土地刨食。即使做梦，也是关于劳作。勤劳，是因为他们尝过贫穷的滋味。居住在这片土地上的人，他们大多来自天尽头。这不是夸张，而是肉眼所见。天尽头是药山，属于昭通巧家县，是古堂狼山的主峰。"朱提县西南二百里，有堂狼山，多毒草，盛夏之月飞鸟过之不能去。"（《华阳国志·南中志》）药山和阿尼卡之间，隔着金沙江。夏天雨后，金沙江上空架着一道彩虹。但连我这样的三岁小孩也知道，踏上那彩虹桥并不能抵达药山，而是会跌入金沙江里喂大鱼。

那时的中国乡村，古老又年轻。一些伤筋动骨的往事翻了篇，剩下的就是过好自己的日子。披星戴月，背着太阳过山冈。除了双手，人们别无其他。要种地，要砍柴，要割草，要做饭，还要留出一只眼睛照看土地上爬行或奔跑的孩子们。能吃人的野兽没有了，但人比野兽更危险。特别是那些大雁一般总在秋天光临的货郎、不分季节现身的骡马贩子、神秘莫测的风水先生以及那些据说死后会变猫天天吃肉的媒婆……他们来自异乡，像童话里的巫婆，极有可能在某个瞬间转身就变成了人贩子。

这是两省三县的交界地。所谓三川半，其实就是偏僻的边角。我们住在会东县的地盘上，赶宁南县的集，娶巧家县的媳妇。会东是个新词，诞生于1952年。而在更久远的过去，比如清雍正六年（1728年），会东的大部分地区属位于西昌的宁远府管辖，而金沙江沿岸则属于云南的东川府。我的祖上自东川瓦泥寨跨江迁入凉山，如今看来，他们走得并不算远。1811年后的一百年，阿尼卡一带属于巧家厅。而另一端呢，是会理州。会东，会理的东边是也。这是一块拼凑出来的地盘。像一个男人娶亲之后，兄弟几个出钱出力，帮他成家立户。

史书浮光掠影，并以此证明人和村庄在历史长河中的渺小。可村庄对人来说，就是整个世界。站在村口，看见和想到的地方，统统属于未来。遥远让人生出抵达之心，无非时间迟早而已。即使是在只能靠双腿行走的年代，阿尼卡也不是绝对的孤岛。那些让我们父母提心吊胆的异乡人，操着奇怪的口音，带着各种洋玩意儿来到这大山深处的"马孔多"。我爷爷那个天才般的骡马贩子，和所有异乡人一见如故，让我家成了他们的免费客栈。大概从那时开始，就注定了我颠沛流离的未来。

四川省凉山州会东县新街区新龙乡新桥村，我在三岁时就记住的地址。如果我不幸走丢或被人拐走，至少能够说清自己家住何方。我长到十三岁，去县城上学，每月向这个地址寄信，安抚我那含辛茹苦的父母。再后来，那个长着一张马脸的邮递员退休了，他和他的工作都进了时代博物馆。自1992年开始，大规模的人离乡背井，从阿尼卡或者会东去向更远的地方。一些地名被风从地图上吹起，晃晃悠悠，醉汉一般灌进群山的耳朵里。就连那些吉卜赛人般的货郎也没了踪迹。渐渐地，不再需要通信了，可故乡的地址一直在。这就像我们身体里不经意留下的刺，久而久之，成了肉的一部分。

人挪活，树挪死，这是永恒的真理。人，就是大地上可以挪动的零件。正是这种挪动，让世界运转起来。挪动，就是来和去，是离开和回来，是从一个人的故乡到另一个人的故乡。个人的挪动是离乡，群体的挪动叫迁徙。摩西率领以色列人走出埃及是挪动，湖广填四川是挪动，彝族人的六祖分支也是挪动。没有人是天生的土著，因为大地能让人存活，但本身并不出产人类。这里属于凉山，但彝族人口仅占8%不到。在这一带，汉族文化与彝族文化如河流汇合在一起，淙淙向前。

　　群山皱褶里的人们，唱金江小调或跳嘎且且撒勒舞得行，但谈起各家的来源都含糊不清。家谱上的白纸黑字，毁于水火，退化到了口口相传。若无文字，一切都变得可疑。比如我家在进入凉山之前，到底在哪里生活，就是一个无解之谜。

　　我从哪里来？这个问题，在吃饱穿暖之前，根本没有"我要到哪里去"重要。因为所有的故乡都是出发之地。"一代人来，一代人去，大地永存，太阳照常升起。"这句话里藏着大地永存的秘密，那就是人类在地上的活动。没有人迹的世界，是天地玄黄，宇宙洪荒，要有光啊。活生生的人类是世界之光。

　　降生于世，如墨落白纸，命运之笔自有其书写之道。而生命本身，便是一个渐渐洇开的过程。洇，向外散开也。人在大地上的散开，足以书写一部交通史。起初，是双脚，然后，是马车，再后来，是自行车、汽车、高铁、飞机……至于未来还有什么交通工具，我们暂不知道。

　　八岁那年，我从阿尼卡走路去乡政府隔壁上小学。翻过山冈，蹚过河流，世界在脚步声中一点点扩大。原来这世界除了牛羊，还有书本。书本里有个大世界，书本也是通向大世界的道路。原来除了我们兄妹，这世界还有其他小孩。他们有的聪明，四清六活；有的笨拙，榆木疙瘩。每一间教室里，装着几十种未知的命运，像一个即将被打开的盲盒。野孩子们求学，如一群小鸟在练习飞翔，至于能飞多远，大概也只有天知道。

　　住在阿尼卡这种地方，就是住在井里。偶有飞机掠过天空，那轰隆之声仿佛天上有三盘石磨同时在转动。孩子们闻声而动，循声在地上奔跑。有人看见了，用手指着，目送那玩具般大小的飞机进入云层。前些年，云南冒出一支融合了原生态和摇滚的乐队叫山人，他们有句歌词：大白飞机擦天擦天呢飞。我们都懂，那是共同的记忆。

嘲笑一只井底之蛙，实属不该。如果有可能，谁不想做雄鹰？君不见，那些小青蛙趴在井壁四脚并用，努力向上，只为看到比井口更大的蓝天。而我们呢，嚼碎仅有的课本，只为翻山越岭，走进某种交通工具的肚子，奔向更远的地方。

——要像胥印侯那样成为传说。他出生的金沙江岸，距离阿尼卡仅有几十公里远。民间称他为胥六老爷，是个高大的胖子。他从金沙江岸出发，去了更远的地方，行商，参军，变卖家产，组建了会东历史上的第一支革命队伍——金江支队。若干年后，我去金江支队打响第一枪的地方看过，那是在会东境内的石家垭口。一条独路像把刀一样插进山里，风声呼啸，乱石嶙峋。确实，是上好的埋伏之地。

也正是因为有胥印侯，让会东县境内的很多地方，有了历史的印迹。比如雀衣坪子、大桥、江西街、堵格、鲹鱼河……这些随意而取的地名，被写进地方史，在历史和现实的交互中，回声隆隆。

印象中，我在 20 世纪 90 年代中期的县城地摊上买过地方史小册子，里面有金江支队的记忆。胥印侯的后人那时和我一样，在县城求学。那时的会东，朴实如我们的父母，衣衫破旧。群山之中的"白色火柴盒"，还没被人称为金边银角或川滇明珠。

1993 年的会东县民族中学像个土豆收购站。我们这些从群山里钻出来的少年就是个头稍大的土豆。那些个小的土豆留在乡村，繁衍生息，而我们这些幸运儿被暂时移植到了鲹鱼河畔。横滩桥下河水浑浊，少年们吐出青春的唾沫，以此测试水和桥之间的距离。汽车是稀罕之物，偶尔驶过，其目的似乎就是吸引路人的目光。自行车常见，是县城公职人员的交通工具，总将一只黑色小皮包挂在车把上。骑车者戴眼镜，穿着干净，脸上表情沉稳自信，是我们眼前活生生的楷模。

那时的会东也是个少年。一个建县四十余年的县城，正值青春期。熬过了童年的饥瘦，满心向往外面的世界。在遥远的南海边，有位老人画了一个圈。有人受到黑白电视的蛊惑，真的坐上汽车和火车去了外面，带回来的礼物中，必定有一只印着"深圳"二字的小皮包。

三十年了，会东县城的地图还印在我的脑海里。进入县城的公路有三条，分别是酒厂、丫口和小河嘴。从酒厂往下是丝厂，穿横滩桥至鲹鱼中学，过水厂，到广播电视大楼。多元公司是糖厂的，亮闪闪的建筑。灯光球场在体委，每年举行一次公判大会。我在那里听过惊悚的谋财害命和情杀，也遇见过一名做了小偷的小学同学。

文化馆门口经常站着杂耍艺人和猴子。他们当众表演咽喉顶钢筋和空袋生蛋。在艺人表演的时候，那聪明的猴子端着盘子来求打赏。但过不了多久，艺人开始驯猴，那猴子又免不了因为不配合而被打。文化馆里有录像厅，镭射屏幕，座位很软，票价和旁边的硬座录像厅一样。电子游戏室里打斗声震天响，玩的是街霸或者三国志，一块钱三个游戏币，永远除不尽余数。那是县城少年们出入的场所，像我这种农村孩子，往往避而远之。我至今未学会任何电子游戏，想必就是那时候形成的心理屏障。

百货公司是周末必去的，当然只能看看。明亮的玻璃柜台里，盛放着少年们的梦。柜台后面的售货员烫着大波浪，涂了红唇，满身香气但脾气暴躁。她们也是少年的梦——长大后要娶一个这样的女人。

还有什么呢？庄重的大礼堂，是入团宣誓之地。对面餐馆里的鸡火丝香飘十里。斜对面是老邮电局，我在那里寄出第一封去向阿尼卡的信。再往上，就是老县委。直属小学在营盘山，那里有发表过作文的小学生。

农贸街是热闹之地。对馋学生来说，在街口的豆花饭店花十块钱买一碗米饭、二两卤肉、一个白菜豆腐汤，便能吃得腹鼓如蛙。而如果是在学校食堂，十块钱是两天的生活费。街道两边的铁棚里，摆着或挂着批发自成都荷花池或昆明螺蛳湾的衣服和裤子。当然，这两个地方不产衣物，它们应该是来自更远的广东。据说批发商和零售商之间是论斤买卖，但这丝毫不影响这些衣物在我们心里的地位。它们鲜艳、时尚，若能从牙缝里省钱买下一件，乡村少年立马就有了城里人的模样。这条街上的风里都带着钱的味道。已经有点改革开放的样子了。生意人操着异乡口音，舌灿如莲，叫价和成交价之间相差十万八千里，而我们这些少年往往因为不敢还价而吃亏。

大概是1994年，县城里有了开发区。一夜之间，菜地上建起了楼房，那是宾馆和住宅，产权属于矿山。这么一对比，那些红砖房和水泥外墙的房子就显得落寞，被弃之日不远也。烟草产业正在兴起，我的父母也是烟农。我在县城所花的每一分钱，都来自阿尼卡的恩赐。它们来自山上的树木、圈里的猪仔和地里的烟草。

会东县东西南北四方距离七八十公里，气候和出产两重天。距离阿尼卡不远的大崇一带在金沙江边，是最早的富庶之地。出产甘蔗和蚕丝，而高寒的野租一带，彝族世居，那里几乎只出产土豆、玉米和燕麦。野租即原来的会理七甲半夷区，属于凉山比较纯正的彝族聚居地。我的同学十有八九来自野租，只有极少部分像我这样的来自汉族地区，不会讲彝语，受尽欺负。此后几年，我混迹于街头，除了阅读不再学习，这大概和被欺负有关系。

几十名同学来自会东各乡镇，他们就是流动的地方史。相比生养我们的村庄，县城已属异乡。总有一个时刻，我们会讲起各自的衣胞之地。我正是从同学的描述中，对会东的人文历史有了初印象。

来自大崇的同学，自然是要讲到胥印侯的。那语气里有掩饰不住的骄傲。一个人和另一个人因为生活在同一块土地上，而产生了某种关联，这是大地之子的认同。少年的讲述来自民间传说，有几分经不住唯物主义的推敲。而传说，正是文学的启蒙。就像希腊神话中，宙斯和诸神是否真的存在一点都不重要，我们需要的是盗火的勇气。每个少年的心里都藏有一个普罗米修斯，讲述即是明证。

来自者堡的同学岂肯示弱？胥印侯算什么？我们那里出过土司呢。土司，知道吧？不是外国人吃的那种，而是土皇帝，辖地能跑死马，杀人就像杀鸡。"者堡土司四个碉，四个都使银皮包。过路君子不识宝，沉香当作烂柴烧。"确实，这是我从小听过的故事。不光是故事，还有歌谣，我爷爷会唱。土司衙门遗址还在。残垣上盖了民房，里面住着人，基脚处有枪眼。门前的石狮子也在，嘴里含着绣球，手能伸进去，却无法将绣球掏出来。

有史为证：从 1710 年至 1932 年，宁南、会东、会理一带，均是这禄氏土司的领地。而我们的祖先，要么是他的子民，要么是他的对手。那是群狼环伺的年代，土司、官府、地方势力，你死我活。二百多年来，这片土地上发生过的战争、背叛、爱情、传说，如果写下，就是一部《百年孤独》。

自元代开始，西南方的历史里，就少不了土司。他们是真正意义上的土皇帝，女人、枪炮、银子……贫民的梦中之物，他们触手可及。凉山历史上有四大土司，闻名遐迩，会东者堡禄氏土司，其实仅为土百户。可在被他统治的子民眼里则不一样了。一切都是宿命，是神的旨意。成败兴衰，皆是天道。

而我们这些青涩少年哪懂这些？我们像一个个巨大的口袋，向这世界索求着食物和爱。我们永远感到饥饿，胃是填不饱的深渊。每次从餐馆前走过，该死的鼻子总能闻见饭菜香，喉咙变成了长江黄河，唾液汹涌。另外，我们还需要爱。关于爱情的小说和电影，已经不能满足我们那被施了肥的身体。必须要有一个人，在心里想着，远在天边或近在眼前。但对知识的渴求却未必。有时候我们会觉得，求学是件多此一举的事。我们亲眼所见某个大字不识的人发了财，穿戴光鲜，被人簇拥着，像个港台明星。

改革开放了。以经济建设为中心了。不管白猫黑猫，抓到老鼠就是好猫。一些观念悄然改变。比如长期因稳定而令人羡慕的教师，首先产生了自我怀疑。

有个庞然大物，昏昏沉睡多年，如今醒来，迈开脚步向前进，地动山摇。我们，只不过是庞然大物身上的一根毛。被它带着，风驰电掣穿过河流山川，农村城市。

世界是因人而存在，还是它本身一直在？比如那列载我离开凉山的火车，如果我不乘坐，不关注，不去想起，它是否依旧穿梭在莽莽群山中。眼见为实，眼不见为虚？我亲眼所见的是火车里装着成百上千个不安的灵魂，他们的未来只有天知道。所有人都行囊简单，想法天真，以为外面的世界金钱会像树叶般飘落。

新千年来临，世界迷茫又冲动。从一个城市到另一个城市，一次次希望和失望交替，昆明接纳了我。某天我突然发现，昆明距离会东也不过四百公里。而且无论从哪个方向走，都无法绕开金沙江。父母在，不远游，游必有方。离乡而未走远，我心安了。

自此以后，会东是左胸前的衣兜。像当年县城文化馆门口的魔术师，我的衣兜看似空空如也，实则取之不尽。以色列作家阿摩司·奥兹在长篇小说《爱与黑暗的故事》里写："对于作家来说，自己身在哪里，哪里就是世界中心。"我觉得他说的不够准确。对于作家来说，世界的中心是十八岁前居住的那个地方。那个地方，有你对世界的初印象，只比胎记晚一步。

从童年到现在，再到未来，我们这一生仿佛都是在与时间抗争。而世界，只是我们的战场。童年我站在阿尼卡遥望药山，后来我身在昆明遥想阿尼卡。谈不上爱与恨，而是人类与生俱来的习惯。

这种习惯对一个写作者来说，体现在书架上。我的书架上有两格关于凉山历史以及彝族研究的书。以史为鉴，照亮的是过去和现在。像一束光穿过时间，让那些人和事成了玉玦。我成了一个寻找玉玦的人。关于胥印侯和他的金江支队，德昌籍作家马懋阳写过《金江风暴》，那是一个老人用脚丈量出来的文字。而关于者堡土司，我在出版于1874年的《会理州志》上读到："者堡土司百户禄恩锡，其先禄阿格于康熙四十九年（1710）投诚。雍正八年（1730）因乌东夷叛，其子日升出师有功，乾隆四年（1739）于请留土司呈开收等事议叙案内，准给百户职衔，颁给钤记、号纸，历传禄景曜、禄国辅承袭，住牧者堡。"

史书上的寥寥数语像种子，一旦落到地上便活了，有血有肉，枝蔓丛生。二百多年的者堡土司史，太多散佚于风中。会东一带民间流传的，基本上是末代土司禄安佑的故事。那些故事充满了阴谋与背叛，神话与现实。口说无凭，见证者何人？丁文江是也。

1914年的阿尼卡是什么样？书里没有记载。而距此五十公里的苦竹，此时已是活泼泼的人间。土司衙门在此，杀戮已经持续三月，草木皆兵。六月十八日下午，有人拿来官衔名片和云南都督府的护照求见。来人丁文江，中国地质事业奠基人。此一程，丁文江专为探矿而来。他从云南个旧到昆明，再到会理通安，接下来的目的地是云南东川。会理去东川，路有两条：一是原路返回昆明，再去东川；二是穿过会理东边（即现在的会东），跨过金沙江进入东川地界。其时土司府，执掌者为已逝土司禄绍武的太太方氏。方氏二十多岁，知书达理。即使是见多识广的丁文江，也在其文集中赞美她"是我生平所见东方人中少见的美人"。一个科学家和一个女土司在民国三年相遇，并不是为了演绎一场惊世之恋，而是科学家要过会理东边的彝区，来求女土司派人护送。

丁文江在苦竹土司府住了一晚。在《丁文江文集》第七卷中，对土司衙门和方氏有如下描述："村子四围有土筑的城墙，墙上站着有拿枪的士兵。但是我并没有受任何的盘诘就一直走到衙门前面。老差人指着对我说道：'委员，你看这座衙门，多么阔绰。房子都是砌在山上；从大门到后门，一共九进，一进比一进高。听说是仿照九重金鸾殿砌的！'我抬头一看，果然是一个绝大的衙门，比会理县署雄壮得多。""看见一位二十多岁的妇人，前后十几个差役簇拥着，迎将出来……头上盘着青色的'锣锅帽'，身上着一件青布的大袖长袄，下边束着百褶裙子；身材在五尺一寸左右，一双天足，鹅蛋式的脸，雪白皮肤；眉毛虽不很细，却是弯长；眼睛虽不很大，却是椭圆；鼻梁虽不很高，却是端正；嘴虽不很小，嘴唇却是很薄很红。"

丁文江此行，有个重大的遗憾——他未能给方太太拍照。他要求了，但被拒绝，理由是"现在大太太自氏死了才三个月，尚在服中，照像恐不便"。所以，只能通过丁文江的文字让民国年间的土司得以显影。

这是一次各取所需的相遇。科学家求护送，女土司求捎信给大总统。原来这万人之上的女土司当得也不顺心。改土归流声势浩大，西南各方土司势力纷纷瓦解。丈夫禄绍武因受命征讨染疾而亡，大太太自氏被杀害，振兴土司家业的重任落在了年轻的方氏身上。她写了一封信，请丁文江带去北京。信中简述了禄氏土司源起、对边疆安定的劳苦功高，以及自己所受的屈辱。总之一句话：请大总统允许她继续世袭土司之职。

丁文江在文章的结尾，照录了方氏给大总统的信。信用古文写就，文辞飞扬，超乎人们对一个彝族土司太太的想象。由此可见，那时汉文化对彝族上层人士的影响。1914年6月，总统还是孙中山。而等丁文江于民国四年（1915）回到北京，呈上方氏之信，那时的总统已经是袁世凯了。此信"被部里的长官原呈发还，说不是本部所管，不必多事"。

时代风云变幻，深居大凉山深处的女土司未必知道。托人捎信上路，像是将一颗种子埋进土里，发什么芽，开什么花，岂是她能左右。丁文江呈信未果，心怀牵念，1915年夏天，"通安土州有人来说会理县长又与苦竹土司冲突，已经请兵去进攻"，又因披砂（即今宁南）已经设了新县，遂感叹"恐怕方太太就是尚在人间也不能再做女土皇帝了"。但丁文江没有想到，锲而不舍的方太太曾在1916年获任四川将军委任的夷务宣抚官，如愿以偿。

可那真是土司的黄昏了。

一百多年后，我看到一张照片。一个模样普通的女子，但十指戴满戒指并衣着华丽。她笑着，在绣一条类似飘带的东西。说这是禄成基，但无可考证。禄成基是土司禄绍武与刘氏之女，一生命运多舛，五岁便被迫送去西昌"坐质"，作为官府和土司博弈的棋子。后侥幸逃脱，并由禄方氏抚养成人，与宣威土司后人安玉诗成婚，以图承袭土司大业。成婚后的安玉诗，改名禄安佑。1926年，禄安佑迎来了生命中的高光时刻，他被任命为西康省第三混成旅骑兵团第二营营长兼苦竹、通安、者堡、披砂、会理村宣抚司。但六年以后的1932年，会理驻军团长许颖布告禄安佑"冒承土职，窃位弄权，肆虐土民，对抗官府，勾结外匪贻祸地方"等罪名，派军围剿。禄安佑奋起反抗于营盘山，兵败后逃向普格县阿都土司处，被捉，活剐于西昌西较场，临刑前，将他的妻子禄成基当面砍头。者堡等地的土司衙门火光熊熊，财物被洗劫一空。自此，统治四川西南方宁南会东会理一带二百余年的土司彻底退出了历史舞台。

斯人已逝，而传说不绝。2023年5月，我决定回去看看。当年丁文江拜见方氏的地方苦竹，即是今天的会东新云。而禄安佑的大本营者堡衙门，则在会东县的新街乡。

从昆明出发，带着侄儿包毕超夫妇。看起来这是一趟回乡之旅，其实不然。目标明确，计划周详，第一日到会东休整，第二日新云探访，第三日者堡吃烤乳猪，第四日到大龙村杀羊，第五日返回昆明。

重新提起土司的话题，当地文联的朋友一知半解。发来几份资料，没超出我的了解。我要的是实地探访以及口述，这两者都显得困难。如今的苦竹土司衙门仅留有几段旧基脚和几段残缺的传说。那是一个靠山斜坡，对面的山如照壁般挡住视线。高速公路凌空而过，汽车疾驰而过发出河流的声音。

"那山像什么？"

"一只老虎。"

"传说当年禄绍武每天早起就飞到虎山晒太阳。"

细看还真像。有点拉美魔幻的味道了。奥雷里亚诺·布恩迪亚上校面对行刑队时，苦竹土司禄绍武正在虎山晒太阳。传说他是人与乌龙交欢而生的"乌龙星"，如今会东老街尚有龙井。这又有点希腊神话的味道了。其实，大地上的传说大同小异，人的命运也大同小异。所不同的，无非是时间和地点。

五月的太阳已经超出温暖的范畴。当年的苦竹，如今的新云，去年初冬种下的小麦和蚕豆已经收获。赶在雨水来临前，人们正在移植烟草的幼苗。心里想着当年土司，眼前所见是换了新颜的人间，有种现实与梦境交织的撕裂感。可毫无疑问，都是这片土地上的确发生过的事。

我们去马头山，看土司坟茔。水泥道路陡峭曲折，轿车被弃于路旁。六个人挤进越野车里，抓紧拉好，把命交给年轻的司机。路尽头的村庄叫笔落。无端想起杜甫诗：笔落惊风雨，诗成泣鬼神。这大概是会东境内最文雅的地名了。

沿着地埂走，正在种烟的农民投来目光，想必是把我们当成下乡检查工作的干部。路边有千斤巨石，一看便知它曾经历过铁锤和錾子。据说这是当年土司在笔落修建祠堂时，遗弃在路边的东西。此地离衙门目测不过十公里，但道路的凶险超乎想象。若当年抬着这石头上山，遗弃也完全可以理解。

有山看不清来势，如天坠落，而且去势顿失，断了头，留下陡峭。这来去之间，生出一片开阔地。坟茔在此，荒冢没草，黑洞阴森，碑石四散。而在坟茔前面的空地上，东南西方，立有三根双斗桅杆。仔细察看，其实另一方也有桅杆，只是倒在了地埂上，人们不知拿它作何用。散乱的碑石上刻有瑞兽，并有"抚孤劲节佐夫君"字样。这是谁的坟？没人知道。当地人只说这是土司祠堂，没法考证。祠堂是典型的汉文化产物。如果苦竹土司真有祠堂，估计也是凉山彝族土司中少见的。而我更倾向于这里就是一座坟茔，因为把祠堂建在这离衙门数公里远的山上，失了方便。

至于桅杆，这是科举制度的产物，所谓才高八斗之"斗"，即是桅杆之斗。明清时代，桅杆曾在四川地区常见。立桅杆者，无外乎是为了彰显功名或官位。

同样的桅杆，在者堡土司衙门前也有一根。只不过已遭毁坏，仅存留于记忆之中。存留于记忆的还有这片土地的归属。曾经这里生活着包苏陈严张王普赵八个姓氏的人，他们是公认的最早的主人。而一旦有天土司成了这片土地的统治者，其间的故事可想而知。

者堡是末代土司禄安佑的大本营，距离我的出生地大约四公里。我的奶奶就埋在附近的一条小河边。同车的人说，车窗外这一片土地，原本是我们包家的。至于原本是啥时候，不得而知。

先去半边街看贞节牌坊。省级文物，清朝所建。关于贞节牌坊，鲁迅曾写过《我之节烈观》，文末旗帜鲜明："节烈这事，现代既然失了存在的生命和价值；节烈的女人，岂非白苦一番么？可以答他说：还有哀悼的价值。他们是可怜人；不幸上了历史和数目的无意识的圈套，做了无主名的牺牲。"牌坊背后的苦命人，是第四代土司禄恩锡的千金禄小姐。牌坊中央的牌匾两面写的是"忠孝节义"和"温良恭俭"。而且这座牌坊上的石雕图案，堪称是汉文化在凉山地区的集中展示。和合二仙、五子登科、郭子仪上寿、三"羊"开泰、挂印封侯……

这里距离者堡衙门两公里，原本应该是通关大道。只是现如今，这道路像人们的思想观念一样已改变，只留牌坊为证。

进入者堡，就是走进了某位拉丁美洲作家的文学世界。土司衙门不再，但传说不绝于耳。靠记忆恢复的盛景，介于想象与现实之间，倒是绝佳的小说章节。衙门前的石狮子，难得一公一母双全，看惯秋月春风，威风锐减，孤寂倍生。台阶尚在，当年若拾级而上，便是接近了这片土地的王。而今呢，只能走到农民的房檐下，看一种坐在传说上的生活。

衙门后面的山包上，一棵刺柏耸入云天。在者堡的传说中，这不是一棵简单的树，而是土司大业的定海神针。长期生活在这里的人，他们说衙门所在地像条船，而船在水中是流动的，所以需要栽一棵刺柏将船拴住。我看四周的山形，看不出船的样子，但他们说是就是吧。对面的山，叫青龙山，我同样没有看出龙的样子。可不管这山形像什么，于黎民苍生有恩典却是一定的。这一方群山之中的平坦之地，足够一个人，一家人，一群人，一代人，甚至世世代代，繁衍生息。

八姓老民的后人，如今还有一些住在者堡。皇帝没了，土司没了，改朝换代，生活仍然要继续。如今这八姓人的关系依然千丝万缕，打断骨头连着筋。如果我没有离开凉山，大概率会娶另外七姓人中的某位女子。跟老人摆龙门阵，摆的多是八姓老民和土司之间的恩怨。不像是传说，而像是家长里短，有鼻子有眼。

我回到这里，约等于回到了故乡。亲戚老少七八十人，大多数不相识。但是没关系，酒杯碰到一起，干了就是。这样的相聚，多年前我们的祖辈一定也有过。山风呼啸，抱团才能取暖。家族和姻亲，是我们活在这人间的两条生命线。祖辈们如何来到这里？又在这里经历过什么？在老人的讲述中，我们是一个共同体。人是时代的一粒尘埃，可别忘记，时代就是尘埃堆砌而成。我曾经在读加拿大作家麦克劳德的长篇小说《没什么大不了》时，萌发写家族历史的念头。

星星出来的时候，我们散了。从者堡到会东县城，如踩云雾的归途。一个小时后，挑起夜的帘子，从土司的历史中，一头扎进灯火辉煌的县城。恍若隔世。大地永恒，而我们都是过江之鲫。我们是，方太太、禄安佑、丁文江、张三李四或者包倬。

（原载于《民族文学》2024 年第 10 期）

我有一片戈壁

李　琸

一

一场黑毛风，夜行千里，挟沙带土，席卷了戈壁采油区。

我手拎一把小臂长管钳，站在一台高高扬起驴头、被采油工称作磕头机的抽油机下，凉风呼扇呼扇地直往裤管里灌。它像是在昨晚的沙暴里奔跑了一夜，天亮后茫然地发现自己还在原地。细听，丝缕的风在驴脖子上吹弹出清脆的金属音。朱漆驴头指向的天空，此刻没有一朵云。阳光播入渐渐睡醒的戈壁，地上空荡荡的，不见了猪毛菜的枯团团和历冬后稍微风吹就打哆嗦的采油树的保温棉。它们就这么消失了，消失了。风仿佛吹出无数个我永远看不到的地方。

我向周围看去，上百台磕头机的驴头扯着脖子，错落有致地扬上去、俯下来，哐啷哐啷。它们在地面上的影子，缓缓向西北爬，慢慢往东南退，搞得一条四脚蛇一惊一乍。它们就这样，在慢慢扬俯间，拢来我在这片油区熟悉的一切。

我来这儿的多少年里，脚踩这片土地，呼吸这里的空气，追赶这片天空的云彩，经历着秋冬、春夏的寒暑两季，每日看着磕头机就这样不知疲倦地重复着这个上扬下俯的动作。如果它们有故障了，我的师父就会拿着管钳和扳手来修理，才会断电停下它们。又或许因为一场大风，在野外架空的三百八十伏的电力线因为松动而彼此碰了一下，电路短路导致电线杆子上令克开关被顶开。停了电，它们才会喘口气稍作休息。我在这里干活，和它们一样，只要没有什么紧要的事，就会每日一如既往地拎着一把管钳和一桶清洗剂巡井，除非工作或生活遭遇什么变故。周而复始地走在一眼看到头而时间过得无比漫长的巡井路上，我不知道自己日后还会往哪里去。

磕头机周围的壤土，是推土机从附近的土丘赶来的，我和师父一锨一锨把它们铺开、垫平、踩实，那一片一脚踩深、十二米长、八米宽的悬土方，被叫作井场。嗅到带臭鸡蛋味的石油香，我快速躲开，取油样的时候要站在上风向。从青克斯山吹来的每一缕风，拖尘带土，黏附在曲柄销子上的泥最厚，那里会定期加注如老酱般黏稠的黄油。还有那夜夜挂在磕头机上空最亮的几颗星星，每一颗星星都引着一台磕头机俯扬。我知道站在哪几个方位，可使火红的太阳四季不变，从一台磕头机平稳的底座升起，又在一台磕头机的游梁摆动间下沉出戈壁落日圆的景象；我还晓得，春天里，在哪一片凹地，猪毛菜最先抽出芽，哈，我窃喜那条注水管线的缝，怎么焊都焊不严，还经常被遗忘……这种熟悉，让我渐渐变得懒惰，不愿再成为别的土地上的人。就像在这片油区，采油树的手轮只能朝西北，因为季风是从西北面的青克斯山吹来。

看到不远处电工师傅高高举起令克棒，将电线杆子上落下的令克开关推上去后，我围着磕头机转悠了一圈，确认无恙后按下绿色启动按钮，这台高高扬起驴头、停止运转的磕头机重新充满生气，有力地抽打起戈壁。我不由得猫起身子，生怕它那巨大的脖子在甩起来的时候会突然挣脱掉缰绳，不听使唤胡乱甩打，将我拦腰抽断。

我站得远远的，看着磕头机缓缓下俯，又将我熟悉的一切推走，仿佛进入另外一个陌生、遥远而又仅属于自己的当地。

那一天，我突然出现在这片戈壁油区，茫然地看着班车挽起的尘土尾巴缓缓地落到地上，班车消失于一个山包拐弯处，将新员工往更远的地方送。光秃秃的土地，从我脚下铺向远处的青克斯山，山上则是火烧火燎后般的苍寥景象。

志平师父站在我对面，我看到他脚下的光秃向他背后无边的戈壁一溜烟跑远了。他的手脸和戈壁一个色，深浅褶皱里藏着条条黑色油污，像是岁月的符印贴在脸上。他穿一身被油污腌得可以挂住蟑螂的红工服，手持一根新折的红柳枝，帽檐转到后脑勺。如果不是看到他手里的红柳枝在摇晃，会让人怀疑他就是一个套着衣服的铜像。很多天后我才知道，这是我们采油班的传统：徒弟报到那天，师父要接，不管手头有什么要紧的活儿。

看着这尊铜像，我不禁想开了，以后是要续接上他这一生了吗？等他退休，他会把他呼吸过的空气留下，会把比我年纪还大的一台台磕头机留下。说不准哪一天，在巡井路上，我会捡到染着他头油的红工帽、被他指甲穿透的白手套。又或许，在一个不经意的上午，我被他在土丘上踩陷出的一个脚窝摔个大马趴，被他留在红柳丛里的一声呼哨声惊掉魂。谁知道哪台磕头机的夹缝里，塞着他用钝了的涡轮的活动扳手、遗忘掉的一截子盘根。在未来的日子里，我仰望的天空，挤挤挨挨的，全都是他留下的眼睛。

"喊。"他说，从红柳枝上掐掉一小段，衔在嘴巴里，上下打量我。

我不妥协地把背着黑背包的腰板伸得直直的，崭新的红色工裤、工服、工帽和土黄色夏工靴，是合规的三穿一戴，白色手套耷拉着手指塞进裤子口袋。点缀着粉色桃心的飞巾缠脖，黑色口罩遮脸，墨镜让我的视野镀上一层茶色。我还找裁缝收了肥肥的裤腿，勾勒出细长的腿形，露出纤细骨感的脚踝。当然，现在脚踝被工靴筒掩了进去，刚下车走的那几步路，脚踝骨被靴筒磨来磨去，下次得穿上过踝的袜子。

可又有哪一个女孩愿意穿成这样呢？还要在厚厚的尘土和密密匝匝的梭梭、骆驼刺里穿来走去。我把帽檐拉到眉峰，变本加厉，撑开一把遮阳伞抵御戈壁强烈的紫外线，另外一只手把耳机往耳朵眼里使劲塞。手机单曲循环刘若英的《原来你也在这里》，包裹成木乃伊一样的身体不情不愿地走到他跟前。就那几步路，腋窝已被汗水浸泡。

中学时代，我在马路上曾经看到过一个女采油工，背包上的粉色熊猫挂件暴露出她比我大不了几岁的年龄，晒斑密密匝匝地落在深茶色的扁平脸上，一身红工服和青春、时尚沾不上边，裤腿上还有点点油斑。她从我跟前走过，目光发飘，蛇形步态好像把戈壁荒漠上晒晕的尘土也拖曳来。我目送她离去，好像在目送一个未来日子里的自己。我还未走到成年，我的成年已经在她那里开始。我仿佛看到了自己未来的日子已定下结局，大多数回小城的青年都会是这个选择。

师父拿着红柳枝的手背在后面，像是一个私塾老先生拿着戒尺，他围着我转了一圈后，猫着身子睁大眼睛看我的墨镜，嚼过口香糖的薄荷口气隔着口罩扑到我的脸上。"嗯，我没收一个瞎徒弟。"他吐掉嘴里的红柳枝，"看，现在驴头停在了上死点。相反，驴头把头低得不能再低了，就是下死点。"他做着仰头和低头的动作，帽子几度要掉下来。我顺着红柳枝看过去，驴头高高昂起，这戈壁荒漠的天仿佛是被这钢铁巨兽扬起的头擎着的。当它俯冲下来，天就要塌下来了。他用红柳枝依次指着游梁、横梁、连杆、曲柄，在他的声音里，戈壁的形状也成了这磕头机各部件的形状，长、圆、扇、方、梯，缺口的、圆满的。他突然将教杆空中一挥，得意地说："我成群的钢铁驴牲就养在这片庄稼地里，我只要鞭子一挥，它们就齐扬齐俯，它们是我指挥有方的兵马。"他的目光顺着红柳枝，指向了天空，俨然一个将军。

我定睛一看，明白了他所说的钢铁驴牲就是磕头机。每台磕头机有每台磕头机俯扬的频率，正在我们周围远远地、错落有致地上扬下俯，而不是他说的齐扬齐俯。"确实，一台台巨大的压水井上下起伏着。"我想起老家院子里的压水井脱口而出，抽油机抽出油的原理和压水井压出水的道理差不多。

他教杆空中一挥，发出嘶鸣声。"什么压水井，你见过十米高的压水井吗？"他下巴随着背后不远处一台磕头机高高地扬起来，做出不容冒犯的表情。

首次见面，确实不应该顶撞师父。我压低语气欲挽回说："确实不是压水井，因为没有压把。"

"喊。"听到这，他立刻又气不打一处来，"我的驴牲口啥也不缺。"他跑到磕头机尾部，指指刹把说，"看到没，这就是我驴牲口的驴尾巴，它哪个把都不少，比你压水井的压把高级多了吧？"我看到他的唾沫星子在阳光里闪着光。

"那公驴磕头机的那个把也不少吗？"我突然想起曾经的乡村生活，立刻被脑袋里冒出来的问题逗笑了。磕头机有公驴，那还有母驴。非礼勿言，我话一语双关地一转："是，是，什么也不少，你看，你的驴脸上还一排大门牙呢。"我指着驴头上的那几个洞洞，说完，便看到他的驴牲口正翻着嘴唇龇笑，我也笑得前仰后合。

他又折断教杆上的一截红柳枝塞进嘴巴里。多少日后，我才从他吞云吐雾的架势里知道，油区不让抽烟，他用这种方法来纾解烟瘾。他松开刹把，也就是他说的驴尾巴，按下绿色启动按钮，磕头机哐当哐当地运转起来，突然有了生气。

"师父，今天咱们可以下课了吗?"我把口罩、飞巾统统扔到地上，因为脸上被汗水蜇得有点儿疼痒了。扔掉的那一瞬，炎热的戈壁送来缕缕清凉，我贪恋地呼吸着拖尘带土的空气，不远处正在钻新井，推土机正在推钻井井场。耳机里，刘若英在唱："请允许我尘埃落定，用沉默埋葬了过去，满身风雨我从海上来，才隐居在这沙漠里。"

我实习的那半年，师父换皮带，我给他递撬杠;他加盘根，我站在一旁做启停磕头机的操作;他调防冲矩，我打卡子;他修泵，我提着一桶清洗剂擦洗满泵房被他迸溅的和脚底子留下的油污印子……实习期，师父干什么，徒弟都要跟着学。徒弟在井上做什么，师父也都要盯着。我抄井口油压和温度、计量产液量，他叼一截红柳枝"抽烟"，站在一侧;我擦油井和打扫井场卫生，他靠在磕头机的护栏上，和他的驴牲口一起眯着眼睛打盹;我取样遇到硫化氢浓烈的井，携带硫化氢的空气像坚果一样硌在我的胸腔，他却跳着格子玩我童年的游戏，和磕头机比谁的影子更长。

实习期结束在那一年的冬天，我从此开始一个人孤零零地拎着一把管钳、提着一桶清洗剂巡井。戈壁的冬天总要连续一个多月下雪，雪盖住了推土机碾压的沟坎，稀稀拉拉地露出猪毛菜、红柳、梭梭和芦苇，我们的工具房看上去都矮了一截子。举目望去，远处的同事成了一个扎眼的红点，飘来飘去。每一次大雪过后，我巡井都要蹚着雪重新开路，雪花一片片如精灵般跌落在地上，遇到大太阳的天气，眼睛被白茫茫的一片炙得发慌。手离开暖烘烘的棉手套，寒风吹过，总觉得皮肤碎屑沾在空气里。志平师父在对讲机里听到我报一口井出了故障的时候，才会从黑黢黢的工具房里出来。他从来不问我是哪一口井，只循着我雪地里的脚印走。"哪口井你留下的脚印最凌乱，就是哪口井出现了故障。你的脚印最不装事了。"他说。

师父不在跟前的时候，我的胆子也变得很小，雪将坑坑洼洼的戈壁铺平后，磕头机尤其显得高大。每次走近一台磕头机，我都会不由得猫起身子。以前，都是我按红色停止按钮，他来刹车。现在这一切，只能我一个人完成。我左手按完红色停止按钮，立刻缩手回来，梗着脖子拉刹把，位置停不对——因注汽、调平衡、含蜡井等，驴头停的位置都不一样，只能重新调停磕头机。每次做完，我的遮耳大棉帽子都湿成一片。

为了摆脱自己对磕头机的恐惧，在那一年冬末，有一次我愣愣地试图把自己站成一台磕头机，跟着它上下摆头，直到腿麻、背硬，也无法拉近自己与一台磕头机的距离。我心里突然生出一股前所未有的冲动，扔掉管钳，踢翻清洗剂桶，将磕头机停在驴头高高仰起的位置，徒手爬到横梁上，去看驴头指向的远方。可是我除了光秃秃的戈壁和成群结队的磕头机，什么也没有看到。我迎着粗犷的风，发出一声叹息。毕竟我没有那么长的舌头，伸进千米油层，汲取大地深处黑色的血液。我下来后，腿脚开始发软，无望地张着嘴巴，看一股风旋在一台停止运转、高高昂起头的磕头机的驴头上，又从我的脚底吹起被太阳舔得所剩无几的雪，我使劲往外吐吹进入口腔的沙子。

"吐什么吐，沙子入胃助消化。"师父不知道从哪里冒了出来，背着手，握着一把小榔头。那一刻，我委屈的眼泪噗噗掉下来。也许真是如此，沙子的助力，让我的肚子咕咕噜噜叫起来。我从口袋里抓出一把干沙枣，一屁股坐在沙土窝里，塞进嘴里。

一、二、三、四、五、六、七……我站到一个地势稍高的土丘上，用食指点数这片油区的磕头机，生怕这一场黑毛风的喉咙吞噬掉一台，像极了小时候站在废弃的砖窑房上数我的小山羊。不同的是，小山羊数来数去，只见多不见少。磕头机数来数去，心里却总觉得少数了一台。

志平师父远远看到我做这件事，走上来猛拍一下我的后脑勺，嘴里叼着红柳枝跟我说："你这个小萝卜头，一个巡检女工负责一个站，一个站不少于二十台磕头机，咱们的班车上坐三十五个人，一半的女人，一半的男人，每天有两辆车经过咱们站。哟，这样算来，咱们这一眼看过去有几百台磕头机呢！"他得意极了，又开始掰着手指算。

我顺着磕头机悠悠扬起的头抬起脸，先巡检这台磕头机上的天空，云朵的形状、移动的速度和方向，再顺着磕头机缓缓俯下来的头，仔细检查设备的运转情况和周围的戈壁野物有无出没留下脚印子、梭梭有没有育出新的虫瘿。从一台磕头机到另一台磕头机，一天需要走十几公里的巡井路，那是被人脚踩和独轮车车轮碾压出来的路。

"这里的采油工已经换了好几茬了。"师父驻足感叹，我蹲下来观察他的脚尖印出来的脚窝，有轻有重，各怀心事。蹲的时间久了，我抬起和膝腿一样酥麻了的头，巡井路弯弯曲曲、宽窄不一，猪毛菜给一截巡井小路串联起珠翠项链。等到了深秋，猪毛菜开花，姹紫嫣红，就像是给小路戴上了花环。我猜我之前的女师傅是个极爱美的人，才有心收集起猪毛菜的种子，播撒在这条巡井小路上，给我的心情也戴上了项链和花环。

师父突然想到了什么，踏起纷飞的尘土，跑掉了。他"八"字形的脚印，脚尖一个朝西北，一个朝西南。后面的我看到前面混浊的空气里，扬起前几茬采油工甩下的大大小小不同的脚印。脚印叫嚷着，说着闲话、瞎话，谈论着油量和奖金，还有自己没有到达过的采油站的男人和女人。

只见他走到一台磕头机前，开始操纵刹车。但是手刹蹄片老化，反复了几次，还是抱不死刹车轮，磕头机一再溜车。他失落地跟说我："这些磕头机是不是和我一样，老了？"

我开玩笑说："天天有闲力气对我'喊'，怎么会老呢？"

他没有接我的话茬，我低头看他印在井场的脚窝，有几个脚窝凌乱、无秩序。他放弃了刹住磕头机的打算，任驴头上上下下摆动。他说起自己刚上班的时候，油田开发早期，内部注水，就可以将地层压力保持在原始状态，自喷采油的势头也很好，于是在那时候有人提出"卸磨杀驴头"。

"咱们驴牲口也争气。""别看这个师、那个员，嘴上都还没长毛，能和我这个老采油比？我放屁漏掉的事比他们懂的都多。""我的驴牲口，我会不知道它们的驴脾气？犯脾气了，井口的温度压力就上来。你哄哄它们不就好了？""虽然新技术层出不穷，但是老智慧永不过时呀。它不就是一台压水井吗？简单的机械原理。"他每一段话，都要停顿一段时间。

"你看。"突然，他指给我看远处。一前两后，三只黄羊在梭梭间赛跑，扬起十二只蹄。"这戈壁路长着呢，以后还是你们年轻人走。"他语气耷拉下来，"我还有一年就退休了，都成一头老驴了。我们以前叫我们的师父老八权，哈哈，不知道你心里咋喊我的。"

又是长时间的卡壳。

我有点儿心酸，没有接一句话。

"天裂了！"师父突然大声喊起来，把我的注意力从十二只蹄上拉回来。我好像看到经久不变的剧本里的字在颤抖，急忙问："哪里？哪里？"师父一脸认真地说："你看，闪电。它把天空劈开了大口子。"他刚说完，大风过后阴云密布，夏雷破空而来，大雨漫漶而至。我们一起跑进狂风骤雨里，伫立在这突至的风雨中。当我被雨水完全打湿，放眼望去，上百台磕头机依旧在扬俯起伏。我突然听到，有种声音正在挣脱磕头机和我的身体。

我们扔掉手里的工具，仰起头朝向密密匝匝砸下来的雨滴，把头昂成了磕头机。我看到驴叫声五光十色地冲向了天空。我在这些声音里认出了自己的声音，但又好像不是我的嘴巴在喊。

二

那天，我拎着一把沉重的小臂长的直式管钳来到一台磕头机下，准备打开闸门给油井放压。昨夜梦里，这台磕头机的压力表指针老是晃来晃去，搅得我睡不安生。

白露过后，被太阳节节逼退，潜伏在地层的凉开始浮出来，空气如洗，清冽似新酶的高粱酒。暴晒了一夏的我贪婪地饮了几口，清新的气流化为溪水，淌入我脸上被烈日晒缩了的每一条沟壑。

不远处，拾荒婆婆充满惊喜地朝戈壁深处一片稍成气势的荒树丛走去。它们是野生的白梭梭，长在一片土丘上，枝条如手臂般纤细地伸展。白梭梭上面有它包噬昆虫后形成的虫瘿，摘下来放入口中细嚼，甜丝丝的，好吃极了，是我巡井路上的零嘴儿。

"闺女，你快过来看。"她遥遥地喊我，声音带着戈壁油区挖土机挖过后的土坷垃被太阳曝晒后炸裂的尾音。我在巡井途中的井场无意间听到，仔细去听，反而没有。

我从六十米之外走过去，我俩刚好站在我的两台磕头机旁。每天巡井的时候，我都要用脚步量一遍，一百步不多，一百步不少。如果少了或者多了一步，都会让我心绪不宁。少了的自此下落不明，多了的又不知道是哪个离开的师父留下的，令我更加惶恐。哪怕下班后错过班车，我都要重新步量一遍，直到一百步为止。这些闲心情真的是在漫长的巡井溜达途中长出来的。

树丛外面已经零散地放着十几个塑料瓶子和易拉罐，她的一只手拨住树枝子，另外一只手拿着绑着铁钩的竹竿使劲往里面抻，破旧有了毛边的化肥袋子塞进白梭梭树丛。她不再说话，藏在层层黑红褶子里的眼睛回转给我的全是惊喜。

我在这片油区巡井，她在这片油区拾荒，我叫她婆婆，她叫我闺女。旁边是217国道，常有车辆抛下来塑料饮料瓶和易拉罐，她看见大量"宝贝"就会唤我过去。也不管有没有看到我，就在那儿使劲喊，直到我出现为止。有一次，我在工具房里换衣服，就听到了她的喊声。如果我不过去，她一定会一直喊下去。师父说，有一次我请假，她就在戈壁上喊"闺女"喊了一天，直到接班车来到我们站上，声音才戛然而止。

看她脸上的褶子，应该已经有七八十岁了，可是她瘦朗的身姿看起来也就六十多岁。

"婆婆，今天的收获不少呀！"我把管钳放下，顺势躺在了旁边的虚土上。自得自己这一动作肯定会惊扰下面的硕鼠，它们是不是觉得房子都要坍塌了？我在暖融融的阳光里，眯上了眼睛。

我们去年在油区的巡井路上整齐地种了梭梭，防沙之用，现在已及膝高，枝条繁盛，远远看去，一条葱绿的长廊蜿蜒。它的虫瘿和白梭梭不同，在节间形成重被小花，御敌体外，而白梭梭是包噬其内。每个月里的一天，拉着水管子、提着桶子给它们浇水，是我上班最开心的事。师父说，明年就可以不用浇了，它们的侧根像锚一样抛入土壤深处，天降的水足以让它们活下去。说这话的时候，我们正在开拓另一片绿洲。两人暗暗发誓，我们采走了这片大地的血液，要用绿色覆盖留下的创口。每每听它们咕噜噜欢快地喝水，我都会想过不了几年，红工服一脱，往上面一搭，就可以给我遮出一片阴凉地了。

沙挡住了，也留下了野草种子，尤其芨芨草给这片荒莽之地增添了一份柔色。生态转好，老鼠也来了，可它们的天敌还在来的路上。我想，老鼠一定是建立起了一个地下村庄，油管做壁，梭梭根做梁，戈壁植物所生浆果和我们工具房的馕就是它们的食粮。

有一次，我跟师父愤愤不平地讲："老鼠真是一种坐享其成的动物啊，偷我们放在工具房的馕，咬我们种下的梭梭的根。一场大风吹起风沙，裸露的梭梭根都是一截一截的，别提我多心疼了。一块我放在一台磕头机井台上、用砖头压着的抹布也不见了，肯定被母鼠叼去做窝了。"

我说这话的时候，师父正攀在磕头机的护栏上，用黄油枪给曲柄销子添黄油。那几日，经过这台磕头机，曲柄销子发出的干磨的声音总让我产生恍惚的隔世感，磨得我耳朵发木。我循着声音走路，颤颤巍巍，好像自己和这台磕头机一样，老掉牙了。

他头上顶着一个大大的太阳，即使天气转凉，背上还是被汗水浸湿透了。他说："咱们哪一代人不是坐在先人之上享其成的？只不过老鼠是坐在人身上享其成罢了。你以为偷东西不用付诸劳动吗？你看看它们，每次都是盯着我们走了才出动，费的精力可一点儿也不少。拿你说，要不是你的师父我把这些犟驴的脾气给治顺溜了，你哪里来的闲工夫天天拿着管钳在一台台磕头机间瞎转悠，还有精力去关心一截截梭梭根？"

他从护栏上跳下来，拍了一下磕头机的驴屁股，举着黄油枪对着磕头机说："你再斜眼看我，我就敲断你的尾巴。"说着，他松开刹把，按下启动按钮，磕头机缓缓地运转起来。干磨的声音消失了，我的脑袋突然被镇住，不恍惚了。

"够一份蘑菇拌面了，走，婆婆请你吃。"婆婆的话把我从回忆里拉回来，她下巴冲远处为大车司机而开的拌面店努努，又晃了晃手中捡到的两个铁块，看了看一大袋子瓶瓶罐罐。我认出铁块是修井队落下的，我曾经盯着他们在上面掐灭烟头。我和师父辛苦栽下的梭梭，可不能被他们毁之一炬。但是想到他们食宿戈壁荒漠的艰苦和孤独，比我们采油工苦百倍的工作，又不忍心阻断他们为数不多的消遣，只能盯着。

"算了吧，你又会只点一个人的拌面，分成两份给咱们俩吃，再让人家加出两人量的白面来。我今天带了饭，等会儿卖完废品，你就跟我去站上吃。"

我每次都不好意思看店主，留下采油工"抠门"的名声。虽然每次都是我付钱，但我没有付过两个人的饭钱。因为有一次我付了两个人的钱，婆婆第二天跟着我巡了一天的井，一直絮叨："你说你啊，面是免费加的，男人们都是加两三次，我们俩当一个男人，他们照样赚钱啊。再说，我每次都把盘子舔干净，也没有因为加一个盘子让他们多洗一个碗呀。你没有看到吗？我们离开前，我用我们擦嘴的纸把餐桌擦得干干净净的，一张纸都没有浪费。"

她说的不无道理，我亏欠店家的心开朗不少。

我说："是的，你没有浪费，临走前你咬了一小口的大蒜，也被你揣到了口袋里。"我说完这些，她拧开一个捡来的矿泉水瓶子，将里面的剩水一饮而尽，咂咂嘴，做出水很香、我拿她没办法的表情。我已经告诉过她很多次，不要吃捡到的东西，不卫生。她说她都把收来的野水过滤掉虫子喝，人家这水比她的水透亮多了。我给她配了工具房的钥匙，里面有干馕和纯净水。可是她一次也没有动过工具房里的食物，而是一大早就给我放个煮熟的鸡蛋做早餐。

我打听过婆婆的事。我师父说，他十多年前来这个油区的时候，就偶尔见到婆婆在这里拾荒了。那时候也是这个样子，衣服和我们一样，一身红工服，一双张口的球鞋，用麻绳捆绑起来让鞋子住嘴。冬天的时候就是毡鞋、毡帽、羊皮大衣，松松垮垮，应该是废品里捡来的，咱们现在谁还穿这些？

这次我禁不住好奇，问婆婆家在哪里。她指了指遥远处，说在五里外有一个地窝子，搭个羊皮大衣就是门帘子。自己住了好几十年了，在那里还用红砖砌了一个小菜园，种了五年的马兰花才去掉碱气，菜园里有棵大榆树，春天打榆钱吃。还养了几只鸡，种了一架葡萄，冬天卸架埋进土里是个体力活儿，要和自己男人一起干。

我一眼看过去，没有看到高大的榆树，可能被哪个土丘给遮住了吧。

我又问她多大岁数了，她说戈壁滩上生活的人，哪里有什么岁数啊！风啊、雨啊、雪啊，太容易让人忘了。她还告诉我诸多的生存本事，冬天化雪水煮面条，大雪堆门好几天，她买不来面条的时候，就用秋天收获的梭梭籽做黑饼子。她从老家带来一个小石磨，用来磨梭梭籽。梭梭籽黑饼子很香，也很撑肚子，就是不好"方便"。她做出一个很努力聚力在肛门的表情。我问她腊月里不冷吗？地窝子里没啥暖气。她说冷了就跳舞呀，咚咚，嗵嗵，她在戈壁上旋转起来，手挽住一个虚无的腰，冬天的戈壁滩是冻成铁壁的。

我瞅了几眼白梭梭丛，枝条纵横驰骋，四仰八叉，丑陋跋扈，干瘪瘪的，几个塑料袋像吊死鬼一样浮在上面。根据植物学知识，我知道它们是通过舍弃嫩枝来成全树根对水分的需求。根还在，它们的生就在。底部簇成一团的枝条，看起来疙疙瘩瘩，一根火柴丢进去，加上塑料袋助燃，一定会生成一团火球。

"婆婆，你快出来吧！里面有老鼠洞，还有戈壁蛇，地悬着呢！别陷进去了。"上次修井挖开的大坑里有一窝灰溜溜的蛇，说完这些话，它们眼睛里透出的冷冽的光从我脚底袭来，我猛地打了一个冷战。

"傻闺女，婆婆进来的时候，用一块石头给它们提了个醒，它们是不会出来的。"她的语气里洋溢着经世的笃定。

我等婆婆出来，帮她背着一化肥袋子的纸盒子、矿泉水瓶子和易拉罐往三公里外的废品收购站走，化肥袋子的毛边磨得我的脖子直痒痒。她一身轻松。反正她从来不怕给我添麻烦，一路上唱着"咿咿呀呀，呜呜啦啦"幼儿学语般的歌儿，也会唱《鲁冰花》。我这次想多探寻些她的事，比如她的丈夫和孩子，她都用"别管闲事"的眼神掸我。"天上的星星不说话，地上的妈妈想娃娃。我的心肝落天涯，妈妈的眼泪鲁冰花。"她唱着，歌词略微改动。我听着听着，在有点儿凄清的歌声里忍不住落泪。

我和她一样，一路上用眼睛四处寻找着废品。但是我的心却被刚刚的野生白梭梭树丛死死地揪住了，陷入了思考，突觉它们像是被遗忘而流落在世间。有时候春雨来得晚，春阳已经如期而至，它们经历春化后，努足的劲儿只能乖乖地锁到枝条里。夏天，几滴雨瓣里啪啦地一闪而过，它们以为春天来了，叶子才忽地绿一层。如果秋天寒流突至，它们在秋雨里终于有了点儿的繁绿，只好偃旗息鼓，新生的枝条纷纷干枯。还有一些盐碱野生植物，在隆冬零下三十多度里，它们一步步将体温往里缩，确实保不住了，就把枝蔓舍弃，剩个疙瘩。一路上，阴阳脸的树也不乏其例，一半绿一半枯，让我不由得想到它们经历了什么。一半被烈日灼伤，一半被雨水滋润；还是一半被大风肆虐，保住了另外一半，从而保住了整棵树木？

不同于我们细心照料的绿化带，有人为的灌溉，一行行整齐地排列如士兵，守卫着我们工作的场所。那些野生的树，生死都在须臾之间，它们的孤独席卷而来。

入冬后的一天，天刚亮，我就被大风声号醒，决定去看看那些流落飘零的生命。当我打开车门，整个大地都在摇头晃脑，风声仿佛从高空劈来，死亡的暗影随着一阵阵狂风席卷而至。我努力睁开眼睛，只看到烈风一鞭子一鞭子抽打着野树丛，它们若不群居，将会被连根拔起。它们吃力地在诉说着什么，却丝毫没有要讨好任何一方的意思。它们就那么兀自将根须和枝蔓伸进了光阴里，疯了似的，风把它们往哪边吹，它们就往哪边长，没有边际，全然不成规则。再看看一台台磕头机，因为大风停电，它们都静悄悄地伫立在戈壁上，驴头不再上下扬俯。难怪师父前一天看着手

135

机上的天气预警说，他的驴牲口们终于可以歇歇了。

我想往五里外走，去看看婆婆。风似人群拥住我，不让我前进一步。

接下来好几日，我都没有见到婆婆。我有点儿着急了，她是不是生病了？

这天一上班，工具房我都没有进，抛下我的磕头机们，也没有告知师父，一个人朝婆婆指的家的方向走。一路上，我遇到了很多野生的树，也遇到很多别人的磕头机。我看着手机的轨迹，将路走成直线。当我的手机显示我走了五里路的时候，我四处张望，并没有发现地窝子和高大的榆树。我又看着手机，把足迹走成圆形，一边走一边张望，还是没有看到它们。我突然想到，她说的五里是不是五市里，如同五斤和五公斤的关系。我又按五市里走了一遍，依旧没有看到它们。

婆婆、地窝子和榆树，就这样在我的世界里凭空消失了。好像从来没有存在过。被那一场大风刮丢了吗？我用疑问的眼神看师父，师父则以好像婆婆从没来过的眼神回应我，我和旁边的一台磕头机一起垂下了沉重的头颅。

一年过后，我跟一个退休的老采油工无意间说起婆婆。他笑我被婆婆骗了，他们这一辈老采油工都知道她。其实她的居所在城里，两室一厅，宽敞明亮，拿的退休金可以让她的日子过得很滋润。婆婆的丈夫在一个大风之夜睡进了风里，社区各种养老关怀没多久也随着来了。可是丈夫走了以后，她会在天蒙蒙亮就穿上丈夫的衣服到戈壁滩拾荒，那里是夫妻俩在二十世纪五六十年代一起工作过的地方。他们当年在老家领完结婚证，就匆匆来到了这片戈壁，地窝子就是他们的新房。丈夫做采油工，她作为家属就挖管沟，孩子出生了，都是满戈壁爬。如果实在照顾不过来，她就把孩子锁进地窝子，有一次那孩子卡入了木门……而她也在一个大风之夜，永远地闭上了眼睛。老采油工泪水婆娑，陷入沉默。听完，我脑壑里的风呼呼刮起来，眼泪夺眶而出。

久久，他说了一句："这是我们这一代人的故事了。"

后来我多次梦见那些野生的树，大风里，它们被磕头机俯扬的驴头扯来扯去。戈壁上满是人留下的脚印和影影绰绰的影子、絮絮叨叨的声音。梦的次数多了，自己也就多出许多野生的光阴来。

但是我在梦里没有见过婆婆。

三

那一年夏天，在戈壁油区的所有中午，我好像都没有看到自己的影子。它或许贪恋吹着冷风的班车，或许被风刮到了我不知道的地方。我更相信，是渐渐热络的午后阳光把它给晒化了，那里的阳光可是倾盆倒下来的。

当阳光翻滚戈壁的每一个角落，我会选一条沙梁，一个满是硕鼠洞穴的沙梁，一个有白梭梭筛掉大部分炽热阳光、罩出阴凉地的沙梁。我负责的采油站区只有三个这样的沙梁，它们被西北风吹成了西北—东南方向。这些年下来，每一个沙梁上都有一截子被我躺成了一张床。检查微信工作群里再无同事倒换注汽流程、报井口温度压力的喧嚣后，我把帽檐上染着我黑指印的红工帽扣在脸上，躺得展展地睡午觉，管钳油烘烘的和我并排躺着。迷迷糊糊中，戈壁成了茫茫大海，所有的尘土向天上漫开，形成一条路，管钳也飞到天上，钳口指着家乡的方向。

我穿一身在衣橱挂了很久、没有被黑油沾污的崭新的红工服，回到了华北的村子。我抖抖衣服，清晰地看到一路携带的戈壁尘土已经所剩无几，在我消失了十几年的村子里飞扬，它们叫嚣着，十分好奇眼前陌生的一切。胸口的宝石花把我的身板引得笔直，黑色大头工鞋吭哧吭哧像一头老牛般粗重地喘着气。十几年前我离乡时许下愿望，一定要混得人模人样——拿上铁饭碗，吃上公家粮，这是村子里我们这一代乡村少年的梦想。那时，我和二狗子经常蹲在村口，通过作业本卷起的望远镜看半天才驶过一辆的轿车。车驶过，尘土弥漫，侵入我们的肺腔。咳咳咳，我们不舍得眨眼，仿佛看到从车上走下来、穿过尘土走向自己的，就是未来日子里的自己。

一根横放的拇指粗的树枝突然挡住了我前进的脚步，拉杆箱的轮子无法转动了。低头才发现，离乡前在乡镇集市上买的廉价行李箱已被时光剥蚀了漆皮，一只滚轮上的皮垫不知去向，拉杆也活络了，好像我一用力晃动，它就会解体散架。行李箱里放着我们采油工的三件宝：油嘴、管钳、压力表。我心情非常激动，想象着被二狗子们团团包围，我给他们讲述这三个小物件的大用处。就像童年时期，二狗子拿出一台录音机，放入磁带，我们团团围住，听从未听过的声音，我第一次知道了周杰伦。

我抬头向周围看去，规规整整的村庄陌生得像是一个幌子，自己的人模人样仿佛也成了一个悬念。百年土屋不见了，砖体房屋外墙又抹了一层水泥，有些人家还贴着花样丰富的瓷砖，水泥路工整地伸进胡同里。不见了收纳时间养分的木质门，代之以朱漆或古铜色的铁质大门，铝合金锁上无不镶有狮头、虎像，门庭偌大气派。正值中午，炊烟了无几条……褪色卷边的春联残留在笨重的铁质大门上，风一吹一张，清晰可见面粉熬制的糨糊残渣。一起偎依在胡同口抄着手晒暖的老人，还像我离开时那么老。我的出现，惊了他们的困头。

他们问："妮子，这些年你都疯野到哪里去了呀？"

我不无炫耀地告诉他们："我在大西北有一片戈壁呢！"

接下来，我想告诉他们我每日巡检的那片油区，无时无刻不生产着财富的琼浆，每年我的收入都很可观，不受旱涝影响。我欲打开行李箱展示我的三件宝，炫耀我拿铁饭碗的采油工身份，这是我人模人样的见证。可是他们听我说完第一句话就打断了我。

"戈壁是啥？"

"也是土地呀！"

"一片戈壁有几亩？"

"肯定是没边没沿的。"

"那种起庄稼来也是没边没沿的吧？"

"收庄稼的时候更是没边没沿。"

"堆在打麦场的麦子也是一眼看不到个头呀。"

"啧啧，太阳西落起来都不知道啥时候是个头呢！大西北可是在大西北边呢！"

"怪不得你像你的那个老魔道爹一样呢，一去就多少年才回来一次，那里哪能走到头啊。"

他们的嘴巴你张一下他张一下，我根本插不上话。其中一个老人说完，他们重新陷入了晒暖的混沌状态里。过了一会儿，一个老人用袖筒擦了一下鼻涕，说："你咋在这个时候回来，你那片戈壁芒种农事不多吗？"

我在天边的那一片戈壁，成为他们的锄头无法丈量出的田亩，我一时不知如何介绍我采油工的身份。我一一默认，撒了一个谎。"对呢，我有一片戈壁。一开春，一片戈壁干起活儿来都是没边没沿的。我和太阳一起奔跑，一天都跑不出一条畦埂和一个地头来，地里的庄稼起起伏伏。风是浩浩荡荡的，冬天雪如鹅毛般覆住大地，一场场瑞雪盖出一岁岁丰年，一场场大雨灌溉出一亩亩良田。"

说完，我惊觉好像说的就是自己的那一片荒凉的戈壁油区，低头看到了自己长长的影子。平日里，我师父也把我们俩巡检的那一片油区称为庄稼地。几十台磕头机，就是他口中的驴牲口。磕头机抽出大地的黑色血液，也种下了梭梭、红柳和胡杨。我们刨树坑用的家伙什儿，是坎土曼和铁锹。干起活儿来，和一个传统农民没啥不一样。

"难怪你穿和二狗子一样的红衣裳，你也是出去干出力气的活儿了，难为你一个女孩子了。二狗子在城里抹腻子，一年就买了一辆轿车呢！你看，现在人家两层小楼都起来了。你看你，现在连辆车都没有开回来，行李箱都破烂得不成样子，混得还不如二狗子。"他们上下打量我。

二狗子是我的幼时玩伴，小时候，我们用高粱秸扎眼镜、铁锹当高跷，满胡同蹿。看谁家嚣张跋扈了，就把狗屎丢上那一家的房顶，让狗屎压着他们。看谁家日子过得难了，我们就把捡来的牛粪扔进那家的粪坑，想着地里的庄稼旺了，有我们的一份功劳。

我仔细打量自己的一身行头，即使一身崭新的红工服，也拿上了铁饭碗，干的还是庄稼人的活儿。有时候，哪里管线漏油了，我要在轮推挖开管线后，用铁锹一锹锹铲出裹着石子的黑黝黝的油泥到防渗膜上，让管线漏油点暴露出来。之后蹲在坑边，等待电焊车焊接漏洞。当我推着一独轮车的油污在戈壁上走的时候，不就像推着一车的粪肥吗？农人还有冬闲的时刻，而我春夏秋冬都要在那一片戈壁伺候一只只驴牲口。经过多年强烈的紫外线照射，我的皮肤糙了，褐斑点点。

我还是打开了行李箱，展露出我的三件宝逐一介绍。别看油嘴这个小东西手一握就可以包起来，它能控制油井的油量，管钳是我用来开关闸门的，压力表可就厉害了，它像我们的血压计，可以监测油井的压力。

"现在还有井？咱们这儿都不用水井浇地了，小水渠铺到了每家地头。你那油井的井口有多大啊？你在那儿干活儿的时候，可是要保护好自己，不要一下子踩空掉下去。"一个老人把我的话抢过，充满了担忧。

我说，我的那片庄稼地里，油井一打就是至少上千米。他们立刻张着嘴巴，惊掉了下巴，以前田地里用来灌溉农田的水井不到百米。我返乡的目的终于有所达成，笑着告别胡同口的老人们，继续拎着快散架的行李箱和时光到了堂叔家。

说等我很久了，拿出一个断了几根篾子的马扎给我坐，递一个脱瓷的搪瓷缸子让我喝水。这是我父亲当年回来坐的马扎、带回来的搪瓷缸子，缸子上"石油工人光荣"的字迹依旧清晰。我边喝水，边说起那些和自己说话的老人，还是和我离开时那么老。堂叔说，这哪里是你离开时候的老人，这都不知道是老了几茬的老人了，你也不看看你自己都离开十几年了。在他们的心中，克拉玛依是大西北的最远方，因为有个极其别致的地名。他们不知道，"克拉玛依"是维吾尔语"黑油"的发音。

堂叔说老院的老枣树已经不大结枣了，土屋只剩半截子。小时候，冬天太阳照在土墙上，是个晒暖的好地方。娘说，枣树是老奶奶栽下的，那是老奶奶出嫁的时候从自己娘家院子挖出的。每年打枣，娘站在树杈上举着竹竿打，我和姐姐撑着床单接，不让枣落地，娘总是害怕惊动了老奶奶的魂。向着枣树张着脸的时候，我特别疑惑，我的爷爷怎么舍得离开这栽在屋前一年产三大包袱枣的枣树。照在西墙的阳光，竖在墙根的秫秸，挂在房梁的柳条筐里飘出的肉香，走熟了的胡同，袅袅升起的炊烟，村东窑坑丰美的草地，祖祖辈辈挖出的渠埂，埋进几辈子先人的庄稼地……它们多么留人啊。

在我少年时的某一天，叔叔的一通电话刮起了我心底的一场风。我可以摇身一变变成城市里的人，那些留人的东西也没能留住我。

我拉着我的三件宝离乡的时候，胡同口还是三三两两坐着老人。迎面走来了二狗子，他穿得精神极了，一身黑色西服，皮鞋擦得锃亮，牵着手的女朋友穿着包臀 V 领裙。他们从我跟前走过，二狗子好奇地看了我一眼，没有把我认出来。

"我有一片戈壁呢。"我张开嘴巴，不知道有没有发出声音来。沙梁的风吹进我的嘴巴里，舌头有点儿挪不开身子，戈壁打滚的阳光打入我的眼眶。

（原载于《人民文学》2024 年第 2 期）

草木归其泽

遥远的魔咒

梁鸿鹰

时间管辖你的手脚
也绝不放弃对你本领的丈量
——作者题记

一

每当晨暗微明之时，耳边总会传来几种不明鸟类的鸣叫，忽远忽近，相互呼应交织，提醒着我，一个被鸟开启的早晨不可避免地再度到来。似乎大自然将一切都给出了不同的答案，而一切答案又是那么言不及义，无关乎时间，无关乎你昨天睡得是否好，以及今天会有什么样的运气降临在头上，你也不需要知道，鸟到底躲在哪个遥不可及的地方，在晦暗未明之时亮出自己卑微而骄傲的歌喉，发声，鸣叫，或传递人类无须理解的信号，因为一旦曦光微明，过渡到阳光普照，它们便要停止鸣叫，四散到同类聚集的地方接受各种挑战，或到渺无人迹的地方觅食，或做我们人类难以知晓的事情。

也就是在这个不具有什么决定性意义的变换中，人类每天都发动自己的本能，感知季节冷暖，告诫自己事先揭掉眼前的薄纱，将倦容换为面具，让精神新鲜闪光，精力重新焕发，出发到目标明确的地方，让目光达到可及之处，在一日三餐前夕，思考还有什么没有兑换，还有什么没有实现，还有应该驶往的轨道。

据说，在战争、瘟疫、干旱、高温反复困扰的时节，鸟最早听闻和捕捉到属于自己的信息，鸟在同类之间答问，决定如何冒着炮火、气候和人类的困扰，完成属于自己的宿命，由北到南，由南到北，不懈寻找可靠的食物和庇护所。而我们人类呢，难道不是同样如此吗？聚居或迁徙，同样为食物，为栖息地，为安全，我们终身无法摆脱这样的宿命。但是，我们人类却学不到鸟利用太阳和星辰位置替自己定向的本领，鸟的导航记忆能力太强大，足以让人类惭愧，我们需要借助于外力才能完成定向，在觅食的道路上，我们不断开发大脑，发现并指使一切，比如依赖科技的改进，让自己更加疲于奔命。

如果说迁徙是候鸟的宿命，人的宿命是什么？人类在进化中获得了很多能力，思考、书写、指挥、驾驭、放弃，以林林总总的发明平复自己的焦虑。欲望烤干了嘴唇，不得不涂上油彩，跋涉消耗了体力，不得不补充给养，生怕自己被落下，或赶不上他人。我们使用各种器具，去主宰他人，驱赶鸟禽走兽，危及天上、地下、水中的生灵。人类与动物的最大区别，也许不是为生存而竞争，而是再造与控制一切，在此过程中不自觉地加重了对外力的依赖。可冥冥之中，在我们头顶上，始终悬浮着一种力量、因素或什么——除了康德定义的星空、道德律，还有绝对的宿命。

在人类的大脑里，每时每刻都繁殖着万千思绪，如泡沫般不停翻腾，无非在反复探究：自己从哪里来？要到哪里去？还能做什么？我们怕自己忘记，怕后人忘记，于是书写、歌咏、祈祷、口述，诗人阿多尼斯在其《短章集锦》中说："书写是正在兴建却不会竣工的房舍，/由那个流浪的家庭居住：文字。"或许，写作者正是要观察宿命对人类兴致勃勃的牵引和拉动，捡拾零落记忆，记录对宿命的畏惧或试探，搭建文字构成的居所，帮助人们重返遗忘之地，穿越荒废之径，书写出人类不知疲倦，既盲目又风雨兼程地朝着不可预知未来行进的蹒跚步履。

因为每个人永远无法摆脱的，便是自己的宿命。

大概在三岁那一年，我首次与宿命的宣判不期而遇。时值深秋的某个下午，我被带进县医院二层靠边的一个病房。姥姥后来告诉我，彼时屋外秋风猛烈，落叶纷飞，风沙毫不留情地吹打着一切，让人心烦意乱。我长大后一遍遍地在脑海里重构这个情景，尽可能拼凑着当时的细节，不敢肯定姥姥说过的一切是真是假，因在见证白色铁床上垂死老人挣扎着宣告他的宿命的时候，对外部世界，我还谈不上拥有能够算得上记忆的那种能力。

昏暗的光线，惨白的四壁，位于一侧墙边那张白色铁床由于病人的瘦弱而显得大而无当，床上挣扎着的老人就是我宿命的宣告者。这位家族中最为重要的人物，此时正在期盼长孙，也就是我的到来。"长孙"是用来"承重"的。在巴金小说《秋》里曾经有这样的描述："我是个承重孙，长房的长孙，高家需要我来撑场面。"人是否"压秤"，能否撑得起场面，在中国文化中属于至为神秘的符码之一，"压秤"可以很重要，也可以沦为微不足道的摆设。

我在特殊的时间节点上被抱在身材矮小的姥姥怀里，现身这样一个非同寻常的场景，便是因为我能"承重"！当时我的体重足以使六十三岁的小脚老太太疲惫。作为身陷病榻的老人此时最想看到的人，我此时出现让整个场面别具意义，格外庄重甚至悲壮。或许空间太狭窄，我挤在姥姥怀里，两人勉强可以和其他两三个大人一起，俯视到病床上的老者。行将就木的爷爷躺在厚厚的被子里，显得瘦小而无奈，床头立着的吊瓶滴着无色的液体，显示还有医疗手段在发挥着作用，我一眼便发现被子正中间印有三个大大的红字，当时我并不认识，若干年后我才明白，那三个字是"县医院"。这也是我长大后时常光顾的地方。

面对即将到来的"宣判"，我这个"承重孙"像早有预感，进入病房之后，一旦眼睛适应了室内光线，乖巧和沉默立刻丧失——蹬腿、挥手，又哭又叫，声响巨大。病房里的人们很吃惊，以为我饿、想撒尿或有别的什么原因。在大人们眼里，我没思想，像小动物，虽可"承重"，但意志、意愿、理性根本谈不上。若干年后当我懂事了，连我都被自己的灵异能力折服了。我居然能预知老人的回光返照或已处于弥留之际。我挥舞双手，眼睛乱看，就是不肯理会病床上的枯瘦老者，不管老人被虚弱、焦急和不安支配着，呼吸如何困难，面色如何焦黑，情绪如何不稳。

老人的眼睛原本拼命搜索着期待已久的目标——自己唯一的孙子，家族血脉的延续者，特意前来的"承重孙"。哪料，尖厉刺耳、不管不顾的哭叫，使房间越发狭小拥挤，压抑的空气像一下子被点燃了，大家烦躁，老人恼怒。老人看见小瘦猴般的孙子身子上下乱动，拼命挥舞双手，踢脚蹬腿，干巴脑袋一个劲往外扭，就是不肯面向自己，老人起初费劲找寻孙子的脸，想看清眉眼，但根本不可能，这太出他意料，他只用几秒钟便明白，眼前发生的事情是他自己最不愿意看到、最没有想到的——小孙子死活就是不肯朝自己这个方向看上一眼，这让老人愤怒、绝望、羞耻。他虽无力却极富权威地挥挥手，坚定地说道：算了，算了，没出息的窝囊废！抱着我的姥姥窘得满脸通红，直冲我埋怨，哭什么，你倒是看看，这是爷爷，这是爷爷，他多亲你呀！你怎么能这么不懂事，这么不懂事！

姥姥后来告诉我，几乎哭哑了嗓子的我被带出病房后没几天，祖父便撒手而去。她反复告诉我——爷爷闭眼前还念叨着你，他实在太喜欢你，没有一天不想见到你，几个月时间里，他日见消瘦，却没有一天不念叨你的。你是爷爷所有的盼头、全家的盼头，你的出生多让他高兴呀，他身体好的时候经常骑自行车由北向南穿过小城到郊区奶妈家去看望你，他自己饿着肚子却带去麦乳精、藕粉、白面这些稀罕的东西，就是为了你能吃饱呀。

爷爷就是爷爷，他经见了多少风风雨雨呀。姥姥和其他大人告诉我，爷爷年轻时曾经是个好"秀才"，能写会算能说会道，耿直刚毅，爱憎分明。爷爷同样是隔辈亲，他那句"没出息的窝囊废"，是经由姥姥向我转达的。姥姥和另外两三个大人拥有一样的记忆，想必事实与姥姥叙述的没有什么不同——四白落地的病房，极端虚弱的老人，我的大声哭叫，老人极端失望地挥手。可后来，我却成了唯一记忆者，姥姥成了唯一讲述者。难道我和姥姥一同虚构了这个场景，难道我俩都记错了？人的记忆本来最不牢靠，丁玲在小说《自杀日记》里说过："谁能把谁记忆到好久！"时间往往会覆盖记忆，人类也选择记忆，筛选、过滤甚至毁灭记忆。但我始终相信，总有些记忆将刻骨铭心。

二

我无条件接受并认可了姥姥对那个致命场景讲述的真实性，并很快当成了自己的记忆。我明白，自己在那个场景中被审判，在那个秋风萧瑟的下午我没有扮演好"承重孙"应该扮演的角色，因此被审判、被判决，实属活该，我只能接受，不得推脱推诿。在爷爷眼里，我将是窝囊废，我会没出息。他当时握有的证据就是我不愿意看向他，见了他大哭大叫，就这样简单吗？是否还有别的什么把柄？想必爷爷当时是被气昏了头！他放出不管不顾的狠话，恨铁不成钢的诅咒，肯定有冲动成分。不幸，这句狠话自我懂事起就像咒语一样，拖着长长的倒影，踩着匆匆的风火轮，不徐不疾地在背后追赶我，撵着我紧逼我压迫我，代言我的宿命，试图塑造我左右我。这咒语同样像试金石，检验一举一动，衡量我顺从还是对抗，消沉还是奋起。

意大利作家莫拉维亚曾经说他自己的脑袋挺奇怪，跟外套口袋极其相似，里面什么都有一些，什么都不够，且装了不少残缺不全的东西。我明白，自己脑袋里同样经常浮动着万千思绪，像散布于旷野的飞絮，飘忽不定的碎屑，浮泛于日常慵懒之中，分量、浓度和质地均不具暗示性，难以具备价值，无法发挥作用，那些微尘的所有进展只是无用地翻腾，不具备任何力量，不会导致任何结果。我一次次放过自己，在随波逐流中轻松。直觉明确告诉我，行无不克，行无不果，一切结果均来自行动，行动的结果只在行动中确认，充实只在行进中成全。在搏斗与跋涉的途中，清醒者头脑里风暴永不停歇，山石、百草、河流、鸟兽，一波又一波会变幻出全新的景色，思绪的浪潮，将重新注册为痕迹，留下荣光，泯灭悔恨。

遥远的过去已无法圆满复盘，最初所发生的一切如秋风落叶般，被时光碾压、注销。我背负着先辈的咒语无耻地长大，没有一天停止成长。我眼前延伸的一切，那么理所当然自然而然，似乎任何举动都不显得随波逐流，万事万物均可被周遭人们和我自己接受。我身承亲人的希冀，一直站在一条温度、深浅、流量适宜的小溪里，以一个生物体应有的特长和本领，按照老天布置好的规律拔节、膨胀、生长，安之若素。我一度想清零魔咒给自己头顶上带来的压抑，坦然接受爷爷的安排，将被宿命认定视为荣幸。我多次想如同羔羊般温顺地服帖于它、听从于它，或大大方方地朝前一步，热情地伸出手来，如接受善意一样心怀感激，将之纳入怀中。我多次想陶醉于享受自己的被指认，像中彩的穷汉那样，热泪盈眶地等待兑现，索性与宿命共进退。既已陷于宿命的温柔泥潭中，既然无意于甩掉、挣脱，那就沿着宿命设定、预制和临时添加的路径，将一切的一切，统统收入囊中，与其共进退共荣辱共悲欢也罢。

三

无奈，上天无私、公平，正直如一枝芦苇，它可以沉睡不醒，同样可以清醒百年，上天同时赋予我顺从和叛逆、乖巧和反抗、温柔和粗暴、亲切与狰狞、坚硬与柔软、昏庸与聪慧。

变化是从少年时期疲惫夏日一个平淡无奇的早晨开始的。那天，鸟雀声响格外动人，我在被窝里就被甜美而杂乱无章的鸣叫诱惑，待我光脚走入晨露之中，鸟的鸣叫让我抬起头来，望向遥远的天际——彼时天高云淡，直接在我眼中幻化为某种启示，我大脑中突然划过一道闪电，让我明白，不能眼看着魔咒带来的宿命得寸进尺。宿命是不会选择你进我退的。宿命向来盲目，它一旦出发，便像上了发条一样，只会发力，不懂退缩，其顽强、执着、鲁莽在于，不停地拥有武装自己、解除他人的能力，它的狡猾超出想象，它不需要补充供给、给予鼓励才重装上阵，它不是纸老虎，它可以自我加压，随着时间的推移不断丰满自己、完善自己，甚至以颇具声势的休整、以笑颜如花的面孔，刻意麻痹他人。

宿命的诅咒不单单是在我身上划开了一道伤口，它更不愿让我在等待中慢慢合拢，如不应对、疗救，便会在散漫的拖延中溃烂。宿命这个上天抛给我的遗腹子、假想敌、真密友，假如收养在暗夜床边，耐心饲以食物、药品和空气，将之驯服，让其不发一言，不动形色，绝对是不可能的。我必须作为逆反者、有为者、对抗者，作为相反的力量站出来，逼迫自己内心慢慢生长出一种力量，去打破魔咒，驱除宣判，才能让咒语不攻自破。总之，我不甘心。已然长大、懂事，上学、识字，我不能也不肯安分了。

此后，少年的我带着对高尔基、保尔·柯察金、朱赫来的崇拜，带着对孙悟空、林冲和诸葛亮的一知半解，带着从洋铁桶、小兵张嘎、刘胡兰、董存瑞、黄继光、雷锋、向秀丽、草原英雄小姐妹、邢燕子、郭凤莲等人那里得到的勇气，排斥碌碌无为，反抗等待、顺从与苟且。我逼迫自己去有所作为，与宿命展开专属于自己的抗争，无论是否取得成效，不管挣扎后是否会头破血流，我都在所不辞。

我明白，顺从命运的安排只能得一时安稳，麻木无为注定无法带来持久的惬意，必须主动和自己过不去，给自己多加压强，用力培养自己的小心思小野心小主意，展开一厢情愿的抗争，于寂寞中挥动长鞭，在想象中抽打自己的后背，逼迫自己对抗天性中的懒惰。为此，我愿把自己隐藏在芸芸众生之中，暗地向着某些尚不明确的目标，一步步挪动，图谋出其不意，脱颖而出，让人刮目相看。

"没出息"最具代表性的标志是无力远离糟糕的生活环境，"有出息"就是能够摆脱恶劣气候、贫瘠土地和穷困寒酸的困扰。我出生的风沙漫天的塞北小城，那是我的血地，是我味觉、口音、相貌和思维方式的出发地和养成地。高天厚土，情深意长，塞外风物，意短笔长。故乡的一切让我又爱又恨，又依恋又拒斥。这样的故乡，如果我无力将其甩在身后，无法从这里昂首出走，离弃、摆脱，我将身陷泥潭，灵魂必死无疑！

远离故土的推动力何在？我得感谢昔日那些受局限的文化滋养——有限的书本、报刊、电影、广播，它们带来的欢乐忧伤，激发的目标理想，拓展的想象余地，令我能够超拔于平庸现实之上。红色电影里的慷慨悲壮，宣传画上的昂扬斗志，小人书里的英雄人物，墙壁上每年被替换的年画，北京金水桥、大会堂、故宫、天坛、颐和园和北展广场，白天花似海人如潮，夜里万众欢腾灯火辉煌，无不展现着斗志昂扬气壮山河的氛围，所有这一切源源不断向我注入尽快奔赴远方的动力。

直接推动力和刺激还来自家中镜框里有限的几幅亲人们的合影——1957年8月11日，尚处花样年华的母亲身穿裙装与哥嫂在北京展览馆主楼前微笑着的合影；二十世纪七十年代某个秋季的一天，四叔和我父亲在天安门前的合影；八十年代一个红叶时节，我的二姑二姑夫与他们的儿子在香山苍松前的照片。这些标有"大北照相""中国照相""白雪照相"等字样的黑白照，定格了亲人们的穿着、站姿，他们高低不同的身形，身上款式不俗的衣装，脸上或刻板或微笑的表情，都能有效激发我的联想，带动对抗现实的执念，让我陷于出走的念头，更加无法自拔。我发现，凡在北京生活的人，无论大人还是小孩，都比我们周围的人长得洋气，这肯定与北京的水土和食物有关。我经常盯着那些可爱的，甚至我尚未熟识的面容，风沙弥漫的现实世界便会逐渐退隐，我不再听到屋外呼啸的风声，不再记得屋外泥泞的马路，在对北京这个被姥姥反复描绘过的美好远方的想象中，那几条被单调稀疏树木所装点的街道似乎也可以被原谅或赦免了。姥姥曾在北京帮助我的四舅照顾下一代。在她嘴里，北京到处一尘不染洁净明亮，天清气朗绿树成荫，莺歌燕舞馥郁芬芳——文明洋气，惹人羡慕，高不可攀，所有这些无不激发我的想象与向往。

四

我很早就固执地认为，"没出息"或"窝囊废"的另一个标志是一辈子只会用自己出生时习得的口音说话。自从能听懂广播、会看电影之后，我就认为自己老家的话不好听——发音古怪，音调生硬，用词别扭。在很长一段时间里我都认为，世上人们所说的话，声音最好听的就是北京人说的话。北京话等于普通话，等于天下最好听的话。东北话接近普通话或北京话，也很好听。世界上最难听的话，就是我们"后套话"，侉、土、窄、愣。至少在离开家乡之前，我每天和周围的人一样，说着这种发音古怪、声调跑风漏气、用词土得掉渣的话。我很清楚，难听的口音与生俱来，就像身上的胎记一样无法消除，只有离开所在的"后套"地区，才能彻底脱离、甩掉、去除。我夜里常默默躺在炕上练习普通话，模仿广播员腔调，一遍遍温习，专心致志学北京腔，追求那种声调所具有的"洋气"。

没料到，偷练普通话刚刚起步，就被一件事给打断了。大概在八九岁的时候，口吃的小伙伴李二江很不讲卫生，他怕我不跟他玩，就送了一只小白兔巴结我。这只小白兔一下子就俘获了我，使我立马引他为好友。兔子到家后，妈妈、爸爸、姥姥、妹妹都很开心，我们之间的关系迅速升温。二江趁热打铁，没过多长时间就又送了一只。意料之外的是，兔子太能吃了，小嘴没个停的时候，且特别能生，没几天就冒出一窝。养兔最初是把它们当宠物玩的，生得多了，就变成了餐桌上的美食。我问二江他家还有多少只兔子，他说："不不不瞒你你说，我们家经经经常送人人人，现在在在也有有有二二二十多只！"看他结巴得红头涨脸，我就问他这个毛病是怎么落下的。他磕巴了半天，归纳起来就是——在一个盛夏的下午（谁让盛夏是我们这里最忙碌的季节呢，好事坏事总会一起找过来的），他偷偷回家喂兔子。太阳正在往西转，但依然散发着灼热的光芒。二江此时挥汗如雨、专心致志喂小兔子，忽听到自行车推进来的声音，咔嚓一声停下。回头再看，没料到父亲突然出现在眼前，他想打声招呼，却嘴干舌燥喉咙发紧，一丝声响都发不出来。二江说自己像掉进了水里，眼看没顶，浑身发抖，脸憋得通红，脖子伸到最长，心就要蹦出来了，却一个字都吐不出来，活像悬崖峭壁上的兔子，明知有追兵，却束手无策。他爸爸更没料到上课时间儿子会在家喂兔子，于是双目圆睁，使劲瞪着二江，一个字都说不出来，恨不能一口把对方吃下去。我想象，彼时太阳高悬，卸掉所有温柔善意，如手拿一把利剑的恶魔，以凶狠的目光俯瞰大地，不过众白兔们依然只顾吃草，红红的眼睛并不斜视。二江与父亲几秒钟的对视，便让他落下了个大毛病——舌头从此不听使唤，一说话就结巴。

先是语文老师在课堂上发现二江口吃，接着亲戚朋友们也发现二江一说话就打磕巴，于是便善意地打断他，让他慢慢说，没想到一被打断，二江更紧张，干脆就说不出话了。据说，所有小孩子都有语言障碍，只是程度不同，又因为家长的强调、追查和确认，导致孩子的口吃越来越厉害。二江这个口吃的"毛病"，由于过于及时地被发现，过于及时地被制止，反而导致他更为紧张，直至经常张口发不出一点声音。二江说，每当口吃的时候，他就会想起那个可怕的下午，父亲刚支起来的自行车、大火球般的太阳，以及只顾吃草的大白兔。

让我没想到的是，口吃居然能够传染。我和李二江接触多，交谈多，有时和他聊着聊着便发现自己说话不利落，日复一日，便被我确认为口吃。更没想到的是，口吃这个毛病居然得寸进尺，蔓延发展，程度不断加深，直到难以控制。起初我是只与李二江在一起时才口吃，和别人说话问题不大，不会打磕巴，没料到，也就不到半年的工夫，便演变为与别人说话也口吃，个别场合简直说不出完整的话了。而且，场合越重要，陌生人越多，舌头越不听使唤，就像被下了套，舌头本领高强，出奇制胜，有了自己的意志，怎么也驯服不了，我张口便结舌，根本就无法摆脱。我慢慢发觉，口吃往往就是因为有几个字最难翻越，到底是哪些字也没个准，有时是"精""亲""经""新""晶""轻"，有时是"易""记""器""蜜""续"等，它们像是拦在舌边的巨石，随时使绊，让我栽倒在地，翻不起身来，躺在地上迎接人们的嘲笑。口吃如天降的厄运，阻碍我的行动，打击我的自信，让我尚未示人的"野心"经历一次灭顶之灾。

有段时间，在与别人交谈时我被"绊住"，当对方说出一句话需要我接住的时候，我会失手，被直接摔倒在地，什么都接不住！越是担心，就越是容易被"绊住"，越是难以摆脱。我给自己打气，鼓励自己别紧张，大胆大胆再大胆，有时主动走到陌生人面前，主动与他们交谈，设法说长一些的话，但试了一段时间，还是难以奏效。特别是遇到漂亮的、自己看重的女性，最容易结巴，越是担心，越是结巴。当时家住铁路家属院的漂亮小女生丽芳（化名）我很喜欢。她梳小辫儿，那张白里透红，带点婴儿肥味道的小胖脸蛋儿，像没有任何牵挂，她说话声音好听，会讲普通话，当过学校广播员。因为长得太漂亮，她就成了我的克星。她那张漂亮脸蛋儿，像是一道无形的屏障，令我望而却步，轻易不敢接近，更不敢贸然上前交谈。不过，越这样，我越是要去尝试。有次我打听到她在广播站，就主动要求班主任派我去送广播稿，等我推开广播室门，发现她正与一位长相平平的女生聊天，一下子就紧张了起来，脸红得一句话都说不出来，莫名其妙地绕过她，走到另外那位女生面前，稿子一扔，落荒而逃。

口吃这座大山严重阻碍着我去打破祖父设下的魔咒。我不知道该如何突围。不过，因为口吃得厉害，我与别人的来往减少，自然转向了家里的那些书。我家里屋早先有个带抽屉的一头沉写字台，它旁边立着个小书架，被漆成与写字台颜色相同的浅黄色，大概五六层的样子，每层有立着的杂志那样高。我经常关上这间屋的门，将一切声响、纷扰挡在外面，暗暗给自己打气，提示自己，多阅读一定能长本事。我不断翻阅书架上的书，《韬奋文集》《西游记故事集》《小兵张嘎》《荷花淀》《洋铁桶的故事》《动物学》《植物学》《人类在自然界的位置》，带鲁迅侧面浮雕头像的《呐喊》《彷徨》《且介亭杂文》单行本等，不管看懂看不懂，取一本下来，坐在桌子旁，一看就是一上午，然后将书放回去，再取一本，再看一下午，以至于有段时间，不再与小伙伴们玩耍，沉迷于这些半懂不懂的书之中了。阅读让我安静下来，脑子里爱想事情，慢慢添了傲气，多了自信心。读着读着，我发现有些"心事"和"主意"找上了我。"心事"像个宝藏，"主意"喜爱安静，牵挂孤独的人。独处使我放松。在脑袋里天马行空的时候，既可以什么也放不下，也可以什么都放得下，听任风从小窗吹进来，头脑里是有主意的。其实自己日后到底能做什么，我并不清楚。我看一会儿书，观察一会儿屋外动静。摸摸这儿，翻翻那儿，抽屉打开，又关上，再打开，再关上。有时候我摸出一支笔，抓过一片纸，随便写几个字，才惊异地发现，脑子里经常想的无非是：天、地、人、树、石、河流、高山、大海。有的时候，我翻出抽屉里的温度计，举起来看，甩一甩，夹在胳肢窝里，抽出来，再举起来，观察水银的变化，辨认上面的刻度。有时候，我拿起妈妈常用的蘸水笔，画几笔天上的云彩，勾勒出站在地上的小牛小羊小马小猪轮廓，再往它们前面添一条小河，小河旁边，画几棵歪歪扭扭的小树，小牛小羊小马小猪身后有了小房子，小动物们就有了依傍之所了。小房子后面再添几笔波浪形线条，算是代表了小山丘，有了山丘，顿时有了生机——我在绘画上的这一丁点儿努力，根本谈不上爱好，也没有什么创意可言，只是自己当时"心事"的无意识反映而已。我边画画，边想"心事"，一坐就是好长时间。我每天都与自己拥有的"心事"对话，告诫自己不要浪费时间，无论如何都要拿起书来读。哪天没读书，没在学习上花工夫，我就觉得空虚，像是处于飘浮状态。在寂静与沉默中，我一边练习顺畅说话，抗拒李二江口吃的影响，一边练习普通话，试图远离家乡水土所赐予的口音。记得上初中后，我曾经将《韬奋文集》第二卷里"萍踪寄语"那些我最感兴趣的段落，读了一遍又一遍，学着广播电台新闻节目里的声音和腔调，反复朗读，直到合上书也能流畅地加以表达。

五

对抗遥远诅咒的强大力量得自内心深处，只有内心生发了动能，才会导致进一步的坚定和实践。内心属于自我，能将自己得到的启示化为力量。我有一段时间经常盯着摆在写字台上的父母合影，秘密享受着凝视带来的慰藉，沦陷于短暂的沉思中。照片上的父母多么年轻，何等自信，他们穿着春秋季的衣服，母亲上衣暗底浅格，父亲上身则是浅色衬衫外面套着一件浅色毛衫，两个希望满满的年轻人面对镜头露齿而笑。我多次对着照片找寻自己与他们俩的相似与不同，结果发现，高兴的时候嘴角微翘，这与多病的母亲嘴角向上完全一样；而鼻子棱角分明，则很像照片上快乐的父亲。我对着镜子做出各种表情，微笑、愤怒、叹息、沉思、忧伤，镜子都予以反应。镜子像个顺从的密友，一声不吭，任由我反复练习快乐、忧郁或嗔怒。在镜子面前，我千方百计觅得自己的身形、步态、发式及语调与父母的相似与相异之处。

找到什么了吗？这么做有什么意义吗？我经常在沉思时向自己发问：你的面孔、眉眼、唇齿，你的气质、品性、长相是怎么形成的？何以成为这样？你的禀赋，你的能耐，将来足以在这个世界上一展拳脚，打拼出属于自己的天地吗？我与父母的隐秘联系，能够赐予我力量，使我的优异之处凸显，还是从某个方面看，给我以负担，拖我的后腿？母亲在的时候，我曾摊开自己的手掌，再翻过母亲的手，将自己的手伸过去与她的相比。我吃惊地发现，我俩的掌心纹路完全一样，都是同样的清晰、规整、流畅。命运、爱情、财富三条线各行其道，像往天空伸展的枝杈，各有秩序，互不相扰。重病在身的母亲顽强、坚毅、脾气大，不愿接受别人的同情与怜悯，连哀婉的目光或言语都会被她视为冒犯。与母亲相似，我天然拒斥他人的过分关切，只愿埋下头来，走自己的路，观察别人，而不愿被他人观察。

　　我从来没有与父亲比过手掌或探讨过人生。因为命运没有给过我这样的机会，我轻易便永远丧失了与他更多相处的时光。而且，我始终在抗拒他某些不良习惯的影响。我算是继承了他对行政文书写作的热情，却没有学到一点点他呼朋唤友的本领。我始终在独自探究，琢磨着能从父母那里掌握哪些生存本领，默默准备着，以便有朝一日"出人头地"，摆脱家乡弥漫的风沙。事实上，对这个执念的坚守，我出发得非常早。

　　风沙、灰尘和泥泞，只是家乡令人恼火的弊端之一，这里还有令人反感之二、之三、之四，比如我之前提到的口音、脏乱、荒凉。想要离开小城的决心如同不停燃烧的火焰，自我懂事起，就已经被点燃，一刻没有熄灭过。火车或汽车站吸引着我。我研究过由家到火车站、汽车站的路途，日夜都想乘火车或长途汽车离开这个风沙弥漫的小城。火车站传来的汽笛，长途汽车的马达，站内站外川流来往的人群，陌生男男女女们脸上的兴奋，传到我耳朵里的不同口音，那些新奇而兴奋的目光，使我对远方的遐想反复被唤醒。

　　五年级暑假，我曾与外号"小鸽子"的同学结伴，到火车站寻找远游的机会，我俩骗过值班员和巡道员的监视，溜进车站，在火车没来的时候，把一枚两分钱的硬币塞进轨道接缝处，火车开走后查看硬币，像我们早有预料的，硬币已经像蜻蜓翅膀一样薄而透明。还有一天，我俩看到一列运送木材和粮食的货车长久停留，木材被粗大的绳索捆绑着，粮食装在麻袋里，接受太阳的暴晒，火车有两节密闭车厢位于中部，我们明白，只有躲在这两节车厢之间，才不会被司机和最后一节车厢里的守车员发现。忘记自己与小鸽子是怎么躲过巡道员的眼睛，我们居然爬上了两节密闭车厢连接处，试图被火车带着去往远方。我们一同扶着突在外面的铁物，却无法钻进任何一节密闭车厢的内部，暴晒使我俩很快就感到，在这个威严的钢铁巨人之外，更有力量的是太阳，烈日俯视众生，让人像被剥光了衣服般，无以自卫，无处躲藏，这辆火车像是被下了死刑判决书，不肯移动半步。在烈日的烘烤下，我俩乖乖地溜下列车，落荒而逃。不过，小鸽子在这次妄图出逃的行动中所表现出来的勇气和沉着使我惊奇，烈日之下，他不再毛手毛脚，稳重得有些不像他本人了，或许他内心也有远方，也想创造一个奇迹吧，我不敢肯定。

大概初中一年级寒假期间，我与父亲结伴出行过一次，乘坐的火车走走停停，用两个多钟头时间把我们带往只有八十多公里之遥的另外一座有同样风沙同样盐碱地的小城，满眼口音同样难听的人们，到处同样破败的萧瑟与脏乱，让我灰心丧气，这样的地方我爱不起来，身陷此处就是"没出息"，停留此处就是"窝囊废"！打破祖父的魔咒，通过自己的奋斗，去一个风和日丽、街道整洁、人们说着悦耳普通话的地方，才是属于自己为之奋斗的理想，这是我再次被激发出的信念。

六

我从小身体瘦弱，却总想走在别的小孩前面，当个一呼有应的"有用"之人，这算是我打破爷爷的魔咒的实际行动，却让我活得很累。比如在一场"打仗"的游戏中，我总想做个发令者；有露天电影的时候，我要最先得到消息，亲自通知小伙伴，带领他们一同前往；夏天来了，我就想领着大家，到沙窝深处打沙枣、摘李子、游泳、砍柴；上学后，在班里当个小头目，以便在人堆里显出自己的不凡，吸引老师和大人的目光，得到小伙伴们的赞赏。过于渴求赞赏的目光、迷恋他人朝自己竖起大拇指，使我内心十分焦渴。如此一来，只要老师和大人有所期待，我必定朝他们所指的方向努力。有段时间，我喜欢到同学家聊天，与他们一起写作业，甚至帮人干家务活儿。大人们的夸奖，老师们的肯定，即使再浮泛空洞，也会让我飘飘然，元气充沛，撺掇我走得更远。

人生沿岸的溪流不舍昼夜。如果说小学只是一场人生初级阶段的演练，那是因为在这个注定留下模糊印象的人生阶段，我们都还懵懂。这个阶段的孩子们如同河里的泥沙、水面的波纹或泡沫一般，在嬉闹中不断变换队形，自己是浑然不知的。如今我不知道别的同学当初是怎么想的，小学时代的我最先到学校，最先掌握消息，最先打扫教室，最先帮助人，最先交作业，最先得到大人夸奖，最先得到老师肯定，基本动因是为秘密饲养自己出人头地所需要的本领，却完全没有主导一件事情的意识。当然，"主导"同样是"有出息"的一种必备能力。

机遇有时不是留给有准备的人的，而是突如其来地砸在头上的，正当我感到自己缺乏"主导""带头"或"领导"能力的时候，我上初中了，遇到的班主任胡老师，就是一位响当当的教练型教师。他曾在承德话剧团跑过龙套。我想，过去他经常被导演使唤，也就学会了使唤自己的学生。他训练起学生来，既像演员又像导演，既极具煽动力，又极具权威性。他把学生看成自己所建构的舞台上的演员，对他们恩威并用，乐于教正，孜孜扶助。他似乎天生有种不怒自威的气质，不管多落后的学生，在他班里，都不敢调皮。学生像是他自留地里的幼苗，被他一丝不苟地施肥、剪枝、浇水、打药。在他的激励和敲打之下，我在课堂上大胆起立发言，平时主动承担任务，以集体荣誉为重，把自己当成班里最重要的班干部来接受约束，更要紧的是，我慢慢改掉了口吃的毛病。每当自己得到集体或胡老师的重视，我就兴奋异常，力量倍增。有次胡老师带同学们一起到水利枢纽附近郊游，当我骑自行车慢慢从他身边经过的时候，他像导演一样把手一挥，高声对我喊：鸿鹰，冲啊，冲到最前面去！于是我猛踩脚蹬，很快骑到了队伍的最前面。"冲到最前面去"，是胡老师对学生们的最大期待。胡老师认为，改变一个学生，最好不过的方法是让学生认识到自己的重要，将他融入集体之中，赋予责任或使命。我在胡老师手下成长为一位干部，但从来没有当过"一、二把手"。他似乎不停地在考察我、激励我、关注我，但最终没有把最重要的担子放在我身上，不知原因何在。初中阶段正是一个人自我意识加速强化的时期，我在班集体里，不断明白别人之于个人的重要性，也更加懂得了，一定要往别人前面走才能被看得起。明白自己的优势，发现自己比他人强在哪里，看能不能找机会发挥特长，显出潜能，汇聚到集体的力量中去，做些"有出息"的事情，才是最重要的事情。

最终，要想有出息、出人头地，就要掌握局面，站在比别人更重要的位置上，以高出他人一大截的能见度去管理他人、掌控局面。上高中后我的担当意识更强，认为自己不能不当班干部，一定要负责些事情，才能走到他人前面。在一个四五十人的集体里，如果仅仅做个"平头百姓"，我断然难以接受，这是胡老师给我打下的底子。进入高中后遇到了一个从善如流、弥勒佛般的班主任包老师。包老师很放手、很放心，他无意于当教练，主张最好啥也不管。高一第二学期我就开始担任班干部，书记、班长轮流做，局面完全在我手上，由着自己的好恶选体育委员、劳动委员、学习委员，我的威信日益增长，班主任包老师乐得其成，对我的所有提议一律不予纠正或修改，只是笑眯眯地认可和鼓励，这直接导致了我专断蛮横、固执脾性的抬头。比如，我爱"训话"，几乎每天早晨早锻炼之后，正式上课之前，给全班同学"训话"，要求遵守课堂纪律，按时交作业，讲究卫生，不往地上吐痰，等等，把那些个车轱辘话说得煞有介事铿锵有力斩钉截铁。班里"一把手"的头衔令我陶醉，我乐此不疲尽职尽力地支配、掌控着一切，有几分烦恼也在所不辞，成就感满足感充溢内心，在我看来，这是有出息、不窝囊，更是"出人头地"的体现。

加西亚·马尔克斯曾说："生命中真正重要的不是你遭遇了什么，而是你记住了哪些事，又是如何铭记的。"在我这里，走得有多远，记住的就有多少。我能够记住的事情里，始终有一条隐秘的红线，那就是去打破爷爷施与我的"没出息的窝囊废"这一魔咒，成长为干练和能"出人头地"的人，最终打拼进大城市，到北京去生活和工作，这算是检验"出人头地"的唯一尺度。

"出人头地"的意识像火光一样始终在我前面，为我照着亮，为此，我不肯放过任何一次比试、竞赛与炫技的机会。每逢运动会我都摩拳擦掌，最大愿望就是在仪仗队里当个打鼓或举旗的人，不过不知为什么，从小学到中学，这个愿望一直没有实现过。大概是我缺乏门路或本领吧，我将这件失意的事情归为"天意"。凡是自己无法掌握、左右不了的，最好将之归为"天意"。每年校运动会的田径比赛都会使我热血沸腾，弯曲的跑道、长方形的沙坑使我着迷，我痴迷于能够在其间一展雄姿，可惜在这种硬碰硬的较量中，我一次次明白自己不是拿名次的料，肺部先天不足，气捯不过来，腿脚瘦弱无力，体育竞技没有优势，田径最高成绩就是在初中跑了个八百米第三，这我不得不认了，不信命也没办法。

不过我愿意成全他人的梦想，通过帮助小伙伴们在跑道上驰骋出好成绩获得自己的成就感。小学时班里的运动健将李小牙家里很穷，每逢参加运动会，最大苦恼是没有白球鞋，而同班瘦猴张石树是家里独苗，白球鞋有好几双，我便自告奋勇出面向石树借，没想到石树给我提了个交换条件——课后陪他连下几天军旗。我倒不怕和石树下棋，早知道他是个臭棋篓子。让我头疼的是石树家离学校远，而且院里养着一只凶恶的大狼狗。石树的牙永远刷不干净，话也太多，一说话就喷唾沫星子。他还爱悔棋，一盘棋下来，唾沫星子能淹死人。为给小牙借到球鞋，我受了不少罪。当我每次遭到狼狗的咆哮、石树唾沫星子的轰炸，我就会后悔。但为把好事做到底，我都忍了。日有所思夜有所梦，当小牙拿到白球鞋后，我在梦里还听到了那只大狼狗竖起耳朵的狂吠，看见石树面对棋盘棋子口吐白沫的斤斤计较，"团长""旅长""师长""司令"在他手里不断拿上拿下……

我小时候拥有的一大本领是作文写得好。因自幼喜欢观察、阅读、倾听，记在脑子里的词语多，对语言、文字和发音敏感，说话好咬文嚼字，爱揣摩字词的不同组合效果，纠正别人的用词是我的乐趣，小小年纪就给大人们以"出口成章"的印象，造句作文从来没有费过多少劲。中学同学二三十年后见了我还夸我从小学到中学作文都写得好，说起我写的那篇《二叔的皮鞋》。这篇作文由我二叔总穿一双破旧的皮鞋生发议论，赞扬大学教师如何朴素与忘我，把精力全部花在科研和教学上，现在回忆起来，这篇作文是"矫情"的，却有细节有情感有升华，详略得当，止于当止，难怪给人深刻印象。我的作文经常被老师在课堂上当作范文朗诵，连校外的大人们也夸我有文才，让我更加起劲，语文成绩越来越好。这方面得到的赞赏远远超过了数学、物理及体育成绩拖后腿带来的沮丧，点燃了我的文学梦想，照亮了我对远方的向往。1976 年 10 月，"四人帮"被粉碎，正值我由初中到高中阶段的过渡阶段，接着新时期文学隆重登场，《未名湖》《文汇月刊》《当代》《十月》，这些杂志被我用积攒下的零钱从邮局汇款购得，贪婪的阅读、热切的追慕与作文中的模仿，极大地拉近了我与文学的距离，文学将精彩的世界栩栩如生展现在我面前，我因文学而获得了更多的力量，使我更加迫切地想离开家乡，前往那个"花如海、歌如潮"的美好大都市。

七

随年龄增长，我越来越清晰地意识到，尽管所处小城距北京有千里之遥，但边陲之地从来未被抛弃，北京这个大世界并非遥不可及。墙上的标语口号，每个新学期发到手头的课本，大人带回家里的宣传画册，银幕上活动的影像，让首都所代表的美好世界像个宽容的长者，在无比开阔的阵线上，慷慨接纳着所有人的仰慕——北京在仰慕者的眼里从来不偏不倚，对任何的偏僻、低微、贫贱均一视同仁。我曾久久凝视县新华书店二楼墙壁上并排而挂的巨幅世界地图和中国地图。在世界地图上，我出生的边陲之地不复可见。而在中国地图上，首都北京与小城磴口县巴彦高勒镇的距离，近得甚至都不及一根食指的长度，在这幅发行量超乎想象的巨大印刷品上，两地被同样熟悉的汉字所标示，字号大小不一，却接受着同一个太阳的照耀，在同一片蓝天之下平等着、美好着。每当我在早上听到中央人民广播电台《新闻和报纸摘要》节目开头曲，我就想，那嘹亮宽厚、雄浑壮阔的乐曲，像是召唤，如广谱的安抚、甜蜜的号令，让小小的磴口县巴彦高勒镇上的人们与全国人民一样，每天都能第一时间拥有北京十里长街华灯初上的庄重威严、人民大会堂会场的澎湃雄奇。

在我内心躁动不安的中学时代，《天安门诗抄》《扬眉剑出鞘》《哥德巴赫猜想》《班主任》及《爱，是不能忘记的》等等，接连进入我的视野，这些作品之洛阳纸贵，连同前门街边返城知青卖的大碗茶、肯德基门口排到马路上的长龙、王府井百货大楼卖糖块的劳模张秉贵被围得里三层外三层等信息，仿佛在有意消除地域远近所造成的文化、语言和心理隔阂，让所有像我这样向往北京的人，时常感到自己可以与北京市民平等享有更为高级的思想、意念、观点甚至品评权。

北京发生的每一件大事小情都时时提醒着、引导着我更热切地向往着这块高贵的热土。中央人民广播电台传来的旋律，《人民日报》《解放军报》《红旗》有关国家领导人的消息，让我的想象力直冲云霄。北京的声音越是清晰可闻，越引发我对居住地的不满。对北京的神往，促使我精力充沛、想象力过人，让我强烈意识到，家乡必须逃离，过去一切的一切是一场误会，远离得越快越好。冷酷的风沙、平板的街景、土气的口音，要被彻底抛在身后，这是摆脱祖父那如同紧箍咒般诅咒的要求，是"出人头地"的必然过程，这一目标日复一日地塑造我推动我指使我鼓舞着我。

"出人头地"的梦想之地北京，是我十八岁第一次出远门时才终于踏入的。1980 年 8 月 1 日，高考失利的我怀揣着大姑给的一百元从内蒙古出发独自到北京游玩，时间长达二十天。让我自己倍感惊异的是，我在北京站一下火车，口音立即变为了北京居民说的普通话，就像无师自通，甚至比我的叔叔、姑姑说得还要标准。我到天安门广场、故宫、颐和园、景山、北海、天坛、八达岭、动物园、军博等地游玩的时候，没有把自己当成外地人。我迅速融入了这个热闹非凡的地方，如鱼得水般，我带着一张北京公交月票，大摇大摆一心一意地拥抱了这个时常令我热泪盈眶的城市。

十九岁上大学，二十五岁读研究生，直到二十八岁落户北京，我告诉自己，这算是迈出了打破祖父魔咒的第一步。发展的时代让我靠着自身努力，把根扎在了首都。1990 年 6 月 30 日，我赴北京入职报到的那天下午，天热得邪乎，像是《骆驼祥子》描写过的那样——干燥、严酷，厉害得让人没处躲藏。刚一走出那古香古色、人声鼎沸的北京火车站，迎面一股热浪，差点把我撞翻。

在与出站口高举纸牌子招揽乘车者住宿者和旅游者的人们反向而行的时候，我不忘在树下的烟摊儿购买了一包"中南海"。当时，"中南海"是北京的最好象征，最鲜亮的招牌。至今依旧记得，当时我挤过摩肩接踵的旅游者进入地铁二号线的时候，北京站的时钟敲出了两声闷响。彼时北京只有两条地铁线路，这两条线路让她具有了国际大都市的风范，被更多的人仰望和向往。我一路观察着那些携家带口来京旅游的人，在这些既满脸倦色、浑身疲惫，又兴致勃勃、意气风发的人们面前，我忽然发现自己成了冷眼旁观者。他们固然是怀揣着美好念想来到北京的，但他们是来游玩、看风景、尝美食的，而我已从游客变为了"主人"，这里将是我的城市，一夜间我已变为北京市民。思绪使我身上有了更多的力量，在流动的大军中，我脚下的步子稳健、自信、喜悦，无论路多远，都不再漫长，前面无论有多少个日夜，不管是否有人陪伴，我都会坚持下去。

就在这二号线的地铁车厢里，手扶着冰冷不锈钢立杆的我才更加意识到，自己一直在与命运、与爷爷的"宣判"抗争，与施于我的"魔咒"搏斗——这之前的所有日子里，我一直与"没出息""窝囊废"的咒语进行着持续的、直奔主题的对抗。在北京这首善之地里，我更加震惊于她的博大壮丽，北京的生活已经被我所拥有，其所有魔力与喧哗都将化为我这个北京新市民的骄傲。"魔咒"冷酷无趣，却又不堪一击。不屈服于宿命，不断翻越宿命，就能抛弃宿命。在时间的推移中，无数次的自我否定、自我怀疑，无数次的痛苦、失落、犹豫，都没有改变我把离开家乡与打破祖父施与的"魔咒"融为一体。面对"没出息""窝囊废"等咒语，我将苛刻赋予自己，此路诚然艰难，但值得一次跋涉。为此，要感谢自己与时代的相遇，更要感谢那遥远的"魔咒"，若非如此，我很可能难以找到方向、获得力量。

（原载于《当代》2024 年第 3 期）

她的世界

塞 壬

一

小镇图书馆每年的读书节都有一个征文比赛，自我接手以来，比赛似乎变得隆重了。征文启事发布之前总会有许多人问，塞老师，今年征文的主题是什么呀？今年的奖金有没有涨啊？我总是莞尔一笑，这笑里有一种"到时候你们就知道啦，总是问个没完没了真是烦死了"的傲娇。先前就向馆里申请把获奖的名额和奖金增加了一倍，于是这小小的征文比赛忽然就引人注目起来。一件事情能不能弄得有滋有味，在于能否遇到有意思的文章和有意思的人。

我是说，这是一种属于我个人的任性评选。我从来就没有把这个征文当成一场文学的考量，以所谓特别"文学"的标准去对待这些稿件，还煞有介事地定要让它们分出个胜负来，毕竟他们也不会真正从事写作。在这样一个小镇，让工厂、学校里的文学爱好者提笔写读书征文，仅参与一下就已达到目的。然后组织颁奖，十多人获奖，拍照留影，馆里再出个新闻稿。最后去土菜馆摆两桌，不请领导，一大帮子人就这样相互认识了，酒到深处，说着自己与这个小镇的故事，还有那些年丢失的文学梦。曾经有一个成名的作家投稿过来，公平起见，我还是把一等奖评给他了。当我把获奖名单发给他的时候，他愣住了，塞壬，除了我，这征文的获奖者居然没有一个是作家，全是陌生的名字，是不是我这样的人不能投稿呀？我笑着说，没有没有，你获一等奖是当之无愧的。他沉吟许久，面有惭色地说道，我本是作家，阅读是分内的事。这征文的目的是倡议大家来读书的。

于是他跟我说了几声抱歉，说什么都不肯再接受这个奖了。这可真是个有意思的人啊。

2020年中秋节前，办公室里来了一个中年妇女，她身材高大，五十岁上下年纪，穿一身厂里的蓝色工装，戴着口罩，说是要找壬塞老师。她居然把我名字叫反了。我听见她很重的喘息声，忙让她取下口罩。电梯坏了，她爬上了六楼。原来是过来投稿的，可是征文已经截稿了。我还是接过了稿件，牛皮纸信封里是一沓厚厚的手写稿，用圆珠笔写的，那字，几乎是车祸现场，多处涂了蓝色墨坨，旁边写着几个缩头缩脑的小字，笔尖太用力，纸都顶破了。我拧紧了眉头。

也许是注意到了我的表情，她说自己不会打字，本来是想让女儿帮她打出来再投进征稿邮箱，可后来想，投进邮箱要是弄丢了你没收到怎么办。她信不过电子邮箱，她得亲自把稿子送到我手上。靠近我的瞬间，我闻到令人不适的汗馊味。

信不过电子邮箱。这句话让人震惊。我疑心是否真的有人依然活在网络之外。

接着，她说了另一句让我更震惊的话：壬塞老师，你至少要给我评个二等奖。这奖金有两千元钱，刚好。

这个女人从她进门说的每一句话都似平地起惊雷。那是一种在她的世界里绝对笃定且不容置疑的态度，特别硬茬。

我一时蒙住了。从来没有人这样跟我说话，赤裸裸，明要。要知道，我评这个征文可谓六亲不认。先前有人向我暗示自己是馆长的亲戚都不好使。我潜意识里，还是偏向于让更多的农民工作者获奖。但奇怪的是，她开口明要居然没有给人一种无赖、无耻的感觉。相反，我竟被一种莫名的强大气场给震慑住，生出要顺遂其意的念头。这太荒谬了。我定了定神，用一种谨慎的语气跟她说，我先看看吧，看后一定回复你。我几乎是赔笑着。

她终于移开了那双钉死在我脸上的眼睛，转身往外走，在快要跨出门槛的时候突然扭头：你记住了，至少给我个二等奖。她的脸上有陡峭的颧骨，昂起的时候，下颌线硬朗有力，那声音是用牙齿发出来的，唇没有动。

我打开稿件。她叫赵月梅。

我几乎是摸爬着、半猜半辨、磕磕巴巴地读完了它。字难认，语法不通。我艰难地读完了它。心里久久不能平静。三千多字，她给我讲了一段跟一本书有关的爱情故事。出生在贫困的湖南乡村，16 岁初中辍学。这是那个年代绝大多数乡村女孩的命运。然而她带我进入了一个隐秘的内心世界。因为阅读，她与一个男同学代入了对一本小说男女主人公爱情的模仿中，对着书，念着书中的句子，做了男女情欲的那件事。这本小说是张贤亮的《男人的一半是女人》。隔着那么长久的岁月，这本书之于情欲的烈度至今让我震撼不已。可以想见，在闭塞的乡村，身体暴风成长的少男少女共读这样一本书会引起的情欲地震。我是一个卑劣的读者，竟在阅读间期待那种露骨而肮脏的细节。然而没有。言辞仅限于发生了"那件事"。很自然地，这篇文章让我想起了王小波的《绿毛水怪》，它有一种青涩的浪漫，有泛黄的旧照片那样的年代感。它唤起了一种久违的情愫，人们对情爱最初的期盼。纯粹的灵魂与肉体的吸引。

　　这段经历让她对爱情有着极高的纯度要求。我知道这意味着什么，一个人对爱情的认知直接影响着她的人格与品行，她在那样的准则下活着。紧接着，她的文字就一路破碎下来，继续读书的男友与辍学在家喂猪砍柴的乡村少女，故事的走向不言而喻，它毫不例外地呈现人性那残酷的部分。没有意外。但她并没有将这个结局归根为"受到了一本坏书的影响"。她没觉得自己是受害者，而是经历了一场不计后果没有退路搭进整个生命的爱情。这是人生中唯一一次纯粹的燃烧。正如她说的，爱情没有成功与失败，只有有和无。

　　我面对的是一个黄金般的灵魂，是人间的稀有物种。给一等奖？文字略粗糙了些，很多句子不通，但给二等奖又着实委屈它了。来稿中多的是一本书的读后感，摘的心灵鸡汤，更多的则是带有教化色彩的劝诫，偶有亮眼的，也不过是因读书与人结缘，抑或改变命运的励志故事。权衡再三，我给她评了一个二等奖。

　　打电话通知她的时候，她就"嗯"了一声，仿佛是意料中的事，没有一丝惊讶，只回了一句，来我屋里，我给你做擂茶。

二

　　她径自骑了一辆男式的旧摩托车来接我，把一顶有裂缝的白色安全帽递过来说，查得紧，还是戴上吧。她居然相信我不会嫌弃。那顶安全帽磕摔得满是划痕，油黑的颈带，闻着有汗渍的酸味。待我坐稳，她加大油门，呜的一声，车子脱缰而驰。过地下通道进入工业区外围，拐了几个长长的里弄，东莞本地人的旧宅基，平房，房前屋后窄窄的小路，有排水沟在侧，她踮着脚，慢慢地把车滑着走，过了一个小卖部，我们来到一处出租屋。

　　本地人的出租屋是那种低矮的平房，阴暗，沁凉。家家户户连在一起，过道铺的青石板，板缝间长着马齿苋。偶有一只猫"喵"的一声蹿出，跃过轮前。这是我第一次见识本地人的老宅，为了防台风，人们把房子连成一片，一个村庄就像一个整体，这样就坚不可摧了。当我意识到，这些房子可能在宋代、清代就是这个模样时，不由得心生敬畏起来。然而，本地人在三十年前就已经搬进农民别墅区去了，因为祠堂还在，所以将它们保留了下来。这是东莞最底层的出租屋了。很多地方裸露出石砖，有风化的痕迹，半围着的院子里，长着高大的龙眼树。一枝枝火红的三角梅探出头来，外墙脚还长着湿湿的苔藓，被拴在屋里的狗，对着行人狂吠。往上走，看到黑瓦屋顶上晒着萝卜干、鱼干，瓦楞里积满落叶，长着野草。

　　赵月梅住的是一居室。房间正中间有一口井，手摇式的水井，井上搭了个水泥托子，搁了块木板，这就是一个简易茶几了。一张木架子单人床。一个双开门木衣柜。木沙发。靠窗有一张裸色木桌，码了几本旧书，一盏白绢罩小台灯。还有一个相框，照片中她贴脸抱着一个婴儿。地面的瓷砖有几个花色，纯白、蓝格子还有麻灰。角落有一棵粗壮的发财树，叶子翠绿繁茂。这屋子竟有一股禁欲系的原木风，简约，却有一种高级的审美。女人的房间，没有化妆品，甚至连镜子都没有。赵月梅说，这间原先是个小院子，是她十年前用从工地捡来的砖慢慢盖起来的。难怪房间正中央有一口井。

　　你盖的？我还是难以置信，忍不住问。

对啊，我一个人用两个月时间砌起来的，用了不到四千元钱。瓷砖也是捡人家装修剩下的。不是那谁谁曾说过吗，女人得有一间属于自己的屋子。

太硬核了。房东让你盖？

租房合同都是签的五年起租，房东知道我们是来这里讨生活的人。再说了，我是盖又不是拆。

隔壁住着女儿女婿一家。他们在这里住了二十多年了。一进主屋，里面竟挤满了女人，只为了招待我这个贵宾。我才知道，湖南安化人请人来家里吃擂茶是把他当成了贵宾。哪家来了客人，一个村子的女人都去这家帮忙。

赵月梅抱出一个桶大的粗陶擂钵，坐在一张有靠背的竹椅上，把擂钵放在两腿间，旁边一个胖娘递给她一根手腕粗的圆头擂棒，钵里放了新鲜的茶叶、熟花生米、糯米、绿豆、藤椒叶。赵月梅抡起擂棒，沿着钵壁研磨，那钵壁刻有细密的圈圈，很是粗糙，加强了摩擦的锐度。她快速地摇动手臂，像是在演奏某种乐器。

忽然间，屋里的所有女子齐声唱了起来，那歌声高亢，裂帛般，响彻云霄。我惊讶那优美的和声部分，它低柔地托着主体旋律，婉转悠扬，她们是如何懂得在没有乐器伴奏的情况下，让一首曲子有如此绝妙的层次感。这壮丽的合唱像是站在山巅，将全部的激情从胸腔迸出，敞开无蔽，大开大合。赵月梅也唱着，她摇着擂棒画圈圈，那张靠背竹椅也咿咿呀呀应和着，她的表情像是入了魔般沉醉。我只觉得眼前的一切无法形容，虽然唱词我一句都没有听懂，但所有的疑问、惊讶、震撼都被强行统一在一个绝对的旋律里。它是唯一的意志和存在。

一曲末了，茶浆擂好。细腻无渣，起着成串的小泡泡，微微眨动。那藤椒叶的香气霸道，灌进鼻孔，令人神清目明。这老宅有柴火灶、大铁锅，开水早烧好了，只待茶浆下锅，赵月梅拿着木勺，边搅动边吹着扑面而来的蒸汽。然后她把剥好的甜玉米粒撒进锅里，旋即，她又用木勺从旁边的陶罐挖了一坨猪油混了进去。客厅的桌子已摆好了各色点心和果子，洗干净的蓝边小瓷碗整齐地摆了一圈。赵月梅把煮好的擂茶盛在一个大肚铜锅里端了上来，那升起的热气模糊了她的脸。

一个梳着矮髻的老太太用一根细柄不锈钢勺子往汤锅里搅了搅，她轻轻地吹着，那闭目摇头的样子很美。然后她把擂茶盛进一个蓝边小瓷碗里，三勺刚好，不深不浅，盛好后再扬手往上面撒了一撮熟芝麻。她优雅得像一只天鹅。她双手端起小瓷碗，递到我的面前。她的每一个动作显得那么虔诚，像是在礼拜，仿佛漏掉一个细节，这擂茶的美味就会消散。

我哪里受得起这样的礼遇，一时不知道说什么好，连忙双手接住，笨拙地接住。老太太含着笑意看着我，满屋的人都看着我，我必须在众人的注视下喝完这碗擂茶，不能迟疑，不能有丝毫怠慢。一口气，大口灌下。我傻气的样子逗乐了众人。赵月梅笑着说，塞老师，擂茶不是这样吃的，要坐下来，就着甜品果子，用勺子小口细品。

席间，我听闻这擂茶是安化人到死都舍不下的。说一个人将死，就说他连擂茶都吃不下喽。安化人在哪里，擂茶就跟去哪里，三天不吃人发慌。每一个安化女人都会擂茶，母女、姐妹、妯娌，边磨边唱着擂茶谣。我惊讶竟有十几户安化人住在这出租屋里，他们来自同一个村庄、同一个族系。二十多年，这擂茶硬是被搬进这东莞小镇，为了随时可以摘取新鲜的茶叶，他们就在院子里种上茶树和藤椒。他们把完整的擂茶文化移植到异乡，这也算是最后的倔强与坚守了。我和赵月梅顺着青石板路往上走，到了高处的一个亭子，那儿的风很大。眺望远处，一整个村庄匍匐在脚下，它们安静地蹲着，像静默的海。二十多年，这些异乡人把这里变成属于自己的家园，并把属于自己族系的文化复制到这里。我不知道，东莞有多少这样的村庄，人们把自己的村庄背在背上，停在哪里就扎根在哪里。

赵月梅，我要是不给你二等奖，你就不请我吃擂茶喽？

那是自然。

刚才唱的擂茶谣，歌词讲的是什么？

就男女那点儿破事。

奖金用来干吗？

给我外孙女买张折叠婴儿床。刚好两千元。

你文章里写的都是真事儿？

我瞎编的。

你会坚持写作吗？

不会。我不是那块料。

她有一种不属于这个时代的智慧。我已经知道了。当我想倾诉却无人可诉时，我就可以把电话打给她——赵月梅。至于擂茶的味道，我认为它是一种香气，是一种属于精神范畴的存在。它把你身体里所有的浊气给逼了出去，然后整个地腌渍你，最后又从你的毛孔散发出去。它清洗了你的肉身和魂灵，而不仅只是填充了你的胃。

三

赵月梅工作的工厂没订单，停了，老板让工人回家等消息。可她是一天都闲不住的，第二天就去做日结工。我刚好也四处找活儿干，因不是熟手常碰壁，戴着度数这么高的眼镜，人瘦瘦小小的，年纪也大了，工头一看就嫌弃。赵月梅听说我想进厂做日结工，哼哼冷笑，笑我这么金贵的人偏要找罪受。笑完，她跟我说，你算是找对人了，我可以带你去，不过，你写狗屁文章时，千万别把我写进去。

于是我跟赵月梅去了一家音响厂。我好像被默认成其中一员，便跟在赵月梅身后签名，填身份证号，扫工头微信，进微信群。待遇是每小时 14 元，每天工作 12 小时，包午餐和晚餐。我没多问，大概猜到工头是赵月梅的族人老乡，也就是一起住在城中村出租屋的湖南安化人。

音响厂给索尼代工，我们二十多人坐货梯上到五楼。早有一个穿浅灰色工装的年轻女人候在那里，她把我们领进车间。瞬间，一阵高分贝的噪声冲击耳膜，各种旋律混在一起，如同千军万马踏遍你的全身。即使两人面对面讲话，都要大声喊，对方才能听见。几百平方米的车间，流水线有二十多垄，噪声是工作台上的音响发出的，工人戴着耳机在测试音色，选择的曲子都是能够呈现音色细节的激昂旋律，高音拉长，低音、混响都开到极致，琵琶杀人不是胡话。这上千台音响同时发出各种不同的高强度曲调，如同置身厮杀的战场。五分钟，我觉得头颅快要裂开了。

我在鞋厂刷过胶，那胶虽然无色无味，我却能真切地感受到甲醛的存在，仅十分钟就头晕想吐，熬过半小时后竟毫无知觉。我还在电子厂包装过铜线圈，塑胶和机油的气味也让我的胃翻涌。酷夏时我被分到一个背靠铁皮墙的线位，有时一连站几个钟头给装好的线路板扫尘，踮着脚给机床注油，在金星直冒的电焊机边分拣烫手的模具。我都熬过来了。但我还是第一次面对噪声的挑战，它带给我如同空腹引发的心悸。每一秒都是煎熬。我本是一个喜静的人，长期独处与自闭，喧嚣于我无异于利器锥心。我看了看赵月梅，她没有任何不适，显然她早已适应。

所有这一切，我只是短暂地在工厂体验。但我知道他们将落下严重的职业病，而且没有任何赔偿。赵月梅察觉出我的异样，她把我拉到旁边问我能否继续。此刻，我怎么能坐实自己是她口中的金贵之人？我怎么能让工头觉得她介绍过来的人是一个废物脓包？

最后，我跟一位矮小黑瘦的妇人一起被分到楼下一间摆满货架的仓库里。噪声隔绝，仿佛被人堵住了源头，听不见一丝声响。仓库里陈年的锈霉味与塑胶味闻上去显然没那么恶劣。我思忖着，这安排应该是得到了照顾。那么多人，他们别无选择，只能待在噪声令人头痛欲裂的车间。

我跟她的活儿很好做，就是用酒精布擦拭元器件上面的胶痕与划痕。要戴上指套，不能将指纹留在上面。漫长的、磨着时光的、毫无意义的机械工作开始了。我来此处的目的是接触到更多的人，尝试不同线位上的工作，我要在人多的地方观察人和环境。我希望能跟更多的人聊天，听他们说自己的故事。可我眼前的这位妇人似乎抗拒跟我说话，她紧闭着唇，锁着眉头。我们的眼神都没有机会交流。然而，她却先开了口。

你是梅姐的朋友吧？楼上包装音响可比这个累多了。

你在楼上干过？楼上干的什么活？

力气活儿，要搬几十斤的东西。我的腰不行，不得劲。

我隐隐察觉出她的口气不友好。似乎因为我是赵月梅的朋友她才敛住了某种恶意。紧接着，她嘟哝着说，两个人擦片，一天就擦完了，明天我也得上楼去喽。她的眼球往外鼓，眼皮快速地眨动着，微龅的牙，薄唇颤动了几下，似乎在表达未说出口的真正意图。

我终于明白了。本来一个人的活儿，现在有两个人来做，害得她要提早去干楼上让她腰痛的活儿。可是，梅姐的安排让她不敢有怨言。我的加入，也仅仅让工作的进度加快了一天。一天的安逸，一天的相对舒适，对一个女工来说，是锱铢必较的。这足以让她对我满怀恶意。要知道，我先前在另一家工厂跟一个女工为争一个双脚能伸直的线位而较劲多日。

我决定上楼。我来此处的目的不是贪图一个安逸的线位。

赵月梅看见我上楼了。我们俩面对面使劲喊话。在那震耳欲聋的车间里，在那悲伤的生存场里，一切的声音被碾压，一切的意志被碾压。那种荒诞，透支着生命的原力。我表达的意思是，你赵月梅能干的活儿，我也能。我的态度让她怔了一下。但她很快就理解了。

我跟一堆女工一起折纸箱。所有的纸箱成箱前是一个只有折痕的平面纸板。我跟她们一样，脱了鞋光脚踩在平铺着纸板的地面上干活。我发现他们的劳动分配有一种家庭作坊的意味，赵月梅应该是那个能做主的人，类似于氏族的长老。女性作为弱者，会被分配相对轻一点儿的活儿。而她则跟男人一起搬音响，先把它套在泡沫里，然后再塞进纸箱。那音响很大，半人多高，要两个人抬。我这里，神奇的一幕发生了，在专注于折纸箱的忙碌中，为追求速度，我手脚并用，甚至跪在地上把纸卷起往前推滚。我竟然忘记了头顶那无处不在的可怕噪声，此刻它对我完全造成不了任何伤害。我惊讶于战胜它如此简单。然而就在中午收工的时候，巨大的噪声突然停了，周围陷入短暂的寂静，仿佛时间凝固在那里。人的声音终于显现出来。我从女工嘴里听到一个令人震惊的信息：楼下擦片的女工是赵月梅前夫的妻子，她是惯于占小便宜的。而赵月梅显然对她有着诸多的照应。

之前，在我跟赵月梅的交往中，其实一直忽略了一个人：她的丈夫。这个人突兀地空在那里，她从未提及，我也没问。

午饭在工厂食堂吃的，排队打饭，小圆桌周围挤满了人。显然这不是讲话的时机。午休在车间，工人们躺在纸板铺的地上，男男女女，两两相对无禁忌，连线位的桌子底下都是人。只有四十几分钟，但我知道能极大地缓解疲惫，并蓄上下午的体能。站起身，一地的人，他们手脚舒展，睡得四仰八叉，场面震撼。我在赵月梅身边躺下，她已发出轻微的鼾声。我们没有机会说话。已经做了外祖母的赵月梅干着和男人一样的活儿。她骑着那辆旧摩托车送水送煤气，她那双骨节粗大的手能砌房子还能写文章。我对着她宽阔的后背，无法安睡。跟我相比，她是绝对的弱者，而我却得到了她的照拂。

四

日结工也不稳定，时有时无，居然也有鄙视链，扫街道每个月四千多元，她看不上。"低于五千元的活儿我不干。"很快，她在微信里告诉我，她进了一家不错的公司，在食堂里当厨娘。面试时炒了两个菜，农家小炒肉和芹菜香干，当场被录用了。我时常想，她的人生多有趣啊，似乎每一天都不一样，总有意想不到的新鲜事物闯进来。有一次跟她语音，抱怨着身体各种小恙。我说最近老是尿频尿急尿痛，坐上马桶又拉不出来。她赶紧打断我说，你吃两粒头孢吧。我连忙吃了两粒，病痛仅十分钟就止住了。我们从来没有谈过文学。我的作品，她也没有读过。但她对我有一个很厉害的评价：你是一个大女人。虽然我们同在一个小镇，却很少见面，直到去年秋天，她打电话来说要请我吃饭。

去年可真是艰难的一年啊，到处裁员。我多次去做日结工被拒。企业订单不满，自己的工人活儿都不满，哪里会招日结工呢？赵月梅公司食堂四个人要裁掉两个，而她以五十岁的高龄干掉了两个比她年轻的厨娘。这是她请我吃饭的理由。

我们在湘巴佬见面的时候，她看上去春风拂面，心情不错，大手一挥说，你随便点。她是迫不及待地想跟我分享她的赢。然而最后又讪讪地说，其实也没什么，自己只是运气好罢了。

等菜的间隙，她就开始说了。公司宿舍旁边有一块空地，原先尽是砖头、石块和丛生的野荻，每天午饭后做完卫生，她就去收拾那块地，在车间借了个手推车，把地里的杂物都清干净。她从家里拿了小锄头，松地除根，起垄引渠，很快，她就种上了豆角、辣椒、茄子、丝瓜、黄瓜等各式蔬菜，还在地角种了一棵栀子花。盛夏，满园碧翠，开花的开花，挂果的挂果，一派生机。一天中午，她看见一个阔气的老太太带着一个小男孩在地里转悠，那孩子摘了几个大茄子抱在怀里。她忙走过去。那老太太见她走过来，就笑着说，这地是你种的吧？她说是的。老太太说，我们见过几次了，食堂里丝瓜炒蛋、拍黄瓜用的菜就是在园子里摘的吧？她就笑笑没说话。老太太说，我有时也会过来浇水，这块地你种得真好，我三天两头就带孙子过来看。

赵月梅说，就因为这块菜地，我才没有被裁掉，那三个厨工是公司的老员工。这老太太是老板的母亲。你说，我是不是太走运了？我快惊掉下巴，一时不知道说什么好。为什么剧情会这样？如此残酷的事，居然生出一种旁逸斜出的趣味来。我想，这种事，只能发生在赵月梅身上，而这，绝不是什么运气。这戏剧性的反转，是一种必然。一个人用她的勤与劳、智与善堵住了命运的黑洞，用玄学来解释，她身上的光为她挡了煞。

我说，这不是运气。你是凭实力赢的。

有一个厨娘跟主厨是相好。老板把我留下，主厨气不过，就处处给我穿小鞋。结果我就说了一句话，他就乖了。

一句什么话？

她没有回答。神色黯然。只说赢是赢了，但人家也丢了饭碗。

我说，赵月梅，像你这样的女人，老天爷也治不了你吧？

她猛地抬起头看着我，说，是吧，你也这样觉得？我命格太硬、太独，注定是劳碌一生。她问我要不要喝两杯，我说好，她就叫了啤酒。

几杯下肚，她就跟我讲这命是怎么个独法。

她23岁时嫁给了同村的一个男人。按父母的意思，收了彩礼。那个男人在小学教书，生得白净，挺体面的。好歹是个读书人，总比嫁个庄稼汉好。23岁在这里，已经是大龄了。乡村的女孩嫁得早。

我想打断她，问一句"爱情呢？"后一想，爱情太奢侈，本不易得。且，结合那篇征文，她那时候的状况可能很尴尬。也许，她也只想找个本分人好好生活吧。

她说，那男人考了几次教师编制考试皆落榜，几年下来还是个代课的，他也灰头土脸，渐渐喜欢上抹牌赌博，输了回来就打人。嘴里还不干不净翻我过去的旧账。我只能忍着。忍他两年，孩子小，才三岁。

有一回他输了钱，我不在家，家里冷锅冷灶，他赶到我娘家打我。我们村子百来户，千把人，知根知底，他当我父母的面打我。我真不能忍，再忍，我的父母就太可怜了。我用手挡住就要落在身上的拳头，再反手将他摁住，我把他的膀子生生摁在吃饭的桌子上，把头抵着桌子，他痛得嗷嗷叫。我的手像钢爪一样有力，他动弹不得，我一松手，把他甩出去，他摔个狗啃屎。前来看热闹的众人哗笑，他生得矮小，又四体不勤，没什么力气。我们那个地方，男人打老婆是常事，没有人劝架，男人女人在旁边起哄、拱火。

一个男人当着全村人的面被老婆摁住不能动弹，又被摔出去，这无疑是奇耻大辱。我让他沦为笑柄。事情到这个地步，几乎没有和解的可能。我的父母亲，反倒怪我不能忍，他们质问，哪个女人不是这样过来的？最后，我居然作为过错方，带着女儿净身出户。要知道，他家旁边两间新瓦房，是我嫁过来后盖的。我在建筑工地做过泥工，夏天收稻，冬天挖藕，两季能再赚五千元钱。

我那个地方的女人几乎没有离婚的。她们即使被老公打，也绝对不会离婚。我是唯一一个敢打老公、跟男人离婚的女人。你说独不独？随后，我把孩子甩给父母，一个人去东莞打工。二十多年，我陆续从家乡带人来东莞打工，慢慢地，这些人就围在我身边，越聚越多，我们在东莞出租屋一住就是二十多年。那个男人第二年就娶了村里的寡妇，他被女人打过之后，人生似乎就委顿下去。后来几个村子的小学合并，他也没了工作，他媳妇来找我，我就把他们带到了东莞。

说出来你可能觉得不可思议。一些恩怨竟烟消云散。他们住在我隔壁多年，大家竟像亲人一样。在异乡，我们这个村的人好像变成了一家人，有活儿一起干，煮好擂茶挨家送，唱擂茶谣，喝谷酒，抹字牌，日子倒也快乐。好多小孩是在这里出生的，他们再也不会回到那个村庄。

"我们只是相互搀扶着活下去。"

这才是大女人。有大地的气息，能撑起一片天。她从来不纠缠谁对谁错。她意味深长地问我，塞老师也没有结婚吧？我显然跟她不能比。我无论做出怎样的人生选择，身边都没有非议。可是她在那样的环境里，在打女人理所当然、男人是天、嫁了人就不得离婚的环境里就有了独立的女性意识，她的每一步都走得比我要艰难得多。

赵月梅后来也一直未婚。我们相视一笑。最后，她要跟我谈文学。

五

我实在不愿意赵月梅也变成一个跟我谈文学的人。她于我而言是一个独特的存在。她是文学本身。她比太多作家都更开阔、更深沉，也更有力量。她跟我谈起张承志的《黑骏马》，说是最初读到的时候感到震撼的是索米娅被草原恶棍玷污后怀孕，奶奶居然说了这样一句话：可以生养，我们索米娅可以生养，可以成为母亲，这是多么幸运的事。这句话是一个女人对另一个女人的祝福。我记得这句话，在草原文明的背景里，它彰显的是一种生命的孕育与传承，就像大地、天空、生长、死亡，都是自然生发的事物，它完全消解了道德伦理与审判。然而，女性读者可以共鸣的也正是生命孕育的奇迹、母亲的奇迹。塞老师，我生我女儿的时候身边没有一个人，我自己铰的脐带。

她喝多了，竟泪流满面。我以为她是不会轻易流泪的。这钢铁般的女人，老天爷也拿她没办法的女人，竟在我面前流泪。她抬起头看着我说，我一直承受着自己是过错方的罪责，辩无可辩。这么多年了，没人意识到，她也是委屈的，也是会疼痛的。我再也绷不住了，任两行清泪长流。以前，我只是在文字中流泪。

春节期间，我看了贾玲演的《热辣滚烫》，这是一部典型的女性视角的电影，一个女性的成长，是可以坚定地、清晰地说"不"。当贾玲以瘦身英姿飒爽地出现在公众面前时，底下有女性粉丝喊她"老公姐"。我当时细细琢磨"老公姐"这三个字，这是非常帅气的女人才配拥有的三个字。无关性别，它属于雌雄同体的优秀灵魂。我脑中瞬间出现了一张女人的面孔，她，赵月梅。

（原载于《广州文艺》2024 年第 4 期）

地址簿里的日常

朱　强

一

没料到天有那么寒。时间仿佛又转身折回，让错过春天的人，重新经历一遍。大雨过后，地面还是湿的，到处是春天热闹后的残局，满地是雨打风吹落的花与叶子。抬头看见人家的阳台上有一对摇曳的烛火，黑暗中似乎有一个试图和天地对话的人。猛然想起，今天的另一个身份，四月初一。古人的人间四月，白居易到庐山看桃花的日子。买菜的居民已陆陆续续地返回。一个中年男子戴着口罩吹出了几声清脆的口哨，他在努力附和枝头的鸟鸣。鸟鸣得更欢了，它显然也把这个中年男子的口哨声当成了嘤嘤求偶的鸟叫。

到菜场买了一些本地农民种的辣椒。细长条的线椒，俊俏中带着一股文人的傲气。放砧板上切，辣味就从明亮的绿色中迸出来，满眼睛都是辣味。汹涌的辣，老远就把人呛得眼泪直流，把辣椒和从赣南带来的腊舌头、腊肉一起炒，赣南赣北都在一口黑漆漆的铁锅里了。腊味在赣南是家家户户必不可少的年货，寻常人家，正月之后的很长一段日子，餐桌上的几个碗里，都是过年吃剩的腊货，它们作为年的某种残余，总要把年的氛围延续到春深时节。此后的日子，从一日南风，一日北风，到三日南风，一日北风，南风呼呼地吹，彻底占据了上风，把人的腿脚都吹软了。门和白墙上的汗珠子也挂不住了。没来得及吃完的腊货，因此也有了南风味。到此时，年才总算过完了，餐桌上过时的菜碗一个个被撤下来，换上了当季的菜蔬。

春天的厨房里弥漫着一股守旧之气，旧本来就是用来守的，因为旧并不只有陈旧，旧里面也有许多温暖明亮的东西，腊肉腊肠腊猪肝还有各种腌熏的年货，它们绵延的味道里蕴藏着客家新年的气息。但是年还没有享用足够，日子就翻到了另一页。春天的脚步已经从厨房开始进入人家了。水从不锈钢水龙头里哗哗地流出，被清水淋洗过的菜叶，绿油油的，好像从梦境中拉出来的一颗大脑被灌入了某种清醒的意识。春笋、春韭、荠菜、香椿、西红柿、菠菜、香菜络绎不绝地从外面搬进了厨房，红绿青蓝咿咿呀呀，它们像清脆的嗓子把外面各种物事说出来。原本昏暗的厨房也有了山明水秀的意思。尤其是卷心菜，赣南人把它叫作包菜。叶子裹得结结实实，被一张张扒下，像裹得紧紧的心事被扒开，越往里面，叶子就越嫩，颜色也逐渐变浅，像吹弹可破的肌肤。赣南人碗里的包菜，几乎都是清炒，至多淋一点儿麻油，菜叶甜丝丝的。南昌人口味重，炒包菜都不忘淋几圈老抽，菜出锅，黑乎乎的，色香味里面有一股老生开腔的气场。

来南昌十余年，无论是性情还是饮食习惯，我依然是一个不折不扣的赣南人。赣北与赣南，虽说在地理上都塞进了赣江，江水穿城而过，两地人的生活与历史的背景里都弥散着重重的水腥味。但赣北在文化板块上，属于吴头楚尾，楚人的狂狷与吴人的经世致用，杂糅成赣北人的独特气质；赣南人的生命底色完全是一派月白风清，骨子里的淳朴从来都没有被勾兑过。春天的下午，我习惯性地坐在客厅的一张藤椅上，思想古今，偶尔想到曾经住过的家。以前的人，都喜欢在院子里弄个摇椅，目光幽幽地望着屋里或者门外。柴米油盐酱醋茶，串联起无数个日日夜夜。生活的本质，到底不脱这庞大的日常。人们在吃饭、睡觉、穿衣、行走的间隙，心里偶尔也涌现出一些宏大理想，眉宇间跳脱着一股勃勃英气。表面上看，这个家，好像是与以前住过的任何地方上划清了界限，它不是过去砖木结构的瓦房，而是钢筋混凝土的单元楼。尤其是它的大门，再也不会为了讲风水而摆出一个奇怪的角度。它面貌一新，灯火明亮，充满了乙烯和甲醛的气味。敞亮的飘窗和阳台替代了过去院子的功能，这里有另一重天地。但是，只要你住进去，在里面呼吸、言语、欣喜或愤怒，过去房子的许多气息又一样不少卷土重来，让你觉得旧家已经灵魂附体，旧日子总是如影随形，再怎么除旧布新也逃不脱它的重重魅影。于是，你也学会了逆来顺受，习惯新环境的关键，是习惯与过去的事物相处。

厨房里的燃气灶上架着一口黑漆漆的钢精锅。这种锅子，而今早已被当作古董，很少有人用了。它乌黑的外表是多少个日子熏染的结果。以前的人会把这层黑黑的东西刮下来，当药引子，不知可治什么病。总之，民间的学问广大无边。没有什么是无用的，它们隐藏在日常之隅，冷不丁地，就被人搬出来，派上用场。厨房里的钢精锅里发出咕嘟嘟的声音，炖骨头汤的香味已经从厨房里飘到了客厅。灶台上，文火如豆，就像慢性子的儒雅之士。尽管汤已经好了，但并不急于关火。想着有一锅汤在火上不停地炖着，心里就觉得有许多的事仍在进行。

厨房让处于时间里的人看见了锅碗里蒸腾起来的繁盛的日子。过日子，也就意味着时间不再只以昼夜交替的形式简单重复。日子不再是时间本身，日子里面，融进了人的悲欢离合与朝思暮想。人们利用时间，成家立业，摆满月酒，吃团圆饭，颐养天年，寿终正寝。日子里冒着丝丝热气，而厨房就是一个保温容器。不仅如此，家家户户的消息也由厨房四下传递。装抽油烟机时，发现抽油烟机的锡箔管通向幽深的烟道，二楼在炖猪脚，七楼在蒸熏肉，九楼在煮花生，还有十三楼、十五楼的菜籽油和牛油散发出来的诱人香味。漆黑的烟道中什么也看不见，抽油烟机就负责把千家万户的气息推向这根深深的管道。它们互相连接，让我想起卡尔维诺《看不见的城市》中提到的那些生铁水管。在这个巨大的城市中，很多东西看似无关，但是交错的排水道、烟道、水管、天然气管道却让彼此串联起来。没有谁能够摆脱这种隐蔽的联系。尤其等天气稍稍变暖，有些东西便藏不住了，坐在客厅里，突然闻到花香。花香一层层地递过来，像《红楼梦》里周瑞家的来到贾府里送宫花。那花香像是面粉做的，纷纷扬扬，数十层楼的地方，都能够闻到。花气袭人知骤暖。天暖起来，人就像流动的水或飘浮的花香。经常是人在屋子里睡觉，身体和意识就滑到了屋子外。

二

午睡醒来，电话响了。是城市另一头，翠林支路三十三号的一位前辈打来的。无事，只是约我去小坐，分享他家乡的一种野生红茶。这几日，前辈正在为乔迁新居忙里忙外，就在我造访的前一刻，他正满头大汗地将最后一摞书塞进纸箱。生活器物原本都是各就各位的，现在都被收进了箱子，家一下变得面无表情。昨夜，前辈一宿无眠，他这一辈子东徙西迁，屈指算来，这将是他第二十九次搬家了。从年轻时候的铺盖一卷，到现在家的体积越来越庞大，也越来越没有了挪地方的勇气。两个半小时的茶叙，心里紧闭的大门终于向人敞开，春色溢了出去。茶酣耳热，前辈还要留我吃饭。饭就不吃了，回家要紧。出门冷雨依稀，突然意识到春日将尽。花事已过，许多花都开败了，好像酒桌上酒过数巡，客人们多已经醉去，身体摇晃，兴致阑珊。城市的西一环公路两侧，是一树树晚开的泡桐花，在逐渐晦暗的天光下，粉白色的花朵像留给人间的一封封书信。路面冷清，路一直往南或者往北，都可能通向江西广阔的腹地，那里河道纵横，水塘遍地，是春天的王国。人在庞大的、生机盎然的春光中突然变得特别弱势。许多门都关上了，许多窗也关上了，窄窄的门缝中，突然射出一道明亮的光，一只落在门外的画眉鸟，猝不及防，被眸子里的闪电击中。

以前的年代，人与地都是分不开的，人被地固定着，地在哪儿，人就在哪儿。人与人之间，所谓的通信，其实也就是地与地之间的往来。看竺可桢二十世纪三十年代在江西时的日记。日记通讯簿里，记录着一个叫周承佑的人，这个人被淹没在时间与人群的大海里，他的面貌终究是模糊的。但是紧随其后的地址并不模糊：南昌上水巷十二号——张宝龄先生转。事实上，上水巷在绝大多数新南昌人的脑海里，同样模糊，轰轰烈烈的城市建设已经让一条条狭窄曲巷变成了一个个徒有其表的地名。地名是没有"地"的，它只是一块块用蓝油漆或红油漆刷成的路牌。当它在马路边高高竖立时，就已经被当作纪念的对象了。所幸，"上水巷"不仅是一种纪念，它也是一种鲜活的存在。我曾经不下十次地从上水巷经过，印象中，上水巷隔壁还有下水巷，飞檐翘角早已荡然无存，取而代之的是同样灰扑扑的水泥盒子。老人们坐在漆黑的楼道门口，摇蒲扇，抽纸烟，海阔天空地交谈，便利店、时装店、美容店、麻辣烫店、奶茶店鳞次栉比，距离不远就是地铁站与大型商场。它们共同烘托出老南昌陈旧的繁华。时间是水，上水与下水都让人有了一种光阴泅渡的感觉。玉壶光转，张宝龄是老南昌人，他活着时，是上水巷十二号的房主，他走以后，高墙大宅成了时间里的一叶孤舟。查资料知道，张宝龄的妻子是女作家苏雪林。苏雪林辞世那年，漫长的二十世纪终于隐入了黄昏。那一刻，我在家附近的书店里无意间读到老人的文字，它们好像幽幽的烛火，照出过去风景的轮廓。看后来人写的传记，说苏雪林生前写信成癖，看过她书信的人，无不觉得那纸上字如疾雨，横扫千军。她写信喜用薄纸，正反都写。这些信从一个地方寄出，然后在另一地被另一个人拆开读到，信里裹挟着风声、雨声以及马尾甩动时所发出的脆响。许多事，就这样幽幽地传递着。时间的网一旦撒开了，就像船头犁开的水浪，层层叠叠，久视不免令人眩晕。

以前的地址，就像一个个结实的树桩，牢牢扎在地上。人们根据记忆里的画面，隔许多年再来，还能够找着过去的门牌。这不由得让我想起另一件往事。那日时近正午，天寒欲雪，表哥从四百公里外的赣州来到南昌，他此行的目的，是代姨父来寻一门失联已久的亲戚。两家至少有三十年没有走动了，白云苍狗，对方当时留下的一张写有住址的纸条成了彼此相认的唯一希望。姨父死死地抓着这根脆弱的绳索。说实话，他的世界是小的，家里人的世界也是小的，几十年来，没有谁去过远方，他们都是居家过日子的人，不经商也不考学，只是在家附近做点儿事，聊以糊口。铁路与高速公路把世界联系起来，但是这和他们又有什么关系呢？我的姨父只有在醉酒时才闹嚷着，说要去省城找小伯伯。除此以外，他的生活永远是守规矩、知分寸的，他的心也同样是风平浪静的。表哥从大袄里掏出一张纸条，纸条皱巴巴的，字迹陈旧：南昌市金盘路二十六号。三十几年的时间，一转眼就翻过去了，许多事早已经石沉海底，谁能够保证这条路还在呢？即使在，原来的房子也可能因为拆迁盖起了高楼，即使没有拆迁，谁能够保证他们不会搬往别的住所？时代热热闹闹的，推着人们总是往更新的地方去。

天冷，地面都结冰了，南方的冷是浸到骨子里的。循着手机地图上的位置，我们来到附近，周围车水马龙，金盘路究竟在哪儿呢？这条路早已经不是什么路了，只是一个死胡同，它被宽阔的马路以及高高的建筑包裹得严严实实。路名被用红油漆随意写在水泥墙上，现在早已经斑驳了。胡同里都是些低矮破败的瓦房，红色的波浪瓦，砖块裸露，唯独有点儿模样的是个水泥建筑。门前有个院子，门卫见我们东张西望，心存警惕，明亮的眼神早已经从昏暗的岗亭里射出来。我们把纸条递上，问他是否知道此人，他神情仍然警觉，好像有一种刀刻的东西藏在他的面容底部。在他眼中，我们像来自另一个时代的闯入者。由他把守的这个大门里，好像藏着过去时间里的无数秘密。我们说明原委，他面部的肌肉总算松弛了一些，严肃的东西总算撤下来，态度也明显地变了，从对立面的位置上瞬间游了过来。可惜你们来晚了，要找的人，好几年前就在一场车祸中不幸去世，不过他妻子健在，如今也已经是七十好几了。开门的果真是一个白发老妇人。这个门好像很久没有开过了，锈迹斑斑，门里面的世界才是与纸条上的地址真正相对应的。老妇人是这个家的真正主人，如今外面已经很少有人与这里有联系了。以前还有抄水表电表的、送液化气罐的、送报纸信件的，这些事现在都一律转到了线上。这个地址真的是有些老了，它的功能在日渐萎缩，各种新地址覆盖在它表面，成为这个城市新的坐标。

老妇人与我们见面的那一瞬，并没有问我们是什么人。我们也因为自觉唐突而乱了方寸，互相只好默默地看着。老妇人肯定是在搜索脑海里的面孔，但是好像又没有哪一张能够与眼前的面孔对应上。她也显然有些着急了，舌头好像被什么事物缠绕着，直至表哥将"赣州黄家"这几个字抢出来，这种尴尬的局面才总算得到缓解。老妇人眼睛一亮，许多画面似乎浮现到她的眼前，被堵住的那一段路总算是打通了。表哥很自然地将眼前的这个人认了奶奶，我也跟着喊了一声奶奶。走散已久的亲人，便在这一声声呼喊中紧紧地抱在一起。距离上次的见面，屈指算来，少说也有三十几年了。那时候，表哥尚在襁褓，奶奶也未退休，身份是赣州纺织厂的一名工人。后来，奶奶就因为丈夫工作调动，举家从赣州搬到了省城。临别之际，她没有忘记将省城的地址留下。人们以为，无论相去多远，只要双方留了住址，随时都可以通信见面的。但谁曾想到，原以为牢靠的东西，却在时代车轮的碾压下，变得那么脆弱。为了支持城市建设，姨父家很快就从带院子的瓦屋，搬进了楼房，那块使用过许多年的老门牌，也因此没有用了，甚至被当作废铁卖给了收破烂儿的。左营背四十七号，隐入瓦砾烟尘。偶尔还有信件寄过来，结果注定是查无此人，信又被硬生生地退回去了。老奶奶说，后来他们一家人也去过赣州，但是路与建筑都已经不再是从前的样子，高楼广厦，究竟哪一栋才是他们要找的呢？奶奶孑然一身，与这处地址长相厮守，她难道是想以这样的方式守住与亲人重聚的唯一希望？我知道，老一辈人都是重情义的，包括对于土地的情分，永远那么绵长，奶奶表面上守住的是这处地址，事实上她守住的也是精神世界里的一座孤岛。我看着这个岛一点点地被海水淹没，心里也有了一种不停涌动的悲伤。

三

　　纸片般的往事，再次从记忆的深海里泛起，锈蚀的地址也被回忆擦得锃亮。我望着公路两侧的蓝色路牌，上面清晰地标注着每一处地方的公里数，好像抵达它仅仅是时间问题，"山重水复疑无路"是不存在的。许多以前要跋山涉水才能到达的地方，而今完全可以不费吹灰之力。

　　城市的西一环公路，样子像条温暖的胳膊，把城市挽在怀里。不经意间，这座老城竟也有了自己的一环。不断扩张的城市，模样有点儿像到了发福年龄的男士渐阔的腰围。这让我想起古代的南昌，七门九州十八坡，城墙把老城紧紧拽住。在城市的边缘地带，人们筑起一堵高墙。城墙摆出的姿态，多半是冷酷的。它像一把巨大的铡刀，对着大地进行着无情的切割，不仅城与乡之间界限是分明的，城郭也有清晰的边界。人们赶着牛车从郊外缓缓地穿过城门，在各种叫卖声中，"陈家上色沉檀拣香""滕阁脚店""东西两洋货物俱全""兑换金珠"的幌子次第映入眼帘……身体里的疲惫都被突如其来的兴奋驱赶着，尽管热闹是他们的，但被热闹包裹的我，眼睛里也有了一缕明亮。时光倏然而逝，往日高大的城垣，而今早已经变成了宽阔的公路，"环"状的公路把众多无关之物联系起来，城市的框架呼啦一下就被拉开了。城市原本是不存在的，它就是靠这些直线或者曲线延伸出去的。

　　倘若不是因为地铁，我家和二十多公里外的县城房子根本就没有两样，但是有了地铁，性质就有了天壤之别。地块美其名曰次中心圈，房价也比县城的高出一倍，尽管它是从一大片金黄色的油菜花中疯长起来的。刚搬来时，小区门口还有水塘，每至初夏，蛙鼓喧天。后来，水塘被卡车倾倒下来的土缝合了，野草又把裸露的黄土覆盖。小区南面是一片绿油油的菜地，菜地中间有几条白色河汊，据本地学者考证，一千年前，这儿曾是赣江航道。不仅如此，它也是《世说新语》里殷洪乔投书之地。对于学问家们的话，我自然是将信将疑，可是我想，只有相信学问家的话，历史才可能有未来。当年的滔滔河水已消逝，现在这里早已成为一片动植物栖息的乐园。小区东面，是延伸至江边的巨大货场。大地无遮无拦，尽情舒展襟怀。银色的天空下，是黑漆漆的隆起之物，它们好像被堆放在这里已有一个世纪。没有人知道里面有什么，只有一条灰色的水泥路像刀片般插入货场中心。笨重的货车十分粗暴地进去，驶出时，车身上绷紧了脏兮兮的塑料布。无论刮风下雨，货场好像永远在和外部置换着什么。它像是一个宇宙中转站。唯独西面，是一片滚滚红尘，生活被千姿百态的人间风景弄得沸沸扬扬。早些年，这儿曾拥有江西最大的客车生产车间，但是它最终逃脱不了倒闭的命运。厂区很快就被另一种生活的主角霸占了，下岗工人们脱下工装，开始以多姿多彩的角色融入生活。摆饮食摊，贩卖水果，开理发店，成立中介公司、广告公司，人人都有了一个小小的自我世界。厂区被瓜分成一个个独立空间，人们在这些私密空间里跳舞、看电视、包饺子、约会、做运动。总之人们从整齐划一的步伐中脱离出来，开始了一种随心所欲、五色绚烂的全新生活。从十多层楼的阳台上望去，通过那些印花布似的屋顶，你不仅可以看到世俗生活里升腾起来的旺盛气息，同时也再次证实了你的观点的正确。人人都希望拥有一块自己的屋顶，那些屋顶有的只是一块红铁皮，在早先的两个屋顶之间强行盖上去的，为此，两家人之间总是一波未平一波又起，可是谁也没有办法剥夺对方享有幸福生活的权利。阳光下，当我看到那些屋顶上光怪陆离的反光，我想象那屋顶下面藏着的是一个怎样热闹精彩又五味杂陈的世界。

在那些屋顶的海洋中间，有几条毛细血管似的小路，它们连接了外面大路上的繁华。每天清早，街道拐弯处传来清晰悦耳的沙沙声，有一个穿藏青色衣裤的男子在街心挥动扫帚，将一条街整理得敞敞亮亮。街道两侧，卷闸门热热闹闹地拉开了，一个个店面从黑暗处冒出来，释放出勃勃生气。接着，就有一口口黑漆漆的铁锅从里屋搬出，清水哗哗地倒进锅里，不一会儿，整条街都被热气腾腾的水汽包裹了。掌锅的是个壮汉，蓄着两撇胡须。这时从店铺后面的阁楼上传来女人的一声喊，他脚一踮，转身就钻进了门洞。从蒋巷和扬子洲运送蔬菜、屠宰肉的三轮货车以及各种不明来历的陌生面孔，把原本空旷的街道围得水泄不通。南昌人一年四季只要早餐有瓦罐汤与米粉，再平常的日子也觉得暖意融融。汤至少煨足了五个钟头，骨头里的精华都化到了汤中。从梦中醒来的人，选定一副桌椅，身体晃悠悠地坐定。一日之计在于晨，喝汤成了一天中的头等大事。喝汤的人，老练地将嘴一咧，力拔山兮气盖世，只听见有股飓风从脑门横穿过去，调羹里的汤顺势滑向了喉咙。炭火的味道顺着悠悠南风飘到家家户户，窗子里的人伸个懒腰，深吸口气，多少有关无关的物事也都被这撩人的气味织进了一张巨大的网里。

我想，在这样一个妙趣横生的生活场域的对面，竖起几栋冰冷的钢筋混凝土楼，到底是为了显示城市化的优越，还是告诉人们这种优越其实是孤独的？比如，那个酷似凯旋门的大门，正对的居然是一片青青菜地。荷锄前来拓荒的，多是隔壁回迁房里的大爷大妈。许多老人退休了，吃上了社保。他们原本都是农村户口，随着城市范围的不断扩大，身份也转为市民。但是脑子里依然有一块地，哪怕是门前屋后，巴掌大的一块空地，他们也设法在上面种几棵葱蒜。这样一来，保安小伙常常要走近和他们交涉了，原因是，他们菜地里的藤蔓都快要攀到岗亭里了。小区里的住户才不管外面发生了什么。此地对他们来说，仅仅是一个栖身之所，就像鸟儿把巢筑在树上，大多数时候，巢是空巢。白天的楼道静悄悄的。直至晚霞洒满天空，晚霞映照下的西外环公路仿佛是一条天路，漆黑的剪影中，不断地有车辆跃出，没有人知道它们到底来自哪儿。它们像在进行着一场规模浩大的迁徙，经历漫长的等待与煎熬之后，终于被推到地库口，然后如鼹鼠似的，转瞬就消失得杳无踪迹了。夜色降临，楼里的灯也亮了，白天隐匿的家变得异常璀璨。趁楼下的喷水池没有喷水，晚上我跳进池子里散步。在池子里，看什么都像是坐井观天。但是井里的视角也异常好，看什么都有一种荒诞的效果。比如从满楼的灯火中，可以看到凡·高的油画《星空》里的浩大与浪漫。月亮的清辉从高高的楼顶泻下来，好像是一匹垂天的巨大的白练。玉兰和海棠的花瓣飘落的速度异常缓慢，中间似乎经历了一场深邃的思考。我的脑海里突然涌现出一句诗：白雪却嫌春色晚，故穿庭树作飞花……

当初看房时，许多业主就是被置业经理的一句话——将来地铁可以抵达，给直接击中要害。他们毫不犹豫地就把自己多年的积蓄掏出来，这掏出来的，也是自己下半辈子的血汗。地铁打破了人们头脑里空间的概念，只要是有地铁通往的地方，无论有多少路，都不算路，地铁延伸出去的路是金子铺的，乘坐地铁的人，胸膛里同样涌出一股金子般的豪情。守时是城市人的一项基本素养，地铁契合了现代人的时间观念。地铁从漆黑的地方行驶过来，两条光柱把前方的这处地址给照得烁亮。在嘈杂的地铁车厢里，突然听到一个熟悉或陌生地名，地名像从一根枪管里射出来，砰砰砰……弹壳在一车人的心头重重落下。随后，地铁又被呼呼的风声送走了，人们出神、交谈、看手机。这些站台，在时间里的位置永远是那么精确。两站路之间，地永远是未名的。你听到历史的风声从车厢的顶部浩浩荡荡地涌来，被地图标记过的地名都消失了。在这个间隙，地变得浑然一片，分不清哪儿是哪儿，它既不属于哪一块门牌号，也不是哪一个咖啡馆。地图上，这是一个巨大的弧。大多数时候，历史都是弧形的。我想象，自己的头顶就是一千年前的赣江，那是把无数船只送进鄱阳湖的一方阔大水面。

这片水域，曾经承载着大唐才子王勃的船、南赣巡抚王阳明的船、传教士利玛窦的船、航海家汪大渊的船、癫画家八大山人的船。来往船只，在江面上编织出复杂的航线。这些船的舷板上绘着虎头、蝙蝠、山水、花卉与各种吉祥纹饰，从我的头顶快速掠过。其目的地，是章江门码头、涌金门码头、铁柱宫、白鹭洲书院……这些盘绕在古人心头的地址，与地铁车厢里的乘客巴望的下一站，在本质上并无不同。地都是有址的。地正因为有址，才有了所谓的赶路人。土著眼里面只有地，址是毫无意义的，但是赶路人需要将地址牢记于心，否则他将很可能找不到回家的路。对于一个旅人来说，行路就是他的分内之事。他的旅人身份，是靠不断摞高的地址来增强说服力的。利玛窦来南昌以前，他在这条叫作赣江的河流上航行近月，大江流日夜。在惶恐滩，他差点儿溺水身亡，幸好有一只大书箱漂过来，将他从深渊中托起。在急流中，他仰起毛茸茸的头，大口喘气。虽然他的同伴巴兰德在白色的旋涡中命丧黄泉，但是利玛窦脚下的路还长着。他的目的地是遥远的京城，南昌只不过是他去往京城路上的一所驿站。在南昌，他改变行头，换上了中国士子通常穿着的礼服，开始以一个"西儒"的角色出现在各式场合。他一如往常地随身携带着那些洋玩意儿，诸如地球仪、自鸣钟、三棱镜、几何象限仪……他费尽心思做了一个拼装式日晷，目的是设法测出南昌所在的纬度。在喧嚣的闹市，他一遍遍展开《坤舆万国全图》，对陌生人耐心讲述南昌在地球上的位置。他有意识地把中国摆在了地图的正中央。相比过去的人为南昌给出的种种含混不清的地址，利玛窦给出的这个点，不仅具有客观空间上的精确性，它也将旧世界里的人带到了一个地理空间中，这个空间，是属于现代的；这不单单是一个地理上的坐标点，它也是现代主体的构成要素。

四

呼啸而至的地铁，在卫东站停下来，满车厢里出神的人，神定住了，他们望望窗外，又望望显示屏。黑压压的人群都朝着出口的方向拥。人们走出地铁站，外面行人如织、商场林立，举目四顾，一块块醒目的招牌，卫东到底在哪儿呢？这个地名，就像是一个谎言，没有哪件事物真正和它有关。人们可以去某个电影院、饭店、商场和咖啡馆，但人们就是去不了卫东。它是历史留给南昌人的一段回忆，它肉身已去，留下的只是一个供人怀念或联想的地名。老一辈人，当然还记得赣江西岸的这个叫卫东的村子，这个地名最初并不是虚构出来的。卫东是落在丰饶的物和具体的人的细节之上的。那时候，地图上还看不到卫东，但是卫东在赣江西岸的确是存在的，升起的炊烟，还有传来的柴门犬吠都证实了它的生动存在。面对滚滚向前的历史，古老的地名成为联系新旧事物的桥梁。每次从卫东站出来，闻到远处的田野里飘来的泥土的清香，很自然地就会想到曾经这里的稻田里涌荡的晚霞。鹧鸪鸣叫一声远一声近，还有屯卫里的将军醉里挑灯看剑时的苦闷与豪情。它们都那么鲜活地涌到我的眼前，让我在喧嚣的景象中看到存在于这里的另一重风景。大地以它的平静迎接纷至沓来的历史。人们给爱过、恨过、生活过的土地命名，每一处山川河流、田野街巷的名字里都注满了人们的泪水与感情，但是地始终无动于衷。地不语而万物生。旧地址一旦消失了，新地址很快又被人创造出来，让大地成为一本厚厚的地址簿。被人遗忘的地址，就像繁星一样缀满了苍穹。许多年后，当消逝已久的地址在新开辟的街道或地铁站重现，尘封的往事又被一件件抖搂出来。原来这熟悉的土地里，堆积着那么多活泼泼的日常。

（原载于《人民文学》2024 年第 5 期）

草木归其泽

绿　窗（满族）

1

腊月底回老家祭祖，听说二舅母肺部感染，病危，从县城回老家了。89岁老人老下也是喜丧，先有一丝落叶归根的暖意，继而咯噔一下，我妈那辈最后一个老宝贝也被召唤了，姥姥家的烟云时代要落幕了。

老话说，阎王面前喘三喘，这三喘谁也说不上时间长短，按乡俗，挺在外头回去难，要存着一口气回去等，归，便起了震动，像叶子离枝打着旋儿落下，地面也要惊三分的。一种凛然庄严的悲悯氛围徐徐笼罩，"土反其宅，水归其壑。昆虫毋作，草木归其泽！"如闻祈祷，亦如喝令，先秦《伊耆氏蜡辞》正是腊月的祭祀诗，细听是仰仗土地的人最质朴的愿望。人类用意识对自然发出召唤，自然也对生命有所暗示，像猫老归山，雕老归天，灵魂择地而飞，万事有落定的仪式。

树挪死，人挪活，信仰堪比一双强有力的大手。曾经自给自足的村庄，种植五谷，有成群牛羊、赤脚医生、两所小学、砖瓦窑，有木匠、瓦匠、铁匠、织布匠，大场院谷子垛下的爱情，都被接二连三掏空扭曲了。穷困潦倒不能归，枝繁叶茂不须归。被抽去四梁八柱的村庄勉强撑着，单一而虚空是危险的，留下的反是勇者，归来的也是有勇气的。

大伯老叔自小在外谋生，也常衣锦还乡，说老下就回家，祖坟处按规矩预留了地方，将和我父亲一样被葬在奶奶身旁，傍着坡上的太爷太太、各房爷爷奶奶们安寝。至少清明时节，大家走在初春的山野，看婆婆丁、羊妈妈开着黄花，忆及年少挖菜、锄草、打场的现场，小辈们相识联通，城乡烟火绵延，多美的辰光。但谁愿意年年下乡祭祀？祖坟东侧有九爷十爷家老坟，若非墓树支着就是个草堆，一两枝花根花闪烁更显落寞。哥哥带我们上山祭祀，总会压一下坟头，说也过回年，也曾是个爷。而墓树渐被白蚁入侵，枯枝像张嘴疾呼的乌鸦，我哥找人伐倒，维持着逝者的尊严。但村庄"坡改梯"时，地主人毫不犹豫将坟包推平，那两支人家就此抹光了痕迹。

不由得唏嘘。转而想，我家祖辈也是从山东"老槐树"底下被迫迁走的，那里是先祖的故土，也定然留有坟墓，路途遥远再没能回去，于后人看去那得火熄了，而隔山隔水另一处却是郁郁葱葱。走时亦戚戚，不回也绝绝。二十世纪八十年代举家进城的凤毛麟角，三爷家大卡车载着满满登登的荣耀消失于青纱帐尽头，倏忽四十年了，三爷竟是从未再踏过一次故土。坐在亲手搬石头垒就的老屋里，说无情我不信。生命就是会飞的种子，不断寻找合适的土壤，历经一次次选择与逃离，每一次停留都是暂留，故土之根并不是永恒的。

我妈在城里住两年，清明我仍心慌慌，坐大巴颠两三小时回村，默默和哥坐老屋窗下吹了一阵冷风。叶芝说"有种疲乏，深如墓穴"，灵魂咕咕叫，抽离故土的母亲也安慰不了的。后来母亲居老家，我哐哐回，将我于城市水泥缝生出的虚根、假根、气生根抓一起，也不及新翻泥土的湿气，青芽参差不齐的欢喜更甜人，惶惑感遁迹了。蛹一样蜷炕头呼呼大睡，天蒙蒙亮时有人进院，我撩开窗帘，是父亲，带着幽微的山风气，娴熟地从木杈上摘"水筲"。山居二十年了还惦着回家挑水？我赶忙下地，开风门喊："爸，进屋坐会儿。"他却自顾自把扁担横上肩膀，出大门，隐入薄雾了。三十年前就吃上自来水，木杈早烂掉烧火了，是梦，便去摸木杈，竟硬朗地支着。呼啦一下真醒了，窗帘厚厚挂着，是梦中梦。

木杈、水桶、扁担，代表旧时代困苦生活的碎片，温暖也微凉，我从未忆起，梦却替我记着，还能驱动意识。原来根性的东西始终坚固地存在，保留气味，死亡也无法毁灭。就是故土，我的胞衣，原胚，我吐故纳新的洞穴。归家就是打破与重构，是炼石补天。而故乡正渐渐失掉老味和形状，少有人走的路终将布满荆棘，充斥瓦解的危险。

但在有危险的地方，亦生长着拯救的力量。

荷尔德林关注着存在。陶渊明描绘了存在的场景。乡村还保留着它葱绿的良心。总有倦鸟一往情深，也总有人会拨开荆棘，窥见通向故乡的路。

2

二十年紧锁的大门，二舅母一推就开了。烟霭沉沉，思乡路重度烫伤，六个儿女携家带口也忙不迭归家，漆黑的城乡之路一擦就亮了。

村里多了一盏灯光，一炉烟火，那沉寂塌陷的角落瞬间支棱起来。尘土扑腾着四散逃去，小虫子隐匿得更深，风将消息贴着墙根灌进一家家门缝，乡邻一家不差地先后拥进二舅母院落，泪擦了还生，饥渴多年的老皮肤不停地对握、摩挲、传递温度。二舅母眉头密集的栅栏松弛些了，灯忽明忽暗也挑一出淡淡的欢喜，也召唤着远道的亲戚。

大雪未化，旷野黄白黑漫卷，棒秸捆一戳戳甩过去，干草堆赶着蓝光紫光闯进油画里，默默发酵的粪堆儿奔放而跳荡，标志性的鸳鸯二三只微微侧一侧肩膀，皱褶里的村庄就变幻几回，头道沟、二道沟、三道沟、四道沟，抻出白亮亮的分汊揉进大道，出发者与归来者都是一只只颠簸的船。扎实的雪味、微霜覆盖下秸秆的甘甜味、来年的五谷丰登之味，一股脑扑过来，我深吸，姥姥家味道。

我三个亲舅，两个叔伯舅舅，都是大家庭，亲戚关系盘根错节，微微一震四邻八舍晃荡。可姥姥家这个词我还能叫多久？一问恍然。我们这一辈离开，姥姥家没人叫了，村庄自动摘掉这个虚名，村庄不断摘掉许多雷同的虚名，自然薄了瘪了。姥姥家原是某一时间段上的专有地理名词，第一次感觉这词沉甸甸的。

春节时的姥姥家于我更像富贵者的画布，有着《在斯万家那边》细碎繁华的光影，密匝匝荡着酒味的人群、菜香四溢的花园城堡，使我的幼年在无休止推碾子的驴式生活阴影中，触摸到绯红的光。外村甚至镇上还是煤油灯时代，窄小土路，姥姥家因有煤矿、砖厂，村里有宽阔大马路，有电灯、驻军、汽车、俱乐部、电影甚至大电视。我们为挤上牛车爬一回坡道而兴奋，表兄弟姐妹们却是攀上大卡车风一样奔镇上；我们是泥火盆，后半夜茶缸酸菜缸都冻成冰碴，人家电灯锃明瓦亮，炉筒子吱吱热得冒汗；我们一年半载来一次电影车狂欢夜，人家一月半月就能去矿上礼堂看，先知先觉。我埋怨过我妈，为何要嫁到穷山沟？

我数着几道沟，弟说甭数，四道沟到了。村头坡上一拉溜蔬菜大棚勾起旧忆，那曾是砖厂。某一天大家声音颤抖着传递一个骇人的消息：一男叼着烟卷踏着履带正说得起劲，机器魔鬼般启动，他一个趔趄倒下，双腿被卷进制砖机搅拌泥浆的涡轮里，众人和他一起号叫，拼命抢夺他的身体。轰鸣声止，他的大腿已纠缠在里面，县专家医生两小时后才会到，整个车间，那个山坡陷入地狱时刻，充斥着窒息的哀愁。工友们好几天脸色煞白不敢上班，我一个无关的人也心惊胆战。几十年了，透过整齐的蔬菜大棚，似还闻见砖垛缝隙渗出的血腥味与呻吟声。先出头的村庄享受着进步，也先历经了痛楚，比别的村庄多了些筋骨与沧桑。半年后《血疑》大流行，煤矿俱乐部大电视开放，百多人挤着观看，迷恋山口百惠和三浦友和，我也在人群里，听表姐们与男生们打情骂俏，气氛自由。某男生买了西瓜，我第一次吃，细细啃到露了白，一男生大声嚷："谁啃的，太会过日子了！"那人想不到被嘲讽的女孩不会忘掉那深刻的窘迫，但忘记了他的样子。就像人们早忘了被从涡轮里拽出来的半截人，也或抑郁、感伤，不久归隐山林了。而砖厂仍日夜轰鸣，颇红火了几年，家家盖大瓦房娶媳妇，卧砖一律到顶，供不应求，想当"窑驴子"挣钱得托人。后来环保砖厂关了，挨着的煤矿则因资源衰竭更早停了，繁盛的村庄骤然空寂褪色了。

主街、房子大致从前模样，没有白墙彩画标语小广场，也没遇到人影，村里过于安静甚或萧瑟，有被忽略遗弃感，也或处于被掏空后的大喘息期。二舅家大院当年算得上阔气，多年空置也显窄破小了。冬眠的蚯蚓嗅到一股子湿暖气，急急苏醒，拱出了地面，祈望桃花夹道，却又被冷冷的黑白底色冻麻了。我生出这样的失落，但也庆幸，时间没有吞噬村庄的曲线，篱落上轻轻一按，逝去的壮美错落抽枝了。

姥姥家首次作为整体步入我的故土版画了，我的一半基因来自这里，这是我的来处，我的土壤，我的光源，且以二舅母落叶归根的生死方式郑重打开。

二舅母正倚着炕头被子垛张望，惊讶地笑了。

3

那一晚是家族生死存亡之夜。

一炕的人饿得起不来，透过小玻璃窗盯着黑洞洞的天，恨不得抓几颗星星化成大饽饽咬上几口。有弱而急促的敲门声。姥爷费力爬起，挪到外屋开门。

一束星光堵住了门口，一个瘦小的男生，穿棉袄，光脚板，发如草，傻笑着，后背绑着沉重的袋子。是二舅。后来想他是《双旗镇刀客》里的枭雄，在灰蒙的光中、弥漫街口的风沙中立着，嘴唇干裂，眼神坚毅，未待抽刀，獠牙支起的饿鬼们纷纷遁逃。

二十世纪六十年代"三年困难时期"，野菜挖没了，糠吃没了，树皮扒光了，烀青芽土豆的一家子中毒了，吃煤渣、观音土的梗阻了。姥姥把野菜稀汤给孩子们吃，自己饿得细脖颈支不住脑袋，前仰后合，跌跌撞撞，被恶童编话：

大脑瓜子小细脖，干吃饭，不做活儿。

舅舅们想冲上去撕扯，拉不动步。姥爷悲叹："这一家子完了，明天都爬出去要饭，死活听天意了。"天意就是二舅。二舅在金矿挖石头，常遭受磕打，大灾之年以为凶多吉少了，他却突然现身，还背着口袋！炕上一溜脑壳支起来。二舅说是石头，脑壳们吭当垂下了。"我挖到矿石了。"

大冬夜，二舅在棚屋冻醒了，就着半片月光，拎着镐头光脚跑出去，鞋早硌成碎片了。白天撒尿发现的河沟，冰下隐现着碎光，他心急火燎地刨。也有另一个版本，矿老板仁慈，知道家家等着救命粮，遂分了些矿石当工钱。

欢呼，脑壳们又扭动了。姥姥用破棉袄前襟擦拭二舅的两脚血污，以冷水慢慢搓拍，直到脚底板长出钻心的疼。姥姥放心地歪在炕沿昏睡了。

我见过土法炼锡。在姥姥家玩时，一群人忽然风一样跑了，矿山上扔了许多废料，每人捡一兜含锡的块条，锤成碎块，搭石灶，烧硬柴，轮流用马勺煮，化水后倒土坑里，凉了成锡锭，卖个块八毛的。有矿就有机会，有希望就有力气，二舅领着大家连夜碎石，磨粉，细箩淘洗，熬煮，化成金水倒小土坑里，得一小块金疙瘩，马不停蹄去镇上了。

"你二舅那是个英雄人物，没他，没你姥姥家。"老舅家小勇说过不止一次。若二舅不回家，大家可能都饿死了或流离失所了，没准大姨就做了童养媳，母亲也难说。二舅是舞台上的白袍小将，背插四杆大旗威风得很。那大舅呢？

大舅也是英雄。参加抗美援朝，炮火连天，耳朵震聋了，仍勇猛向前，中弹倒下，幸好偏了一指头宽的距离，留得性命，一直在家静养，体质屡弱。大舅报国，二舅救家，老舅后来奉养姥姥姥爷，都有血肉情怀。

二舅率先结婚生子，在镇上"道班"管理苗圃，对大家族多有照拂，需要拔草栽树，家族的年轻姑娘们都去了。一排砖房干干净净，二舅母做饭洗衣烧水，蓝花衬衫、瘦削的身影有民国味。二舅笑眯眯坐阳光下喝茶，看着一池池树苗，鸟雀叫，蝴蝶飞，伴着姐姐们的歌语，像慈悲的佛爷。

"你二舅最疼人，看谁都跟眼珠子似的。"母亲说。其实二舅和老舅脾气都不小，好的时候搂着脖儿走道，一个被窝睡，啐啐互相咬。说不好立刻酸脸，都结婚了还脾性不改，到我们家前一刻热烈拼酒，两肋插刀赴汤蹈火的，过一刻话不投机，撂下酒盅下地，任凭我妈我爸喊拽，一个往上跑，一个往下撅，气哼哼各自搭梁回家了。后半夜就后悔，比着起大早熬菜贴饽饽烫酒，端一处嘎巴一碰，亲哥爱弟又黏成一个人了，没什么是一杯酒整不好的。

二舅因自己冻坏了腿脚，就共情我父亲的哮喘病，"他老姑父大冬天穿单裤跑山撵兔子，冻出病根了，让俩孩子暑假来好歹捡点煤够烧一冬"。夏天我和姐姐就住二舅家，捡了半个月煤。天不亮我俩迷迷糊糊上山了，跟着大表哥走，以为还早，好多人已挎筐拎口袋挤在巨大的煤堆旁，抢占了最好的位置。晨光静谧，蕴含着躁动。倒煤渣的车冒着烟轰鸣着来了，人群骚动起来，煤车倾倒了，他们立刻闯进烟尘中哄抢，连搂带搬，手脚并用，眼睛贼亮，能在暗黑视野下快速分辨煤与镁石，大块搂完了就撤，等下趟车。靠煤吃煤，他们每年捡煤也能卖好几车，挣下家业和媳妇，大表哥也如此。我跑不动，只在捡剩的煤堆里挖寻，块小也闪闪发光。每天一身脏黑回家，二舅母早留好了饭菜，"吃饱饱的，有劲儿"。我和姐狼吞虎咽。也没捡多少，大表哥把自己捡的扔过来，凑成一毛驴车，亲自赶着送到我家，除夕我家炉子热烘烘，父亲首次不喘不咳，还屈尊帮我们包饺子，兴奋地讲起了打灰狼的故事。

二舅也爱讲。他体弱提前退休，每日盘腿坐炕头，月季花一朵接一朵地红，他一茶缸接一茶缸地喝热茶，一锅子接一锅子地装旱烟，瞅我们笑，露出镶边的金牙。"我当年比你俩还小，光脚在岩石上凿，跪着一步步背出碎石来……"接着在窗台"当当"一磕烟袋锅子，是开场的醒木，要讲七侠五义了。我们挤在炕上听，开始二舅也算声情并茂，但越来越细雨迷离、自言自语，一如歇晌的秋虫跌进草丛，头也沉下去打起了呼噜。

我怀疑二舅也不知七侠五义的最终命运，用低到听不见的声音糊弄过去，自古英雄出世皆浩荡，晚年黯淡不知所终。我求学在外时，二舅忽然离世了。但那自我沉迷的眼神、长期盘腿造成的罗圈腿形象，绝不模糊。或许不是盘成的罗圈，而是年少时光脚在冰面上刨石头，冻透了腿魂。二十四孝里的"卧冰求鲤"不过演绎，二舅赤脚在冰上跺出深陷的脚窝是真实的。

像两只脚灯，一走一闪亮，二舅母相中二舅的虎实劲儿，一大家子的负担也不怕，甩着两条大辫子窈窈窕窕来了。

4

二舅母坐着的地方，正是二舅常坐之地，二舅早已山居，月季花不知所终。

归有因，先走的说了算。二舅在山上虚位以待多年，舅母千山万水化成灰也得回去，当然要囫囵同穴，完整并骨。虽则各有木屋，算磨合期，待木烂肉为尘，干干净净两把老骨头，并行地老天荒。那观念根深蒂固。

二舅母生得白净，耐看，但你细瞅，左眼紧闭，右眼则珠圆玉润、清澈慈慧，有圣母般的温良。小时看二舅母的眼睛不曾惊诧，也看不到她忧愁，只觉生来便如此，像猫头鹰睁一只闭一只，是能耐人。长大后偷盯了一回，那只眼皮塌陷，好像包裹皮没有东西可裹，就瘪着掩上了。

母亲说你二舅母太能咬牙挺了。二舅母生大表哥的月子里，眼睛发炎红肿了，也没当回事，当回事也没钱治，二舅又远在矿上，导致眼疾恶化，流脓流血发黑了。疼，舅母打滚，撞墙，踹窗台，狂乱抠挠炕席，指甲断了，席刺扎进皮肉扎进指甲里。十指连心那疼都弱了，眼珠有更丰富的神经末梢，被那乌鸦一下下啄，一寸寸哀叫排出房檐，刺进黑夜，颤得我妈心尖都白了。

两年后我妈嗓子发炎引发重病，姥爷害怕，放话谁家给治好病，我妈就嫁谁家去。我家老太爷接了病人，以针灸加炮制草药，我妈一周好了。我姥爷说就是那人瘸腿聋哑也得嫁。我妈在堂屋针灸，留针静候时，隔壁间隐隐有京胡声，如"清泉石上流"驱散了紧张与麻痛感。过一会儿，挑帘出来协助老太爷拿药的，竟是眉清目秀的青年。他是太爷长子的二孙，热河省医专毕业，竟是天赐好姻缘。要是我妈早嫁过去，太爷崇尚"穷人吃药，富人花钱"，二舅母定会得到精心治疗。

等二舅回来，二舅母的眼珠就剩下一点残渣，仿佛乌鸦遗落的粪粒。好好的美妇毁了。二舅母个高苗条，能唱会跳，一到过年、元宵节、五月十三关帝庙开戏，她早早收拾利落，甩着辫子袅袅婷婷出现在乡镇街头，唱张五可、小白玉霜，也唱李铁梅，不扮装也上相，不涂抹自有红晕，眼神随锣鼓铙钹炯然一定，春山秋水截不住，心气极高的。自打眼睛坏了，嗓子哭哑了，她再也没出现在戏台上，也不照镜子，热爱的大辫子剪短，随手一抓掖在耳后，默默干活儿。

二舅说去后梁捋榆钱儿去，跑到树下掉起泪来，像委屈不甘的小男孩。他觉得无颜面对舅母那只眼睛，那是不张嘴的责备、不愤怒的抽打。二舅母等榆钱儿下锅熬粥，才发现二舅趴在树下，手上都是擂打树干的创口。

二舅母不怨二舅，不怨社会，也不怨命不好，就说是命里该有的一个劫难，渡过了就顺了，这一遭把罪受够了，以后没病没灾。这等宽慰管用，二舅回家了，但望一眼二舅母空荡荡的眼睛，又啜泣起来，泪线流到碗里。二舅母端过二舅的碗一口气喝完，又重新盛了一碗递给二舅。

"我最疼的时候怎么忍？就想着你在冰上拼命刨金子救全家，双脚差一点儿残废，你的疼从脚底往上蹿，我的疼从头上往下跑，你没有一点儿委屈，我也能咬紧牙关。老天爷还给我留一只好眼，一面看不着，转转身不就看见了，没缺没少。"全凭秉性豁达支撑，生活质量无损，二舅母也成了家族女能人。大家习惯了二舅母的坚韧，习惯了她瘪着一只眼睛的倾斜生活，上田下地，煎炒烹炸，不曾耽搁少做，也习惯了二舅温软地和二舅母说话的口气。阴雨天二舅母眼疼，眉头微微一皱，二舅早递过一根烟卷，点着，二舅母吸了一口，没呛着，疼轻了，烟瘾成了。

此后二舅看谁家孩子都跟眼珠子似的。父爱母静，子安家和。老疙瘩小军却一直记挂着母亲的眼睛，买大房子接老妈来住，带她到北京大医院，看能否移植眼球恢复视力。可惜年头太长不能了，只好嵌了一只假眼球。

那个凹陷突然撑起来，美也苏醒了，五官圆满，六十六岁的二舅母立时年轻了。她端详着镜子，凝视眼珠的光泽，蓦然回到明眸皓齿的少妇时代，指尖挑成一朵兰花，"慢闪秋波仔细观瞧，见自己生来的俊好似鲜花一样娇……"我因此想，习惯是可怕的，面对以为不能更改的状况，或者可以做一些事情的。所以我去姥姥家也在想我的母亲，忏悔一些该做没有做的事儿。

小军接二舅班，养老责无旁贷，但小军说，还是因为弟妹好。弟妹秀外慧中，全心照顾老奶子，啥都不说，说啥都听，孙女也一样哄着靠着奶奶。每月二舅的退休金一下来，二舅母坐车四处看其他孙辈，钱撒没了回来，心满意足。在一场喜宴上见到八十八岁的二舅母，她站着抽烟，红绒棉袄紫绒帽，吐出缭绕烟圈，颇有一支高挑的灯盏看芸芸众生之意。

二舅母用一只眼睛的微光照亮人生小道，多年后我才发现花木深处的光芒与疼痛。想，不妨抛却第三只眼第六感观，再捂上一只眼睛，添酒回灯，看这世间少了什么多了什么。一半是繁华，给出光；一半是静默，生出力量。

5

都始于正月初六。满族"姑奶子"回娘家日，舅舅们雷打不动派两男两女团队步行来接。姑娘在家也未必娇惯，一嫁人提升为姑奶子，地位蹿高，回娘家要大派二派升高座、接受席面款待的。母亲是六个孩子的妈妈了，绝不妨碍她从转不完的灶台、碾道站起来，掸掉烟尘，回归姑奶子的气势。

这样郑重接姑奶子回娘家的待遇，在我们村，在姥姥村，都是独一无二的，是母亲的荣耀，都源于舅舅们的情怀、舅母们的贤惠。老人不在，亲姐热妹不能凉了。往来没有轿子车马，没自行车，礼物就是热情诚意。

早晨收拾停当了，母亲进入角色。用脸盆洗头，扑腾得整个地皮都湿了；父亲用手术剪给她修理黑亮的短发。父亲平时暴躁，家务事横竖不捏，此时耐心对着镜子比量梳剪。这是难得显示他们的琴瑟和美影像。母亲细致搽雪花膏，擦去油烟味，擦进阳光，静白生动。有一年破五那天，父亲按惯例挑菜，我们大气不敢出，母亲说了重话，"挣不来多少，还天天挑"，父亲怒摔筷子下地了。母亲是要么忍住不说，要么一吵起来停不住，把嫁过来所受的委屈一牛车陈芝麻、一马车烂谷子轮番倒过去。父亲其实嘴笨，脸通红拿起瓷酒盅拽过来，碰着母亲鼻梁了，立时瘀青。第二天舅舅们来人接姑奶子呢，没法遮掩，大家都愣住了。父亲默默找来红霉素软膏给母亲细细抹上，镜子里映出一点愁容。第二天，舅家大哥大姐、二哥二姐来了，惊诧也不多问，母亲也没向娘家人控诉，带上老丫老小欢喜出发。什么也不能破坏回娘家的氛围。

正午时光，大野苍苍，冰河漫漫，一拨拨上梁下梁来回串亲的人喜气洋洋，互看对方回娘家、去姥姥家的阵势。阳光晒得后背热腾腾，棉花针儿刺痒痒，二道沟村口有个女人坐门前，解开俩扣给孩子喂奶，那吃奶的孩子长大若嫁在乡村，也该当奶奶了。概是那些年春节路上独有的风情。

闯闯捞捞走在前头，声洪嘴壮说笑的，哪个舅舅或孩子们做得不对，立刻撂下脸子训话，都立立整整听着，说姑奶子能拿得出主意做了娘家的主，大姨就是。到姥姥家下村接上大姨，带上小表哥，舅家的弟妹们早跑出来，女生羊角辫上扎着粉红花朵，十数人簇拥着大姨和母亲进村了，遇着人相互问候，前呼后拥走走停停，如同省亲，满布着荣耀，我也是小格格了。我邻居总喊我萍子（ze）土，姥姥家喊我"小萍"，立刻气质地位提升了。

一天三顿酒，五个舅舅家轮流吃。先到二舅家，新盖的五间大瓦房，宽敞。姐儿俩稳当当端坐大炕，舅妈表姐弟们下面张罗着，舅舅和叔伯舅妈们围坐拉家常，大姨的粗声大嗓和母亲的细声慢语间，小男孩小女孩们挤着笑着扒着玻璃看，笑声震动着窗花，喜鹊登梅，年年有余。四方大红木桌摆上满满的肉菜，猪肉粉条、酸菜炒肉、炖大骨头、糖醋小排骨、煎血肠是必有的硬菜，也有杏瓣菜、山楂罐头、炒瓜子（瘦肉条炒咸菜条）等小菜解腻。饭前必先上一碗米汤润胃，都用笊篱捞大米饭，锅里熬菜蒸熟，留一盆香浓的米汤。

我不想在大人的热潮中被淹没，快扒拉一碗米饭下地玩去也。拿稀有的彩色铜丝拧成花朵、步摇、耳环，打扮四五岁的小表妹，直到她不耐烦大叫；又披上花布单，缠上长围巾扮作青蛇白蛇，男孩子演许仙法海、虾兵蟹将，被二蛇仙打来撵去，窗户快给震破了。晚上屋里屋外亮堂堂，年画窗花挂钱儿更比白天艳丽，跑得更欢实，不端两脚给两巴掌，决不回各家睡觉。我睡老舅家老房，老舅是好木匠，两扇长窗是别致的多宝阁，中间大红五星，老舅母巧手剪出纯红纸窗花贴进星内，只觉贵重时髦。听见他们叹息着欠谁家的外账怎么还，也丝毫搅不了"全国人民都没有我幸福"的好梦。

第二天，继续东家载酒西家乐，盛世，繁华，人丁兴旺，千般风光，这一年的苦楚烦恼都驱散了，心里重新注满力量。人生是螺旋式向上的，唯在低回处更能感受到与天地与人之间的那份疼惜，可以从沼泽中拔出脚来。

十五不看娘家灯，方舅舅，这厢鸣锣收兵打道回府，送母亲回家又一排孩子。吃饭一桌不够，睡觉两炕也挤，一时不闲着，白天四处砍疙瘩根捡松塔，去井泉抬水；晚上月亮照地，大场院四周有秸秆垛挡风，半大姑娘小伙儿倚着谷垛逗话，爷奶盯着小婴孩，他们带动全村同龄孩子围一大圈丢手绢，躲猫猫，唱新歌，闹彻"姑姑家"的上空。

回来火炉上烤年糕片，金黄的糕片在箅子上膨大变脆，细品黏香，或烤豆馅大饽饽，暄腾甜腻，酸菜馅饺子则酸香满屋。又精神了，西屋上炕围火盆坐一圈，继续击盆传玉米棒子，歌都唱完了，就背儿歌，打不尽豺狼决不下战场，打尽了也不甘，挤挤插插躺下继续侃鬼故事，就想把时间熬停了。两天后一个人想家哭了，一车人都哭着想家，哗地撤光了，回娘家重头戏落幕。微霜匝地，一种大富贵般的宁静如雪花扑面，茅草微微摇曳，微疼的幸福感摇曳。

一个个接母亲的梯队，也都成了爷爷奶奶。父亲病了，母亲回娘家的大戏码停了。但戏停人不停，正月初三四（初六离乡打工了），老舅家小勇作为姥姥家大院的最后守护者，年年骑摩托车来看老姑，母亲心上仍是富足的。小勇也结婚生子那几年过不来，母亲慌慌的，一听到有摩托车声就挪出门去，慢拖拖走回来。

于是我们姐仨儿决定过年都回家，陪着老母亲回一次娘家。一路缓缓走，愉悦像坡道上的冬草，在阳光里萌动，也一路捻亮独属于母亲的灯盏。她若有所思，又像卸去了重负。离开姥姥家时真觉丢开了一个纷繁的大花园，栅栏在身后关闭，姥姥家的宏大叙事不可避免地凋零了。但因满足了母亲，内心也是满足的。

直到二舅妈这次隆重归家，我触摸到那扇旧铁门，过往突然酥麻麻冲上指尖，才黯然。大家庭如老蜘蛛织就的大网，一有红白喜事仍会再现旧时光辉，但人可以重返现场，大家族不可再造，热气腾腾的时间气场像一片澎湃的植物倒伏了。

6

回娘家这场锣鼓喧天的戏文高潮是满族婚礼。腊月相亲，正月结婚，省了一年三节礼钱，年终就能抱个大孙子，美。三六九都是好日子，二舅家大表哥作为大家族长子，初九结婚。

初八接新娘来。毛驴车支个蓝布棚，似乎八抬大轿光景。新娘先在亲戚家"打下处"，不能望见婆家房檐，老舅家正好，大姨母亲姐俩儿是陪新亲最佳人选，姑奶子位分高，双方都觉有面儿。二舅家灯火亮了一夜，屋里屋外沸腾，凌晨四点，新亲到了。新人带来两个花瓶，装了娘家水，倒入婆家水缸，叫"财源广进"，还有两棵大葱，寓意子孙聪慧、光宗耀祖。新人进中堂，司仪扯着嗓子喊："给毛主席鞠躬。"墙上端端正正挂着毛主席像，面色红润，微笑祝福。下设高桌，二舅和二舅妈坐好，开始拜天地。洞房在西屋，红躺柜，标配座钟，一组古典穿衣镜，正中四方大镜，两侧瘦长条镜，有钴蓝花边，嵌入对联"人换思想地换装，山变容颜河变色"，柜上摆一对同款梳妆匣，真阔气。

新人上炕"坐福"，也是坐富贵，倚着一垛花花绿绿的被褥，摞越高越富贵，彩锦颜色越多越吉祥。必须坐够时辰，不能随便下地。吃了半熟的"子孙饺子"，小表弟拿着擀面杖上场了。一边用力敲击门框一边脆生生喊："擀面杖，敲门框，丫头小子养一炕。"众人又念："骨碌骨碌墩儿，当年就抱孙儿。骨碌骨碌碗，当年就抱崽儿。"里三层外三层笑开了。

但在母亲回娘家的热闹里，大舅似乎被弱化了。大舅母连生三个女儿后，赶在计划生育前又怀了老四，天天烧香磕头祈祷是男孩，生下还是女孩。连老舅母家生了仨女儿后都赶在计划前生了老小儿，后继有人了，老天就是没垂怜大舅母。大舅绝望又自卑，小四姑娘生得粉面桃花，整个月子里他愣是不看一眼。大舅母把小四放左边，他转右边睡，放右边，他往左边睡，别人都给气乐了。大舅母尽管也笑着说，心是带血的，她以为自己夺了大舅的精神，脸上愧疚。大舅耳聋，本来因身体有暗疾就沉默寡言，后来更不爱凑热闹了。但郑重的场合都有面儿，大舅早早坐炕头上一袋袋抽着烟陪新亲，不能说没伤感，高兴也是发自内心的。

大舅妈则承担"绞脸"仪式，将带罩的长明灯移近些，新娘含羞带怯，两条落肩麻花辫上扎着粉红头绳，穿一件橘红上衣，出彩万分。大舅母脸也红红的，拿一根红线尾端系结，嘴叼住一端，另一端在新娘"月亮盖"上抻来捻去，稳稳地绞，汗毛扯得光光的。

"新姐！"我们挤进去笑嘻嘻叫，此时她就是老李家的人了。要是好几家哥哥都结婚那不叫混了？我妈说："新姐就叫个新，一年后该叫啥叫啥。"

新姐下地给亲戚们敬酒，小表弟又上场了，拍新姐后背三下，司仪高喊："小叔子拉一把，又有骡子又有马。"待晚上"搅房"开始，孩子们抢着上炕把窗纸捅碎，碎碎平安之意。二舅母一拨拨撒糖烟，男生一边耳朵夹一支烟卷，嘴里抽一支说"大喜"，主宾皆欢。我村有一个吝啬婆，我们帮着戳碎窗纸，冻手冻脚眼巴巴挤着等糖，都困极了也不给一颗，只得骂骂咧咧走了，他家再办婚事只能自己捅窗户。

晚间小表弟还要"压炕"，在新房炕头自己睡，天亮拿了"压炕钱"才走。这是小军一生有趣的记忆，到他结婚的时候，这些有趣的习俗都没了。

表姐们则不同，亲戚见面问："大姑娘啥时候出门子？""嗨，才找主儿。""递手绢了吗？""递了，包的一管英雄钢笔，男方包一沓钱。"开始琢磨"添箱"的事了。我妈承担为新娘刺绣门帘的任务，自然是我和姐姐的事，炕头上绣啊绣，翠绿枝叶支棱起粉红并蒂莲，中间四个大字"团结友爱"，正合姥姥家。

舅和姨家两表姐同年生，也同时嫁人，还嫁在一个村，舅舅们为难了，两口子只好分开一家去一个送亲吃席，小孩子吃了这家吃那家不亦乐乎。舅表姐稳当当炕上坐福，外头再热闹一动不动；姨表姐两条辫子上扎着大红花朵，见我们院里踢毽子，抬脚从窗户偷偷跳出来跟我们玩，如此淘气的新娘子也就这儿一个。巧合的是姨表姐命运多舛，后来家庭破裂，失去幼子，幸有小棉袄贴心贴肺。坐福真是要稳稳地坐够了时辰，不听老人言，吃亏在眼前。幸而都是大大咧咧秉性，唱《红灯记》《杜鹃山》长大的乡村歌手，闯过重重关卡，我看见她们身穿鲜红的羊绒大衣唱《青藏高原》《天路》，仍是"力拔山兮气盖世"的样子。

那些人的表情与性格应了姥姥家那片土地的气质。我重新剪辑了旧时星辰与现代风月，也是一种灵魂追溯，因为深爱过，明与暗都不会被剥夺。二舅母点亮了灯盏，我掘出深藏的琥珀，里面呼之欲出的蜂，冷不丁蜇了一尖，惊醒了。

7

生命有光，也有趋光性。人肩膀上生就两盏灯火，灯不灭，人不死。

归乡的那一夜紧张。都以为二舅母撑不下去了，一应备好，亲人挤满老屋，她的呼吸却渐渐有力，脸色转红，能坐起来喝粥，毫不糊涂。医生叹为奇迹，老人生命力强悍。她倚着被子垛看窗外，人影往来，灰喜鹊喳喳叫，就是动不了，只看着阳光也好。

她握我的手很有劲，且那力量有根。身体也不窝囊，声音洪亮，不咳不喘，思路清晰。焉知不是故土阳光与精神抚慰了灵魂。她不停地诉说，好像才从幽深的胡同钻出来，要说尽一切，怕说不完，我越觉微疼的寂静。

时间销毁不了过去，也捏不严实皱褶，透过缝隙，我立刻能重建复活历程。一页薄纸上，年轻的母亲与亲戚们吃酒谈天，舅舅舅妈们，十几位表兄弟姐妹挤满炕上炕下，那样沸腾喧嚣、生机勃勃；再一页是西屋炕上，二十岁左右的年轻人围坐一圈，穿着棉袄，盖着大被子，各自讲初入社会的惊险经历，微哑的小歌穿过微冷的夜："脚步虽蹒跚，白发已出现。我还是从前那一往情深的少年。"故事很短也很长，初月鸣山，繁星扣霜，年轻的夜，陪我们的歌，歌里酣眠的亲人，那片烟云横生的土地，一直吟诵到我们真的白发已生。

真想在那大炕上睡一晚，陷入童年，做一回有母亲盛事的梦。但毕竟二舅母大病初愈，多劳损伤元气，我们也身不由己，心上有一份寥落的。可喜二舅母一天比一天壮实。小军考虑到老房破旧，生炉子做饭去厕所都难，造新房又不值得，就去镇上租楼房，雇人照顾二舅母，年节聚会就在镇上，春天二舅母想回村种点菜，与邻居说说话，都行。

而一个大家庭的老人回乡绝不简单，老人能有什么资源，就只有孩子，孩子们一次次返乡，就是给那片土地带去一层云一片雨，恢复一地盛景，延续青青草。医院隔三岔五溜达一趟，一旦将来老下，及接下来三个周年隆重办事，乡村"流动厨房"也悲喜交加了。

因想，若许多老人回家乡养老，松散的城乡关系就紧密了，空落的村镇就会丰盈起来。当然有的人回忆里装满苦难与阴影，如加缪，他们更喜欢生活的地方是旅舍，"即使死于其间，也无所谓"。人需要海阔天空散发余情，也需要深井般的洞穴安置情绪，这个洞穴却未必是故乡。

但"落叶归根"动人而珍贵，且有香气，我断定是蘑菇的香。蘑菇不怕深嗅，是真正从泥土里长出来的味道，混杂着腐殖质老土味、新落松针的清气、带露的阳光味，不浅不跳，可以调动所有的情感线索。若风把叶子吹走，把土吹走，把人也吹走，只剩下裸露的根、孤独的石头，就寡淡无味了。说水流千遭，走了的都会回来，似是悖论，又含着希望。把窘迫扔在异乡，让精神回归原乡，就像微小的孢子落于土壤，是返其宅，归其泽了。

（原载于《民族文学》2024 年第 8 期）

遇

见

借一杯茶慢下来

阎晶明

现如今，喝茶也成了一门学问，门道越来越多。"有没有"成了"好不好"，甚至还引发出"会不会"和"懂不懂"。我自幼生活在与茶无缘的地方，可我依然记得，小时候家里一把用来倒茶水的陶壶上面，赫然印着四个字：可以怡心。的确，汇总那些中国传统中与茶相关的词语、概念，从中表达的诉求，都有一个共同指向：慢节奏，慢生活，让心安静下来。

这些年，我在"茶道"上获得的知识依然很少且杂，但对"茶可以让生活慢下来"越来越有感悟并且认同。就比如今年夏天，跟几位朋友到福建长汀走访，除了美食美景让人流连忘返，尤其感到愉悦的是，这次旅行带给我一种特别的体验，大家居然可以不用那么紧张兮兮地等待出发。无论约好几点发车，集合的地点总是在驻地一层大厅所设的茶室。先到的先喝，后来的后品，待大家一边品茗一边叙谈得差不多了，或者那不喝茶的人也到了，就一起出门上车。

我常有这样的紧张感，凡集体出行，即使你并没有迟到，但只要是最后一个上车，也一样会有一丝不安在心中泛起，好像拖了别人后腿似的。在茶舍里集合，一边喝茶一边等人，那种闲散可以说太惬意了。因为茶，会更喜欢这样的出行、这样的地方、这样的同行者。

初秋时节，又有了同样的体验，对茶的认知也就更深了一层。云南临沧双江县的冰岛，并不是一个轻易可到的地方，为茶而来，倒是很值得下一回决心。这里是云南普洱茶的新热点，向往者日益增多。尽管是西南边陲的小村庄，但其实从天南地北前来，都没有想象的那么辛苦，从临沧下飞机，一小时车程即可抵达。

我还真没有想到冰岛村是这么一个所在，一个地处大山深处的村落，漫山遍野都是茶树。大家都跑到"树王"下拍照，仿佛是在跟上千年的生命依偎、对话。冰岛村里的居民如今已经悉数搬迁至不远处的"冰岛小镇"居住，原来的村子，就完全让位给他们钟爱的茶树了。冰岛的周边，与茶有关的各种机构招牌林立，一副要把茶业品牌做强做大的气势。茶博物馆、研究所、传习所、体验中心、展示中心等，不一而足。在这里，似乎没有进入边陲小村的新奇感，倒好像闯入了一个"茶世界"，琳琅满目，还略有一点竞争味道。说明这里不是世外桃源，而是与飞速发展的世界同步的地方。当然，毕竟有普洱这个"老大哥"在前，冰岛的存在就永远是独特的。

在双江，无论你是在县城里漫步，还是在乡间公路上穿行，所见的商铺名目，以茶业为最多，或绝大多数都与茶相关。公路两旁所见标识，要么是以产茶著称的村名，要么就是与茶产业相关的机构。千年古树开新花，这花，已经是当地人生产上的主业，生活里的主体。可我仍然记得，茶应该是让我们的生活节奏慢下来，两眼专注于可观之景物，内心可以冥想，也可以完全放松的。难得的是，在双江，有机会在类似于勐库茶文化展示馆等场所与好友从容闲谈。半山上展开的巨大露台，是一个喝茶的好地方。经主人指点，方知云雾缭绕的周边和远处山峦，散落着因茶而为人所知的村落，公弄寨、大户寨、小户寨、南迫、那蕉……真的是看不够、看不尽。

本来，此行还有一个主人推荐的必去之地：大雪山。据说那里不但有无垠的原始森林，而且可以欣赏到树龄近3000年、生长在海拔近3000米高山之上的"茶祖"树。也就是说，来到这里，可以与数千年的生命结缘，甚至有机会品尝一下最具历史感的茶。

然而，我们一行不过五六人，人人都有此愿，却个个不能久留，必须在一天之内分别赶赴机场。现在时间已经过了两个月，若问我当时为什么不能多待上哪怕一天，以享受独特美景，自己都回忆不起来了。当时理由很充分，只是过后已惘然。我只能开玩笑地说，幸亏此行还得了一本书，诗人雷平阳关于双江茶业的长篇散文《茶宫殿》，路途上卧游，权当是去过，或为下一次再来做攻略吧。

的确，一年到头行色匆匆，总是不能停下脚步静心欣赏一处景致，更无暇泡一壶茶看云卷云舒，听鸡鸣犬吠。真不知如何评价这样的自己。记得离开的那天早晨，我得以在那个巨大露台上用餐，还可以略微从容地品茗看景，那真是一种难得的享受。

雨过天晴的上午，二三好友同车赶赴机场。我在路上写下以下这几句话，当然不足以作为此行的记述，却也算得上是与茶有关的一点新感悟。

好想就这样凭栏而坐，一直坐下去……
坐看潇潇雨歇
坐听人语鸡鸣
坐得碌碌无为
坐到饥肠辘辘
然而我却不能
我必须在五分钟内吃完一碗滚烫的米线
随手拍下证明我曾经来过的空镜
像喝掉一杯烈酒一样
一杯冰岛普洱一饮而尽
去赶雨后难免滑湿的道路
车上的朋友
在谈普洱茶
在假寐
在轻咳
一切都和我无关
我只记得那半山的凭栏需要重来
那对面山腰上散落的村庄叫不出名字
在不知哪个方向的更远处是大雪山
大雪山的更深处是古茶树林
2700 年的生命史
大过我们欢聚餐桌的直径
一切都只是听闻只是想象
是折腾一整天赶来却没有去拜见的遗憾
是下一次议论冰岛时的谈资
仿佛已经去过似的
一切都和我有关。

（原载于《新民晚报》2024 年 1 月 25 日）

一池清梦揽星河

王　军

　　上午看过展览后，我们来到水池边。昨夜的一场雨，把园中的杨柳梅李重新梳洗过了。斑驳的阳光，从松树缝隙透过来，浸在水里，欲言又止。虽在"荷月"，睡莲依旧睡意十足。想起春节后初来文学馆时，不经意间柳树就吐出了嫩芽，岸边几树玉兰开得春意满满。银杏树枝疏朗清爽，每枝又出许多绿叶，简洁无比，几条枝，几片叶，就是春天。如今已是夏末，一池之内，一园之内，亦觉天光云影，光阴徘徊。水池对面，A座展厅棱角分明、四方落地，B座建筑主体却扭了45度，稳重典雅中透显出清新活泼。屋顶覆盖着蓝色的琉璃瓦，白色的屋脊和戗檐勾勒出鲜明的线条，像翼般舒展的屋顶和出檐，正如《诗经》所谓"如鸟斯革，如翚斯飞"，下面是绿草茵茵，绿竹青青，上方衬着一大片蓝空。外部墙体的浮雕以耐酸耐雨的草白玉为原料，取材于郭沫若《百花齐放》诗集中的名家木刻插图，从远处望去，这些浮雕如百花争春，迎风怒放。这个园子采用传统的民族风格与现代技术相结合的建筑手法，在建筑主体甚至每个细节上都充分体现出了中国的、现代的、文学的这样一个宗旨。这个园子，是中国现代文学馆的园林。

一

　　谈及中国现代文学馆，自然要从巴金说起。晚年巴金时有这样一个梦："近两年我经常在想一件事：创办一所现代文学资料馆。甚至在梦里我也几次站在文学馆的门前，看见人们有说有笑地进进出出。醒来时我还把梦境当作现实，一个人在床上微笑。"（《随想录》）这个梦逐渐地变成现实。馆址方案几经变化，从最初拟定的西郊潭柘寺，到颐和园的藻鉴堂，到东交民巷的原国际俱乐部，到东总布胡同的原中国作协大院，到一度传说中的宋庆龄故居，最终确定借用西郊万寿寺西院。万寿寺原是慈禧太后的行宫，是她去万寿山的途中休息之地。寺外有一条通船的河，清澈美丽，船可以直接划到颐和园。万寿寺西院纵深狭长，前后六进。文学资料存放在这样有文脉的地方，可谓适得其所。文学馆老人回忆，有时屋里颇闷，而天阴院中凉快，筹备组便将椅子沙发搬到院中，在海棠树下开会。1985年3月26日，81岁的巴金在这里主持了开馆仪式。但是，万寿寺是砖木结构的古建筑，是文物，不能增设现代防护所必需的消防、防腐、防潮、恒温等设施，此前不久，第四进院子还发生过火灾。这些对图书、手稿保护极为不利。何况万寿寺又是借用的，自非长久之计。租借协议期满，将恢复历史原貌并对外开放。巴金为此再度呼吁："文学馆是我一生最后一个工作，绝不是为我自己。我愿意把我最后精力贡献给中国现代文学馆。"2000年5月23日，文学馆迁至朝阳区芍药居新址，举行了隆重的开馆仪式。这时巴金已96岁，开馆仪式上宣读了他的贺信。每位来参加开馆仪式的人都幸运地与巴金握手，因为每个门的把手都是按照巴金的手模制作的。现在，隔着水池看过去，十几种、几十种疯长的青草野花，在阳光下溢满了生命的光泽。在几条小径交会的地方，按巴金真人等比例制作的雕塑就矗立在那里。一个小老头，背着手，在草地里，仿佛在沉思。

二

在文学馆正式开馆前，巴金就亲自挑选了手稿、书信、字画、版本等多种品类的3161件文学资料，运到万寿寺文学馆筹备处。这其中包括鲁迅赠送给他的《凯绥·珂勒惠支版画选集》，这部书上有鲁迅亲题的"七"字——当时这部书只印了77册，国内赠送10本，巴金得到的是第7本。在迁来芍药居新馆的前一年，很多地方正在争夺唐弢藏书。唐弢的4万余册图书、期刊中不乏孤本和珍藏本，基本涵盖了现代文学中的代表作、初版本。巴金写信给唐弢夫人说，文学馆如果有了唐弢的书，文学馆的收藏就有了一半以上了！这句话深深打动了唐弢夫人。新春佳节，文学馆领导去给唐弢夫人拜年。春山在望，唐弢亲属到文学馆新馆工地参观，对库房建设非常满意。秋风送爽，唐弢藏书确定捐给文学馆，成为文学馆无比珍贵的宝藏。积小致巨，百川来汇。如今文学馆馆藏资料已达到90万件，而这个宝库还在铢积寸累，不断丰富。今年春天，中国作家协会在文学馆举办"剧作家活动日"。刘和平捐赠电视剧《雍正王朝》、祁剧《甲申祭》手稿，陈涌泉捐赠《鲁镇》手稿，中影、爱奇艺、优酷等9家公司捐赠《流浪地球》《觉醒年代》《江山如此多娇》《万里归途》《智取威虎山》《风吹半夏》《琅琊榜》《三体》等多部优秀剧本。在中国文化的漫漫长河中，戏剧与文学从未分家，这次优秀剧本捐赠成为新时代戏剧与文学深情拥抱、共同发展的标志性事件。今年以来，两岸企业家峰会台湾方面理事长刘兆玄（上官鼎）在行程中特意加入参访中国现代文学馆一站。台湾作家陈映真的大量珍贵文学资料陆续藏入文学馆。五月初夏，枝叶荫翳，绿意盎然。台湾作家张晓风、诗人绿蒂等也来了，触摸百年中国文学的历史脉络，重温经典作家的文学道路，感受两岸文学的同频共振。张晓风在捐赠的每部手稿上都现场题写了说明。她捐赠的图书中，有一本是张作锦的《今文观止》，扉页上写着一句很有意义的话："送给晓风，我的徐州老乡。"张晓风说，张作锦是台湾《联合报》原社长，八九岁时离开徐州，如今已年逾九十。"无论在台湾生活多久，他仍然记得自己是徐州人，记得自己的故乡之根。"人生天地间，忽如远行客。张晓风说，捐赠这本书能够很好地传达作家对于故乡的深沉感情，借此也能表达出自己对文化传统的尊重。"我的书是我平生最珍贵的东西，能够把书放在最该放的地方，是一件很值得做的事情！"

三

从巴金雕塑走过去十几步，绕着湖边走，便来到沈从文的半身雕塑前。这是一大块写意的铜质浅浮雕，几叶湘西竹衬在面颊的侧方。在这个园子里，这样以现代作家为原型的雕塑有十几尊，或铜铸，或铁制，或汉白玉雕刻，或立或坐，姿态各异，栩栩如生。面对这些国内一流雕塑家的创作，中国美协原名誉主席靳尚谊这样评价：我们这帮人最好的作品都在这儿了。1985年3月28日上午，在文学馆开馆两天后，巴金顶着大风，步行来到沈从文家看望。沈从文那时已说话不便，嘴唇吃力颤抖。两人相见，紧紧握手。巴金突然沉默了。这是他俩的最后一次见面。巴金此后再也没有来过北京。人生若只如初见。这时距两人1932年初次相见，已隔了五十多年。那时沈从文与张兆和刚刚成婚，邀请巴金到北平达子营，巴金在新居小书房内，一住两三个月。沈从文回忆："那是1933年秋天，那时候巴金正住在我家里，跟我住在一块，我刚结婚，他一个月就把《雪》那个长篇写出来了，其实我那时候写《边城》都是到院子里面写。我写半年才写完，他一下写十万字、十二万字——我半年中间才写六万字。"（王亚蓉《沈从文晚年口述》）从1948年46岁到1978年76岁，沈从文在中国历史博物馆工作生活，当了十年文物讲解员。文学馆的馆藏资料中，有沈从文写给丁玲的信，说了自己为什么转行。《跑龙套》手稿里面这样说道："跑龙套另外还得有一份本事，即永远是配角的配角，却各样都得懂，一切看前台需要，可以备数补缺。"在博物馆工作的沈从文，每天泡在浩瀚文献中梳理传统服饰的脉络、片语，在壁画、墓葬中寻觅服饰文化的历史信息。他有这样的功底。早年在给"湘西王"陈渠珍当文书时，沈从文经常鉴赏由他保管的百来轴自宋及明清的旧画、几十件青铜器与古瓷，以及相当数量的碑帖。沈从文懂美术，懂音乐，懂书法，懂文学，熟悉古代文献，重视图像观察，关心考古发掘成就，这使得他在博物馆写成了《中国古代服饰研究》这部周总理谆谆嘱托的巨著。1988年5月，沈从文心脏病发作，在家中去世。文学馆在湘西为他举办了第一个展览：《沈从文生平与创作展——纪念沈从文一百周年诞辰（1902—2002）》。这是对一位作家、一位博物馆人的最好纪念。文学馆是巴金设想的文学资料馆，也是档案馆——文学作品的手稿和有关资料，是我国文学以至文化发展历史的真实记录，还是图书馆、展览馆、博物馆。当前，文学馆正在加速博物馆化进程，加快开展博物馆定级、文物定级，落实国家产业结构调整支持的博物馆数字化建设、展览策划和展示设计、公共服务设施建设，筹建全国文学数字地图，努力打造人气活跃的文学现场、让人敬重的文学阵地、数字赋能文学的靓丽窗口。

四

经过沈从文雕塑再走几步，就来到茅盾立式全身雕塑前面。1949年7

月 23 日，中华全国文学工作者协会成立，1953 年 10 月改称中国作家协会。茅盾自 1949 年 7 月担任中国作协主席，一直到他去世，此后由巴金接任。1985 年 3 月 27 日，在茅盾去世四周年、中国现代文学馆开馆第二天，隶属于文学馆的茅盾故居正式对外开放。茅盾故居是一个二进四合院，正门大理石横匾上有邓颖超题写的"茅盾故居"四个大字，茅盾在此度过了生命中最后的六年时光。早在筹建时期，文学馆就举办了茅盾生平和创作展览。今年是茅盾《子夜》出版 90 周年，文学馆也举办了一个小型展览。《子夜》手稿经过上海"一·二八"战火和抗战烽火等不平凡岁月，奇迹般地保留了下来。翻开手稿，似乎可以感受到作家的生命与体温，可以呼吸到远去时光的气息。文学馆保存的手稿题名《夕阳》。茅盾在提要里写道，当红军攻占长沙，工业资本家和银行资本家达成妥协，共谋一致抗赤，然而两面都心情阴暗。他们在庐山牯岭御碑亭遥望山下：夕阳反映，其红如血，原野尽赤。有人忽然高声吟诵："夕阳无限好，只是近黄昏。"以"夕阳"题名，比喻蒋政权当时表面上处于全盛时代，实际上已经在走下坡路，是"近黄昏"了。当连载《夕阳》的《小说月报》因炮火停刊，茅盾决定写完全书，出版单行本，并把题名改为《子夜》。这部小说还曾经拟用"燎原""野火"题名，以"子夜"定名，是从当时革命发展的形势而言。子夜即半夜，既已半夜，天快亮了。茅盾逝世前，热情地表示愿意将他的全部著作的各种版本以及包括《夕阳》（即《子夜》）在内的手稿，都交给文学馆保存。茅盾故居也捐赠给文学馆。文学馆还有数量巨大的作家个人文库，举办作家书房展，尽量再现作家的创作环境，保存作家生前藏书以至生活用品等实物，使人感受到作家活生生的气息。包括茅盾故居在内的中国现代文学馆，是把图书馆型、研究型、故居型、博物馆型特点综合起来的理想的文学馆，这在全世界的文学馆中难得一见。1981 年 3 月 27 日，巴金正在家中畅谈新文学浪潮中涌现的中青年作家作品，传来了茅盾辞世的不幸消息。巴金默默站起来，接过电话后，走向了花园。他站在草地上，默默望着远处。当天，巴金用颤抖的手写下："火不灭，心不死，永不搁笔！"文学馆正门有一块重达 50 吨的完整的巨石，宛如一道巨大的屏风。这上面就镌刻着巴金的话："我们的新文学是散播火种的文学，我从它得到温暖，也把火传给别人。"

五

夕阳西下，路灯亮了起来，光影倒映进水池。睡莲依旧沉默。不知何处飘来民乐，在虫声灯影里萦绕，就像细水流过山谷，寂静、清澈，不经意间传达出无限的凄美。朱自清的雕塑背对林间小径，脚下草坪上有一尊白色的荷叶雕塑。这取意于朱自清的名篇《背影》《荷塘月色》。朱自清深沉地面池端坐不语。上午我们看这个水池，落叶枯枝较多，植物的残根和鱼类的代谢物对水体造成了污染，藻类浮萍滋生繁衍。我们准备在荷塘中间区域开挖数个局部深坑，充分考虑戏水安全深度及花、草、鱼适宜水深，遵循人与自然生命共同体理念，让鱼儿感受到冬温夏凉，让花草各得其生长习性的水位。我们还打算用馆内空调冷凝水、冷却塔排污水以及雨水等水源替代自来水补充景观水体，结合水质净化、水体流动场强化、辅助生物制剂等手段，前期人工干预，后期生态修复，确保长治久清。我们总不能辜负朱自清的这一方荷塘。水池治理后，黄昏将近，片片云霞，映着水面，飞鸟喳喳地叫着投入树丛里。皓月当空之际，"曲曲折折的荷塘上面，弥望的是田田的叶子"。朱自清在《欧游杂记》里写道，罗马是历史上大帝国的都城，想象起来，总是气象万千似的。文学馆的罗马式小广场，两侧有柱廊，草地中央立着一块巨大的天然石。石头中间有一个天然缺口，像极了逗号。我国古典文学中是没有标点符号的，逗号的出现恰恰代表现代。正如朱自清的学生王瑶所说，现代文学史的研究，始于朱自清的《中国新文学研究纲要》，到王瑶的《中国新文学史稿》，到钱理群、吴福辉、温儒敏《中国现代文学三十年》（修订本），到《中国现代文学研究丛刊》，很多现当代文学史家的文学资料藏入了文学馆。这正如逗号标志着一种延续，意味着中国文学从过去走到今天并将继续迈向未来，在中华民族现代文明中发挥不可替代的作用。

六

文物承载灿烂文明，传承历史文化，维系民族精神。文学馆努力发挥好保护、传承、研究、展示人类文明的重要作用，在高质量收藏、高水平利用、高品质服务上下功夫，守护好中华文脉，让文物活起来。今年6月，习近平总书记在中国国家版本馆仔细观看了"三红一创""青山保林"等八部红色作品的手稿及图书版本，感慨地说："这些书当年都看过，激励了多少人啊。"文学馆拥有其中6部红色经典的手稿。2000年8月，马识途给文学馆手写了一个说明："这是《红岩》最后定稿的原稿稿本，是罗广斌的笔迹。此稿本原存在罗广斌的爱人胡蜀兴的手中。2000年5月胡蜀兴将此稿本交给我，决定交中国文学馆保存。"今年3月底，在纪念曲波同志百年诞辰之际，他的家人将《林海雪原》手稿无偿捐给文学馆，丰富了文学馆革命文物馆藏。目前，文学馆正在开展革命文物征集、申报、定级以及数字化、研究、展示等工作，积极筹备文艺工作座谈会十周年展览和文学馆建馆四十周年展览工作。习近平总书记强调，英雄是民族最闪亮的坐标。我们上午才看过的展览，是以"坐标"为题的中国现代文学馆馆藏革命文物特展。经过数不清的加班加点，经过数不尽的撰写打磨，在昨天抗美援朝战争胜利七十周年纪念日这一天，这个浸透着文学馆人点点滴滴心血的展览正式面向公众开放。"为什么大地春常在，英雄的生命开鲜花。"电影《英雄儿女》的插曲《英雄赞歌》至今广为传唱，但鲜为人知的是，这部影片改编自巴金的中篇小说《团圆》。在这次特展中，《谁是最可爱的人》《上甘岭》电影剧本以及众多数次冒着炮火深入前线的作家们留下的手稿、书信、日记、照片、便笺、函件、字画、实物等，留下了清晰的时空轨迹，也留下了历史中一处闪亮的坐标。这一方水池，这一朵又一朵的浪花，汇成了文学的长河；这一场特展，这一点一滴的努力，汇成了文学的宝藏；这一个梦想，这一处场馆，汇成了文学的天空，薪火相传，群星闪烁。让我们以文学的方式，向为中华民族伟大复兴奋斗的英雄们致敬，向在民族记忆星空上铭刻英雄之名的作家们致敬，向一代又一代留给我们丰厚文学资源的前辈们致敬，向属于我们这个时代的新文化致敬！

（原载于《十月》2023年第5期）

考博未遂记，或张德林先生的橄榄枝

赵　勇

好几年前，记得我刚打开山西作家白琳的散文集《白鸟悠悠下》（北岳文艺出版社，2015 年版），一篇《考博未遂记》便赫然映入眼帘。还没开读我就心里嘀咕：这个题目该我写啊，怎么被她抢了先？但转念一想，我要是去写"考博"而"未遂"，可能会比较麻烦，因为考博关联着考硕、代培等事项，它们若不被我说清楚，"未遂"就没办法弄明白。只是如此一来，我就不得不像我家乡的俗语所说的那样，"提起簸箕斗动弹"了。

但自从几年前我亲赴上海，拜访过张德林先生后，写的念头却日渐强烈起来。一晃又是几个年头，之所以迟迟没有动笔，是因为我一直没有找到写作契机。写东西也是需要 moment 的，时机到了，灵光乍现；时机不到，下笔滞涩。如今我提起笔来，决定写一写我的考博往事，倒也不是时机成熟，而是觉得万一哪天得了健忘症，那我这一肚子故事不就白瞎了吗？

为了不至于让故事腐烂变质，我决定赶快把它讲出来。

好了，闲话道过，言归正传，从头说起，您别嫌烦。

一

我在一篇文章中说过："世界上大概由三种人组成，其一是先知先觉者，其二是后知后觉者，其三是不知不觉者。我比第三种人稍好些，属于后知后觉那种类型。我在上大学时从没想过考研，读研究生时也从没想过

213

考博，每次考，似乎都比别人慢半拍。"① 这是实情，没有半点虚假。我在山西读大学，学校简称"山大"，那是二十世纪八十年代中前期。那个时候，考研并不时兴。更何况，所有的人都傻呵呵的，从未想过考研也是出路，只觉得毕业分配能捧一铁饭碗，就大功告成了。我们班总共45人，毕业那年无一与考研有关联——不是没考上，是压根就没动过这心思。

在这种氛围中，考研于我就成了一个美丽传说，成了一个"听说过没见过两万五千里"的遥远神话。但几乎是从我入职报到的第一天起，我就动了考研的念头。

大学毕业，我被分配的去处是晋东南师范专科学校。这所高校坐落在"上党从来天下脊"的长治市东北郊，创办于1958年，1962年停办，1978年复校，占地130多亩。我到那里时，学校有中文、政治、英语、数学、物理、化学、生物七个科（不是系），学生千余人，教职工三百多，校长储仲君，书记刘长鼎。那一年分配过去十一二人，大多来自山西大学与山西师大两所院校。记得第一个教师节来临，校领导还请我们这些新人在教工食堂吃了顿家常饭，喝的却是我第一次听说的西凤酒。领导一是表示欢迎，二是希望我们扎根"农村"，干一辈子革命。但实际情况是，几年之后，这十多人已星散四方。他们大部分是考研考走的。

我也加入这个考研小分队中，成了其中的一员。不考研的理由是相似的，考研的理由却各个不同。对我来说，考研除了为摆脱一穷二白的落后面貌之外，大概还关联着"报仇雪恨"之类的小九九，李铁梅唱道："咬住仇，咬住恨，嚼碎仇恨强咽下，仇恨入心要发芽！不低头，不后退，不许泪水腮边挂，流入心田开火花。"② 估计那就是我彼时的心态。何以如此苦大仇深？因为毕业分配给了我致命一击，让我久久缓不过劲来。我原本是能被分到省作协的《批评家》杂志任职的，而杂志主编董大中先生为了把我留下，也特意去为我争取了一个分配指标。事到临头却变了，给到一个来头很大的同班同学手里。那个时候我就成了高加林，对手除了顶替我的高三星之外，还有其父高明楼。③ 为了安慰我那颗受伤的心，系分配小

---

① 参见拙书：《人生的容量》，广东人民出版社，2022年版，第203页。
② 《红灯记》，人民出版社，1970年版，第49~50页。
③ 关于毕业分配，我在《青春的沼泽——我与〈批评家〉的故事》中已详细写过，可参考。参见拙书：《人生的容量》，广东人民出版社，2022年版，第85~113页。

组某领导说：师专是晋东南地区最好的指标，你要知足。但我到晋东南师专走一圈，转两趟，便看出了问题所在：这不就是一个大号的中学吗？尤其是看到容纳学生的教室是一溜平房，容纳书籍的图书馆是平房一溜，操场尘土飞扬，出门辽天野地，心里顿时就凉了半截。"得走！三十六计走为上。"李勇对赵勇说。"没错，天要下雨，娘要嫁人。考研这条路，谁也挡不住。"赵勇向李勇道。那一年分配，中文科来了两个勇，俩家伙就相互通气，互相勉励，抱团取暖，打虎上山，于是那两年，谁都知道他们要复习考研。有人若是给他们介绍对象，准会被另一人挡住：等等看，万一这俩小子考走了咋办？

结果，就没人敢给我说媳妇。

连媳妇都顾不上说的人没有考不中的道理吧？

我进入一级战备状态。当时的情况是，应届大学生可直接考研，往届者须工作两年才有考研资格。而对我来说，考研似乎也确实需要两年。因为我虽不怵专业考试，但英语心里整个没底。我上大学时，英语是分成快慢班的——学过几下的进快班，整个没学过的到慢班。我的英语基础基本为零，便理所当然地被分进慢班。慢班果然慢，英语学了整整一年，才念完了许国璋的《英语》第二册。记得第一学期结束，孙惠萍老师觉得我学得不歪，就劝我转到快班。她的理由是，慢班老牛破车，懒驴上坡，瞎耽误工夫。但我那时觉得慢班风调雨顺，过得滋润，既然已做"鸡头"，干吗还去当一"牛后"，受那个洋罪呢？我拂了孙老师好意，英语也就永远停留在 slow 状态。而准备考研时，我原本就是"许二"水平，加上还忘了两年，更是需要从头学起。那时候我就特后悔，假如我进了快班，不就成了"许三多"了吗？

好在那时候年龄小，身体好，能吃苦，敢熬夜，还隔三岔五去英语科听听课，英语也就慢慢有了一些长进。为了保证学习时间，我在单身宿舍的门后面用毛笔写出一行字："闲谈不得超过十分钟。"意思是提醒铁屁股们注意，浪费我的时间就是在扯我考研后腿，就是妄图让我在师专长期效命。但差不多所有老铁都熟视无睹，根本就不把它当回事，让我打不得骂不得，哭不得笑不得。

转眼就到了1986年初冬，要选导师填志愿了，该报哪所学校，拜谁为师呢？几番犹豫之后，我大概列了一些导师和学校，然后给我的大学老师、教过我美学和马列文论课的程继田老师写信，请他帮我出主意。12月上旬，他给我回复了：

> 信中提到的指导教师，有一些在会议上见过面。据我看，李衍柱、栾昌大、叶纪彬三位导师可以报考，他们均研究文艺理论。根据你的情况，以报考文艺理论为重，美学需要外语水平较高。南开也可以考虑。
>
> 准备时抓好文学理论（马列文论）、美学概论、文学史，你有一定基础，只要认真准备，是可以考取的。

我在《忆念业师程继田先生》中写过我与程老师的交往。在那时的我看来，程老师就是洪常青，他不光要给我指路，还可能施以援手，把我推荐过去。而他把李衍柱列在最前，也催生了我对李老师的仰慕之情——他就是那个男一号，不报他报谁呢？选定了导师也就选择了学校，因为李老师在山东师范大学任教，而专业则是早就定下的。那个时候，我与李勇大概都觉得，学理论有劲道，学问大，便双双选了文艺学。当然，也毋庸讳言，我的选择还包含着对理论不舍的情、迟来的爱。大概是从大三起，待我认真读过丹纳的《艺术哲学》之后，便迷上理论，从此一发而不可收，读《美的历程》（李泽厚）和《悲剧心理学》（朱光潜）甚至到了整本书抄录的程度。恩格斯说："谁害怕那围绕着思想宫殿的密林，谁不用利剑去开辟道路和不去吻醒那睡着的公主，谁就不配得到公主和她的王国。"[1]这段话曾被我抄写在一本笔记本的扉页上，成为我的座右铭，而"吻醒公主"也成了我学理论的基本动力。在中文系的各专业中，去哪里学理论呢？文艺学。那个时候，我虽不知道"文艺学"就是俄语"文学学"（Лидературоведение）的变通译法，也不知道这个俄语词其实译自德语Literaturwissenschaft，但我知道它绝不是"吃瓜群众"理解的唱唱歌、跳跳舞。学好文艺学，需要锤炼李泽厚式的思维，形成朱光潜式的表达。而在

---

[1] 马恩全集中的译法是这样的："谁害怕思想之宫所在的密林，谁不敢持利剑冲进密林又不敢以热吻来唤醒沉睡的公主，谁就得不到公主和她的王国。"恩格斯：《伊默曼的〈回忆录〉》，见《马克思恩格斯论艺术》第四卷，中国社会科学出版社，1985年版，第291页。

我那时的心目中，朱就是理论标高，李则是学习典范。

　　许多年之后，面对程老师的书信我心生疑惑：为什么没有北京上海的知名高校？为什么只有叶纪彬却没有童庆炳？琢磨一番后我想清楚了——还是信心不足。因为第一次考研，想试试水深水浅，也因为唯恐英语触礁翻船，不敢跟北京上海叫板，便只好退而求其次。待考研完毕，成绩公布，果然还是英语差了点。记得那年的分数线是 50 分，我只考了 49 分，专业课却凯歌高奏。

　　差一分的英语有没有机会读研呢？在 1987 年的春天，我陷入焦虑和迷惘之中。我把这个情况讲给程老师，随即便收到他的回信，他说："我已去信山东师大，将你的情况向李、夏二位先生做了介绍。在信中我向他们说，如果成绩达到他们的要求，请考虑录取。"他还说："由于我已给他们去信，说明你是我的学生，如认为有必要，可以直接给李老师去信。"（1987 年 3 月 18 日）我是不是给李老师去过信，如今已记忆全无，但 5 月上旬或中旬的一天，我等来了山东师大研招办的一纸电报，却是记忆犹新。电文很简单："如同意为洛阳师专委托培养，请于 5 月 23 日来本校面试。"

　　反复看过电文，我依然有些发蒙。这也就是说，我去面试的前提是愿意接受"委培"，但为什么是洛阳师专？我跟这个学校没什么瓜葛啊，凭什么让我答应这个霸王条件？但又琢磨两天，我还是决定去济南走一趟。不仅是要去经历一下这个难得的面试机会，也是想弄清楚山东师大与洛阳师专是什么关系。甚至我还想到，自己不是想赶快离开晋东南师专吗？那么去洛阳师专或许也不失为一个选择，它们虽然都是师专，平级，但洛阳名气大，牡丹甲天下，是铁岭那样的"大城市"啊。

　　只是后来进了山东师大，遇到了我们专业另两位难兄难弟，我才真正弄清楚了原委。一些高校可以向山东师大提出委托培养的申请，山师顺便可赚些银两。那一年的外语线划在 50 分，但据说可放宽到 45 分。这也意味着我英语 49 分就可正常录取。当年文艺学专业招进六位学生，其中三人委培，委托学校分别是山东农业大学、胜利油田师专和洛阳师专，就很能说明问题。

　　面试时，我并没有搞清楚这些问题。因为委培的解释权在科研处，复试小组的老师也大多云里雾里。面试很顺利，只在一个问题上卡了壳。李老师问："毛泽东在延安文艺座谈会上发表了重要讲话，前面开了个头，后面又讲了一大通。你知道后面这次是哪一天讲的吗?"我嗫嚅道:"1942年5月……5月……"夏之放老师见状道:"就是今天啊。"我一拍脑袋:"对啊,我怎么把这茬儿给忘了。"

面试完毕,心情舒畅,我去大明湖转了一趟,让公园照相师傅给我拍照留念,同时,我也决定把这个研究生读起来。不仅是山师的校园盘旋而上,让我产生了无限遐想,更重要的是夏老师温柔敦厚、和蔼可亲;李老师一张嘴,浓浓的胶东口音扑面而来,其挽袖撸胳膊状如乡村老夫子,简直就是山东版的赵树理。跟着他们念书,心里肯定踏实。那洛阳师专怎么办?到时候再说。或者骑驴看唱本——走着瞧!与此同时,"洛阳城东桃李花,飞来飞去落谁家?洛阳女儿好颜色,坐见落花长叹息"之类的诗句已涌上心头,于是某些情愫立马潜滋暗长。洛阳城不是朝阳沟,但或许已有某银环在那里人面桃花,倚门而待?想到这里,我心里美滋滋的,对愿景充满了期待。

那个时候,晋东南师专的考研成绩也大多揭晓。当年考研者十多人,考中者四人,一去云南大学,一到黄河大学,一回山西师大,我则将赴齐鲁大地。几年之后我才知道,1987年是考研最难的年份之一。但只是过了一年,便出现了所谓的"倒挂"现象(报名人数低于招生人数。例如某专业招五人,只有三人报名),结果我们这支考研队伍金榜题名者众,且考上的一水儿都是好学校。李勇1987年名落孙山,但他吃得了苦,沉得住气,便又秣马厉兵,稳扎稳打,两年之后顺利考入中国人民大学陈传才教授名下。只有我急吼吼的,根本想不到形势会发生重大变化。

而且,更让我想不到的是,就在我抱着"捡到篮里是根菜"的态度等通知时,洛阳师专却变卦了。7月上旬的一天,山东师大研招办的一封来信翩然而至,全文如下:

赵勇同志:

您好。7月1日,我研招办突然收到洛阳师专的来函,信中说:"今年经费有限,故赵勇代培之事只有忍痛割爱了。"这简直是胡来,1986年12月25日来人来函要求我们无论如何也得代培文艺学专业研究生,现在又反悔了,真是岂有此理。若不同意,早讲明。到现在录取工作已经结束,并且你的人事档案已转来,不同意,只有不被录取。你再与洛阳师专联系一下，若实在不同意，只好取消录取资格，别无办法。

　致

　礼

山东师大研招办

1987. 7. 3

　　读完来信，我彻底晕了。代培不代培，怎能如同儿戏？如此不守信用的学校，你山东师大怎么也敢跟它合作？整个师专的人都知道我考上了，这可让我如何交代？洛阳亲友如相问，就说忍痛割爱之？——亲爱的读者朋友，当您读到这里时，可能会觉得不可思议，但时代的一粒灰，恰好就落到了我头顶上，千真万确。只是事到如今，我已不知是夸它好还是骂它孬了。因为假如洛阳师专信守承诺，我毕业后就得去它那里效劳，赵某人生之路就完全是另一种样子。许多年之后，一位来自洛阳某高校的进修老师来我这里听课。我问："洛阳有个师专你可知道？"她说："以前叫洛阳师专，后来——大概是 2000 年吧，与洛阳教院合并，升本成功，成洛阳师院了。"我淡淡一笑，说："我差点就去了那里。"女教师顿时惊讶莫名，脸上写满了问号。

　　然而，在 1987 年的炎炎夏日，一脸蒙的却是我，我被这个突如其来的消息雷得外焦里嫩。到目前为止，洛阳师专都是公对公，我怎么跟它联系？何况它还把我耍了，不蒸馒头争口气，我又岂能跟它联系？但接下来需要考虑的是，这个研究生我还想不想读？如果想读，另找一个委培单位掏钱是不是也成？但问题是，去哪儿找这个委培单位呢？那时候，我大学刚毕业两年，没有关系可找，没有学校可问，甚至也没有多少朋友可以商量。崔岚夫妇大我十岁，是天津人，也是我到师专后交下的朋友。他们就用浓浓的天津话劝我："这是吗事啊，好不容易考上，不上多可惜！近水楼台，你去找找咱们的校长储仲君，就让咱学校委培。储老师人可好呢，兴许有门儿。"

　　那个时候我已是六神无主，只是这么一折腾，弄得我想上学的心情反而更加迫切。于是我一咬牙一跺脚，去办公楼找校长了。

　　储仲君者，江苏金坛人也，1934 年生，1958 年毕业于华东师范大学中

219

文系，乃钱谷融先生高足。他搞古典文学，对唐诗尤有研究。我一到师专，便得知这位校长腹有诗书、温文尔雅，讲课是高手，写文章是老手。而当我在资料室看到他译的《舅舅的梦》（陀思妥耶夫斯基）时，更是对这位老牌大学生心生敬意。想起我刚入职时，学校要在筒子楼给我分一间单身宿舍，因暂无空房，校方就想让我住进一位外出进修者的宿舍里，但该老师不给钥匙，于是房产科便与保卫科的人一道，撬锁入户，把他的全部财产贴上封条，让我住了进去。该老师寒假回来，自然对学校的举动愤恨不已，便迁怒于我，说那张公家发的木板床是他的，他要抬走。我不便阻拦，却没了睡觉的地方，只好去李勇宿舍打地铺、睡沙发（他从别的老师家里抬了一张破沙发）。熬过了那个学期的最后几天，我便打道回府，过年去也。待新学期到来，我去找房产科，管床者却推三阻四，让我克服困难，过个十天半月再说。一怒之下，我找到了校长。一见面我就说："储校长，我要请假。"储校长笑眯眯的，不紧不慢地说："怎么要请假啊，遇到什么困难了吗？说说看。"于是我就一五一十，把我打地铺的窘境和盘托出。最后我说："我现在是上无片瓦，下无卧榻之地。"储校长乐了，立刻抄起电话，拨了一个号码，开口便说："崔钊，你们是怎么搞的？怎么能让一个老师没地方睡觉？……你不要给我解释了，马上给他的宿舍放一张床。"找校长果然有效，不到半天工夫，房产科的人就抬着床，哼哈哼哈给我送来了。但后来崔科长见了我却直翻白眼，那眼神的含义是：你小子还真能，居然敢找校长！

上一次找校长是告状，这一次找校长却是求人，储校长还能对我出手相助吗？听完我的讲述，他对我说："给咱们学校委培，这是好事啊。学校现在还没一个研究生，但我们需要打造一支高学历的科研队伍。这样吧，你先回去等消息，等我们上会后就通知你。"

两三天之后，吕厚堂老师找我了。他说："赶快与山东师大联系，让他们寄来委培协议书。你的事情学校同意了。"

伟大的储校长！

如今，打开这份保存至今的《委托培养研究生协议书》，我发现山东师大的签字人是科研处的娄礼生，日期是 7 月 16 日，而晋东南师专的签字代表就是教务处处长吕厚堂，日期是 7 月 24 日。而该协议书第二条涉及实质性内容，写得也最为详细，值得摘录如下：

甲方付给乙方委托培养经常费每人每年叁仟伍佰元，基建费贰仟元。以上经费按学年度（每年八月底以前）付清后，再办理研究生注册手续。

最后学年的论文课题费（理科每人每年肆仟元，文科每人每年贰仟元）及最后学年的培养经常费、基建费一块由甲方付给乙方。

委培名单确定后，甲方向乙方付招生费每人伍拾元，于六月底付清，否则不发录取通知书。

委托培养研究生在校期间的工资（或助学金）、副食品补贴，书籍费、公费医疗由甲方负责。

若委托培养研究生因故中途辍学，当学年度在校时间不满一学期的，培养经费按半年计算，超过一学期的按一年结算。

该协议书一式三份，我是丙方。待签字画押后，我才意识到我已签下一张卖身契，费用总共 18550 元。在二十世纪八十年代后期，这可是一笔巨款，因为那时候我的工资只有 71 元。我掰着指头算账，心情也变得沉重起来。

二

托委培之福，我成了带薪上学者，所以研究生三年，我的日子过得还算滋润。我的七百多毛属于隔三岔五还敢下馆子吃个猪肉灌汤包的那种。因为衣食无忧，学业也大为长进，到毕业时，我已发表七篇文章，在那一届中文系的二十来个同学中，估计是数一数二的。

大概是 1989 年年初，我又写出一篇近万字长文——《论欣赏中的现实性因素干扰》。但为什么要写这篇文章，如今我已说不清楚。它是课程论文吗？既像又不像。因为第三学期还有三门专业课，一门是朱恩彬教授开设的"中国古代文论"，另两门都是我导师李老师开设的，一为"马克思主义文艺学原理"，二是"文学评论"。后两门课李老师都给了我 95 分的高分，但是否上过课，我却印象全无。莫非它是那种提交论文修学分的课程？

但这篇文章的有感而发却是真的。如今我回看此文，发现问题意识来自我彼时的阅读（或观影）感受。那时候，我对柯云路的《孤岛》《新星》《夜与昼》不甚满意，对张艺谋执导的《红高粱》有些看法。便去理论作品中——萨特的《想象心理学》、英加登的《审美经验与审美对象》、威尔逊的《论观众》，还有舒尔兹的《成长心理学》，克雷奇等人的《心理学纲要》等——寻寻觅觅。我极力要论证的观点是，"现实性因素"是一种反审美的东西，理应被排除在欣赏之外。但或许是艺术作品不按常理出牌，或许是审美主体没有进入规定状态，结果"现实性因素"一干扰，审美欣赏就会遭到破坏。此文今天看来，可商榷处很多，例如，布莱希特的"间离效果"就是不按常理出牌的典范，但我那时却一定很是得意，以为自己是哥伦布发现了新大陆。

我把此文交给李老师，不久，他找我面谈，开口便说："你的这篇文章我看过了，写得不错。这样吧，我跟《文艺理论研究》的钱谷融先生、张德林老师关系还可以，我给你写个推荐信，你寄给张德林试试，你看怎样？"有这等好事，我还能怎样？于是我说："好啊李老师，您要是能推荐，那真是太好了。《文艺理论研究》这个杂志我订着呢，办得不歪。"

读研期间，我不光买书没有节制，杂志也订了两份，一是北京的《文学评论》，二是上海的《文艺理论研究》，这既是财大气粗之表现，也是要要一要文艺学的派头。因为《文学评论》刊发了王晓明的那篇《不相信的和不愿意相信的——关于三位"寻根派"作家的创作》（1988 年第 4 期），我意识到"论文随笔化"的道理，这一彼时觉悟让我终身受益。而因为《文艺理论研究》，王元化、钱中文、童庆炳、孙绍振等大名纷至沓来，刊物开设的"文艺理论译丛"栏目更是引起了我的注意。例如，1988 年第 3 期上有篇阿多诺的译文，名为《艺术与社会》，译者戴耘。这应该是第一次对《美学理论》中核心内容的选译，我大概也是第一次读到了阿氏译文，甚至我对其中的"委身文学"（Committed Literature）也颇为好奇，不知道这是啥东西。许多年之后我写小文《Committed Literature 译成啥?》，是对"委托性文学""参与的文学"之译不满，但根源可能在更遥远的"委身文学"那里。经过一番梳理，我让它回到了大家早已接受的"介入文学"。然而，《美学理论》修订本面世，我却看到这一处改成了"尽责文学"①。于是我问学法语的儿子，儿子说，engagement 译成"介入"，或 littérature engagée 译成"介入文学"，此乃最好译法，这大概要归功于施康强先生，② 其他译法都不能曲尽其妙。

呜呼！——扯远了，果然是提起簸箩斗动弹。

张德林老师的名字我是熟悉的，因为那时的《文艺理论研究》，徐中玉、钱谷融任主编，副主编则是张德林、王晓明、宋耀良，张老师的名字印在目录下方，可以说是期期见面。更重要的是，1988 年 5 月上旬，李老师带着我与另两位师兄弟远赴芜湖，让我见识了"中国文艺理论学会第五届年会"的盛况。而就是在那次与会人数多达 189 人的会议上，我见学会秘书长张老师忙前跑后，餐叙之时，他还被人推出来，清唱了一段京剧。我对传统京剧很是无知，但凭借我从小听革命现代京剧的底子，也能听出张老师唱功出色，其眉眼、身段、举手投足似也经过专门训练，水平不是一般地高。许多年之后，我读张老师的《一个知识分子的精神漫游——我的"戏迷"生涯》，才意识到他对京剧的酷爱几到疯魔程度，是美谈，该点赞。他说，二十世纪八十年代华东师大工会成立京剧社，他任社长，演了许多出戏——

> 想不到我少年时代的梦想到了五十开外的年岁竟得到"自我实现"的机会。我在师大的礼堂内，在全校师生和亲朋好友面前扮演了杨四郎，还扮演了其他角色。每次演出，我都精神焕发，神采飞扬，好像越活越年轻了。最有意思的是，1990 年 6 月 7 日，我演《将相和》中的蔺相如，挡道那一场戏，我把我夫人高亚真女士请出来当车夫推车，把我的三名研究生张闳、郭熙志、郭春林和一名助手陈佳鸣请出来当卫队，台上演得火热，台下的学生和亲朋好友一个个乐开了

---

① ［德］阿多诺：《美学理论》（修订译本），王柯平译，上海人民出版社，2020 年版，第 356 页。

② 最早翻译萨特的施康强在"介入"第一次出现时便作注道："'介入'（engagement），或译作'干预'，是萨特的基本文学主张。他要求文学介入政治和社会斗争。"［法］萨特：《为什么写作？》，施康强译，见柳鸣九编选：《萨特研究》，中国社会科学出版社，1981 年版，第 2 页。

怀，掌声不绝，做到了师生同乐、夫妻同乐、亲朋好友同乐。当年赵景深老师演出《长生殿》的情景又在我眼前重现了。①

哈哈……张闳……当卫队。读到此处，我咧着嘴乐了。很显然，跟着张老师，不仅有书可读，而且有戏可唱。我要是追随他混个三五年，是不是也能成为京戏迷？但在 1989 年，我却没有想到这一层。我把稿件寄出去，所能惦记的只有一件事：拙文是不是能入张老师法眼。

但是不久，我就忘了惦记。所以有一阵子，我其实已把这篇狗屁文章彻底忘了。待我忽然想起，三个多月已一闪而过，我却没有收到任何回复。许多年之后，我应现任主编朱国华教授之邀，为《文艺理论研究》做过三年特邀编辑。于是我知道，现在通过网上采编系统投出稿件，是可以看到一审、二审、外审之类的动态的。但在 1989 年，我却只能死等；没等到回复即意味着稿子被拒，而稿子被拒只能说明它没有达到发表水平。对此，我不敢有丝毫怨言。

只是，我并不死心，还想寄到别处碰碰运气。给哪家杂志好呢？琢磨了三五天，决定寄给《名作欣赏》。理由嘛，一是我写的就是"欣赏"，对路数；二是我籍贯山西，家乡的刊物是不是也会对我更为友好？我把这个决定告诉李老师后便寄了出去。那个时候，《名作欣赏》还是双月刊，但处理稿件的速度却快得出奇，大概是十天半月后，编辑部就告诉我稿件可用。而又过了个把月，我已收到第三期样刊。打开看，我的文章发在头条，这让我倍觉牛气，它安慰了我那颗受伤的心，也让我的虚荣心得到了满足。

然而，万没想到的是，度过那个漫长的暑假之后返回学校，我却收到了《文艺理论研究》的用稿通知。通知是寄到李老师那里的，信封上写着"李衍柱教授转赵勇同志"，通知中写道："赵勇同志：大作《论欣赏中的现实性因素干扰》收阅，准备近期刊用。尊稿未知是否另投他刊或已发表。请速来函联系，并告之通信地点及邮政编码。"通知整体打印，是公函模样，但姓名、文章题目及"近期刊用"是手写的，日期是 1989 年 9 月 23 日，盖着编辑部的方形公章。

---

① 张德林等：《时代见证——张德林八十华诞纪念集》，时代国际出版有限公司，2010 年版，第 120 页。

许多年之后，我才意识到那封信便是出自张老师之手，但那时我顾不得这些，只是长吁短叹，怪自己性子急，错过了在高级别刊物上露脸的大好时机。那个时候，刊物还没有所谓的核心、权威和 CSSCI 之说，但即便如此，我也知道《文艺理论研究》比《名作欣赏》强，这就好像大上海强过并州城一样天经地义。叹息之余，我只好赶快写信，说明情况。信的草稿有二，一是写给编辑部的，很简略；二是写给张老师的，较详细。后一封信中有这样的话："因很长时间没收到回音，又考虑到贵刊质量很高，恐怕刊用的希望不大，后适逢《名作欣赏》要稿，于是就又把原稿给了他们。"所谓"要稿"云云，显然是我编出来的理由。因为我与《名作欣赏》并无交道，是第一次投稿。这样写，似乎是想淡化一下我没有从一而终的过错，却一不留神，把自己搞成了一个仿佛稿约不断的名流。

但我究竟寄出了哪封信，现在却早已忘得精光。

张老师没有给我回信。

啊哈……我的八十年代……擦肩而过的《文艺理论研究》……会唱京戏的张德林先生。

三

二十世纪九十年代来临的第一个夏天，我回到了晋东南师专。

为什么不再找一个好单位，让它把那笔代培费和三年工资给我还上呢？一些人就是这么干的。但于我而言，回去还债似乎已是必然选择。这是因为：一、1990 年的毕业分配，就业形势不好，我再换个单位似比登天还难；二、师专待我不薄，我若撂挑子走人，便是背信弃义，这有违我的做人原则；三、读研后期，我已结婚成家，找的便是师专媳妇。媳妇虽然没唱过"上河里的鸭子下河里的鹅"，但那时的我就像刚刚出狱的岛勇作，想看见"幸福的黄手帕"却也是真的。于是，研究生毕业，我规规矩矩、老老实实，甚至有了一种"慷慨歌燕市，从容作楚囚"的豪迈与悲壮。

但三年时间，师专已物是人非。原来所谓的"科"改成了"系"，主任原来是梁积荣，毕业于北京大学中文系，如今却换上了梁的师专学生、号称"中文系四大金刚"之一的李仁和。李金刚给我排的是写作课，而写作这门课虽然也是主课，却是让年轻人练手的。我对此排法自然表示不满，但据说李金刚曾经扬言："他原来上的就是写作课，他不上谁上？别以为读了个研究生就人五人六的。"我学了三年文艺理论，按理说应该有了上"文学概论"课的资格。而且读研期间，我对这门课已有所准备，光是讲稿就写了一大摞，却依然被系主任钉到了写作课的十字架上。而且，让我没想到的是，这一钉就是十年。

不行，还得走。你不让俺在师专上"文概"，洒家到北京上海的高校去上好不好？虽然我考博有许多原因，但连对口的专业课都捞不着上，则是我不得不走的主要原因之一。

校长也换了。储校长已经调离，北上山西大学师范学院任副院长，新来的校长名叫林清奇。林是山东菏泽人，1941年生，1966年毕业于山东大学中文系，当过山西师大的中文系主任，主要从事文学理论的教学与研究，出版过专著《美与艺术》（安徽教育出版社，1988年版）。得知林校长的这些情况后，我有点想入非非了：我在校长的家乡上过学，我学的专业就是校长的老本行，以后我若找他办事，他是不是会顾及情面？于是，第一次见面，我就把我的硕士学位论文双手送上，请他指教，以示恭敬。林校长说："啊？山师的呀。论文我要拜读。"这个客套话听得我心里热乎，顿时觉得林校长仿佛就是我家亲戚。

但那时候我并没有把考博提上议程。原因很简单，我刚回来就要考博，于情于理都说不通。我需要韬光养晦，伺机而动。然而，很可能只是一年之后，我想远走高飞的念头已开始疯长。长治的冬天不算太冷，夏天尤其凉爽，是特别宜居的一座小城，这种自然环境至今让我心驰神往。然而，说到人文环境，却不敢让人恭维。我读研期间，晋东南师专编过一本《教学科研成果目录汇编》，算是把师专所有人的科研成果都拢成了一堆。但看看中文科的成果，所谓论文不过是在《山西教育报》上发过一个豆腐块，所谓著作不过是参编过《元曲鉴赏辞典》。当然，其中也有几个厉害人物，年长者如宋谋玚，年轻者如傅书华和武跃速，但他们势单力薄，根本改变不了大环境。大环境是上上课，打打球，下下棋，吹吹牛。十多年前我写《逝者魏填平》，结尾处说："办公室里依然有人下棋，那种落子时的巨大声响，敲击着九十年代的剩余岁月，仿佛是对魏填平遗志的继承，也仿佛是对他未竟事业的延续。"① 这是实情，没有任何夸张。在这样一种人文环境中做学问，真是令人绝望。

二十世纪九十年代初，我像钻在老鼠洞里的一只耗子，时常有憋闷之感。只是偶尔去太原开会，才觉得能见个光，透口气。为了融入环境，我每天早上打篮球，下午打乒乓球，偶尔还打打羽毛球，仿佛自己就是专业运动员。打了一年球后，我觉得可以把毕业论文收拾出来投投稿了。稿子给谁呢？这时候我想起了《文艺理论研究》和张老师。

兴许是 1989 年的创伤记忆让我对《文艺理论研究》格外上心，兴许是会唱京戏的张老师让我觉得可亲可敬，总之，在 1991 年的秋季学期之初，我把硕士论文中拆下来的第一部分寄给了张老师。9 月底，他回信了，信中说："大作《介入偏离与阅读倾斜》一文我已读过，我认为可发，已进一步送主编审定，估计会通过。本刊近几期稿子甚多，什么时候发表以后再通知。请你耐心等待吧。请勿一稿多投。"这封信读得我心花怒放，血脉偾张。您放心，这一次打死我也不敢投到别处了。我会等的，等到地老天荒，等到万物花开，等到上海的喜讯到边寨。

果然，没用多久，我就等到了喜讯。这个喜讯不能说与文章有关，也不能说与文章无关。那个学期，傅书华与武跃速两位老师到华东师大进修，张老师便托傅书华捎来口信。傅在给我的信中说："昨（10 月 5 日）去张德林老师处，他让我转告你，你的大作他已看过，并已送徐中玉先生处终审，估计可以刊出。"然后他又写道："张德林老师喜欢你的文章，很是称赞了一番。他明年招两名博士生，问您是否有意报考。如有意，请将意见告他，并向师大研究生院索取招生简章。"

这消息真可谓是绝渡逢舟、雪中送炭，我岂有不愿意之理？于是我给张老师去信，大概是表了表考博决心，也流露出某种担心。因为我是委培生，学校能否通融，是个必须考虑的问题。11 月上旬，张老师给我来信了。他用信纸写了两页多，全文如下：

赵勇同志：

    你好！10 月 14 日来信早已收阅，因忙于各种杂事，迟复为歉。

---

① 参见拙书：《人生的容量》，广东人民出版社，2022 年版，第 339~340 页。

我 1992 年继续招收现当代文学博士研究生 2~3 名，热烈欢迎你来报考。

我读过你两篇来稿，我觉得你的文字功力颇好，理论思维和艺术感觉都不错，有志进一步深造，肯定会出成果。前些日子，向贵校来的访问学者傅书华、武跃速同志问起你的情况，他们说对你很了解，因而请他们转达一下你有没有兴趣来报考我的博士研究生。现在得到你的信息反馈，我是很高兴的。

我招收的是现当代文学博士生。考试的科目有：1. 现当代文学史；2. 文艺理论；3. 普通外语；4. 专业外语。两门专业课，不出偏题或死记硬背的题目，主要是考分析和表达能力。现当代文学，大体说现代（1919—1949）和当代（1977—1990）各占一半，现代文学的参考材料，唐弢那本现代文学史或其他人的现代文学史均可（了解个大概，主要靠自己发挥）。当代文学，可参考曹文轩《中国八十年代文学现象研究》（北京大学出版社）、温儒敏《新文学现实主义的流变》（北京大学出版社）及其他论述当代文学的专著和论文。近年来各重要学术刊物论述现当代文学方面的专题，亦须关注。如思潮走向，新潮、先锋小说，新写实小说等探讨。文艺理论方面，不专门考一本书，大体包括传统文论及引进文论两大方面，更应关注新时期文论动向。多关心几家重要杂志多年来发表的主要论文，如北京《文学评论》等，上海《文艺理论研究》等。外文一关颇重要。如考英语，普通外语，像考托福那样，方面可能较广。专业外语，考翻译，英译中。往往是一段论文，一段小说。可带字典，要翻完一定数量的印刷符号。外语及格线是 50 分。

你准备报考，你们那里的领导肯不肯放，要打通。

此复

教安！

张德林 匆草

1991.11.4

橄榄枝！张老师向我抛出了橄榄枝。

即便在今天我捧读此信，依然有一种莫名的感动。那时候，我只是一名刚毕业一年的研究生，身在一所"第三世界"的专科学校，仅靠给张老师寄过两次稿，居然就能被他如此高看，让我如何不心潮起伏，欣喜若狂？后来我在敬文东写张老师的文章中读到："考试完毕，我去华东师大一村拜见张先生。我告诉他，我感觉自己的外语可能考得不好，要真是那样，估计今年当不了您的学生。张先生笑了笑说，你能考四十分以上吗？如果能，我就可以让你跟我读博士。接着，他又告诉我，他会尽量提高我的专业成绩，以便'要挟'研究生院，甚至还报出了具体的分数——尽管他那时连试卷都没拿到。"① 敬文东考的是张老师 1996 年的博士生，他的这番说法让我想到了张老师的来信和他对我的殷切期望。我就觉得，假如我的外语只能考四十分，张老师也会把我的专业分数打得高高的，然后去为我奔走呼号的。许多年之后，我与张柠教授讲起这件往事，他调侃道："你呀，没这个福气，否则你就与我弟弟成同学了。"他说得没错，张闳、陈福民是 1992 年的中榜者。

感动之后我去找校长了，因为张老师的"要打通"让我意识到，"肯不肯放"实在是关系重大。假如学校不愿意放人，那我不是白忙活了吗？而这个事情，估计谁都不敢做主，只有林校长能够拍板。而林校长，我不是把他当成我二舅那样的亲戚了吗？我请他行行好，他岂能坐视不管？

果然，林校长没有让我失望。当我说出我想考博且有目标学校和导师之后，林校长显然也较感兴趣。他眨巴眨巴眼睛（这是他的一个标志性动作），说："张德林嘛，我知道。华东师大可是所好学校，你考那里有把握吗？关键是你看上了人家，人家还得看得上你……至于你这个委培嘛，我们得研究研究，没人规定就不能考。"我一听这口风，便满脸堆笑道："那谢谢林校长，我可要准备起来了啊。您就让我试试，能不能考上，我心里也没底。"林校长说："没说不让你准备啊。"

许多年之后，我又回味林校长的那番话，才意识到他给我的答复其实是可进可退、官气十足的。他使用的是驾轻就熟的行政话语，我却把它当成了有一分证据说一分话的学术话语。于是我很兴奋，觉得遇到了中国好校长，我要是不认真准备，就既对不起张老师，也对不起为我开恩放行的

---

① 敬文东：《谢谢张先生》，见张德林等：《时代见证——张德林八十华诞纪念集》，时代国际出版有限公司，2010 年版，第 430 页。

林校长了。于是我请傅书华帮我打探英语情报，他说，石羽文编的那本《综合填充1000题》（上海交通大学出版社，1987年版）很管用，我便弄了本书，做起了题；同时，我也把曹文轩、温儒敏的书请回来，准备开读。而根据我以往的经验教训，英语依然是重头戏，这一回，我必须把功夫下足。

热火朝天准备了两个月，就到了报名时间。那个时候考博，考生是没有报名自主权的，你必须拿到人事部门同意报考的一纸文书，对方才敢给你发准考证。人事处的公章掌管在处长手里，但找他没用，他听校长指挥。于是我不得不再找校长，以求开启放行绿灯。但出乎我意料的是，林校长忽然像变了个人，成了铁面无私的包青天。"不行！你也不想想，你回来服务还不到两年，谁敢放你考？让你去考，我们怎么向师专广大师生员工交代？什么？张德林相中了你？相中你我们就得放人？这是什么逻辑？你还年轻，只要安心本职工作，在咱们学校也是可以大有作为的嘛。"

只是三五个回合，我就败下阵来。那个时候，我一是对林校长的一百八十度大转弯准备不足，他的强硬让我发蒙；二是我也自知理亏，不敢跟校长叫板。黑格尔论悲剧时说过，悲剧冲突其实是两种对立理想的冲突。从各自的立场看，互相冲突的理想既是理想，就带有理性和伦理性上的普遍性，都是正确的，代表这些理想的人都有理由将它们付诸行动。然而若从当时的世界情况看，双方都是立足于自身，自说自话，所谓的理想又都是片面的，抽象的，不完全符合理性精神的。① 校长代表校方，正确而片面；我是我生命意志的代言人，片面而正确，两者交手，哪能不形成冲突？那一阵子，我复习文艺理论，正看到黑格尔处，他的悲剧学说立刻派上了用场。我倒是理论联系了实际，但实际上却输得很惨。

正确的林校长！

许多年之后我跟朋友说起这件往事，朋友听后沉吟片刻，说："你找了校长两次，两次之间没再找过？""没有啊，他不是答应我可以准备了吗？""你呀，就是太书生气，你要是中间再找找他，敬敬神，送送礼，兴许问题就解决了。许多事情都是一笔糊涂账。他不让你考，是为了学校利益，自然政治正确；他让你考，更是胸怀祖国，放眼世界，格局大，有气魄，难道能说政治不正确？你公事公办，他就那边正确，你私事私办，他

---

① 朱光潜：《西方美学史》下卷，人民文学出版社，1979年版，第504页。

就这边正确。"

啊？还可以……这样。那一刻我如醍醐灌顶，只恨当时这个"刁参谋长"不在身旁。但随即我又正色道："太三俗了吧你！我们林校长是这样的人吗？你以为人家稀罕你那三斤二锅头二斤猪头肉？"

朋友哈哈大笑，我也为我的揣着明白装糊涂乐得龇牙咧嘴。

但在1992年年初，我却心情黯然。储校长当年答应我委培时，学校并没有跟我签下一纸合同——回来后必须服务三年五载，或十年八年，这意味着我的卖身年限可长可短。领导高兴了可以早放我走，领导郁闷了又能够不让我溜，一切都变成了未知数。"多少次太阳一日当头/可多少次心中一样忧愁/多少次这样不停地走/可多少次这样一天到头"那个时候，崔健的这首《出走》已被我唱得烂熟，那也是我彼时的心情。

就是在这种黯淡的心情中，我告诉了张老师这个不幸的消息。不久，他的来信翩然而至：

赵勇同志：

　　你好！信接到已多日，春节期间迎来客往，信复迟了，请见谅。

　　关于报考博士生一事，你已尽力，未能取得校方最后的同意，颇遗憾。当然，你仍可继续争取，或许会说通。实在没有办法，只好作罢。但不要为了此事，影响你的工作和情绪。

　　有些事，估计傅书华同志回校后已跟你谈过。关于你的那篇接受美学的论文，我早已送上去请主编最后审处，他有些不同意见。我前些天又向他谈过，请再看一看，能否删去一些争取用，等下期发稿时再定。这点，务请谅解。

　　下学期，我准备招收2名博士生，有个研究课题《当代小说艺术论》（25万~30万字），想同研究生一起搞。先讨论提纲，分章分目，准备材料，分头撰写，集体讨论，再修改统稿，2~3年内完成。出版社已初步联系好。你若有可能来学习，欢迎参加。

　　即颂

　　教安！

张德林
1992. 2. 11

果然是福无双至，祸不单行。看来我那篇文章也要黄。

那个时候，外面的形势已是"东方风来满眼春"。看准了的，就大胆地试，勇敢地闯。然而，在考博的事情上，我却既无法试，也不能闯。

羌笛何须怨杨柳，春风不度玉门关。

四

那篇文章果然黄了，原因是主编认为有问题。

许多年之后我访谈张老师，他说徐中玉先生当《文艺理论研究》主编时，"每篇稿子都得亲手签发，执行严格"。也就是说，徐先生并非是那种挂名主编，他是要认真看稿的。这让我对徐先生的敬意油然而生。而我在《文艺理论研究》上终于发表出第一篇文章，是在我考博未遂的两年多之后。文章能够刊发，依然经过了张老师的提携和举荐，也依然经过了徐先生的首肯与签发。张老师在来信中说："尊稿论散文我早已读过，角度新颖，谈法与众不同。现在总算批下来了，发本刊 1994 年第 5 期，未删。"（1994 年 8 月 6 日）他说的是我那篇《回忆与散文》。此文写了五部分内容，总共一万四千字。待我拿到样刊，发现还是删去了一部分内容（两千字）。虽稍有遗憾，但我已经很满足了。这也是我整个二十世纪九十年代在这个大刊上发表的唯一一篇文章。

就在拙文荣登《文艺理论研究》之际，林清奇也调离晋东南师专，荣升为山西省经济管理学院副院长。新校长会落到谁的头上呢？一时间议论纷纷，但谁也不明就里。我一看群龙无首，是"乱了敌人、锻炼自己"的大好机会，便当机立断，决定再考博士。副校长梁景德先生有书生气，也有菩萨心，他见我对做学问痴心不改、矢志不渝，惺惺相惜，便同意了我的报考，我也终于拿到考博通行证，开始了二十世纪九十年代中后期屡战屡败、屡败屡战的峥嵘岁月。而那个时候，我已把目标锁定北京，把心思放在童庆炳老师这里。之所以改弦更张，一是想到自己的专业是文艺学，跨到"现当代"不是不可以，却还是离理论远了些。二是觉得自己是北方人，北京的水土或许更适合我。只是我没想到，从我 1990 年年初动了考博念头到最终考上，居然用了童老师所谓"一个单元"（十年）的时间。我真笨!

事后想来，假如我选择上海，是不是会容易一些？因为我相信，张老师对我的攻博，很可能一直是虚位以待的。

每每念及张老师对我的抬爱，我都感喟不已，也愧疚不已。

2019 年是我北上京城二十年，也是童老师过世的第四个年头。就是在那一年，我拉开了有关童老师大型访谈的序幕。想到童老师与徐先生和《文艺理论研究》的交往，其知情者大概也只有张老师能说得清楚了。于是利用开会之机，我决定去上海拜访张老师。当然，除这一动因外，我也更想向他致敬，以感谢他的知遇之恩。6 月 10 日上午，当我走进他家住所时，师母高亚真女士对我说："张老师得知你要访谈他，很兴奋，今天五点多就醒了。平时的话，他是要睡到八点多的。"而张老师迎接我的方式，则是把童老师指导过的一位著名博士的著作摊放在书桌上，说："你瞧瞧，印在书里的博士学位评议书也有我一份。"以此说明他与童老师交情不浅。那天张老师很高兴，也很健谈，让我觉得收获颇丰。一年之后，我整理出了录音稿，请他过目，没想到他以一位资深副主编的严谨，把打印稿改得密密麻麻。记得我在他家时，他要送我《审美判断与艺术假定性》等书，签名时手抖得厉害，短短的十多个字写了足足五分钟。而在这份打印稿的最前面，则是张老师颤颤巍巍的笔迹："赵勇教授：此文我已详细修改，凡是我看到的，知道的，想写的，可提供你参考的，都写在上面了……我修改此稿，花了至少十多天，从来没有过。"看到这一处，我的眼睛湿润了。

张老师是 1931 年生人，那一年，他已八十九岁了。

（原载于《文艺争鸣》2024 年第 1 期）

人在天涯

陈　村

从去年起，我在给自己编一个自撰年谱。趁尚未痴呆，尚在人间。这比大张旗鼓写回忆录要轻便些，记录事实，不发议论。做完，可以给孩子们留个底，让他们看看老爸怎么耗费了一生。我不清楚自己父母的一生，那些故事断断续续的，留下的空洞是巨大的遗憾。年谱更大的作用是让自己有机会回望，盘点走过的路径，仿佛体检或验尸。我手边有当年的日记、笔记、通讯录、流水账、台历、贺卡、证件、书信和电子邮件、聊天记录、照片和录音录像，以及火车票和购物发票。这些留存只和我相关，等我没了，它们也成了垃圾。翻开保存的资料，跳出许多远去的名字，又隐去许多名字。一条何时购买第一台数码相机的记录，就会勾起一层层浮想。此生卑微，感谢许多人的善意与恩德。做好的和没做好的事情都会记起。十分愚蠢的和自作聪明的，正巧做对的和怎么做也不对的，欣喜和伤痛，一一浮现。用一个中性的词：陪伴。自己被这些人这些事陪伴着走过七十年。

人生确实很荒唐。前半生积累资料。后半生整理资料。而且，整理完后很可能不如不整理。

将一个人的一生清理一遍，太费工夫。台历上留下的代号和符号，有的已记不起表示什么。想起罗曼·罗兰访问苏联，留下笔记嘱咐五十年之后再打开。五十年应该够了，许多公事和私事不再敏感。但这样的打开有意义吗？当人们普遍认为某人是个胖子的时候，你指出他虽贪吃其实是个瘦子，当人们已经不在意胖子或瘦子的时候，有意义吗？

我向几个朋友鼓吹留下自己一生的记述。我能预见有的人虽然点头但不会去做。我还知道有人不喜欢别人了解自己，尤其是真实的自己。这个世界，有人喜欢海滩的天体运动，有人爱穿中东的黑罩袍。镜子并不是一直受欢迎的，今天，很难找到未被滤镜和算法修整过的图像（图像的事情，以后专门来谈）。

我散漫而及物地来聊聊。

一个人学了写作，天知道会留下多少奇怪的文字。在我写过的文体中，最尴尬的是序跋。我自己的书一直不肯由人家写序，出版第一本集子时，出版社要我找个名家写序，我坚决不同意。我要自序，出版社不同意，大概的意思是年轻人自序太骄傲了。于是那本书没有序。我低调地写了后记。这种忌讳后来就没了，年轻人也可以出文集了，当然更可以自序。年轻人（例如小饭）找我写序，我常劝他们自序。你的书好好的，为什么要让别人的文字罩在头上？人家写了，写得再没心没肺，你又不能不用。再说。将你自己的名字跟另外一个老头子联在一起是有风险的，他为老不尊是大概率。求序者看出我的诚恳，于是不再坚持。

话虽这么说，我刚才数了一下，自序之外，依然给不少人写过代序代跋。平心而论，人家要你代序，是他的一种信任，你的一个荣幸。但从创作的寿数来说，写代序是折寿的，是宣布自己退至二线。况且，这种文体很不自由，既不便大谈自己，更不能批判作者，要体现见解之深刻，友情之充沛、分寸之得当。不夸作者是不行的，夸过头也是不可以的，较好的尺度是对方七分，你夸到八分。即便顾左右而言他，也要显得诚恳和幽默。跟亲近的朋友可开点小玩笑，但要当心，这玩笑很可能多年后给人带来不便，彼此要装作这世界上从没有过这篇美文。我是否说明白了？总之，代序就是一种蹊跷的文体。

我给以下作者写过代序（跋）：

紫霞、宗廷沼、李动、浦建明、严德仁、严锋、何立伟、刘仪伟、林秋霞、赵丽宏、蒋丽萍、孙甘露、黄昱宁、小白、周克希、贾平凹、田艺苗、马慧元、叶沙、黑可可、陆幼青、张洪、江铸久、芮迺伟、舒飞廉、杨元昌、王基德、黄石、洛秦、周天柱、李现、杨鹭、孔嘉临、张其翼、姚鄂梅。

还写过翻译小说《你在天堂里遇见的五个人》的导读，《纽约女人夜未眠》的代序。为多种网络文学的集子写序，为贝塔斯曼、华东师大、延安中学的出版物写序。顺便一说，有的书我从没见过，作者以为出版社寄样书，出版社认为那是作者的事情。

短文中，我写得最快的是足球的专栏文章，球赛踢完后的一小时内肯定能交稿。写得最慢的就是代序了，一两千字往往要纠结半月一月，有时简直牙疼似的。自以为四平八稳了，发表之后仍可能招来批评，认为我不该为某某人写序。我想，邀我写序的作者也可能遭到批评了吧，认为不该找我。一个作者的文字被人这么当真，夫复何求。

一个职业作家，每天守着书桌，生活非常枯燥，必须给自己找点乐趣。虽说自己也会出错，可笑地要人家到《全唐诗》中找黄庭坚，但每次看到熟人的文章有错误或笔误，情不自禁地开心一下。例如夸奖周克希先生的美文，反复说他翻译《追忆似水年华》，我一看立刻开心起来。众所周知，周老师为避开这书名费了许多脑筋。我曾读到夸汪曾祺先生的美文里引文出错，看见好心夸我的美文里引我的文字多多出错，看见某小说中的方位出错。我很不厚道地当众笑出声音。当众指出他人的错误容易令人不快，但不这样对方岂能记住？我将赵匡胤的"胤"字读错，朋友当众指出，从此就记住了。这个专栏里，我将老正兴饭馆的店名打错了，朋友指出，立刻道谢。将戛然而止的"戛"写成了"嘎"，网友指出，立刻道谢。他们是好人，提醒我拉上门襟的拉链。

我对网络文学的批评之一，是错别字和病句太多。好消息是看新概念作文大赛的卷子，很少错字。

有些作者对文字特别谨慎，例如翻译家周克希。他如肯粗率一点，普鲁斯特的那套《追寻逝去的时光》大概已经完工，译文可免中道崩殂。我读过他的翻译原稿。他虚怀若谷，译好后发给几个朋友，请人家尽情修改。有人才学汹涌，勇于大刀阔斧，我不懂外文，只敢稍微改动几个词，有点墨迹，表示未曾偷懒。他一再修订译文。我原先看外国小说是看个大概，极为佩服译者，认识周老师后方才懂得不能仅仅致敬，译文往往是一种再创作。他说译文如果一页上仅有一个错，翻译质量就是很好了。简直给我当头一棒。我崇尚鲁迅的硬译。于是怀疑王小波可能因为外语欠缺，以至于对玛格丽特·杜拉斯的《情人》的译文中有美丽的误会。

"太晚了，太晚了，在我这一生中，这未免来得太早，也过于匆匆。"

这个调子，似乎有点李后主的味道了。豆瓣的网友中有个较真的Snorri，将小说重新翻译了一遍，将这个一唱三叹弃了。有个叫 Wow 的网友引出多段法语原文，质疑被王小波顶到云端的王道乾先生的译文是否有错译。翻译家们对同行的作品，很少公开责难，这活儿由网民来做好得很。他们的认真，他们字幕组式的热忱，难能可贵。所有作者都应该拉好门襟。

周克希曾邀请我翻译一个短篇小说。我受宠若惊，但尚有自知之明，绝不认为自己真有这个能耐。我也就认识几个英语单词，还偏重身体。宽泛地说，我是有翻译实践的人，译过多部洋文，不求出版。例如翻译了 T. S. 艾略特的情色诗歌。我可将英文、法文、俄文、西班牙文、葡萄牙文等（拆穿西洋镜就是 Google 认识的所有语言包括梵文），都极为快捷地译成中文。如果我是翻译家，很可能就这样干活。"一番榨"即第一道译文出自软件，之后再人工精修。风格任选，若婉约派则花时间一些，添加上"太晚了，太晚了"这样的叠句。说得那么诱人，可惜周老师古板守旧，君子不为。

有的编辑喜欢改人家的文字，看得不顺眼就红笔伺候。我当编辑能不改就不改，否则都是我的气味就太扫兴了。承他人错爱，我读过几个朋友定稿前的文字，他们书中可能有我到此一游的痕迹。通常只找错别字和病句，以及事实错误，找到后告诉作者。偶然也会出点主意，例如建议宗福先让剧中那个神神道道的人物讲家喻户晓的民间故事。那是人家的文章，他若故意将白色认作黑色，我也不应去纠正。作文的惯例是文责自负，不必太入戏。现在都用电脑，几乎没有手稿。写作的"笔触"看不到了。

改人家的文字可以看作是个学习和探讨的过程。改得好，可以从《水浒传》里长出一部《金瓶梅》来。木心先生便是一个手痒的文人，看到汉字都要改改，《诗经》也被他改了一遍。我留下他的事情等写"小众菜园"时再说。我也改过一两句，例如将"天子呼来不上船，自称臣是酒中仙"的第二句改为"自称爷是酒中仙"，将"呼儿将出换美酒"改为"将儿呼出换美酒"。仅仅改了一字，换了词序，意思就大为不同，弄不好还可能因那个"爷"字被杀头。改过之后，对中文的理解就进了一层。一个好作者的遣词造句下笔千斤，但遇到编辑不精彩，那就前功尽弃。我跟朱伟说过，"当我能抬起头来看你时"，将那个"能"字给删了，意思全都不对了。阿城写过马匹"直腿走来"，是无法删改的好例。

国人喜欢排座次。俗话说，"老婆是人家的好，文章是自己的好"，古来如此，何错之有。问我当代小说家谁的文字最好，我必定说是在下。你们没看出来，是你们的眼光有问题。我只对曹雪芹和鲁迅有所谦逊。我并不宣传，他人不该来问我。同行中，那个叫马原的汉人曾是宣传自己的，他当仁不让，他大言不惭。特立独行的残雪更是舍我其谁。他们自己相信就够了，别人是否承认没什么关系。其他的那些人虽然不宣传，心里同样认为自己的文字更好。小说家言本来就是不当真的代名词。文学的标准很模糊很多元，写得长的、卖得多的、猛烈得奖的、读者看得热泪涟涟的未必就是最好的。看看赛珍珠，就算荣获诺贝尔文学奖，未必受人待见。最公平的尺度只能是时间给的。仅仅几十年，一些如日中天洛阳纸贵的大作不见了，而不那么出名的沈从文、汪曾祺、张爱玲被翻了上来。也许还会翻出更好看的，证明这个乏味的时代并非彻底的浅薄。

我曾说过，不要跟身边的作家比。一个作家只要还没死，你就不知道他将搞出怎样的烂文。不能用那些烂文和它的作者作为标准。最好的小说家，例如沈从文先生也有烂文，但他死了，再烂也都被看到了，不过如此了。斤两和比重都在那里，可以画饼图了。我提到沈从文的烂文，是想起曾用一百元钱买到的一本油印资料。多年前为筹拍《鲁迅传》，留下筹备者访谈许多与鲁迅同时代人的文字记录。不知那篇文字是否收入了沈从文全集，这个访谈是否写进他的传记。谈话中说到胡适、陈源和徐志摩等，沈先生用词激烈，令人瞠目结舌。

如今有便的时候，我在网上挖坟，挖到不少旧资料，苦着脸翻看前辈作家的不当言论。这一百年间，覆巢之下安有完卵。很惊悚。让我感慨的是听过胡适的一次访谈，记者用胡适被猛烈批判的事实来诱导他攻击身在大陆的同行，他一口咬定一点都不怪罪他们，还很同情他们。去台湾时请朋友带路，参观胡适纪念馆，登上土坡，去他的墓地向前辈鞠躬致敬。我在凤凰登上土坡，在沈从文先生的墓地向前辈鞠躬致敬。在孔子墓地、李白墓地、普鲁斯特和肖邦墓地鞠躬。前辈和他们的前辈都不见了，留下的文字在。文字，就是那种鬼夜哭的东西。

我回到二〇〇二年。这一年对我来说是个不好的年份。

先是榕树下网站出了毛病。如同看着一个人的垂死，还要面露微笑，不可以说丧气的话。先前，为了半夜不至于起床去开台式电脑，我狠狠心买了一台两万多元的笔记本电脑放在床边，随时可处理论坛的问题。随着卸任版主，这个机器没什么用了。出毛病后，网站的小朋友们比我压力更大，他们商量，他们决策，他们决定未来的方向。而我在安抚获奖作者，诚实地告知我们将尽力负责。承他们给我面子，众人将信将疑地等待着。在这过程中，我更加明白了，五千元一万元的奖金对他们来说非常重要。网文作者非常缺钱。那年头，我没遇到过富裕的网友来写网络文学（顺便一说，这年的十月，我从作协领到的月工资是 2244.76 元。无法承担家庭日常支出）。从生存的角度来看，那些发明了收费阅读模式的同行，实在是做了大好事。

我在"躺着读书"发过一个帖子：

> 我的政治遗嘱——陈村回复于 2002. 10. 25　12：25
> 我离开榕树时的政治遗嘱是：
> 一定要收费。

说得那么煞有介事，很可惜也很可笑的是，说晚了，而且没指明发财路径，等于没说。

脱离网站后恢复写作生涯，我跟出版社签了个合同。我想做的事非常有意义，标题是《陈村备课》。攻击语文教学的人很多，胡乱编一下课外读物去卖钱的有很多，但真正潜心做实事的很少。我想充作语文教师，将中学语文教材中的课文一一备课。我看到的资料比一般的教师多，有写作经验，还是个师范生。认真去做，应该可以做好。老友陈可雄特地帮我买来人教社的教材。我相信最大的问题不是教材问题，鲁迅他们在三味书屋读的不是什么《新青年》，也成为一代大家。可见，教材并没有人们认为的那么不堪，怎么去讲才更重要。我试着写了几篇。对好文章叫好，指出哪里好看。对那些不精彩的教材，指出为何不精彩，哪些是病句。例如田晓菲的《十三岁的际遇》，在我读来，是非常典型的"学生腔"文章，文字太不讲究，入选教材极为不妥。

〔原文：都在以互不相同的沉默的声音，向我发出低低的絮语和呼唤。渐渐地，我的心情也变得和它们一样：沉静，愉悦，安详。〕

错在多了"沉默的"三个字。声音本来是不沉默的，沉默就是没声了，空气不振荡了。如果算是艺术感觉，是白居易《琵琶行》中写的"此时无声胜有声"，那么后面可别再用有声的"絮语"和"呼唤"。否则，到底是有声还是无声，把人弄得糊涂。将"沉默的"三字删了，就通顺了。此外，"低低的絮语和呼唤"也不好。在这样的词组结构中，"低低的"要管后面的两个词。"絮语"可低低，"呼唤"是喊叫的意思，声大而急切，难以用"低低的"来形容。

这后面跟着的是一个拟人的说法，说到书籍的"沉静，愉悦，安详"。写文章，写的时候要多看看上文，才能"文气"贯然，至少做到流畅通顺。上面刚做出"呼唤"之类的不沉静欠安详的动作，下面再夸奖书籍只能用"好奇""热情"一类说法来和它呼应。

〔原文：北大就是一条生命饱满的河流，它从九十年前的源头出发，向那充满希望的未来流淌。不管两岸风景变换，河上却始终有着渴望渡向美丽彼岸的船客，也有着代代相传的辛勤的舵手与船工。〕

先说简单的：一、"生命"之后最好加一个"力"字。二、"两岸风景变换"，不妥。"彼岸"是人们的理想境地，如同前面说过的"仙界"，它是永恒不变的。变来变去就俗气了，怎么还能让人梦想？变化的只是现实世界的"此岸"。三、能够"代代相传"的总是具体的或抽象的东西，比如古董，比如事业。它不用在人的身上，不能把"舵手与船工"代代相传。

再说复杂的。这段话隐伏的毛病，第一，是运动方向的问题。北大这条河从源头出发，向未来流淌，它从上游走向下游，是纵的方向。后面"船客"等人的"渡向彼岸"是横的方向。这使得同时有两个运动方向存在，它们相互垂直，也就是说，北大的运动方向与师生员工的运动方向，并不是一个方向，要歪着脑袋才能看对方，这很别扭。

第二，这一段靠的是比喻。北大是河，船客是学生，舵手与船工是学校的教职员，这都可理解，但我们不知道船是什么，这个"中介机构"指代不明。过分挑剔的话，还可再问一句：如果师生员工都算不上这条河的有机构成，那么北大这条大河是由什么汇成的呢？

第三，"彼岸"是什么？北大这条河流怎么横亘在此岸和彼岸的中间，一如阻隔牛郎织女的天河？如果没有这河，众人可以大步走过去，岂不更好？这不是我故意刁难。这个自圆其说得困难，是由上面分析的运动方向不一致造成的。不是大家一起顺势而下，而是学生被河挡住了。

文章里还有一些问题，例如既说"我喜欢由这些亲切的手牵引着"，又再三地声称自己是"不系舟"。既是"不系舟"，最好的状态应是唐代诗人韦应物的诗《滁州西涧》中写的："春潮带雨晚来急，野渡无人舟自横。"一个"自"字，把小船的意志潇洒地传达了。何以"安恬地依偎在未名湖的臂抱里"？这像是把昆明湖的石舫给搬了过来。至少也应是"徜徉"吧。此外，用了"不系舟"来自喻，还"渴望有一副轻灵的翅膀"，意思上是连贯的，并无什么不可，只是一个海军一个空军，用的力分散了，将读者的视点也分散。

我在备课的过程中，也感受到语文老师的不容易。从古到今，从中到洋，他们要有丰富的知识，有赏析各类体裁和风格文章的热情。长话短说，我的这个工程以失败告终。志大才疏，不自量力，很惭愧。退回出版社的预付稿酬，向他们致歉。我至今还认为这个事情值得一做。当然不一定是我来做，不一定一个人做。我的失败具体说，一是工程量太大，二是我一边在写，教材一边在修订。文章一旦被剔出教材，工作报废，备课变得奇怪。其间我个人另有不测的困厄，母亲病情突变，骤然离世，一时间天昏地暗。

离开榕树下，我回到普通网民的位置。

刚上网，收罗了许多网址，这里那里都很好玩。人们说，一个人最终常去的网站不会超过二十个。我还不信，后来不信也得信。当年，我去得最多的是天涯社区。

在天涯，娱乐的版块较受欢迎。电影、音乐都是好话题。热爱写作的人在"舞文弄墨"，这个版块出名之后，出版社的编辑也会蹲守，看到不错的作品抢先跟作者签约。志向高远的人在"关天茶舍""天涯杂谈"和"国际观察"，日夜讨论他们认为的重大问题，烽火连天。无穷无尽的帖子。在那里，别指望人家会当你是个东西，行不行都看你帖子的话题和质量，以及你的战斗精神。那里有不少全站或版块的名人。那里的网友平等意识较强，常常不拿版主当干部。版主中我见过朴素和注注。后来从"关天"转移到交往平和的"闲闲书话"，跟网友交流更多。天涯上，"陈村"的 ID 被人注册了，我只能叫"陈村在上海"（后来这位陈村网友，将陈村 ID 送给了我）。看得多了，我有时也会发个帖子。不当版主，在论坛自由多了，如在草地打滚。我曾有过一个帖子点击超过一万二，跟帖中有个谣言，我呼叫版主删这跟帖，谁料他将整个帖子给删了。再呼叫他，再无回应。网上最常见的就是这种阴差阳错的事情。

说点无伤大雅的往事。作家们依然极少实名上网。有时认出一个，就打个招呼。南方的朋友身在海外，跟他说，何时再到庐山打扑克，在广州喝早茶。我有时帮一些不上论坛的朋友发个帖子。我预告史铁生将来沪。他这个布衣的到来，是本城的光荣。网上只有不被关注的话题，没有绝对无争议的帖子。自认为非常正当，他人可能极为恼怒。我自说自话地吁请解决史铁生的生存困难，立刻被高格调网友围剿。我不回应。只要将事情做好了，人们喜欢怎么定性我，我无所谓。知我写过《开导王朔》，网友就写《开导陈村》，一时也是佳话。我请贩书的网友帮我买木心先生的台版旧书，有一本要一本。有个叫长乐老的网友在卖我的旧书，我见了赞助打油诗《书局有感》一首，并自注：诗韵甚古，难考来处，用吴语可叶。此打油风也。

天涯书局骚人多
学富五 G 泉袋薄
墨香隔屏犹吸鼻
灌水不舍胀小腹
翻寻爱捡千古漏
拍卖愁对跟帖哭
漫道书中余空屁
尚思宋版颜如玉

天涯社区创办于一九九九年三月一日。二〇一三年八月，有八千五百万注册用户。因天涯的马甲成风，不清楚到底有多少活人。这个网站活力四射，令人玩物丧志，每天泡在其中乐此不疲。它是中文互联网最好的标本，记录了这个时代的痛痒。但它也没熬过商业化的关口。随着博客和微博的兴起，网民出走，此后资金链断裂，上市无门，无以为继。二〇二二年网站因缺钱关过几天。二〇二三年因拖欠电信服务器费用，域名被封，网站和 app 停止运营。之后虽有前执行总编发起了"七天七夜，重启天涯"直播义卖活动，只募到十五万元，杯水车薪。二〇二四年五月，天涯社区在其微信公众号上发布公告，宣布以八百万元人民币出售其拥有的域名 hainan. com，并利用域名出售的资金推进天涯社区恢复运营。但愿它有复活的一天。

（原载于《上海文学》2024 年第 8 期）

遇　见

吴志良

　　世间所有的故事，无论是悲是喜，皆源于遇见。而遇见有主动与被动之分，有自然与刻意之别。澳门是中国与西方相遇之地，也是中外相碰、相交、相知之所，看似偶然，却也必然，难以避免。其间种种故事，编织出近五个世纪中西文明交流互鉴的曲折历程和轮廓，诉说了中华民族面对外力的坎坷探索和悲欢。蕞尔之地，也成为各方英豪风云际会之所，成为文人骚客笔墨淋漓之地，"抚烟霞之变幻，慨邦国之废兴。览潮汐之涨消，纾胸襟之积悃"，令人心动，使人神往，催人泪下。

序　曲

> 啊！葡萄牙的海，
> 你那咸涩的水，
> 饱含了多少葡萄牙人的悲伤苦恼！
> 为踏平你那万顷波涛，
> 多少慈母曾把泪抛，
> 多少儿女徒然祈祷，
> 多少姑娘未成秦晋之好，
> 这一切均为征服你那惊涛骇浪！①

　　中国与西方全方位接触，始于大航海时期四处扩张东来的葡萄牙人，

---

① 　出自葡萄牙诗人费尔南多·佩索阿诗歌《葡萄牙的海》。

最早不期而遇的地点不在澳门，而在中华帝国敕封之国满剌加（今马六甲）。

有明一代，郑和七下西洋，葡萄牙人则穷近百年之力，从非洲西岸绕过好望角直奔印度洋，寻找黄金和香料，南征北战，所向披靡。一五一一年，葡萄牙人占领马六甲，令大明朝廷如梦初醒、大吃一惊。敕封国是受朝廷保护的，马六甲的沦陷意味着天朝外交的失败，令朝廷颜面尽失；同时，也预示了西风压倒东风之势，令满朝官员不知所措。

朝廷更不明白的是，马可·波罗（Marco Polo）笔下富饶的中国才是他们向往的目的地。一五一三年，葡萄牙人欧维士（Jorge Álvares）率领一支船队首抵珠江口，要求登陆贸易，没想到被两广官员一口回绝。葡萄牙并没有放弃，继续多次派船队到珠江口一带交易。一五一七年，又"有佛郎机夷人，突入东莞县"，广州澳口"铳声如雷"，震动省城。广东当局将此归咎于葡萄牙人"不知礼"，接受了"鸣枪致敬"的说法，消除了"误会"，在还没有弄清楚来者何人的情况下，在当年就准许其上岸广州进行贸易，令远方来客喜出望外。一五二〇年年初，葡萄牙使节皮莱资（Tomé Pires）在广州学习中国礼仪后获准赴京城。因为武宗阅看"国书"后不相信葡萄牙所说愿意藩属中国，部分广东官员又奏控葡萄牙人攻占马六甲，杀伤无辜，且擅闯广州、胡乱放炮，葡使遂被驱逐出城，葡萄牙终未依《祖训》《会典》成为纳贡国而无法与华开展正常贸易。

然而，葡萄牙人眼见利润丰厚，继续盘踞在珠江口的屯门等待机会做"中国贸易"，不但按惯例在屯门立石纪念以志占领，还"筑室立寨，为久居计"，并依当年葡萄牙船队所获的授权行使权力，处决船员，严重侵犯了中国的主权。这还了得。一五二一年八月，广东海道副使汪铉受命驱赶。他先礼后兵，要求葡萄牙人撤走，未获理会后，发起进攻，遭到葡方猛烈火力顽强抵抗。汪铉受挫后改变战术，借风力再次火攻，才将葡萄牙人从屯门驱逐。此乃史上中葡屯门之海战，也是中西首次武装冲突。一年之后，另一支葡萄牙船队在新会西草湾再次为中国官兵围剿击败，葡商似乎开始明白朝廷拒绝通商之决意，乃转往闽浙沿海，私下从事非法贸易，甚至与海盗倭寇勾结，"亦盗亦商"三十多年，直至一五四八年其在浙江舟山双屿和福建浯屿、月港之据点为提督浙闽海防军务朱纨彻底捣毁，才重回珠江口一带活动，寻找永久落脚点。

最初声称用"征服马六甲的十艘船只，便足以轻易控制整个中国沿海"的葡萄牙人，四十多年在中国沿海的种种遭遇令其逐渐明白，他们交手的是一个既富裕强大又制度严明的国家，他们不得不放弃其从非洲到印度的征服立场，转而采取以柔克刚的对华贸易策略，千方百计在"海禁最严，外商入市，最所不喜"的大环境下寻求另类突破。一五五六年一月十五日，一位名为索萨（Leonel de Sousa）的葡商去信路易斯（D. Luís）亲王，称经过三年的努力，通过送礼贿赂，终于跟中国官方有了接触，并与广东海道达成和平协议，声称"声名狼藉"的葡萄牙人已获准自由贸易，可以在广州外海的上川、浪白滘和濠镜澳等岛屿公开互市，甚至"入城贸易"。

濠镜澳为早期澳门的别称，从此澳门进入葡萄牙人的视野，成为其长久聚居地："濠镜直临大海岸，蟠根一茎如仙芝。西洋道士识风水，梯航万里居于斯。"沙勿略（Xavier）多次在上川岛敲门的古老中国，"苍生皆帝臣，尺地尽王土"的古老中国，也从此"可怜卧榻旁余地，鼾睡他人四百年"。至今，欧维士的雕像还竖立在澳门老法院门前的广场上，遥望着中原大地。如果当年郑和也继续西行，不知道大西洋岸边某一港口城市会不会为其塑像纪念？

一　汤显祖邂逅利玛窦

"澳门开辟几何年，中夏居彝此为先。"多少年来，前来澳门的文人骚客络绎不绝，有质问"谁将澳门山，轻与番夷处"者，也有惊叹"烟开濠镜风光异，好一派，繁华地"者。东降西升，大势已成，向来"普天之下，莫非王土"的朝廷不得已开澳为葡人经商居住，既有广东地方通商课税充饷的需要——"洋船争出是官商，十字门开向二洋。五丝八丝广缎好，银钱堆满十三行"，又有"以夷制夷"，将葡人与海盗倭寇分离并借其戍守海防的需要——"香山海洋，得澳门为屏卫……阖境帖然，若撤去澳夷，将使香山自守，二不便也"，更有皇帝从葡人控制的印度洋获得龙涎香、寻求长生不老的需要——"不绝如丝戏海龙，大鱼春涨吐芙蓉。千金一片浑闲事，愿得为云护九重"。或许因为"妙女儿干进秘方"，明朝当局准允葡人入居澳门交易，却出乎意料地令小渔村"香山濠镜辨光芒"。

广州作为中国严密的海禁政策下唯一的对外通商口岸，西连印度果阿，东接日本长崎，南通菲律宾马尼拉。从这三条"贸易生命线"，"洋货东西至，帆来万里风"，终成"广州诸舶口，最是澳门雄"之势，澳门很快发展成为远东最繁盛的港口城市之一，"十字门中拥异货，莲花座里堆奇珍"。

纷至沓来的不仅是商贾，还有以利玛窦（Matteo Ricci）为首的传教士；拔地而起的不仅是私宅，还有以大三巴为代表的教堂。利氏的梦想当然不在弹丸之地澳门，而在中原大地。他在圣保禄学院初学中文后，前往肇庆开拓传教事业，有幸在端州邂逅了被贬往徐闻后准备北返的汤显祖，谈论"破佛之义"。汤显祖记录了与"西来和尚"的历史性会面：

> 画屏天主绛纱笼，碧眼愁胡译字通。
> 正似端龙看甲错，香膏原在木心中。
> 二子西来迹已奇，黄金作使更何疑。
> 自言天竺原无佛，说与莲花教主知。

汤显祖很可能是第一位听利玛窦宣讲天主教教义的知名中国文人。令人好奇的是，那时利氏的中文不足以深度对话，两个言语不通的人是如何交谈的？从诗句中，我们读到的是新奇、疑惑和误解，佛祖与教主似乎在对谈，双方心中却各有其所，互不相通。两个文化背景殊异的人，虽然很想交流，似乎也各怀心思，互不相容。

汤显祖倒是对异域风情并不陌生。他一五九一年年初来粤时，就曾慕名游历已开埠三十多年的澳门，留下了《听香山译者》两首，其中一首"花面蛮姬十五强，蔷薇露水拂朝妆。尽头西海新生月，口出东林倒挂香"，以丰富的想象描写了他见到的葡国少女；更为难得的是，他将三巴寺写进了《牡丹亭》第二十一场《谒遇》里，"一领破袈裟，香山岙里巴"，并称"这寺原是番鬼们建造，以便迎接收宝官员"。连柳梦梅都被洋宝贝震撼了："这宝来路多远？"当被告知万里之外后，他吓了一跳："这般远，可是飞来，走来？"

汤显祖听到利玛窦"自言天竺原无佛"，看到"万国来王成市肆。绮窗朱槛，玉楼雕镂，这是三巴寺"，对外来事物着实有无限的新奇意想。

但是，中西之间的确还是"这般远"，远的不是空间距离，远的是心神与思想。如今躺在北京车公庄的利玛窦，当时真不知有何体会。我们只知道，他进京后，采取穿儒服传圣教的适应策略，致力推动翻译"四书五经"，编纂《葡汉辞典》，并将西方最先进的天文、历法、医学、几何等科技知识和西洋音乐、绘画引介到中国，努力促进双方的相互了解。这为早期中西沟通开辟了道路，利玛窦也被誉为中西文化交流的先驱。泉下有知，他应感到安慰和释怀。

二 吴历滞留大三巴

"不住田园不树桑，珊珂衣锦下云樯。明珠海上传星气，白玉河边看月光。"如果说汤显祖笔下的澳门更多充满了千帆悬空、万国来朝的繁华景象，那么，明朝遗民吴历则更关注文化差异，惟妙惟肖地刻画出澳门在中西文化交流中欲通难通、不通还通的有趣状态：

> 灯前乡语各西东，未解还教笔可通。
> 我写蝇头君写爪，横看直视更难穷。

吴历字渔山，号墨井道人，是中国画坛的"南宗"大师，其先师王鉴欣赏他的作品笔笔都有来历，不逾古人规矩。吴历一生孤苦，目睹了明朝覆亡和外族入侵。他接触天主教后，自北南下，越梅岭，过香山，一六八〇年前后随将奉派前往罗马谒见教皇的柏应理（Philippe Couplet）神父抵达澳门，"居客不惊非误入，远从学道到三巴"，准备不远万里奔赴罗马翻译《圣经》，试图进一步打通中西文明交流之脉络。

可惜的是，其时"礼仪之争"开始白热化，敬孔祭祖与天主教教义发生严重冲突，吴历又因年长且不通拉丁文，赴欧未果，只好滞留大三巴。在澳期间，他没有望洋兴叹，而是潜心钻研教义，"思将旧习先焚砚，且断涂鸦并废诗"，几乎荒废了诗画，却依然留下了许多对民间社会观察入微的好诗："榕树浓阴地不寒，鸟鸣春至酒家欢。来人饮各言乡事，礼数还同只免冠。"他解释说："澳门一名濠镜……其礼文俗尚，与吾乡倒行相背。如吾乡见客，必整衣冠；此地见人，免冠而已。"

弹丸之地，居民来自天南海北，华洋杂处，乡音不一，风俗有异，信仰不同，倒也相安无事，和睦相处。其时，葡人入澳已百年有余，中葡民族交往有了明显的进展，文化也开始融合。同期的普济禅院高僧释迹删称，"番童久住谙华语，婴母初来学鴃音"，可见族群之间融洽和谐。

"葡人家本住西洋，到此如何不望乡。""东西音异趣相同，落拓天涯作寓公。"在澳门这个"但得安居便死心"的移民社会，大家顺心随意，其乐融融，不问天下世事，犹如世外桃源。表面上，"番奴贾客共营生"，但事实上，"海不扬波撼小城"，礼仪之争最终波及澳门。罗马教廷遣使法国传教士多罗（Charies Thomas Maillard de Tournon）赴华，试图解决争端，康熙两次接见，话不投机，怒从中来，将多罗押送至澳门，一直关押到一七一〇年他死于大三巴旁被监视居住的房子里。此前此后，每有传教争议，西方传教士皆被从内地驱逐到澳门，但滞留至死于澳门者，唯多罗为显要，也足见分歧之严重、斗争之惨烈。享有教廷传教权的澳门葡萄牙行政和宗教当局，也左右为难，既不敢得罪中国皇帝，又不得不给罗马教皇留情面，更对居中调停无能为力，只能坐等事态的演变。

国学大师季羡林说："在中国五千多年的历史上，文化交流有过几次高潮，最后一次也是最重要的一次，是西方文化的传入。这一次传入的起点，是明末清初；从地域上来说，就是澳门。"吴历滞留和多罗押死于澳门，意味着澳门只能起到缓冲作用而无力推动中西争议的化解，也标志着中西文化交流之中断。令人叹息的是，两种文化从此互不往来沟通，直接导致彼此缺乏理解，误会与偏见日深，为鸦片战争的爆发埋下了伏笔，后患无穷。

三 容闳神交马礼逊

"一拳海外作寰中，睹听都缘与世通。箫鼓帆樯开蛋穴，楼台灯火落蛟宫。山经秋拭朝横几，月共潮生夜挂弓。闲处只看忙处笑，棠西方了又桑东。"生活在康乾盛世的澳门同知张汝霖的这首诗，真实描写了澳门东来西往、左右逢源的盛景，也刻画出澳门贯通中外的地位优势。

开埠以来，澳门一直是西学东渐、东学西传的桥梁，也是国人开眼看世界的第一站。虽然"澳门礼数异中华，不拜天尊与释迦"，"相逢十字街头客，尽是三巴寺里人"，但是，"一角天开航海径，果然无外是中华"，这片土地完整保存了中华文化的根与魂，家国情怀朴素而深厚，即使葡萄牙人，也不敢妄言僭越。康熙年间巡视粤闽沿海的大学士杜臻在《香山澳》一诗中，便云葡萄牙人"自言慕义来中夏，天朝雨露真无私。世世沐浴圣人化，坚守臣节誓不移"，中华传统在澳门影响之大之深，可见一斑。近代以来，国人借澳门之地利，出洋学西方之长技，再回来报效国家，其中，容闳开了先河，也树立了楷模。

一八三五年，七岁的容闳随父从香山南屏村来到澳门，入读位于南湾大马路的马礼逊纪念学校，由传教士郭士立（Karl Gützlaff）的夫人负责教导。一八四七年年初，马礼逊学校校长、美国教育家勃朗（Samuel Robbins Brown）返国时，带容闳、黄宽、黄胜三人前往美国留学。一八五○年，容闳考入耶鲁大学，四年后以优异成绩毕业，旋即回国参与洋务和维新变法运动，不仅促成上海江南机器制造总局的建设，还大力倡导幼童留美，遂成"中国留学生之父"。耶鲁大学校园中，今天还安放了一座容闳的雕像，供后人瞻仰。

容闳来澳门前一年，马礼逊（Robert Morrison）已经长眠于白鸽巢公园基督教坟场，两人无缘相见，却似神交已久。容闳一生提倡西学东渐，认为"西方之学术，灌输于中国"，可以"使中国日趋于文明富强之境"，并身体力行、全情投入。而与他神交的马礼逊，则是基督新教来华第一人，坚韧不拔，毕生致力于东学西传和传教事业，翻译出版了《三字经》，编写了《中文会话及凡例》《中国大观》《广东省土话字汇》，编辑了《察世俗每月统记传》《中国丛报》等期刊，还在澳门开办了第一所中西医结合的诊所。

令人惋惜的是，这位最初以东印度公司汉文翻译身份来华的传教士的努力，并没有加深欧洲对中国的真正认识和理解，更没有避免中英鸦片战争的爆发；更令人唏嘘的是，他的儿子马儒翰（John Robert Morrison）还主导了鸦片战争，成为《南京条约》的起草者之一。而容闳学成归国后，国难当头，不得不学以致用，奔走一生重教兴业，救亡图存，鞠躬尽瘁。戊戌变法、辛亥革命中，都有其不可磨灭的贡献。

容闳在美国接受高等教育且加入了美籍，本来可以过着舒适的生活，但他心念祖国，胸怀天下，坐言起行，终生为祖国奔波劳碌，而这与他在澳门受到的教育及成长经历不无关系。澳门是个既受西方影响、与西方观照，又跟祖国血脉相连、心心相印的地方。无论身在何方，都心怀祖国、情系故乡，离得越远，思念越浓，这是澳门人普遍的内心世界。高山仰止，他的朋友杜吉尔（Joseph Twichell）牧师当时这样礼赞容闳的拳拳赤子心和浓浓爱国情："他所做的一切，饱含着他对祖国最真挚最强烈的爱——因为他是一个爱国者，他从头到脚，每一根纤维都是爱国的。他热爱中国，他信赖她，确信她有远大辉煌的前程；配得上她那高贵壮丽的山河和她那伟大悠久的历史。"如今读来，这几句话还是令人热泪盈眶。正是因为有无数这样的人，中华民族才历尽艰辛，赓续绵延，屹立不倒。

四　林则徐巡视澳门

"力微任重久神疲，再竭衰庸定不支。苟利国家生死以，岂因祸福避趋之！"忧国忧民、三番五次奏请朝廷禁烟的湖广总督林则徐被道光皇帝任命为钦差大臣，前往广东禁烟。他甫抵广州，即查封烟馆、商船，勒令外商上缴鸦片，鸦片商人纷纷外逃，不少撤往澳门。林则徐通过粤海关监督发布通告："澳门虽滨海一隅，亦是天朝疆土，岂能任作奸犯科之人永为驻足乎？"并请澳门同知蒋立昂将其谕令送交澳门总督："本大臣一俟虎门收缴完竣，即当日赴澳门，一体查办。"

澳门是鸦片主要集散地。明万历年间，鸦片就开始输入澳门，一七八〇年英国东印度公司取得专卖权后，英国人逐步取代葡萄牙人，一八三六年更开始长住澳门贩卖鸦片，最后控制了百分之八十以上的份额。必须切断来源，才能成功禁烟。林则徐巡视澳门，要求澳葡当局配合执行，是关键举措。

消息传出后，澳门华人兴高采烈，奔走相告，逃匿在澳的鸦片商诚惶诚恐，不可终日，而坐看中英之争的澳葡当局，则千方百计讨好双方：一方面促请烟贩转移鸦片至零丁洋，公告英商撤离澳门；另一方面，又回禀钦差大臣要"预设公馆""隆重接待"。一八三九年九月三日，虎门销烟整整三个月后，林则徐和两广总督邓廷桢率官兵二百多人，浩浩荡荡进入澳门。他在日记里写道："甫出关闸，则有夷目领夷兵百名迎接，皆夷装戎服，列队披执于阵前，奏夷乐，导引入澳。"

林则徐已断然拒绝澳葡当局"预设公馆",径直进入了莲峰庙,在"中外流恩""恩光浩大"的匾额下,接见澳葡理事官,"宣布恩威,申明禁令"。葡萄牙人也感谢皇帝恩赐,让其居澳二百多年安居乐业,并应允安分守法,义不容辞协助驱逐烟贩奸商。致赠礼物后,林则徐一行再次出发,经过大三巴、妈阁庙、南湾各炮台,受到十九响礼炮的隆重欢迎。

中国政府向为澳门衣食父母,澳葡当局能够击退英、荷两国的侵占,也全赖天朝的庇护。澳葡当局接待朝廷官员的规格,向有定例,无须过度解读。清帝国已夕阳西下,但林则徐巡视澳门宣示主权,还是起了震慑作用,令澳葡当局保持了中立。同一天,澳督边度(Adrião Acáio da Silveira Pinto)便正式拒绝了英国商务监督义律(Charles Elliot)请英国军舰"保卫"澳门的提议,重申中立立场。

林则徐巡澳成功,并不意味着禁烟的成功,他面对的是更棘手的敌人。义律不满澳督的中立政策,特别是一八四〇年二月四日英国军舰闯入澳门内港未获准停泊后,就开始构思军事占领计划,声称根据英葡协定,葡萄牙有义务保护英国臣民,英军舰有权利驶入葡殖民地港口,如不准许,后果严重。曾几何时,英军两次攻占澳门,皆为明朝军队震慑驱赶,如今形势急转直下,英军六月即北移珠江口,鸦片战争正式爆发。惊恐求和的道光皇帝,以"误国病民,办理不善"之罪名,革职查办林则徐。"召缓征和医并至。眼下病,肩头事,怕愁重如春担不起。侬去也,心应碎!君住也,心应碎!"不久战死海上的邓廷桢有此哀叹,犹如文天祥"惶恐滩头说惶恐,零丁洋里叹零丁"之悲壮。

林则徐的悲剧,是时代的悲剧,是民族的悲剧。悲之,在于不知己知彼。魏源曾称:"欲制外夷者,必先悉夷情始。"林则徐到广州后,特意召见熟悉"夷情"的传教士梁发,并在梁发儿子梁进德的协助下主持编写了中国第一部系统的地理书《四洲志》,还编辑《澳门新闻纸》,"开眼看世界"。近距离、多方位接触澳门后,他才说"所得夷情,实为不少,制驭准备之方,多由此出",为时已晚矣。强敌面前,清朝兵败如山倒。隐约中,传来了清帝国的挽歌声。

五　郑观应落户阿婆井

"华人神诞喜燃炮，葡人礼拜例敲钟。华葡杂处无贵贱，有财无德亦敬恭。"郑观应这首诗，真实描绘了澳门当时的社会状态。其时，割让给英国的香港已经开埠，澳门失去了昔日的贸易垄断地位，真正衰落的日子也开始了。一八四四年七月三日，两广总督耆英被迫与美国特使顾盛（Caleb Cushing）在澳门签订《望厦条约》，签约的桌子至今还在普济禅院的后花园，风吹雨打，哀鸣哭泣。葡萄牙眼看英美签约，心有不甘，认为有机可乘，也提出改变澳门的法律地位。多番要求未果后，葡女王于次年十一月二十日单方宣布澳门为自由港，并派出"独臂将军"亚马留出任总督，殖民扩界，设关收税，希图与香港看齐，重振澳门经济。亚马留的殖民政策，特别是挖坟修路的暴行激起民愤，终于"凶横过甚，孽由自作"，被村民沈志亮等人杀毙，尸首分家。葡人在西方列强多国声援下，一度攻打关闸和北山岭复仇，沈志亮也为曾经拒绝英人进入广州城而被道光皇帝称为"贤能柱石之臣"的两广总督徐广缙诱捕押至澳门"正法"，中葡关系发生了质变。澳门再也回不到从前的繁盛景象了，百姓惨淡度日。

"航海初来借一枝，卑栖安敢室堂窥。疆臣亦有深谋虑，大局澜翻异昔时。"澳门脱离中华秩序，失去了对内地贸易的优势，更加穷困不堪，无路可走之际，只有"偏门"一途。郑观应目睹澳门"猪仔馆"和赌场处处以及洋人奸商互相勾结的情况，形容澳门为"禽兽之域"："盗贼之炽，奸宄之多，余足迹半天下，从未见有如澳门之也！"

"一统江山今昔此，凄凉满目亦潸然。"出人意料的是，这位维新派思想家晚年移居澳门生活，并且选择在土生葡人认为"喝了阿婆井水，就不会离开澳门"的阿婆井边上修建自己的大宅——今天的郑家大屋——安度余生。"群山环抱水朝宗，云影波光满目浓。楼阁新营临海镜，记曾梦里一相逢。""三面云山一面楼，帆樯出没绕青洲。侬家正住莲花地，倒泻波光接斗牛。"诗句间，他十分喜爱澳门的新宅和享受莲花地的生活，内心里，他却伤时感事，极为不安。

郑观应一八四二年出生于香山县雍陌村，十七岁应县童子试落第后，弃学到上海经商。在列强入侵、民族危亡之际，其爱国主义和重商兴国思想油然而生。他看到了世界的黑暗不公，也看到了"泰西之长技"，提出发展民族资本主义的"富民之道"，倡导改革社会风俗，对吸食鸦片尤其深恶痛绝。他在澳门赋闲时，静观世交，明察世情，潜心撰写了轰动一时又影响深远的《盛世危言》，明确提出中国近代化改革的诸课题，警醒国人奋起改革政治，重商兴学，富国强兵，启迪社会变革，推进维新运动。

选择澳门进行变革救国活动的不仅郑观应一人，康有为、梁启超也相继前来，利用澳门"近内地、通海外"的特殊地位，创办《知新报》，继续宣传维新变法，并兴办新式学堂，培养维新骨干，发起组织不缠足会、戒鸦片烟会，力改社会旧俗，重振民族精神。戊戌变法失败后，内地维新派报刊悉数停办，《知新报》却利用澳门特殊环境得以继续出版，成为中国领土内唯一的变革声音。不过，为了防止清廷报复，不仅自第六十八册起重要文章不署实名，还改由葡人飞南第（Francisco H. Fernandes）出任经理人，将澳门的地位优势发挥到极致。

六　孙中山礼遇飞南第

"众里寻他千百度。蓦然回首，那人却在，灯火阑珊处。"民族危亡，谁主沉浮？一八六六年十一月十二日，"亟拯斯民于水火，切扶大厦之将倾"的孙文，在香山翠亨村诞生。孙文又名中山，幼名帝象，号日新，十二岁时自澳门踏上前往檀香山的轮船，"始见轮舟之奇，沧海之阔，自是有慕西学之心，穷天地之想"。宏图大志，非同寻常，国家振兴，点燃希望。

一八九二年秋，孙中山自香港西医书院毕业后到澳门行医，兼任镜湖医院医生，开创镜湖医院西医之先河。两年前，他已在澳门报刊发表《致郑藻如书》，并与郑观应等维新人士商讨"改革明政"，与前辈共寻救国之策。回到澳门后，孙中山协助在香港读书时认识的葡萄牙友人飞南第创办《镜海丛报》中文版，宣传民主思想，壮大革命声势。虽然在澳行医一年便被当局以不具有葡萄牙医学院学历为名禁止悬壶，但这反倒促使他回到广州后更加专心致志、全心全意投入民主革命，以更好、更有效的方式济世。在澳期间，孙中山与曾经帮助他申请行医执照的飞南第等人结下了更为深厚的友谊。一八九五年广州起义失败后，孙中山"变装裹伤绕道澳门"，潜往飞南第处，再由他护送到香港，脱离险境，继续革命生涯。

孙中山革命成功，离不开亿万中国人民的艰苦奋斗，离不开千万仁人志士的流血牺牲，也离不开众多海内外友人的倾力支持。一九一二年元旦，孙中山就任临时大总统时，"最后一次在澳门握手道别，距今已经十八年"的飞南第特意致函："怀着最大的喜悦，为您的胜利以及荣任中华民国总统致以最衷心的祝贺"，"期望自己尚可尽点绵力为您效劳"，"希望我们的老交情重新开始；葡萄牙和中国这两个亲密的友邦，亦将在一年半载之后成为两个共和国！那真是好极了"。同年五月，对澳门念念不忘的孙中山故地重游，在卢廉若公园接见澳门官绅，以示谢意，并再次与飞南第会晤，欢叙旧情。一九二一年就任非常大总统后，他曾拟聘飞南第为顾问，飞南第以年事已高婉辞。如斯友谊，人间难得。"十年身事各如萍，白首相逢泪满缨"，君子之交，患难相见，无分民族，不论信仰，只有闪闪发亮的人性光辉和朴素深厚的人文关怀。这是澳门最动人美丽的遇见，也是世间最值得歌颂传扬的故事。

孙中山一生从事革命事业，历经艰险，正是因为在五湖四海有无数这样的遇见，才化险为夷、化危为安，取得最后成功。澳门也很幸运，遇见了少年孙中山、青年孙中山和晚年孙中山，遇见了很多忧国忧民、探索民族复兴之路的革命家、思想家，成为中国民主革命的策源地之一。而众多的幸运遇见、众多的动听故事，又成就了澳门的光辉岁月和厚重历史。

在澳门，西方遇见了中国，中国遇见了西方。澳门本身，就是西方与中国遇见的结果；澳门的历史，也就是中国近代史的一个缩影，清晰勾勒出中国近代化艰难进程中的轮廓。其间，多少重要事件、重要人物都与澳门产生了关联，别有渊源；其间，有冲突和包容、有斗争和妥协、有光荣与屈辱、有欢乐与悲哀，更有百折不挠的民族精神和闪烁世间的人性光辉。

所有这一切，又使澳门与祖国血脉相连、命运与共，使澳门与世界息息相关、同频共振，铸就了澳门古今同在、中西并举的历史文化底蕴，各美其美、美美与共的交流互鉴经验，不同而和、和而不同的社会环境，你中有我、我中有你的话语体系。所有这一切，奠定了澳门在中西交流史上的地位，激发澳门在"振兴中华""世界大同"征程上继续前行，迎接下一个更加扣人心弦、入人心扉的遇见。

尾 声

"月出濠开镜，清光一海天。"

一九四九年十月一日，五星红旗首次在濠江中学冉冉升起，那么鲜艳，那么耀眼，那么激动人心。

　　　　从十六世纪来到现在
　　　　东望洋堡垒
　　　　一艘登陆之后就永远停泊的
　　　　古战船
　　　　炮呢
　　　　唯一残存的佛郎机就蹲在那里
　　　　是古铜还是春晖这闪闪的光芒
　　　　精巧的皇冠沦落为炮身的图案
　　　　一对铁轮跪进凝固的水泥
　　　　不能再动　　不能再咆哮
　　　　一张大口变一只长长眼睛
　　　　向南　　望天空
　　　　其实是望茫茫的大海
　　　　来时的路也就是归程

　　一九八七年四月十三日，《中葡联合声明》签订，中国将于一九九九年十二月二十日对澳门恢复行使主权。

　　　　大西洋　　中国海
　　　　始终是相连相通的
　　　　光辉也罢　　屈辱也罢
　　　　四百年是非逝去的水
　　　　先进也好　　破落也好
　　　　船身　　就是这一个船身

我们体察着风力和风向
调整着船帆
船舵　掌握在我们手中
在船尾转动
对着历史又与历史疏离
驶向未来　历史的反方向

一九九九年十二月十九日下午五点，在葡萄牙国歌声中，总督府门前的国旗徐徐降落，仪仗队员折叠好后交给韦奇立（Rocha Vieira）总督。总督捧在胸前，神情肃穆地步出了这座象征对澳门管治权的古老建筑。密密麻麻的雨点，没能掩饰观礼人群激动的泪花。

你可知"妈港"不是我的真名姓？
我离开你的襁褓太久了，母亲！
但是他们掳去的是我的肉体，
你依然保管我内心的灵魂。
那三百年来梦寐不忘的生母啊！
请叫儿的乳名，
叫我一声"澳门"！
母亲！我要回来，母亲！①

这一天，这一年，在大三巴牌坊台阶上由童声领唱的《七子之歌》，响遍了澳门大街小巷，响遍了大江南北。听到的人，无不心潮澎湃、热泪盈眶。

一九九九年十二月二十日凌晨零时，在军乐团奏响的《义勇军进行曲》乐声中，五星红旗和澳门特别行政区区旗在澳门文化中心徐徐升起。夹道欢迎解放军进城的澳门市民，拉开巨大的红色横幅："我们回家了！"

这一夜，"月明风清，波平如镜"。珠江口，火树银花，璀璨夺目。松山灯塔照亮的海面上，挂着各色旗帜的船只来往穿梭，笛声齐鸣。

（原载于《人民文学》2024 年第 10 期）

---

① 闻一多诗歌《七子之歌·澳门》，据此谱写的歌曲歌词略有改动。

西厢随记

张锐锋

陡峭的石头台阶，一步步延伸到高处、更高处。飞檐翘角、气势张扬、砖木构筑的层次和秩序，沿着中轴线向上展开。映入眼帘的是一个巨大的飞升仙羽形象。进入山门开始，就进入了一场精彩的戏剧。物质建筑留住了一段往事，大幕拉开，一个个角色渐次登场，剧情一点点推向高潮。观众不能置身事外，而是要进入其中。天王殿、钟鼓楼……高点伸到白云——莺莺塔高耸的尖顶。

东侧是经院，后面是僧舍，西侧是塔院和西厢书斋，后面是花园。紧凑的布局，凝集了一座寺庙的精华，静穆的氛围，凸显了佛寺的神圣。然而，它沉浸于一幕紧张的戏剧之中，它有着峰回路转的剧情、爱情的奇遇、荷尔蒙的激情、书香袅袅中的神奇感，以及险象环生的兵情劫遇，也有着化险为夷的反转。海誓山盟的私订终身和有情人终成眷属。奇遇、爱情、夜半逾墙的私会欢愉、兵燹之境和潇洒脱困、闺阁幽思和好事多磨后的花好月圆，暗伏悬念和充满了紧张感的冲突元素应有尽有，酿造了几百年经久不衰的经典名剧《西厢记》——它在乡村和城市上演，无数人对婉转曲折的剧情耳熟能详。

这就是永济的普救寺，这就是《西厢记》的发生地，这就是虚构和现实的结合，这就是一出戏剧的物质支持。一个虚构的世界在实在的物质环境中生成，古代戏剧家王实甫运用自己的智慧创造了一个精神高峰，它就在莺莺塔的塔尖上，在塔尖之上的白云中，它不断从几百年前向我们闪耀，让我们不断仰望它的光芒。

剧中人物张生读书借居的西轩，他读书的书桌，光线从纸窗铺展到书卷上。这一切场景曾在剧中讲述。虽然这是重建的场景，毕竟使得虚构的情景获得现实的指认。《西厢记》的题材来自唐代传奇的《莺莺传》，元稹所写《莺莺传》故事中始乱终弃的悲剧有了圆满的理想结局，重建了对爱情的信任和中国式的戏曲审美，未来的不确定性里具有了可推理的逻辑、可期待的希望。张生和莺莺的爱情不仅有着浪漫的开头，也拥有了美好的结果。

无论是张生与相国千金莺莺的奇遇和一见钟情，还是夜逾东墙和梨花深院红娘接应的幽会；无论是叛将兵围的遇险，还是修书白马的从容淡定和书生运筹，以及白马将军率兵解困救危；无论是崔母食言赖婚，还是张生相思成疾、隔花阴人远天涯近，以及十里长亭的深情送别和赴京应试高中状元。《西厢记》剧情始终在紧张的悬念之中运行，精微传神的唱词，雅俗共赏的文字，优美婉转、声情并茂的曲调，迷雾重重、悬念迭出和峰回路转的剧情和爱情踪迹的无定，以及纷繁复杂、阻路曲折的未知，营造了云遮雾障、情理相融的氛围……

先有普救寺，后有《西厢记》。普救寺是什么时候建造的？这已经成为历史的秘密之一。我们知道的是，这里在隋代之前已经有了寺庙，唐朝的时候对原有的寺院进行了修葺，《西厢记》就有了一个华丽的住址。从前它在文人的脑海里流浪，元稹乘着浪漫的幻想飘浮到了美梦的寄居地。一个非凡的奇迹应该发生在普救寺。一个新奇的构思逐渐成形。从元稹的《莺莺传》中获得灵感，从普救寺找到爱情和结局，从民间的智慧中找到叙事形式，从愿望之中寻到偶遇、青春的碰撞和激动、冲突、受阻、转折以及最后的团圆。元代四大剧作家之一的王实甫按照自己的美学理想对《莺莺传》做了全新的改编，一个故事转变为另一个故事。若是有一个爱情愿望，就应该实现它。一个出身贫寒的书生，应该被激励。为什么人不能平等地去爱？为什么阶层之间必须有一个隔层？爱应该是有力的，应该充满了激情，应该有冲破一切的可能。

这是一次不朽的尝试，一次梦幻般的爱情之旅，一个伟大的惊叹号。唐代诗人杨巨源在游普救寺之后写道：

东门高处天，一望几悠然。
白浪过城下，青山满寺前。
尘光分驿道，岚色到人烟。

气象须文字，逢君大雅篇。

　　这里是杨巨源的家乡，他熟悉这里的一草一木，熟悉这座古老的寺庙。他似乎已经感到，一部永恒的文学大作就要出现，这样的寺庙配得上非凡的文字。他感受到了这座寺庙不同凡响的气象，必须有一部大雅之作才可以表达伟大的情怀。东门高处，白云悠悠，黄河的白浪从城下涌动，青山在寺前奔腾不倦，驿道上车轮扬起了尘土，天上的光芒辉耀人间，岚色飞扬中衬托着繁华的城邑，难道不应该有什么奇迹值得记录和想象吗？这首诗就是对《西厢记》诞生的预言，就是对家园的质朴赞颂，就是对大自然和人间的观察和理解，就是对一座寺庙的致敬。

　　《西厢记》是一个家乡诗人所写诗篇的应验，是人世岚色和尘土的欲望的辉映，佳人才子的一见情牵，门掩梨花闲庭院和粉墙儿高似青天不过是尘世的暗喻，永恒的爱情原是尘世生活的极致心愿。人生的戏剧不是在戏台上，戏台上的戏曲仅仅是生活的提炼和浓缩，它也是由真实生活中的人来扮演的。无论是戏台上的扮演者还是泪水蒙满双眼的观赏者，他们既是生活中的人也是戏剧中的人。表面看起来《西厢记》是王实甫所作，实际上是他们共同创作了他们表演和观看的戏剧。《西厢记》的一折折戏曲，既是浪漫的也是真实的，既是生活中的人生，也是幻想里的人生。更多的人既不是其中的书生，也不是其中的莺莺，既没有这样圆满的爱情，也没有这样的奇遇和可能。是的，更多的人生活在极其平凡的日子里，每日都在艰辛的劳作中，甚至在极度贫穷中煎熬，然而他们的内心却怀着某种遥远的愿望。他们为了愿望而劳作，也为了愿望而煎熬，若是戏剧不能概括自己的生活，至少给予他们一个美好的、虚幻的愿望。所有的戏剧都包含了可能的自己，你是观众，也是剧中人。

　　几百年来，人们一直喜欢《西厢记》，这不仅是因为它有曲折复杂的故事，也不仅是因为它有充满期待的悬念，而是因为每一个人都渴望爱情。阅读的时候，你就在文字里，你的情感浸润了文字，你的激情和文字连为一体，你的心跳和文字的跃动共振。你观看戏剧的时候，戏台上的人物形象已经和你的形象重合，你会随着剧情的推进紧张不安，会为他们之间发生的一切所感动，也会为他们爱情遇阻感到愤怒和不平，他们最后团圆时刻的欣喜之情也会打动你，你也感到了内心的狂喜。好像这些事情不是发生在戏台上，而是在现实中，甚至不是发生在别人之间，而是在自己的身上。

在中国文学的巅峰之作《红楼梦》中，曹雪芹借助自己塑造的人物重现了自己的阅读惊喜。他在许多章节中多次说起《西厢记》，并对之表达了极高的敬意。他借主人翁贾宝玉之口说："真真这是好书，你要看了，连饭也不想吃呢。"又借林黛玉之口说："自觉辞藻警人，余香满口。"而且贾宝玉对林黛玉的第一次爱情表达也是借助了《西厢记》的戏曲佳词："我是个多愁多病身，你就是倾国倾城貌。"漫游四方、见多识广的薛宝琴也在怀古诗《蒲东寺怀古》中写了自己的古迹旧游经历：

> 小红骨贱最身轻，私掖偷携强撮成。
> 虽被夫人时吊起，已经勾引彼同行。

这首诗所说的蒲东寺就是坐落于永济的普救寺。因为普救寺的位置在蒲州老城东部的丘陵上，所以它被称作蒲东寺。这首诗所讲述的就是《西厢记》中张生与莺莺私会情定的爱情故事。它所影射的谜底虽说是《红楼梦》中的人物，却采用了蒲东寺中发生的西厢待月、红娘引线、私掖偷携的剧情，这样，人们就可以对号入座地猜到故事之中的故事、故事之外的故事、故事影射的故事。《红楼梦》善于设谜，一个谜面接着一个谜面，一个谜底还未揭穿，另一个谜面接踵而来，纷纷谜团飞雪飘，仍有谜团迷梦中。那么普救寺本身何尝不是谜团纷繁？《西厢记》何尝不是谜团纷繁？戏剧中的人物是不是真的人物？戏剧中的剧情是不是真的剧情？戏剧中的爱情是不是真的爱情？戏剧中的结局是不是真的结局？剧中的挑拨者郑恒编造的谎言就是真的谎言吗？郑恒被揭破的谎言是不是另一种真实？郑恒阴谋的破产是不是仅仅为了成全一个美好的团圆之梦？现实的悲剧是不是要用戏台上的喜剧来掩盖？

普救寺是一连串问号，《西厢记》也是一连串问号。若是没有这座寺庙，这台戏剧将发生在哪里？若是张生没有在赶考中借居西厢，莺莺一家也没有恰好路经普救寺借住，怎能发生奇遇？若是没有奇遇又怎能演绎戏剧？爱情若无阻力，它的价值如何体现，青春的激情又为何喷发？戏剧中若无谎言，它的真实又会怎样呈现？若是没有意外的波折，人又怎样看见圆满？愿望若是必然实现，愿望又怎能称其为愿望？希望若不能转化为真实，希望岂不是绝望的前兆？希望若仅仅是希望，人又怎能获得生活的理由？

我们拾级而上的每一步登高，都是对一个问号的探寻、一次对问题的求解。然而答案一次次升高，直到白云之间。普救寺的修复和重建，修补了历史现场，使王实甫的《西厢记》重现物质承载和梦幻般的证据，让人们感受到真实中的虚幻和虚幻中的真实。疑惑和解答似乎融为一体，一个无解的方程式写在了寺庙的飞檐上，写在了梨花深院的窗户上，写在了莺莺塔的塔尖上，写在了白云上。

一切都是逼真的。张生曾经读书的西轩，就在大雄宝殿的西侧。莺莺和她的母亲以及侍女红娘居住的梨花深院，就在大雄宝殿的东侧。一座大殿隔开了他们，张生和莺莺在佛的两边彼此思念。爱情也需要对称，若是没有对称，爱情怎样靠拢？若是没有佛的照应，爱情岂不是失去了中心？他们的中间需要一个宝殿，需要一份信任，怎能让爱的中心成为一个黑暗的空洞？一切都是逼真的，因为戏剧需要印证，需要戏台，也需要道具，不然这戏剧还如何上演？连张生逾墙的地方都预备好了，还有一棵年轻的杏树在那里静静等待。是的，好像一切正在发生，或者即将发生。一切不是过去时，而是现在时。时光不是为了过去而停留，而是为了现在而停留。时光不是流动的，而是静止的。时光不是一闪而过，而是在暗中等待。

大钟楼也在等待。这是《西厢记》里白马解围中的观阵台。蒲津桥守卫孙飞虎率兵围住了普救寺，也是为了抢夺如花似玉的莺莺，爱情和暴力开始了惊心动魄的博弈。法本长老、寺僧、崔夫人、莺莺……所有的人惊恐不安，张生以一介书生挥笔书报蒲关，搬来白马救兵解围。于是寺庙中的人们，崔夫人、众多寺僧、莺莺和红娘，登上了大钟楼俯视山下两军厮杀鏖战，五千贼兵被白马将军卷浮云片似的扫尽。在这里，书生竟以笔坐镇，千军原为落叶朽。白马将军义薄云，刀丛之中擒敌酋。若是没有奇迹，怎可峰回路转？若是没有转折，怎可化险为夷？若是没有救兵，戏剧如何收场？

众人观阵的时候，普救寺也在观阵，莺莺塔也在观阵。它们的存在就是为了见证奇迹。奇迹未发生时，它们在沉默。奇迹发生之后，它们也在沉默。沉默不是存在的消失，而是存在的实有。沉默不是真正的沉默，是为了默记发生的一切，将一切铭刻在沉默之中。据碑文记载，莺莺塔是在明代嘉靖四十三年（1564）重修，二十世纪九十年代初修葺的时候，重见天日的铜佛像和捐赠记载也印证了这一时间点。这是一座漂亮、质朴，有着雄浑之气的佛塔，它的平面呈方形，底层边长八点三五米，南边设有塔门，室内设有佛龛，并有八角穹隆。转角通道的台阶通往上方。砖砌的出檐表明了塔高十三层，塔身四十米。四方形空洞式结构，保留了唐塔朴素雄奇的外形，讲述它的独特历史记忆。

重要的是，它的独特结构和匠心独运，造就了这一回音建筑的奇绝声效。游人若是在塔西适当的地方击石，就会听见从塔上传来的类似蛙鸣声。普救蟾声好像是一个神奇的现象，一个神奇的寺庙，一台神奇的戏剧，还有一个神奇的伴随者——神奇的蛙鸣，难道是历史的巧合，是谜团与谜团的对撞，是灵感与灵感的呼应？二十世纪八十年代中期，声学专家对莺莺塔的声学之谜做了系统考察，发现产生蛙声回应的秘密来自特殊的地形地貌、特殊的建筑结构和特殊的建筑材料。打击石头时产生的声波在塔檐间反射并汇聚，经一百毫秒左右抵达人耳，形成极似蛙鸣的声学效果。科学归科学，神奇归神奇。相比科学的解读，人们更愿意相信神奇的力量，因为神奇是付诸于人的直觉，科学乃是由复杂的数学公式表达的自然律则。

它是来自千年之前的回应，是时间凝练的语言，也是对于美好爱情的简明应答。普救寺里起伏的诵经，梨花深院的红娘接应，兵围山寺的惊心动魄，白马解困的内心狂喜，长亭送别的依依不舍，情侣相思的煎熬之苦，以及花好月圆的好梦成真，戏台上的锣鼓喧腾，观看者的泪眼迷蒙。书生潇洒，佳人情深，花飞小院愁红雨，春老西厢锁绿苔，一切一切，莺莺塔都是见证者。见证不仅仅是看见，而是将记忆刻进了砖石，只有砖石的撞击，才可以将其中被囚禁的记忆释放出来。那么多的惊愕，那么多的奇迹，那么多的情愫，那么多的眼泪，怎样说出？只剩下一声声呱呱。呱呱呱、呱呱、呱……历史借助蛙声，说出一切，包含一切，简洁、明快、单调、悦耳、美妙、诡异、神秘、神奇。

（原载于《美文》2023 年第 12 期）

龙与百合花的相遇
——从紫禁城到凡尔赛

李　舫

一

17世纪中叶，中国迎来封建王朝最后一个高光时代——"康乾盛世"。西方称为"High Qing"时代。

彼时的法国，也正处于封建社会的鼎盛时期。路易十四以其非凡的雄才大略、文治武功，使法国成为当时西欧最强的国家，被当世尊称为"太阳王"。

路易十四是地地道道的"中国迷"。

欧洲人对中国及中国艺术品的迷恋，并非始自17、18世纪。此前，前往中国旅游的少数冒险家就在讲述关于中国的传说。在这些旅行者中，就有13世纪抵达中国并朝见忽必烈的威尼斯冒险家马可·波罗，《马可·波罗游记》引起的巨大轰动直到今天仍未平息。书中描述中国遍地珍宝的景象，一度令欧洲震撼与惊叹。

15、16世纪，西班牙、葡萄牙发起一系列远洋航海行动。通过远洋航海，欧洲找到到达东方的海上路线，发现了美洲大陆，人类第一次完成环球航行，从而证明了"地圆说"。从此，人类世界不再割裂，而是通过海洋紧紧连接在了一起。

大航海时代带来的地理大发现，对欧洲人来说，意味着更广阔的市场和无尽的财富。

十七世纪五六十年代，路易十四试图通过宗教、文化、科学和其他途径，与中国进行贸易往来，但均以失败告终。他极具革新性地购入中国书籍，引起了法国人对中国文化的浓厚兴趣。

此后，来华的传教士们将当时的中国图景呈现在西方人面前，随即引来整个欧洲对中国的强烈向往。从 17 世纪末至 18 世纪末的 100 多年里，欧洲刮起了长时间的"中国风"。

"中国风"源于法国，是东西方文化与想象力交融的产物，在相当长的一段时间里，伴随着欧洲文化艺术的成长。无论是物质、文化还是政治制度，"中国风"都可谓时尚的代表。小自日用物品、家居装饰，大到园林设计、建筑范式，对"中国风"的狂热追逐，渗透到了欧洲人生活的各个层面。西方学者甚至认为，这可以看成"中国的世界"向"世界的中国"转变的具体标志。

中国大量商品销往欧洲，令欧洲人对地大物博、巧匠如云的中国充满美好憧憬。17、18 世纪之交的新年化装舞会，路易十四选择以"中国"为主题登场，更是将"中国风"浪潮推向新高。

对"中国风"的喜爱，令路易十四萌生了与中国进行交往的想法。他同他的主要大臣科尔贝想到了一个同中国建立联系的务实计划——建立紧密的外交关系，派遣通晓数学和科学的法国耶稣会士入华，以此促进两国宗教和科学的进步。

路易十四精心挑选了访华使团的成员，他们包括 6 位有名望的科学家：洪若翰、白晋、张诚、李明、刘应、塔夏尔。

这些年轻的远行者，被路易十四称为"国王的数学家"。

1685 年，"国王的数学家"自巴黎出发。然而，3 年过去了，他们杳无音讯。遥相暌隔，路易十四并不知道，"国王的数学家"早已抵达中国，在北京受到了康熙皇帝的接见。

为确保这个责任重大的使团能如期完成任务，路易十四又准备派出第二个团队，并让他们携带他的亲笔信启程。在信中，路易十四提到了 6 位数学家，以及他对中国的向往。

遗憾的是，他们最终未能完成使命。

300 多年来，这封信一直沉睡在法国的档案馆里。

1686 年，路易十四派出"国王的数学家"的第二年，他没等到使团的信息，却等来了一份惊喜——暹罗（今泰国）使团。路易十四在暹罗使节携带的礼物中，见到了向往已久的"中国"。

其中一件中式银镀金壶，是暹罗使团带到法国的礼物、凡尔赛宫收藏的珍品。银质錾刻的技艺恍若天工，镀金高浮雕的人物、鸟兽、花卉与宝塔图案栩栩如生。银壶底部，刻有法国王室盾形纹章和三皇冠标记。此后，在宫廷政变和法国大革命期间，国王和政府曾先后下令熔化金银器，但这件文物两次幸免于难，成为暹罗使团所赠礼物中唯一留存下来的金银器。

在暹罗使团带来的礼物中，还包含瓷器、漆器、金银器等大量中国器物，路易十四对这些器物爱不释手。在遥远的东方诸国中，伟大神秘的中国无疑最令他浮想联翩。此后，更多的"中国制造"纷至沓来。

一只铜镀金壳开光人物像怀表，高贵，典雅，曾经被主人无比爱惜地收藏在故宫养心殿。后世研究人员猜测，这块怀表很可能是路易十四送给康熙皇帝的礼物。

怀表最外层为黑鲨鱼皮表套，用金钉镶嵌出漩涡状和团花图案。铜镀金表壳中央，用郁金香花围出圆形开光，开光处是路易十四的头像。表盘中间蓝色珐琅上，绘有金色百合花图案。百合花是法国王室的标志。打开机芯，可见摆轮保护罩上镂雕着一条中国式五爪金龙，这是中国皇帝的象征。机芯夹板上，还有制作工匠的名款：法国宫廷御用钟表匠伊萨克·蒂雷制。

在这块极尽智慧、技艺所铸造的怀表里，伊萨克·蒂雷倾注了无限心血，也送上了宝贵的祝福——

远隔万水千山，中国龙与法兰西百合花在此相遇。

二

1682年，路易十四将他的宫廷永久迁往凡尔赛宫。此前，他在凡尔赛宫和圣日耳曼昂莱之间树木繁茂的皇家土地上，找到了一个隐居之地。他希望隐居之地水源充足，视野开阔。

马尔利勒鲁瓦被选中了。

马尔利行宫是一个令人愉快的住所，路易十四在这里举办了许多重要活动。马尔利行宫同凡尔赛宫相比，摆脱了凡尔赛宫建造形式上的规整，更轻灵，更活泼。这里大多是小房间，意味着更少的陪伴和简化的协议。据说，路易十四记忆惊人，他进入一个大厅后，一眼就可以看到谁在场、谁缺席。因此，每个希望得宠于国王的贵族，都必须每天在场。一时间，马尔利成为身份的象征，朝臣们为能被邀请去马尔利而相互争斗。

今天的马尔利，已成为马尔利皇家庄园博物馆。时光被湮没在遥远的尘埃里，可在这个已然不复往昔的建筑遗址，我们依然可以看到路易十四那澎湃的野心。城堡里，摆放着两件有名的雕塑作品：一件是天使战马雕塑，一件是海神夫妇雕像。天使战马雕塑，象征着路易十四征战四方的欲望；海神夫妇，则是法国两大重要河流塞纳河和马恩河的河神，亦是路易十四的"座上宾"。这些雕塑仿佛在告诉众人，决定人们生活繁盛与否的"海神""河神"，也须听命于路易十四的指挥。

毫无疑问，这是法兰西历史上的一个伟大时代。同时代的德意志哲学家莱布尼茨，称路易十四是"有史以来最伟大的国王之一"，伏尔泰毫不吝啬地称赞他统治的 72 年为一个"永远值得怀念的伟大时代"。

山路迢迢，水路遥遥，挡不住百合花对中国龙的向往。

通往远东的新航路，打开了欧洲通往中国的大门，"国王的数学家"顺利抵达遥远的东方古国。

为寻找一条比海路更安全的通往中国的道路，路易十四除派出"国王的数学家"外，还派出耶稣会士菲利普·阿弗里尔，命令他带队穿越小亚细亚和俄罗斯。然而，阿弗里尔的这支队伍在莫斯科未获得过境许可，不得不扫兴而归。

阿弗里尔并未就此罢休，他很快出版了《在欧洲不同国家和亚洲的旅行》。此后，他再次尝试从陆路取道南亚前往中国，可又一次功败垂成，不得不在果阿邦（位于印度）滞留两年。

一次又一次失败，但阿弗里尔传播异域风情的热情没有丝毫消退。他陆陆续续把在波斯、亚美尼亚、莫斯科和摩尔多瓦等地的美好行程，写在他的著作《在欧洲不同国家和亚洲的旅行》中。这些传之后世的文字，渐渐将遥远东方的神秘大国描摹得越来越清晰。

三

1697年出版的《中国皇帝画像》，也可以叫《康熙帝传》，书页早已泛黄，字母依旧清晰饱满。

这本书，被收藏于法国凡尔赛市立图书馆。而今，穿越故宫的海棠花海，便可以近观。跨越海天，跨过岁月，它静静地躺在文华殿的展柜里。

这部传记，由白晋撰写。当时，"国王的数学家"白晋与张诚进入清宫，为康熙皇帝服务。被伏尔泰称为"道德楷模"的康熙皇帝，让远方的来客欣喜不已，他对"国王的数学家"表现出极大的友善，更对来自异邦的科学、医学、数学表现出极大的好奇心。

"国王的数学家"凭借数学、医学、天文学知识，很快获得康熙皇帝的信任。他们用好奇的目光打量中国，用脚步丈量土地，开始学习中国的思想、文化风俗、技艺。他们的见闻，以书信等方式，跨山越海，在欧洲传播。法国贵族们争相借此了解"中国风"吹来的不一样的世界。

为便于给康熙皇帝讲授西方知识，白晋、张诚根据古希腊数学家欧几里得的《几何原本》，编译了供康熙皇帝翻阅的满文教材。他们还根据欧洲医学著作，译纂了满文版《西洋药书》，介绍当时西方流行的药品，论述瘟疫、水痘、肝胆胃肠等疾病的病因、病理和治疗方法。这些书籍，让康熙皇帝大开眼界。白晋还凭借自己的医术，治好了康熙的疟疾，这令他在紫禁城中的地位陡然提高。

在这些数学家中，白晋最早将康熙皇帝同路易十四相提并论。

白晋在《中国皇帝画像》中，将路易十四和康熙皇帝进行了翔实对比，罗列了种种相似之处：两位君主都在幼年登基，经历了漫长的摄政期，其间不乏各种叛乱与阴谋，但都能拨乱反正，牢牢掌权，都对文学、艺术充满浓厚兴趣。

在给路易十四的献词中，白晋这样写道："（康熙皇帝是）一位和陛下一样的君主，有着高尚的人格、非凡的智慧，更具备与帝王相称的坦荡的胸襟。他治民修身同样严谨，受本国人民的爱戴和邻国人民的尊敬；他开拓伟业，威名赫赫，且实力雄厚，德高望重。简言之，这位君主集英雄所具备的大多数品质于一身，若非他与陛下同时在位，便可称自古以来统治天下最圣明的君主。"

这本书出版后，一时间洛阳纸贵。此后一版再版，被翻译为多种语言，让康熙皇帝的大名传遍欧洲。

我们不难想象，隔着万水千山，素未谋面的两位君主，是如何怀着对陌生文明的憧憬，相互礼敬，相互致意的。

对来自西方的科学、技术、知识，康熙皇帝充满了兴趣。应他的要求，法国赠送中国的礼物多以各种科学仪器为主，铜镀金提环赤道公晷仪、铜镀金半圆仪、银镀金浑天仪、铜镀金测角器等，琳琅满目，不一而足。不少仪器上的款识表明，它们是巴黎仪器制作名家巴特菲尔德所制。

在聚光灯下，一只黑漆方盒，透着金属的光泽，温润雅致。方盒里，放置着30多件大大小小、长长短短的仪器，其中包括比例尺、直尺、矩尺、圆规、测角尺等。盒内还有铜镀金三角支架和蓝色珐琅水丞，同"国王的数学家"从法国带来的仪器不同的是，水丞底部镌刻"康熙御制"款。原来，这盒绘图仪器，是康熙时期清宫造办处将法国制和清宫自制仪器配套组合而成的"全家福"。这样的仪器，在清宫为数不少，铜量角器、铜镀金比例规尺等，功能齐备，非常实用，催生了近代以来中国科学精神的萌芽。

成一代大典，以淑天下而范万世——这是古代君主治国理政的重要内容。康熙皇帝热衷于学习，大胆地实践。从1713年始，康熙皇帝命人着手整理《律历渊源》一书，这个工作花费了8年时间。此书包括《历象考成》《律吕正义》和《数理精蕴》三大部分。其中，仅《数理精蕴》，就是一部完整的数学总集。

康熙皇帝是个聪明的"学生"，他举一反三的能力，让"国王的数学家"叹为观止。很快，康熙皇帝就能运用已掌握的西方科学知识，修正中国古代典籍中的有关谬误，并弥补其不足。

康熙皇帝指示清宫造办处，仿照法国帕斯卡计算器，制作出铜镀金盘式手摇计算器。他还命人研究来自法国的精美钟表、多功能镜、精油等。法国文化对清代宫廷的科学、艺术、建筑、医学、地图测绘等诸多领域产生重要影响，形成了清宫内绚丽而独特的"法兰西风景"。

四

1693 年，白晋离开中国，康熙皇帝依依不舍。

白晋返回法国后，向路易十四面呈了 10 多万字描述康熙皇帝的报告，这就是后来出版的《康熙帝传》。白晋还给路易十四带回了珍贵的礼物，包括《易经》《本草纲目》在内的 40 多卷汉文书籍。

白晋在法国高调宣传中国。一时间，"中国"成为时尚的代名词，法国人对康熙皇帝这位强大的东方统治者充满了强烈的好奇心。

"国王的数学家"对中国的推介，更是让路易十四迷上了中国。在他的影响下，"中国风"风靡法国，甚至欧洲。有"国王的数学家"穿针引线，两位君主对彼此有了充分了解，两国关系达到前所未有的高峰，为中法文化交往做出了卓越贡献。

商人们从中看到了商机。法国博韦皇家挂毯厂制作出一整套关于"中国皇帝"系列主题的挂毯，这个系列一经问世便大受欢迎，成为博韦皇家挂毯厂的保留项目，一直到 1731 年才停止生产。挂毯以中国皇帝的日常生活为主题，包括《觐见皇帝》《皇帝出行》《天文学家》《便宴》《菠萝丰收》《狩猎归来》《皇帝登船》《皇后登船》《茶叶丰收》9 幅作品。这些挂毯色彩浓郁，人物丰满，神态夸张，具象化了欧洲对远东君主的想象与崇拜。

而今，在故宫文华殿里，高高悬挂的挂毯与挂毯上那些活泼泼的人物，仿佛穿越时空而来，让人一睹他们 300 多年前的芳华。《集市图》《宴会图》《舞蹈图》《狩猎图》，4 幅"中国题材"挂毯中的"中国"元素，让今天的中国观众不禁哑然失笑。"中国风"艺术设计大师弗朗索瓦·布歇，以洛可可风格的风俗画技巧，描绘了想象中的中国宫廷内的游乐情景、舞蹈情景、宴会场景和狩猎场景。这种奇幻古怪的趣味，并没有反映真实的中国，是那个时代法国人理解的"中国风"。

文华殿里，还有多幅有趣的中法帝王肖像。其中，一幅清人绘雍正皇帝洋装像屏颇引人注目。图中，雍正皇帝头戴卷发，身穿洋装，造型与路易十四相似。这幅画像的表现方式，受当时欧洲流行的"扮装舞会画像"影响，显示了法国文明对中国皇帝的影响，也显示了雍正皇帝对欧洲时尚的兴趣。

《中国通史》《中国新志》《成吉思汗和元代全史》《中国皇帝画像》《中国近事报道》《耶稣会士中国书简集》《中华帝国全志》《华夷译语》……这些或是精致典雅的红色摩洛哥牛皮，或是古朴素净的鱼鳞牛皮、棕色小牛皮包装封面的图书，扉页上清晰地盖着收藏家和收藏机构的印章。翻开文献，300岁高龄的书页早已发黄，有的地方还有大大小小的水渍印迹。不难想象，当年的研究者是如何青灯黄卷、苦心研读的。

中国瓷，是"中国风"的最好注脚。

一幅17世纪的版画，记录了特里亚农瓷宫的美景。1670年，路易十四为孟德斯潘夫人修建了特里亚农瓷宫。这座宫殿是路易十四受中国瓷塔——南京大报恩寺琉璃塔的启发而建造的。

特里亚农瓷宫，坐落于凡尔赛宫边缘地带，通身贴满蓝白相间的陶瓷，十分华美。高高的屋顶上饰有花瓶、儿童和动物的图像，令人联想到中国建筑。瓷宫的内部装饰，是大量饰有中国花卉图案的丝织品。遗憾的是，因为瓷制品的易脆易碎，1687年，瓷宫被拆毁，取而代之的是特里亚农大理石宫。

中国瓷器，在欧洲是畅通无阻的硬销货。景德镇生产的一套青花加彩描金纹章瓷器，是18世纪30年代末为路易十五定制的餐具，包括瓷壶、瓷盘与瓷罐。法国王室纹章，表明了这套瓷器的价值。这是法国订制的外销瓷，法国东印度公司将餐具样式、纹章形状、瓷面图案提供给中国工匠，中国工匠依此制作。这套餐具是凡尔赛宫廷使用的首套中国产瓷质餐具，也是首套中国生产并出口的带有法国王室纹章的餐具。

不同文化之间的交流从来不是单向的，而是在双向奔赴的互动中产生活力，激发创新。

18世纪中叶，法国流行为中国瓷器配上镀金青铜附件，使其更符合喜好精致的法国品位。在很多瓷器中，我们看得到中法两国工匠的合作。一件青釉香水瓶，瓷质瓶身产自中国，巴黎工匠将其顶部、口沿及底座，用洛可可风格的铜镀金饰件加以装饰，使其呈喷泉形状。这些洛可可风格的饰件，包括贝壳、芦苇、天鹅、鳌虾等，表达"水"的主题。1743年，路易十五购买了这件香水瓶，安放于凡尔赛宫的藏衣室。这件文物，是现存唯一经鉴定属于路易十五的中国瓷器。

塞弗尔瓷器工场，在路易十五时期成为法国王家瓷器制造工场。其制瓷技术和艺术风格受到中国瓷器影响，又具有本土特色，深受法国王室的喜爱。法国王室将塞弗尔瓷器作为国礼赠送给其他国家，其中也包括中国。

一件来自故宫的粉地彩绘描金开光花卉人物图两节瓷瓶，就是塞弗尔瓷器工场出产的精品。可分开的上下两部分，构成了瓷瓶的主体。瓶子通体粉地，绿釉卷叶纹四面开光。上半部分为椭圆形花瓶，喇叭口，底部有孔；下半部分为圆形底座，肩部四面有镂空。开光内主题图案为人物、田园景致和花卉。瓶上的款识透露，这件花瓶是塞弗尔著名画匠度登 1759—1760 年的作品。

除了瓷器，法国人在绘画、纺织品、漆器、建筑、园林等方面，也深受中国文化影响，中国成为法国艺术和知识精英获取创作灵感的重要源泉。

五

对伏尔泰来说，中国是他的梦想之地。他对中国百般爱戴，无比留恋。他又将中国模式用作论战工具，坚定地发出誓言，愿意用一切办法向"无耻之徒"进攻，不管这办法是否来自中国。

他梦想并赞美一种比其他文明更古老、且在他看来更具有哲学性的文明："在帝王之前，他们没有历史。几乎没有虚构，没有神迹，没有一个受到神启的人如埃及人或希腊人那般自称为半神。这个民族甫一开始书写，就写得合乎理性"。此外，他们也没有神谱，"他们的历史只是历史时期的历史。" 18 世纪，西方在科学、机械工艺和财政上占优势，但中国则在智慧上占优势，"他们丝毫不想宣称他们不知道的东西"。

1778 年 5 月 30 日，启蒙思想的一代巨擘伏尔泰辞世。他留下了大量充满着对中国无比热爱的著述。他的书桌上，始终端端正正地摆放着一尊孔子雕像。

正如路易十四，正如伏尔泰，对法国来说，发现中国、感知中国、理解中国、善待中国，是一个水到渠成的过程。反过来，正如康熙、雍正、乾隆，对有清一朝来说，认识法国、爱上法国、懂得法国、深交法国，也是如此。

中国和法国虽远隔千山万水，却始终进行着理解对方的尝试和文化交流的实践，从而成就了一段世界文明发展史上交流互鉴的佳话。

时至今日，这种交往和交流仍令人回味不已，思绪万千。

（原载于《四川日报》2024 年 5 月 17 日）

三只各怀心事的大象

段　弋（回族）

断　尾

第一次在野外见到大象的时候，我大学刚毕业，被分配到电视台当记者，扛着摄像机，神气活现地四处采访。那年1月，进入了森林防火重保期，台里派我去边境小镇拍防火带。市里到镇上将近200公里，全是盘山公路，加上雨季刚过，路面坑坑洼洼，一路颠簸。我心想，一个破防火带，值得跑那么远去拍吗？到镇上天已经黑了，胡乱吃了些东西，倒头就睡。

第二天凌晨5点，镇里陪同我们的宣传员蓝先开着一台手扶拖拉机来到招待所。看着一脸疑惑的我，蓝先说，段老师，山上路太窄，你们的车进不去。

拖拉机没有座位，我和林业局的几个人挤在车斗里。进了山才知道，哪里是路太窄，是压根没有路。拖拉机在雨林中别别扭扭地行进了一个多小时，蓝先熄火跳下车说，只能开到这儿了，前面得步行了。

大黑山海拔1600多米，山顶的棱线就是国境线。一路上蓝先介绍说，每年年初，国外的老百姓都有烧懒火的习惯。我问什么是懒火。蓝先解释说是点燃了就不管的山火，烧过火的山地不用砍树，灰烬还有肥力，直接就可以播种了。山上没人看管，懒火时常越过国境线。

所以，我们就组织力量，沿着国境线，砍出防火带，阻断境外的懒火。林业局的人补充说。

越往上走，山势越陡峭，山路越湿滑，经过六个多小时的跋涉，终于来到了山顶棱线，也就是国境线。近40米宽的草木被砍尽，就连枯枝都被小心地收集到一边。防火带宛如一条长龙，匍匐在延绵不绝的棱线上。我架好脚架，调好光圈，拉近焦距，开始拍摄。突然，一群大象晃晃悠悠地闯入取景器，连嘴里咀嚼的树叶都看得一清二楚，大象近在眼前！我摘下机器，转身就跑。

晚饭时，镇里在家的领导都来看望我这个被大象吓跑的记者。陈副镇长用夸奖的语气说，看看市里来的记者，觉悟就是不一样，生死关头，还把摄像机抱在怀里。

林副镇长问当时和象群的距离。

很近！

蓝先抢着回答，林业局的陪同人员欲言又止。我感激地望向蓝先。其实还在下山的路上我就知道是自己反应过激了，用大白话说就是跑早了。当时机器上挂的是长焦镜头，由于我拉近了焦距，在取景器里，象群似乎就在眼前，实际至少在百米开外。蓝先最大限度地保住了我的颜面。

林副镇长说，那边一烧懒火，大象就跑过来了。

大象最怕火了。大家附和着。

还好没遇上断尾。林副镇长没头没脑地说了一句。

陈副镇长起身打断了他。今天段记者临危不惧，我来敬第一杯。

摄制组平安归来，我敬第二杯。林副镇长不甘落后地说。

压惊酒过后。陈副镇长又问了关于防火带的新闻什么时候播出，还提起镇里的宣传力量很薄弱，没有人会操作摄像机。酒劲上头的我大包大揽，把蓝先送到台里来，我亲自培养。

由于有重要的外事采访，第二天一早我们就起程离开了。

回到单位，才知道是泰国公主来访。台里只有我的英语还凑合，所以领导决定派我去。

行程中最重要的一站是到橄榄坝农场赠送优质水果苗。司仪正在介绍嘉宾时，一个老外匆匆跑来找我借摄像机磁带。他解释，早上出门的时候，助理忘了拿磁带箱，橄榄坝农场离国宾馆20多公里，回去取显然来不及了。我拿了两盘磁带给他，老外记者感谢了我好几次，并把自己的房间号告诉了我，让我晚上去找他取磁带。

老外记者住的是套房，阳台上还架着卫星天线。他介绍自己叫艾伦，是泰国第七电视台（CH7）外聘的英文记者。他问我拍不拍纪录片，他在探索频道有很多朋友，一集45分钟的纪录片可以拿30万美元酬劳。我不好意思地告诉他，自己其实是学中文的，摄像是半路出家。艾伦回国以后还给我寄来了一些摄影和编辑方向的专业书籍，不过都是英文的，我读起来颇为吃力，就随手扔到了一边。

再次到小镇是15年以后了，我去拜见岳父岳母。到小镇的路，一多半已修成了双向两车道的高等级公路，车程也缩短到了三个半小时。国庆长假第一天上午八点半出发，到家正好赶上饭点儿，于是一下车我就被带到酒桌上，家里把年猪提前杀了。岳父有四个兄弟姐妹，于是我多了一众叔叔和姑姑，其中一位姑姑在镇里工作。我随口问起蓝先，姑姑用稍带惊讶的口气说，蓝先走了，你不知道吗？

一年前，野象来破坏庄稼，蓝先去拍现场，遭野象袭击，不幸身亡。野象用鼻子把蓝先卷起，一遍又一遍地摔向大树，蓝先全身骨骼没有一寸是完好的；接下来，大象用粗大的象蹄像打桩一般，把蓝先一点点打进土里。

蓝先的遗体被抬下山时，薄得像一张草席。

姑姑的描述让我感到毛骨悚然的同时，心如刀割。

蓝先一直没有到台里来学习。几年前，我任新闻中心副主任的时候，在通联的稿费单上见过他的名字，仅此而已。

接下来，我用几天的时间，搞清了事情的原委。

袭击蓝先的是一头叫作断尾的独象。关于"断尾"这个名号，还有一段离奇的故事。

十多年前，为了躲避境外猎人的追击，一对野象母子逃向中国。身后是疯狂的追击，头上是呼啸的子弹，母象终究难逃厄运，她用最后的力气，把小象推过了国境线。她自己倒下的时候，身子一半在国内、一半在境外。小象试图用鼻子阻止母亲正在合上的眼皮，结果并没能如它所愿。于是，它竖起尾巴，虚张声势地向追来的凶手怒吼，凶手的枪管火光一闪，霰弹击断了小象的尾巴。后来小象被别的象群收留，成年以后，因为它不时攻击其他同伴，被逐出了象群。从此，它开始转向攻击人类。

儿子出生以后，我和媳妇每年的长假几乎都是在镇上度过的。一方面是外公想念外孙，另一方面是我一直想打听断尾的消息。听说蓝先出事以后，我开始关注亚洲象，在采访亚洲象繁育中心时，认识了"象爸爸"。"象爸爸"姓徐，在一次巡护中救助了一头奄奄一息的小象。小象发高烧，他把自己的铺盖卷搬进象舍，整夜用冰块给小象降温；小象吃不下东西，他拿自己的积蓄买了半吨奶粉，灌在奶瓶里一口一口喂小象。按照当地老百姓的说法，他是一把屎一把尿把小象带大的。后来媒体来报道，给他取名"象爸爸"，今天在百度上还能搜到关于"象爸爸"的很多信息。"象爸爸"告诉我，大象有超强的记忆力，记忆水源，记忆食物，记忆仇恨。断尾还会继续攻击人类！

在翻阅了大量资料以后，我才知道，人象之争在这片雨林由来已久，最大的争议在于赔偿。起初，林业局对大象毁坏庄稼的赔偿一亩只有几元钱，对被害人的赔偿也仅仅是象征性的。后来，政府提出了用保险兜底的方案，我和几个同事采写了一篇报道，获得了中国新闻奖。从那时起，赔偿金额大幅提高，也在一定程度上缓解了人象之争带来的矛盾。

"象爸爸"的话果然应验了。儿子六年级的寒假，我们一家回到镇上过春节，吃年夜饭时，儿子的姑奶奶讲了一个血淋淋的故事。

节前，三个中年妇女相约去居民点后的树林散步，其中一人临时有事提前回了家。另外两人进入树林，一人去草丛里方便，出来就不见同伴的身影，急忙叫来亲戚朋友，带着狗前去寻找。

当时我也去了，一进那个树林，我就闻到了血腥的味道。姑奶奶讲的时候，眼睛里还满是恐惧。

不久，狗叼出了一只人手，失踪女人的老公从戒指认出了手是媳妇的。后来的情节更离谱，说大象把那女的衣服剥光，将身体撕扯后四处乱扔。

你看到那只手啦？我问孩子的姑奶奶。

没有，我害怕，先回家了。不过种种迹象表明，大象会吃人。姑奶奶十分肯定地说。

饭后我和"象爸爸"通了个电话，他说这事上了内部的情况通报，确实有人被大象踩死了，但过程和姑奶奶说的有出入，至于大象吃人更是无稽之谈。专家事后勘查现场，从脚印上判断，是断尾干的。附近的老百姓也说，当天下午的时候，见过一头只有半截尾巴的大象。事后保险公司的赔偿加上公益组织的募捐，家属拿到了80万元。

电话里我带着情绪说，断尾应该去找真正的凶手！

老哥，断尾是大象，它怎么分得清谁是谁？在它眼里，人类都是凶手。

算上这位中年妇女，断尾已经身负四条人命了。当地的寨子和农场纷纷采取了防象措施，在各个路口派专人值守，发现断尾，立刻放鞭炮警示。

节后，森林公安局奉命对断尾进行围捕，围捕组专程到上海动物园借来了麻醉枪，围捕的方案是，麻醉后将断尾送到安全地带喂养，为此，围捕组还用碗口粗的钢管焊了个集装箱大小的铁笼。

我带人参与了拍摄工作。森林公安局的谢局长是我的老相识，见到我半开玩笑地说，拍完以后，视频全留下，暂时不要报道。我没有亲眼看到围捕断尾的场景，台里承办全省的新闻年会，把我抽调了回去。半年后，我到相邻县的一个乡镇采访，亲眼见到了断尾。

硝塘是野象补充盐分的地方，于是林草局在硝塘周围，用直径20厘米的钢管围了一块300多亩的亚洲象中转站。我去的时候，正好是喂食的时间。工作人员用皮卡车拉来两车黄灿灿的芭蕉，投放到围栏里。这里一共有六只大象，其中最高那只约莫有四米，正独自享用着堆成小山的香蕉，其余的大象则在它身后耐心地等候，如同餐厅里排队候餐的食客一般。

我注意到，独享美食的大象左边象牙断了一截，额头上还有不少旧伤疤，那应该是它征战多年留下的纪念。它吃得慢条斯理，用鼻子把香蕉串立起来，庞大的象蹄灵巧地把香蕉撸到地上——就像人们把烤串撸到摊开的卷饼上一样——再用鼻孔吸起香蕉，不停地塞进嘴里咀嚼。

它就是断尾。镇里陪同的小白说。

断尾？

我往左边移了几步，果然看到了那条只有半截的尾巴。

这也太出人意料了！它与我想象的凶手完全不一样。我脑子里勾勒的断尾，要么是被铁链锁着，蹲在铁笼的角落，用猥琐的目光偷窥着我；要么竖起尾巴和耳朵，发出排山倒海的鸣叫恐吓我，绝不是在我面前这般心安理得进食的家伙。

我用颤抖的声音问，怎么处置这家伙，小白说，驯化一段时间，送动物园，或者是亚洲象国家公园。

公园开始建设啦？

方案已经申报到国家林草部了，开工日期指日可待。小白的目光里充满了自信。

小半截

新学期第一天儿子迟到了。

由于下雨，媳妇让我开车去送儿子。一路堵车，到学校门口已经快到8点了，我叫醒在后排座睡眼惺忪的儿子，他推开车门还没下去就"砰"的一声又把门关上了。

老爸，我今年上初一，你怎么还把我往小学送。

这个梗被母子俩嘲笑了好几个月，一直笑到春节回小镇吃年夜饭的桌子上。岳母听了笑得前仰后合，说我是"甩手掌柜"。二叔帮我打圆场，说一定是姑爷工作忙，疏忽了，我儿子也天天忙着追大象，孙子上幼儿园都是我接送的。

追大象？

二叔见我满脸疑惑，端着酒杯坐到我身边，从头讲了起来。

去年泼水节刚过，来了一场（方言：意为一群）大象。奇怪的是它们不是从国外来的，而是从北边来的。

我心里明白那是自然保护区来的大象，当时它们分两路迁徙，北上的一路声势浩大，到昆明附近时，已有数十家国内外媒体追着象群报道，互联网上的关注量达到了数十亿。为此，我还把"象爸爸"请到台里做了一期专访。

"象爸爸"说，从专业的角度讲，大象迁徙古已有之。7000多年前，亚洲象广泛分布于中国。自周朝以后由黄河流域南迁；春秋战国，分布于淮河流域；唐代已退至长江以南；宋代越过南岭；现今的分布退至云南省的西双版纳、临沧、普洱。细算下来，亚洲象的分布区约以每年1公里的速度在中原大地上消失，野象南移的速度为平均每100年0.5个纬度，每年半公里。

在陆生动物里，大象大脑的重量是最重的，它具有超强的记忆力，因此，北归是象群沿着种群的记忆密码开展的一种寻根方式。

专访结束后，"象爸爸"补充道，还有一个名为大脑包的野象家族途经勐仑向东南走了。勐仑植物园还为此闭园一周，让大象顺利通过。共有十三只大象，经过数百公里的迁徙到达了小镇。

那些大家伙，一来就赖着不走，搞得小镇乱七八糟。二叔仰头喝光了酒，满脸通红地说。

小镇是鱼米之乡，乡村振兴中大力发展热带水果产业，让这里遍地瓜果飘香。刚到的大象个个瘦骨嶙峋，一见到金灿灿的稻谷和胖乎乎的水果，两眼放光，开始大吃大喝。不到半年，它们个个吃得膘大腰圆，有的母象还眼光长远地怀上了孩子。

如此一来，当地老百姓叫苦不迭。一方面是田地被毁、瓜果绝收；另一方面是象群经常在寨子旁边游荡，极不安全。为了掌握大象行踪，保护站招聘当地群众成立观测组，用无人机监控大象的一举一动。二叔打开手机上的亚洲象监测应用程序，动态地图显示，一公里外有两头亚洲象在活动。二叔指着左上角的一行小字说，岩尖发布，岩尖就是我儿子。

我问怎么不叫儿子来吃年夜饭，他说今晚象群活动有点儿异常，岩尖还在田里飞无人机呢。

大年初一的中午，我提着两杯老挝咖啡找到了岩尖。他刚刚起床，两只眼睛由于彻夜未眠红得吓人。我叫了他的名字，他脸上的表情顿了一下，旋即热情地欢迎。

姐夫来了！快请坐。

昨晚熬了个通宵吧。我把咖啡递给他。

没办法，人过节，大象也来凑热闹。不过今天不用去了，邻近乡镇派了一组人员来支援，我们可以上一天班休息一天。

我打开纸和笔，说自己在写一篇关于亚洲象的文章，想了解一下象群里有意思的事情，比如说哪一头大象最调皮。

小半截！岩尖不假思索地脱口而出。

"小半截"是当地的方言，可以理解为问题少年。小半截精力旺盛，从监测图上看，它经常跑到其他乡镇，有一次还闯进了境外的军营，那边的军人抬起枪一阵乱扫，幸亏小半截跑得快，没有受伤。不过从此以后，它再也不敢往境外跑了。

小半截长着一对优雅、修长的象牙，这是象群中美男子的标志，小半截也借着"帅哥"的外表，时不时骚扰群里的母象。按理说，大象的发情期相对固定，一般是每年的三四月或者八九月。小半截不一样，它满脑子想的就是干那事，动不动就爬到母象身上。有一次，它居然试图去爬年纪最大的母象，按辈分算，那头母象可以做它的奶奶了。象群里最大的公象实在看不下去，跟小半截大战了一场，小半截落败，被逐出了象群。

这样一来，小半截就像没人管的孩子，四处惹是生非。小半截的脾气很坏，看到路边的摩托车，就会上去踢上几脚；见到地里的瓜棚，也要去拆个七零八落。它还有个霸道习惯，只走大道，车辆必须给它让路，否则它就竖起耳朵和尾巴吓唬人。

它伤过人吗？我停下笔问。

自从断尾被送走以后，小镇再没发生过大象伤人的事件。其实，大象一般都不会主动攻击人。一年前，保护站招人去学无人机，得知是要去监测大象行踪，大家都有顾虑，断尾把大家吓怕了。一开始，监测人员看到大象，骑上摩托车就跑。后来发现，大象并不像传言中那么穷凶极恶。有一次，在谷子地里，监测人员离野象只有100多米，它们只顾埋头吃喝，连看都不看监测人员一眼。渐渐地，大家胆子也就大了。

监测人员还通过粪便了解野象的健康状况，它在粪便里发现野象的食谱很广，没有消化完的水稻、谷子、玉米、菠萝蜜籽都有。有一次监测人员发现粪便是红色的，担心是野象便血，急忙送去化验，结果是野象吃了火龙果的缘故。关于野象吃肉的说法也不可信，因为在粪便里从来没有发现任何动物的骨骼。还有人说大象吃鱼，实际上它们只是到鱼塘里玩水，一方面为了降温，另一方面是想裹上厚厚的淤泥来防蚊虫叮咬，在大象的粪便里也从来没有出现鱼刺和鱼鳞。

余下的春节长假，我几乎都是和岩尖一起度过的，我们一起喝酒聊天，一起去飞无人机监测大象。一次，我们的摩托车在机耕道上遇见了一头身材修长的公象，它洁白的象牙在阳光下格外耀眼。岩尖把车拐下机耕道让行，公象甩着长鼻，盛气凌人地从我们眼前阔步走过。

它就是小半截。岩尖平静地说。

转眼到了8月份，北上的象群南渡元江，"象爸爸"作为市里派出的第二批随队专家，护送着象群回到了自然保护区。

在亚洲象繁育中心，我们谈起了小半截。

看了小半截的照片，"象爸爸"十分肯定地说，它是在保护区长大的。一出生，它就比别的小象身形健硕、活泼可爱。整个象群对它都十分溺爱。比如吃母乳，亚洲象的哺乳时间就一年多，最长两年。但从观测数据来看，小半截一直吃到三岁半才断奶，这样的情况非常罕见。有一次，它长出的牙齿把象乳都戳破了。母亲奶水不够的时候，它就去吃别的母象的，有几次，它甚至去吃头象的奶。象群是母系社会，头象的辈分往往是祖母辈，像这样隔代母乳喂养的现象并不常见。

断奶以后，它还经常去吸吮母亲的乳头，含住就不放。象群以为它吃不饱，一旦找到好吃的，都紧着它吃。

它就是一个被宠坏的孩子。"象爸爸"怒其不争地说。

巨婴？这也太像人了吧。

见我一脸怀疑，"象爸爸"打开电脑找出了亚洲象大脑包家族的资料，尽管还没有长出獠牙，但从桀骜不驯的模样上，我一眼就认出了小半截。在这里，它有个极文艺的名字——知秋。15个月前，它跟随大脑包家族一路南下去了小镇。

我掏出手机，拍下知秋的图片，由于电脑和手机的分辨率不一样，屏幕上一行行闪动的摩尔纹在无休无止地游动。我实在忍不住，提出了心中的疑惑。

那是大象，是动物，就算杀父娶母，它也不会受到谴责，我们也不能用人类的道德去约束野象。保护区也出现过类似小半截的情况，后来给过度发情的公象找了个媳妇，情况就好转了。如今两口子过得恩恩爱爱，还生了个可爱的小象，组成了自己的家庭。

"象爸爸"边说边在电脑上调出图片资料，这是一个叫作大耳朵的家庭，两头成年野象和一头小象在溪边戏水玩耍。

我问这种方式是否可以平移到小半截身上。

"象爸爸"说理论上成立，不过组成大耳朵家庭的成年大象都是收容的，从小在繁育中心长大。而小半截一直生活在野外，操作起来更加困难，还牵扯到经费问题。

回到台里，我马上通过媒体的力量给小半截寻找媳妇。有家茶叶公司愿意赞助所需经费，回报是"婚礼"上必须摆放他们的普洱茶。这样的要求让我哭笑不得，小半截可不是宠物，任由你随意摆布。还有家婚庆公司打电话来说，免费提供"婚礼"现场的一切物料，LED大屏、星光大道、新娘捧花，必要的话再定做一对钻戒，出多少钱都愿意，只要婚礼上大象披上绣着公司名字的红毯就成。

小半截的征婚活动无疾而终，台长为此还把我训斥了一通。

晨鸡暮犬！你领导的是新闻中心，不是红娘中心，要真是新闻搞烦了，就到节目制作中心拍纪录片去。

无　牙

"象爸爸"说要去镇上给一只受伤的母象做手术，问我有没有兴趣。我当然有兴趣，到节目制作中心一年多，还没遇到过这么好的选题呢。

窗外的风景飞驰而过。如今，从市里到镇上已是全程高速，不到两个小时，我们就到达了目的地。车队拐下高速，进入一片丰收的果园，一位满头银发的老者正指挥着村民们往大货车上搬运成箱的火龙果。"象爸爸"上前与他握手，并向我介绍老者名叫波涛香（傣语：香爷爷）。

这里是波涛香的火龙果园。他把我们带到大棚里喝水，工作人员和摄制组加起来共有40多人，除了繁育中心，还有专程从昆明动物园和大医院请来的专家。波涛香烧了好几壶水才让每个人手里都捧上了一杯热茶。

大棚是用彩钢瓦搭建的，约莫20米高、1000多平方米的样子，支撑的都是厚重的钢梁。这里有餐厅、堆料场，还建有冷库，以便储存鲜果。我注意到他们紧挨着棚顶，用木板围了间小屋，一条细长的楼梯通向那里。

我问波涛香晚上不回寨子睡？

波涛香说要守果园，就睡在那间小屋。

小屋离地至少十七八米，野象来了也不用担心。"象爸爸"专业地分析道，旋即又问起受伤的母象在哪里。

波涛香看了看棚外的天色，说还早，天黑了才会来。

5年前，波涛香的儿子在村里注册了农业合作社，包下了这块地。这几年火龙果丰收，两口子忙着在外跑销售，果园就交给老人看守。几天前，波涛香发现一头成年母象独自在果园附近活动。这头母象极度狂躁，不停地用身体撞击大棚的钢梁，将园里的电线扯断，踩踏果苗。这样的情形并不常见，母象通常不会单独活动，也不会行为暴躁。后来，波涛香发现母象肛门右侧有明显的伤口，而且已经发炎化脓。于是他找来竹竿，把泡过傣药的纱布裹在竿尖上，擦拭母象的伤口。傣药有明显的镇痛和清凉作用，于是，每天傍晚，母象就会来大棚附近找波涛香疗伤。这样持续了几天，母象并未痊愈，于是，波涛香告诉了监测员岩尖，消息通过保护所转到了繁育中心。

天黑了，一头三米多高的母象蹒跚着走到大棚前。

麻醉组将母象麻醉后，大棚被开辟为临时手术室。应急灯把棚内照得如同白昼，我吩咐同行的编导小何带人架设两个固定机位，自己手持一台佳能单反站在医疗人员身后，做好了全程记录的准备。母象的伤口已化脓，当"象爸爸"抽出脓液时，恶臭让我胃部一阵痉挛，为了不吐在口罩里，我拔腿跑向棚外，谁料一脚踩进了排水沟，我清楚地听到了脚踝传来的骨裂声。

好在有省城大医院的专家，否则就得人生第一次让兽医给我看病了。专家诊断的结果是脚踝骨折，建议立即返回市里治疗。

躺在回程的车上，我心想，30多年前拍防火带的惊吓，加上今晚的狼狈不堪，大象已经让我在自己的岗位上两次临阵脱逃，算命的怎么就没算出大象是我的克星呢？

手术以后，"象爸爸"来看我。他明白我想知道什么。

母象的手术很顺利，一个多小时就结束了，它目前正在康复中。不过也有两个坏消息，一是母象是被象鼻刺伤的，由于发现阴道也有撕裂伤，他们估计它受伤是因为拒绝与公象交配。

小半截干的？

没有证据。不过，我们已经在制定方案，解决小半截的问题。

另一个坏消息是，受伤的母象已经60多岁了。亚洲象的寿命一般为65岁至70岁，60岁已经是高龄了，身体的各种机能都在退化。特别是牙齿，大象咀嚼高纤维的食品，靠的是磨齿，到了60岁，最后一颗磨齿磨损后，大象很可能死于营养不良，如果改喂磨碎的食物，它还有可能继续活下去。

你的意思是，就算手术成功，它也活不了几年了？

是的。

我脚踝的恢复漫长而痛苦。拆线以后，医生说，由于我50多岁了，康复时间可能需数月之久。当我拄着拐棍出现在机房时，编导小何如同见到救星一般欢呼雀跃，并立刻调出粗编的片子让我看。

我对片子极不满意。首先是片名——《野象的妇科手术》。其次是解说词，什么肛门右侧有圆形伤口，深达20厘米，疑似被象牙戳伤，惨不忍睹；什么尿道被撕裂，形成深16厘米、长20厘米、宽10厘米的化脓伤口，清出200毫升恶臭的脓液；什么大象医生又为野象静脉注射250毫升规格不等的消炎药水，一次多达84瓶。多好的纪录片素材，活生生被编成了妇科手术科教片。小何被我数落得抬不起头，低声问我下一步怎么办？

说实话我也不知道怎么办，但直觉告诉我，再去一次小镇。

母象已经完全康复，但越来越消瘦，于是波涛香每天骑着三轮摩托，到附近的果园收集残果和坏果。到了晚饭的时候，母象会按时来就餐。母象的食量惊人，每天要吃100公斤的食物，波涛香觉得有些力不从心。我把情况发了朋友圈，附近几个种植公司的朋友看到后，主动联系我，提出每天无偿提供100公斤的新鲜食品，除了各种水果，还有大象最喜欢的胡萝卜。

饭后，波涛香陪着吃饱喝足的母象散步，我也用无人机拍到了梦寐以求的画面。

夕阳的光线让大地披上了温暖的外套，成片的果园蔓延着辽阔的生机。一人一象在阡陌上慢步，光线把他们长长的影子投射到地面上。忽然，大象扬起了鼻子，单从影子上看来，它们仿若一对勾肩搭背、互诉衷肠的老友。

我把纪录片取名为《老友》，主题从"妇科手术"改为人象之间的友谊。煽情的部分是老象的磨齿损坏以后，老人每天为它收集便于消化的食物，两个老友相互为伴、共度晚年。解说词出来后，编导小何提议给母象取一个名字，以方便叙述。

就叫无牙吧！我说。

儿子考取重点中学，去了省城念书，家里一下子冷清了不少。为了活跃气氛，在瓷婚纪念日，我约上亲朋好友，在餐厅订了一桌酒宴，原以为媳妇会欢天喜地，谁知她一直耷拉着个脸。

洗完澡躺在床上，媳妇开始唠叨，孩子读大学要钱，买房子娶媳妇也要钱，今天就不该胡乱花钱去订什么酒宴。我的良苦用心，换来的却是被数落种种不是，我只能怀着万般委屈，抱着枕头，去隔壁房间睡觉。在儿子的床上，我辗转难眠，我本想给媳妇一个惊喜，连大象的心事我都能猜个八九不离十，比如，断尾的心事是复仇，小半截的心事是找女朋友，无牙的心事是长寿。可女人的心事，我怎么就琢磨不透呢……

《老友》在省里获得了纪录片一等奖，台长让我去冲冲国际纪录片奖。临行前，我带着成片去繁育中心找"象爸爸"。

片子播放完以后，"象爸爸"的意见让我大失所望，也给接下来的广州之行蒙上了一层阴影。

"象爸爸"的意见既专业又中肯。首先，繁育中心一共救治了九头野象，完成救治后，更大的精力是放在大象的野化上，以便它们尽早重返雨林。其次，对无牙的帮助也许会延长它的寿命，不过长此以往，无牙很可能会成为我们饲养的温顺宠物，而非威风凛凛的雨林之王。还有，三年前迁徙到小镇的大脑包家族，出现了群体的机能退化现象，基本都患上了肥胖症。大象本来就体形巨大，如果体重过大，会严重影响它们的心肺功能。肥胖的主要原因是摄取食物过于容易，成年大象每天要消耗 100 公斤至 300 公斤食物，为了吃饱，它们每天要跋涉 30 公里至 50 公里。而在小镇，野象在田间地头吃了睡，睡了吃，运动量的减少导致脂肪过度堆积。

在一年一度的中国（广州）国际纪录片节上，《老友》入围了最佳纪录片奖。为了颁奖晚会，我花了大半个月的工资买了一套西装，还准备了获奖感言。评委会主席宣读了 10 部获奖纪录片的名字，但一直到最后，都没有出现我们的《老友》。

组委会准备了丰盛的晚宴，我却感觉味同嚼蜡，于是端起一杯鸡尾酒，踱步到阳台。远处，发源于云南的珠江穿城而过，游船如同移动的宫殿，在江面上游弋。评委会主席走过来笑着说，嗨，老朋友，还记得我吗？

是头发胡子都已雪白的艾伦！30 多年前向我借磁带的同行。

当年回国以后，艾伦转去了探索频道，如今已是名满天下的大制片人，还担任过众多国际纪录片节的评委会主席，是业界举足轻重的人物。

你这个拍纪录片的家伙，居然认不出我了？艾伦难以置信。

确实，刚才你在台上都没认出来。

艾伦告诉我，讨论《老友》的时候，专家们分为两派，一派同意，一派反对，争论激烈。其中，话语权较重的外籍专家几乎都不看好这部片子，甚至有人说，背影那一段有摆拍的嫌疑。

摆拍！谁能指挥几吨重的大象摆拍？我的语气里充斥着愤怒。

艾伦示意我不要太激动，先听听评委们的观点。

首先，背影那段色调很好，剪辑、音乐都无可挑剔，而且富有人情味。但这样的和谐是人类想象的愿景，亚洲象的晚年应该是在雨林中度过的，陪伴在它身旁的应该是象而并非是人。

纪录片的生命在于真实，一旦出现了编导强加的观点或违背真实的情节，就很难得到评委的垂青。

野象真到了老得吃不下东西的时候，它会走向自己的葬身之所——只属于野象的隐秘归宿。生老病死，这是大自然的规律，从生与死的维度上讲，人和象都是一样的——向死而生。

（原载于《民族文学》2024 年第 3 期）

编后记：散文与生活的新生

王清辉

在这个岁末年初的交替时刻，通过这本散文年选的编选，来回望这一年的散文创作和阅读，于我来说最大的感受，就是这本年选中的作品最显著的共同特征是主题突出——时代的重大命题和普通人的深刻情绪，无不在日常生活的场景和平凡的见闻中，通过散文的书写，呈现为具体的感悟和况味。或长或短，或细腻温婉，或深邃隽永，或清新脱俗，或激昂慷慨，我从一位位作者诚恳而真挚的笔触中，读到他们对家人、对生活、对世界源源不断的真情。他们向我们展示的一幅幅画面可能并不完整，视角也不求整齐，但是这并不妨碍我们从文字中看到作者个人的美学观和心灵成长史。因此可以说，以这些散文为代表的创作，为我们展示了一个个难能可贵的精神世界，我们这个时代的日常生活也以文学的方式得以生动呈现。

散文的作者，大多不是专门写散文的作家，有的甚至不主要写散文，更不用说来自五湖四海、各行各业的文学爱好者和写作者们，他们的写作大多自带丰沛饱满的热爱，因此这些带有强烈个人色彩和时光气息的生活场景，不经多么深刻冷静的审视，就能直接呈现出心灵的律动。在阅读中，我最爱看也最想分享给大家的，是写作者发挥自身优势，分享自己独有生活时刻的作品。这样的作品充满了朝气和活力，无论作者年龄大小，都以独特的视角和新颖的表达方式，为散文创作注入了新的血液。我特别期待的，是在作品中看到一个个普通人在生活中的善意和对时代的理解，创作者们通过写作在不动声色之中为时代变化与人生成长做了忠实的记录。

我们不断经历着世事变化，其中那些坚固的部分时常提醒着我们自己生命的立足点，而那些一不注意就烟消云散的部分，则往往在不经意间悄悄地改变了我们看待世界的方式。生活在文学中新生，就意味着我们希望在文学中建立起我们与自身全面的真实的联系，以此作为自身情感价值的主体。写作的力量与动力正来源于此，文学的永恒价值也来源于此。

　　生活在文学中新生，于作者来说，最所倚仗的就是作者对自己生活的真诚观察和独特思考。更进一步说，散文作品不光自然具有其文学价值，我们更有责任以文学的名义把时代和个体的经验记录、呈现出来。每一个个人的书写加起来，才是我们这个时代更为宽广的新生的可能。

经典鉴赏
聆听获奖小说，进入文学世界。

作家往事
跟随纪录片，探寻作家的故乡。

文学发展
穿越时间长河，纵览文学的演变。

随心书摘
记录你的阅读感悟和写作灵感。

扫码探索

中国文学脉络

在文学的棱镜里，发现生活的千面。